ECOS DE MUERTE

LA TRAMA

ECOS
DE MUERTE

Anne Perry

Traducción de Borja Folch

Título original: *An Echo of Murder*

Primera edición: enero de 2020

© 2017, Anne Perry
© 2020, Penguin Random House Grupo Editorial, S. A. U.
Travessera de Gràcia, 47-49. 08021 Barcelona
© 2020, Borja Folch, por la traducción

Printed in Spain – Impreso en España

ISBN: 978-84-666-6710-4
Depósito legal: B-22.375-2019

Impreso en Romanyà Valls, S.A.
Capellades (Barcelona)

BS 6 7 1 0 4

Penguin
Random House
Grupo Editorial

A Ken Sherman, por los años
de amistad y buen consejo

Lista de personajes

William Monk — comandante de la Policía Fluvial del Támesis.

Hester Monk — su esposa, enfermera en la clínica de Portpool Lane.

Hooper — brazo derecho de Monk.

Scuff — también llamado Will, hijo adoptivo de los Monk, aprendiz de Crow.

Crow — médico que atiende a los pobres.

Hyde — médico forense.

Imrus Fodor — víctima de un asesinato.

Antal Dobokai — farmacéutico.

Señora Harris — vecina de Imrus Fodor.

Señora Durridge — asistenta de Fodor.

Ferenc Ember — médico húngaro.

Lorand Gazda — hombre de mediana edad que perdió ambas manos en la revolución húngara.

Roger Haldane — hombre de negocios.

Adel Haldane — su esposa.

Tibor Havas — paciente de Crow.

Herbert Fitzherbert — médico que sirvió en la Guerra de Crimea.

Sir Oliver Rathbone — abogado y viejo amigo de los Monk.

Claudine Burroughs — voluntaria en la clínica de Portpool Lane.

Squeaky Robinson — antiguo dueño de burdel, ahora contable en la clínica de Portpool Lane.

Agoston Bartos — joven húngaro.

Bland — ferretero.

Ruby Bland — trabaja en la ferretería de su padre.

Stillman — joven agente de la Policía Fluvial.

Drury — anticuario.

Worm — golfillo que ahora vive en la clínica de Portpool Lane.

Viktor Rosza — banquero húngaro.

Holloway — joven agente de policía.

Kalman Pataki — un húngaro.

Señora Wynter — amable mujer acaudalada.

Charles Latterly — hermano de Hester.

Candace Finbar — pupila de Charles.

Justice Aldridge — juez que preside el Old Bailey.

Elijah Burnside — abogado.

1

—Mal asunto, señor.

El policía negó con la cabeza mientras se hacía a un lado en el embarcadero para permitir que el comandante Monk, de la Policía Fluvial del Támesis, subiera la escalera desde la patrullera de dos remos en la que había llegado con su ayudante, Hooper. Este también subió al muelle pisándole los talones.

Hacia el sur, el Pool de Londres ya bullía de actividad. Enormes grúas izaban montones de fardos de las bodegas de los barcos y las movían pesadamente sobre los muelles. El agua estaba atestada de buques anclados que aguardaban su turno, barcazas cargando sus mercancías, transbordadores que iban y venían de una orilla del río a la otra. Los mástiles negros eran una maraña de líneas sobre el telón de fondo de la ciudad y su humo.

—¿Qué tiene de inusual? —preguntó Monk—. ¿Quién es la víctima?

—Uno de esos húngaros.

A Monk le picó la curiosidad.

—¿Húngaros?

—Sí, señor. Hay unos cuantos en esta zona. No miles, pero sí bastantes.

El policía los condujo entre pilas de madera hasta un depósito franco, donde abrió la puerta de un almacén.

Monk lo siguió, y Hooper tras él.

El interior era como el de cualquier otro almacén, abarrotado de madera, cajas sin abrir y fardos de mercancías diversas, salvo que no había nadie trabajando.

El policía percibió la mirada de extrañeza de Monk.

—Los he mandado a casa. Para que no embrollaran más las cosas —agregó—. Mejor que no vean nada de esto.

—¿Lo encontró uno de ellos? —preguntó Monk.

—No, señor. Ni siquiera sabían que estaba aquí. Pensaban que se encontraba en su casa, que es donde debería haber estado.

Monk se puso a su lado, dirigiéndose hacia la escalera que subía a las oficinas.

—¿Pues quién fue?

—Un tal señor Dob... algo. Nunca sé decir bien sus nombres.

—Pase usted primero —ordenó Monk—. Supongo que habrá mandado aviso al forense.

—Sí, claro, señor. ¡Y no he tocado nada, créame!

Monk sintió un escalofrío premonitorio pero no respondió.

En lo alto de la escalera enfilaron un pasillo corto hasta una puerta. En el interior se oía un murmullo de voces. El policía llamó una vez, la abrió y se hizo a un lado para cederle el paso a Monk.

La habitación era bastante espaciosa para ser un despacho, y la luz era buena. No era la primera vez que Monk se enfrentaba a la muerte. En buena medida, formaba parte de su trabajo. Sin embargo, aquello era más violento de lo normal y el olor a sangre fresca impregnaba el aire. Parecía cubrirlo todo, como si aquel pobre hombre hubiese ido trastabillando, chocando contra las sillas, la mesa e incluso las paredes. Ahora yacía bocarriba, y la bayoneta asegurada al cañón de un rifle del ejército le sobresalía del pecho como un mástil roto, torcido y como si fuese a caer en cualquier momento.

Monk pestañeó.

El hombre de mediana edad que estaba arrodillado en el suelo junto al cadáver se volvió y levantó la vista hacia él.

—Comandante Monk. Ya me figuraba que mandarían a buscarle a usted —dijo secamente—. Nadie querrá ocuparse de esto si puede endilgárselo a otro. Este lugar se abre al río, así que supongo que el caso es suyo.

—Buenos días, doctor Hyde —saludó Monk con desaliento. Hacía bastante tiempo que conocía y respetaba al forense—. ¿Qué puede decirme, aparte de eso?

—Diría que lleva muerto unas dos horas. No es una opinión del todo médica. Podría ser más tiempo, solo que el almacén ha estado cerrado hasta las seis y la víctima no ha pasado la noche aquí, de modo que tiene que haber sido a partir de esa hora. Esa escalera es el único acceso a estas oficinas.

—Así pues, ¿un mínimo de una hora y media? —insistió Monk. Era un lapso de tiempo ajustado, y eso sería de ayuda.

—Aún está caliente —contestó Hyde—. Y los primeros trabajadores llegaron hace más o menos una hora. Su colega aquí presente —señaló con un gesto al policía— le confirmará que ningún trabajador de la planta del almacén ha subido aquí. De modo que si fue uno de ellos, todos son compinches y mienten como bellacos. Por descontado, puede ponerlos a prueba. —Miró otra vez el cadáver—. En principio está bastante claro. Bayoneta clavada en el pecho. Se desangró en cuestión de minutos.

Monk echó un vistazo a la habitación salpicada de sangre.

—¡No he dicho en el acto! —espetó Hyde—. Y presenta cortes en los brazos y las piernas. De hecho, tiene rotos todos los dedos de la mano derecha.

—¿Una pelea? —preguntó Monk esperanzado. Aquel hombre era alto y fuerte. Quien hubiese luchado contra él también tendría unos cuantos moretones, quizá incluso algo más.

—Dudo que ofreciera mucha resistencia. —Hyde adoptó una expresión de repulsión—. Un hombre armado con una bayoneta y el otro, según parece, desarmado.

—Pero tiene los dedos destrozados —arguyó Monk—, así que al menos asestó un buen puñetazo.

—¿Acaso no me escucha? He dicho que le rompieron los dedos. Todos ellos, y parece intencionado. Las fracturas no están alineadas, como sería normal si hubiese golpeado algo. Los tiene dislocados y rotos, y eso apunta a una mutilación deliberada.

Monk no respondió. Era una atrocidad hecha a conciencia, no el resultado de un arranque de ira, más bien una tortura premeditada.

Hyde gruñó y volvió a mirar el cadáver.

—Le entregaré el rifle y la bayoneta cuando se los haya sacado en la morgue. Esta herida encierra algo más. No sé qué es; eso se lo dejo a usted. Si solo hay una herida, sabe Dios qué ha ocurrido. Hay sangre en todas esas velas de ahí —señaló varias mesas y anaqueles— y fragmentos de papel roto, aunque ninguno en sus manos. Supongo que se habrá fijado.

Monk no se había percatado. No obstante, sí que había reparado en que el hombre tenía la boca muy desfigurada y cubierta de sangre.

—¿Eso es algo más que una magulladura? —preguntó—. ¿Un puñetazo en la boca, contra los dientes?

Hyde se agachó algo más y tardó un poco en contestar.

—No —dijo por fin. Tragó saliva—. Le han amputado los labios una vez muerto. Los tiene embutidos en la boca. Al menos creo que eso es lo que hay ahí dentro. Dios nos asista.

—¿Quién es el difunto? —preguntó Monk.

El otro hombre presente en la habitación se acercó. Era de estatura mediana y complexión corriente. De hecho, no presentaba ningún rasgo inusual hasta que habló. Tenía una voz estridente, incluso cuando hablaba en voz baja, y sus ojos eran de un azul extraordinariamente claro y penetrante. Miró a Monk de una manera que bien podía ser deferente.

—Se llamaba Imrus Fodor, señor. Apenas lo conocía, pero en esta zona de Londres los húngaros no somos tantos como para no saber más o menos quién es quién.

Hablaba inglés casi sin acento extranjero.

—Gracias. —Monk lo miró fijamente—. ¿A qué se debe su presencia aquí, señor...

—Dobokai, señor, Antal Dobokai. Soy farmacéutico. Tengo una pequeña botica en Mercer Street. Vine a entregar una pócima al pobre Fodor. Para los pies.

Levantó una bolsa de papel marrón.

—¿Normalmente se ocupa usted mismo de las entregas a domicilio? —preguntó Monk con curiosidad—. ¿Y a estas horas de la mañana?

—Si no estoy ocupado, sí. Me cuesta poco prestar este servicio. A cambio me gano la fidelidad de mis clientes, y además me gusta caminar, sobre todo en esta época del año.

Los ojos de Dobokai no vacilaron ni un instante. Había en él un sentimiento tan intenso que a Monk le costaba apartar la vista. Aunque si había tenido intención de hacer aquel pequeño favor y se había encontrado con aquella sangrienta matanza, no era de extrañar que tuviera las emociones a flor de piel. A cualquier hombre en su sano juicio le habría sucedido lo mismo.

—Lamento que tuviera que descubrir esto. —Monk lo dijo sinceramente. Si a él mismo le resultaba espantoso, ¿qué debía de sentir aquel boticario, cuando le había ocurrido a un hombre que conocía? Sin embargo, lo mejor era hacer las preguntas pertinentes sin más dilación, mientras el recuerdo aún formaba parte de su experiencia inmediata, que tener que reconsiderarlo todo después—. ¿Puede contarme qué ha ocurrido desde el momento en que salió de su establecimiento?

Dobokai pestañeó; su concentración era obvia, e intensa. Se las arregló para aguantar el tipo mientras los ayudantes de Hyde entraron y cargaron el cuerpo en una camilla. Hicieron maniobras para evitar tropezarse y se llevaron el cuerpo. Hyde salió detrás de ellos inmediatamente, dejando a Monk a solas con Dobokai y el policía. A Monk le constaba que el joven haría un plano del edificio y que descubriría todos los accesos posibles por los que alguien hubiese podido entrar o salir.

—Me levanté temprano —dijo Dobokai en voz baja—. Hacia las seis decidí recoger algunas medicinas que había que entregar hoy. Metí la pócima de Fodor en una bolsa.

Abrió otra bolsa y mostró a Monk varias papelinas.

—¿Y después? —apuntó Monk.

—Sé que la señora Stanley también se levanta pronto. Padece insomnio, pobre mujer. Le entregué su opio hacia las seis y media...

—¿Dónde vive? —preguntó Monk.

—En Farling Street, muy cerca del cruce.

—¿Y después?

—Llevé al señor Dawkins su láudano. Vive un poco más abajo, en Martha Street —respondió Dobokai—. Luego entré en la cafetería húngara que hay en la esquina de High Street y desayuné un café y un bollo. Sabía que aquí no abrían hasta las ocho, que es cuando he llegado.

Monk se volvió hacia el policía.

—¿Ha llegado temprano algún operario?

—No, señor. Los he interrogado, pero, según dicen, todos han llegado a la vez, a las ocho en punto. El difunto era muy estricto. Un poco rigorista con el horario. Descontaba del salario cualquier retraso.

Dobokai interrumpió.

—Pero rara vez los hacía salir tarde. Y si lo hacía, les pagaba bien las horas extra.

—¿Y todos los operarios han llegado a la vez? —insistió Monk.

—Sí, señor, eso me han dicho todos —convino el policía—. Parece ser que lo mataron antes de que llegara alguien más. Concuerda con lo que ha dicho el doctor. Perdón, señor, el forense —se corrigió.

—Sin embargo, usted subió aquí, señor Dobokai —corroboró Monk—. Justo después de las ocho. ¿Habían llegado los trabajadores?

—Sí. He... he subido para entregarle la pócima y me he encontrado con... esto.

Parpadeando, echó un vistazo a la habitación y después miró de nuevo a Monk. Su tez era de natural cetrina, pero ahora parecía que estuviera enfermo.

—¿Por casualidad se ha fijado en los hombres que trabajaban abajo cuando se cruzó con ellos? ¿Había alguno al que conociera?

Tal vez fuese una pregunta tonta, pero a veces las perso-

nas recordaban más cosas de las que creían, incluso trivialidades que parecían carecer de importancia.

—Sí, señor —respondió Dobokai, recobrando un poco
el color—. Había siete hombres. Los conozco, pero solo
de vista.

Monk se sorprendió por la exactitud de la cifra.

—¿Dónde estaban ubicados? Tal vez podría dibujar un
bosquejo para el agente.

—Dos estaban en el gran banco que se encuentra nada
más entrar —contestó Dobokai sin titubear—. Uno de pie
en medio del almacén y los otros cuatro a lo largo del banco del fondo. Usaban herramientas. Tres sierras para madera y el último unas tenazas en la mano... izquierda.

—Es usted inusualmente observador. Gracias.

—Nunca olvidaré el día de hoy —dijo Dobokai en voz
baja—. Pobre Fodor. Antes de que me lo pregunte, no sé
quién ha podido hacerle esto. Siempre me pareció un hombre muy normal. Vivía solo. Su mujer falleció. Trabajó duro
para montar este negocio y le iba bien. Creo... creo que se
enfrenta usted a un lunático. Este lugar está... —Dio media
vuelta despacio, mirando la sangre, las velas rotas, con los
pabilos escarlata como si los hubiesen mojado en las heridas
del hombre asesinado. Debía de haber dieciséis o diecisiete, de distintos tamaños y formas—. ¿Qué hombre en su
sano juicio haría algo semejante? —preguntó en vano—. Le
ayudaré a resolverlo. Conozco a mis paisanos. Le haré de
intérprete con quienes no hablen bien el inglés. Lo que sea...

—Gracias —interrumpió Monk—. Si necesito su ayuda, se la pediré y le estaré agradecido.

Comprendía el miedo de Dobokai, su necesidad de tener la sensación de estar haciendo algo en lugar de quedarse de brazos cruzados.

—Primero hablaremos con los empleados —prosiguió

Monk—. Haré que alguien revise las cuentas del negocio de Fodor, dinero debido y adeudado, balances y demás. Eso quizá nos diga algo.

Dobokai lo miró escéptico.

—¿Es así como liquidan las deudas atrasadas en Inglaterra? Llevo muchos años en su país, comandante. Antes de instalarme en Londres, viví en Yorkshire. Buena siderurgia. Buenas gentes. Esto no es un asunto de negocios, al menos no de un negocio a la inglesa.

Monk miró los excepcionales ojos azul claro de Dobokai y se dio cuenta de su error. Había subestimado a aquel hombre.

—No, por supuesto que no —convino—. Tenemos que cumplir con las formalidades, aunque solo sea para excluir esa posibilidad. Pero lleva usted razón. Esto ha sido fruto del odio, de una terrible y descontrolada pasión por destruir. Pero no quiero asustar a la gente, si puedo evitarlo. Y debemos averiguar todo lo que podamos. Investigar su negocio es una manera tan buena como cualquier otra de comenzar. Nos permitirá hacer preguntas.

—Ah, ya veo qué quiere decir —dijo Dobokai enseguida—. Una manera de entrar. Por supuesto. Tendría que haberlo entendido. Sí. No puede decir a la gente que un monstruo anda suelto; les entraría el pánico. No diré una palabra... sobre este horror. Ustedes preguntarán a la gente qué ha visto, y poco a poco lo resolverán. —Volvió a echar un vistazo a la oficina—. Cuánto odio... —susurró, no a Monk sino para sus adentros.

Monk tuvo la poderosa sensación de que Dobokai se estaba percatando de algo que nunca antes había visto, no plenamente, no de aquella manera. En su debido momento, tal vez Monk descubriría de qué se trataba.

—Gracias, señor Dobokai —dijo en un tono más amable—. Nos quedaremos por aquí un rato más, hablaremos con los trabajadores, los vecinos y veremos si alguien se ha fijado en algo fuera de lo corriente. Por si le necesitamos, dele su dirección exacta al señor Hooper, que está ahí fuera, y si se le ocurre algo que añadir, háganoslo saber.

—Sí —contestó Dobokai—. Sí, por supuesto.

De pronto se mostró más que aliviado, cosa natural, al poder despedirse y salir de aquella habitación espantosa, escoltado por el agente.

Monk miró en derredor otra vez, ahora a solas. Todo lo que vio, las salpicaduras de sangre, las velas embadurnadas de sangre, dos de ellas de un púrpura oscuro, casi azul, el papel roto que parecía algún tipo de carta, todo ello hablaba de una rabia desatada, absolutamente descontrolada, casi más allá de la cordura. ¿Qué hombre cabal le habría hecho aquello a un semejante?

Ahora bien, ¿de dónde había emanado tan profundo sentimiento para que nadie lo hubiese visto venir? ¿O acaso alguien estaba al tanto? Si buscaba en el lugar correcto, seguramente encontraría algún atisbo de que el propio Fodor era consciente de ello. Y habría otras personas que le podrían ayudar, colegas de Fodor, amigos. Tamaño odio no salía a la luz sin un arraigado fundamento.

Hooper regresó de interrogar a los empleados y de registrar el edificio en busca de indicios de que se hubiese forzado una entrada o salida. Hacía bastante tiempo que él y Monk trabajaban juntos, dos o tres años como mínimo. Hooper era un hombre corpulento, de pocas palabras, pero dotado de inteligencia y sentimientos profundos bajo su actitud reservada. Cuando todos los demás habían considerado a Monk culpable de cometer un error, o algo peor, Hooper había arriesgado su propia vida para salvarlo, por no hablar de su carrera para defenderlo.

—¿Señor? —preguntó Hooper.

—Oh... Dígame. —Monk se volvió hacia él—. ¿Ha averiguado algo?

—Nada relevante —contestó Hooper con pesar—. Nadie ha forzado la entrada. Tampoco se puede trepar desde el agua. La puerta de atrás está cerrada por dentro con llave y cerrojo.

—Así que debemos elegir a nuestro hombre de entre toda la comunidad —concluyó Monk.

—Dobokai...

—Exacto. Es decir, si realmente estaba mezclando ungüentos para los pies del difunto. Hay que comprobarlo. —Miró a su alrededor—. Se diría que alguien poseído por un odio tan violento se delataría al primer vistazo. Probablemente aullándole a la luna y con los dientes ensangrentados. Mas no será así. Lo más probable es que tenga un aspecto de lo más normal y corriente... casi todo el tiempo.

Hooper se encogió de hombros. Era verdad. Los excéntricos evidentes con frecuencia eran las personas más cuerdas de todas, y las cumplidoras, obedientes y reprimidas, cuando finalmente estallaban, a veces ocultaban en su fuero interno monstruos inimaginables... o no.

—Tenemos que averiguar cuanto podamos acerca de Imrus Fodor, pobre diablo —dijo Monk—. Supongo que la mayor parte de sus vecinos y clientes hablará inglés.

La casa de Fodor era agradable, corriente por fuera, como todas las de la calle, pero inusualmente confortable por dentro y, decididamente, con mucho carácter. Habían encontrado las llaves en su despacho del almacén, de modo que no fue necesario forzar la puerta. Se plantaron en el recibidor y miraron en derredor.

—No es inglés —dijo Hooper, aunque había interés en su voz, incluso cierto respeto.

Monk contempló los cuadros de las paredes. Varios eran de jinetes con trajes que no había visto jamás. Uno era de una ciudad que no reconoció. Tenía contornos anticuados, ajenos a Inglaterra, pero era muy hermosa, como una creación de la imaginación más que de la historia. También se fijó en un bello lienzo que representaba a una madre con su hijo, rodeado de oro.

—No era pobre —observó Hooper, examinando el mobiliario—. Esa consola alcanzaría un buen precio. Y el espejo de encima, también. Buen cristal, y la talla es perfecta.

Monk comenzó a recorrer las habitaciones, sin apenas tocar nada, pero haciéndose una idea muy clara de los gustos del difunto, así como del considerable dispendio invertido en su hogar. Fodor apreciaba la calidad y el estilo, y saltaba a la vista que podía permitírselos. Sin embargo, nada era extravagante ni daba la impresión de pretender epatar. Nada era nuevo, lo cual resultaba interesante. ¿Lo había traído todo de Hungría consigo? ¿O acaso su adquisición era fruto de algo más turbio? ¿Conseguido mediante chantaje? En la muerte de Fodor se percibía el tipo de odio que señalaba a alguien sobre quien tenía poder. ¿Para perjudicar, robar, arruinar? ¿Por qué ahora? Esta era la pregunta que siempre planteaba un crimen violento: ¿por qué ahora?

—Hay que investigar con mucho detenimiento sus últimos días —dijo Monk—. Una o dos semanas. ¿Qué sucedió para que un hombre que vivía en una casa como esta fuese atacado de repente, y además con tanto odio?

No obstante, un registro concienzudo del resto de la casa no reveló nada que pareciera indicar un suceso inusitado. No había dietario, nada señalado en el calendario de pared de la cocina, ninguna nota, carta o invitación.

—Empecemos por los vecinos de al lado —dijo Monk, mirando calle arriba y abajo—. La casa está bien mantenida, como si alguien pasara mucho tiempo en ella.

Hooper sonrió.

—Sí, señor. He visto que las cortinas se movían.

—Exacto. Yo iré por este lado —indicó Monk—. Usted por ese —añadió señalando en la dirección contraria—. Nos vemos en comisaría.

Hooper esbozó un saludo y emprendió la marcha.

Hicieron toda clase de preguntas en apariencia normales a los vecinos, procurando descubrir algo inusual, o como mínimo averiguar qué pensaban o sentían acerca de Imrus Fodor.

—Era un hombre bastante agradable —dijo la señora Harris, la vecina de la derecha. Tenía unos cincuenta años, uno o dos más que la víctima—. Tampoco es que lo conociera, claro está. Era húngaro —agregó a modo de explicación.

—¿Hablaba bien el inglés? —preguntó Monk.

—Ah... pues sí, diría que sí. Pero a pesar de todo no era como nosotros. No podía serlo, ¿no le parece?

A veces Monk decidía ponerse obstructor para ver cómo cambiaba un entrevistado, qué decía cuando lo molestaba con la guardia baja. En esta ocasión, optó por esa estrategia.

—No lo sé —respondió—. Me parece que no he conocido a un solo húngaro. ¿Cómo son?

Mantuvo su expresión cortés no sin cierto esfuerzo.

—¿Cómo son? —dijo muy envarada la señora Harris—. No sé a qué se refiere.

—Ha dicho que no son como nosotros —le recordó Monk.

—Bueno, no era inglés, ¿no? —le espetó ella.

—Creo que no.

—¿Alguna vez ha conocido a un inglés que se llame Fodor? —preguntó la señora Harris, enarcando las cejas.

—No. ¿Era grosero con usted? ¿Desaliñado? ¿Irrespetuoso? ¿Sucio? ¿Ruidoso? ¿Lo vio alguna vez con unas copas de más? ¿Entraban y salían mujeres de su casa?

La señora Harris se quedó atónita.

—Pues... no. Excepto la señora Durridge, claro. Venía a hacer la limpieza y quizá a cocinar, que yo sepa.

Poco más sonsacó a la señora Harris y las demás personas con las que habló. El hombre que atendía tras el mostrador del estanco fue más franco.

—Aquí no hay suficiente trabajo para nosotros, solo faltaba que vinieran todos esos extranjeros —dijo contrariado—. No era mala persona —agregó—. Contrató a unos cuantos trabajadores, pero la mayoría eran de los suyos, por así decir. Más extranjeros. ¿Pero qué se puede esperar? También tienen periódicos extranjeros. Los imprimen aquí. Ese farmacéutico, Dobokai, tiene algo que ver con eso. Ni idea de lo que dicen sobre nosotros. Soy incapaz de leer una sola palabra. Podría ser cualquier cosa.

—¿A lo mejor son noticias de Hungría? —sugirió Monk.

El estanquero gruñó.

—Son diferentes, y punto. ¡Y fíjese en lo que ha ocurrido ahora! Ha acabado asesinado. Aquí no queremos ese tipo de cosas.

—Desde luego, no necesitamos más —convino Monk—. Tenemos suficiente con los nuestros.

El estanquero lo miró entornando los ojos.

—¿Por qué le importa tanto, entonces? ¿También es extranjero?

—Soy policía —contestó Monk—. Quiero descubrir quién le hizo esto y meterlo entre rejas lo antes posible.

—Perfecto. ¡Pues hágalo!

—Necesito su ayuda. No conozco bien esta zona —contestó Monk.

—¿Usted dónde vive? ¿También es extranjero? —insistió.

—Al otro lado del río —respondió Monk—. Más o menos allí enfrente, un poco más arriba del embarcadero de Greenwich Stairs.

—Bien, ¿qué quiere saber?

Monk se sorprendió a sí mismo.

—¿Qué sabe sobre Antal Dobokai?

—Un sujeto interesante... —El estanquero se quedó pensativo un momento—. Instruido. Reservado. En el fondo está todo el tiempo pensando, aunque en Hungría, por supuesto, que es de donde procede. Suma mentalmente más deprisa que la mayoría de nosotros con lápiz y papel, y siempre acierta. Se rumorea que antes era arquitecto. Le fue más difícil encontrar trabajo aquí. Tenemos a los nuestros. Pero al parecer le va bien. ¿Por qué? ¿Cree que lo hizo él? —preguntó con una mezcla de escepticismo y humor.

—No —contestó Monk—. Por ahora diría que es el único que no pudo hacerlo.

—¿Y eso?

—Por la hora. Es imposible estar en dos sitios a la vez.

—Mal asunto. Usted es policía. ¿Fue tan horrible como dicen las malas lenguas?

—Bastante desagradable. Alguien lo odiaba o perdió la cabeza por alguna razón. ¿Hay sentimientos encontrados en la comunidad? ¿Rivalidades? ¿Enemistades?

El estanquero se mostró un tanto sorprendido.

—Los húngaros son diferentes, supongo, pero bastante civilizados, si tú lo eres con ellos. Chapados a la antigua, digamos. Como el viejo Sallis, que vive a la vuelta de la esquina. «Lo bastante bueno para mi padre y para su padre antes que él, por lo tanto, lo bastante bueno para mí», como diría él. Como si cambiar fuese un ultraje.

—¿Usted conocía a Fodor?

—Un poco. Era un tipo amable. Siempre te dirigía la palabra. Nunca se cruzaba contigo ignorándote, como hacen algunos. Pero todos son diferentes, igual que nosotros.

Ellos y nosotros. Advirtió Monk una y otra vez. Se quedó un rato más, después caminó cosa de una manzana e interrogó a un verdulero, y después a un zapatero. Había caído la tarde sin que hubiese averiguado algo inesperado cuando se reunió de nuevo con Hooper.

—Nada relevante —dijo Hooper, negando con la cabeza—. Era conocido en el barrio, sobre todo entre los demás húngaros. Hay bastantes en esta zona. Todos vienen al mismo lugar. Supongo que yo haría lo mismo si tuviera que vivir en otro país. ¡Cosa que no haría! ¿Por qué vienen aquí? A los que han hablado conmigo les va bastante bien. ¿Por qué no quedarte en tu tierra, donde todos sois iguales?

—¿Se lo ha preguntado?

Hooper sonrió con pesar.

—Hay demasiada gente preguntándolo, como si no tuvieran derecho a estar aquí. No he averiguado nada útil, señor. Todo el mundo dice lo que uno espera oír. Era un hombre cabal, pero aun así un extranjero. —Negó con la cabeza—. O lo hizo alguien que lo conocía bien y lo odiaba, o lo hizo un demente.

Muy a su pesar, Monk había sacado la misma conclusión. Deseaba que Hooper hubiese discutido con él y, no obstante, de haberlo hecho, lo habría decepcionado. Resultaba demasiado fácil eludir una verdad porque no te gustaba.

—O alguien que odia a los forasteros —agregó Hooper—. He percibido un poco de recelo. Hay personas que encuentran amenazantes los cambios.

—Pues que se vayan a vivir al campo —dijo Monk con acritud—. La ciudad cambia constantemente. Es lo que tiene de bueno y de malo. A mí han venido a decirme lo mismo; refunfuñan como la gente que siempre se está quejando del tiempo.

—Alguien odiaba a ese pobre hombre —dijo Hooper cuando echaron a andar. El sol descendía en el cielo y las aceras quedaban parcialmente en sombra—. ¿Tal vez deberíamos pedir a Dobokai que nos ayude? Quizá detecte inflexiones que nosotros pasamos por alto. Conoce a la gente y habla el idioma. La mayoría parece tener un buen nivel de inglés, pero entre ellos siguen hablando en húngaro. Podríamos no entender algunos matices.

—Creo que yo no entiendo nada —dijo Monk con un deje de amargura—. No se trata de un loco que haya actuado al azar. En esa oficina había odio, un odio profundo, irracional, personal. Quienquiera que fuese le atravesó el corazón con una bayoneta, apagó velas en su sangre, le rompió los dientes y la mano derecha. Y le cortó los labios. Nos enfrentamos a algo terrible, Hooper, ya sea inglés, húngaro o algo que aún no se nos haya ocurrido. Me pregunto qué significan las velas. Nadie enciende diecisiete velas por meras ganas de verlas encendidas. ¿Se fijó en que dos eran oscuras, de un color púrpura azulón? ¿Significan algo? ¿O tan solo las tenía a mano? Todavía no ha cundido el pánico, pero si no resolvemos este asesinato, lo hará. Correrá la voz, y a medida que vaya de boca en boca peor será.

—Sí, señor, lo sé —dijo Hooper en voz baja, manteniendo el paso de Monk con tanta precisión que no necesitaba subir el tono—. ¿Pondrá a más hombres a trabajar en el caso mañana?

Apenas fue una pregunta.

—Sí, todos los que estén disponibles.

Monk llegó tarde a su casa, aunque todavía era de día. No se habían encendido aún las farolas mientras caminaba colina arriba desde el embarcadero del transbordador. Al llegar a Paradise Place y volver la vista atrás, el sol creaba una lámina reluciente en el agua mansa del río, punteada aquí y allí por los cascos negros de los barcos anclados y los mástiles que apenas se balanceaban contra el telón de fondo del cielo sobre la ciudad. La suave brisa aún tibia ni tan siquiera agitaba las pesadas hojas de los árboles de Southwark Park. La violencia parecía una pesadilla remota.

Recorrió el último trecho hasta la puerta de su casa.

Hester lo oyó y acudió al recibidor desde la cocina. La suya no era una belleza al uso, tal vez estaba un poco demasiado delgada, y sin duda su rostro reflejaba tanto coraje e inteligencia que la mayoría de los hombres se incomodaba ante su porte. Tiempo atrás, al propio Monk le había parecido agresivo. Ahora era lo que más amaba en ella.

Monk fue derecho a su encuentro y la abrazó, sorprendiéndola por la fuerza con que la estrechó.

Al cabo de un momento Hester se apartó, y la preocupación asomó a sus ojos.

Monk enseguida supo que no estaba enterada del asesinato cometido en Shadwell.

—¿No has ido a la clínica hoy? —preguntó.

La mirada de Hester se ensombreció de inmediato. La clínica se encontraba en Portpool Lane, en la margen norte del río. Hacía varios años que la había fundado, con el fin de acoger y tratar a mujeres de la calle enfermas o heridas. Fue su último empeño como enfermera, que había comenzado con Florence Nightingale durante la Guerra de Crimea. Ahora la clínica la dirigían otras personas, pero ella todavía participaba en su gestión.

—Perdona —dijo Monk—. Quería decir si habías salido, o si habías leído los titulares de los periódicos vespertinos. Hemos tenido un asesinato bastante horrible en Shadwell, a un tiro de piedra de la comisaría de Wapping.

—¿En el río? —preguntó Hester. Se volvió y regresó a la cocina. El hervidor estaría en el fogón, como siempre a aquellas horas de la tarde.

—Justo al lado, pero prácticamente en la dársena de Shadwell New Basin. La policía regular está encantada de habérselo quitado de encima. La víctima trabaja con barcos. Un húngaro. Hay una pequeña comunidad en el barrio. Solo unos cientos, como mucho.

Hester puso el hervidor en la parte más caliente del fogón, avivado lo justo para calentar agua y cocinar. Hacía calor más que suficiente en la casa, así que no era necesario para la calefacción. Lo único que Monk deseaba en aquel momento era una taza de té recién hecho. Hester no tuvo que preguntar.

—¿Carne fría con verdura salteada para cenar? —preguntó en cambio—. También tengo tarta de manzana.

Era exactamente lo que le apetecía a Monk, sobre todo la tarta.

2

Monk volvió a comenzar temprano su jornada la mañana siguiente, yendo a ver al doctor Hyde a su despacho, anejo al depósito de cadáveres.

—No puedo decirle nada provechoso —dijo Hyde de inmediato—. Seguro que ya se ha formado una opinión y no tengo nada que añadir. La muerte se debió a la pérdida de sangre. Suele ocurrir cuando clavas una bayoneta en el corazón. Es muy aparatoso, muy melodramático, pero también una forma rápida de morir.

—Aunque poco compasiva —dijo Monk con amargura—. No irá a decirme que no fue consecuencia del odio.

—Ni mucho menos. —Hyde lo miró con virulencia—. ¡Ira! Se requiere mucha fuerza para ensartar así a un hombre. En el campo de batalla cargabas con todo tu peso para conseguir ese ímpetu. Quienquiera que hiciera esto estaba enfurecido, o aterrorizado. Y dado que tenía una bayoneta, que probablemente había llevado consigo, y que no hay indicios de que el pobre Fodor tuviera algo con lo que defenderse, la ira parece mucho más probable. Podría tratarse de una venganza, pero si lo fue, lo que Fodor hubiera hecho tuvo que ser condenadamente espantoso.

—¿De modo que no puede decirme más que o bien se

trata de un odio intenso consecuencia de un agravio que alguien padeció en el pasado, o bien hay un loco de atar que hasta ahora ha pasado desapercibido y que ha surgido de la nada?

Hyde enarcó las cejas como si estuviera ligeramente sorprendido.

—Yo no he creado esta situación, Monk. Si quería un trabajo tranquilo y predecible, tendría que haber sido contable o verdulero. —Fue hasta su escritorio, que estaba cubierto de papeles—. Lo que sí puedo decirle es que el asesino pilló totalmente por sorpresa a su víctima. Fodor no tuvo una sola oportunidad. Era un hombre corpulento y gozaba de buena salud, pero no intentó defenderse.

—¿O sea que no tuvo miedo? —dedujo Monk—. No pensó que hubiera motivo para tenerlo.

—Eso parece. Si fue por una antigua disputa, esta fue unilateral. Haría bien en averiguar muchas más cosas acerca de Fodor. Dudo mucho que este caso vaya a resolverlo con un ajuste aquí y otro allá. Bien, si le apetece una taza de té, hay un hervidor en el estante, y ya sabe dónde está el hornillo. De lo contrario, márchese y deje que comience mi jornada. Ha habido un accidente en los muelles de Surrey. Tengo otros dos cadáveres que examinar.

—Gracias —respondió Monk, esbozando una sonrisa—. He puesto a otros tres hombres a trabajar en el caso. Más vale que vaya a ver cómo les va.

—Una comunidad bastante honesta, la de los húngaros —agregó Hyde—. No son, ni de lejos, escoria social. Es posible que algunos sean refugiados políticos. Podría investigarlo. Lo pasaron mal por culpa de los austriacos, siempre fueron los más desfavorecidos. Aunque tengo entendido que desde hace años gozan de más libertades.

Monk ya tenía intención de hacer exactamente lo que

Hyde acababa de sugerirle, pero le dio las gracias igualmente y salió de la morgue. Siempre hacía frío allí dentro, incluso en verano, y el olor a lejía y carbólico le hacía pensar en todo lo malo que ocultaba.

Regresó a Shadwell a pie, no quedaba lejos, y vio a Hooper cuando llegó al muelle.

—Buenos días, señor. —Hooper estaba desalentado—. He estado haciendo preguntas por las calles. Todas las personas con las que he hablado hasta ahora se muestran nerviosas y asustadas. Algunos de estos húngaros llevan varios años aquí y hablan inglés con soltura, pero a la mayoría todavía les cuesta un poco. Es fácil malinterpretar los detalles. Ese tal Dobokai está dispuesto a ayudar, y por ahora parece ser el único cuyo paradero indica que no pudo matar a Fodor.

Monk habría preferido no recurrir a Dobokai, pero se dio cuenta de que no tenía alternativa. Refirió a Hooper lo que le había contado el forense.

Hooper, con el sol de cara, contemplaba las aguas abiertas del muelle. A lo lejos se oían las voces de hombres trabajando y el ruido metálico de las cadenas con las que se ataban las cargas, listas para ser izadas.

—Nos espera una ardua tarea, señor. Para ellos somos ajenos, por más que vivan en nuestra ciudad. Serán tan educados como quiera, pero no nos dejarán entrar en su ambiente, no sé si me explico.

—Tenemos que averiguar todo lo que podamos sobre los últimos meses de la vida de Fodor. Un odio como ese no surge de la nada, salvo que en realidad estemos buscando a un lunático...

—Tengo a un par de hombres preguntando si últimamente ha aparecido algún extranjero —respondió Hooper—. En su mayoría, las personas que viven aquí tienen coartada. Regentan negocios, compran y venden cosas, trabajan, se relacionan. Este homicidio ha suscitado mucho malestar. Cuanto más se sabe, peor es el panorama. A estas alturas todo el mundo está enterado.

—Pues más vale que nos pongamos en marcha —convino Monk—. Escarbaremos en el pasado de Fodor. ¿Qué sabemos acerca de él por ahora?

El semblante de Hooper era inexpresivo.

—Honesto en los negocios, educado, buen jefe, sin deudas, sobrio, simpático, tranquilo, limpio, generoso...

Se interrumpió.

—Entiendo su punto de vista —dijo Monk—. No hay un solo motivo para desearle la muerte. Por consiguiente, en su entorno son todos inocentes y deberíamos buscar a un lunático ajeno a la comunidad que ha actuado al azar. Como bien dice, será una ardua tarea.

—Sí, señor. En cierto sentido, no se les puede culpar. Cuando estás en un país extranjero que vela por los suyos, tú también tienes que velar por los tuyos.

Monk no se molestó en responder.

Encontraron a Antal Dobokai en la acera de una de las cafeterías que regentaba una familia húngara. Había bollos expuestos en el escaparate, y un aroma intenso y especiado escapaba de su interior. Casi se diría que Dobokai había estado aguardándolos.

—Buenos días —saludó, disimulando solo a medias su satisfacción—. ¿Han descubierto algo relevante?

—Poca cosa —admitió Monk. Carecía de sentido fingir. Si mentía se le notaría—. O bien fue un asesinato al azar, cosa poco probable habida cuenta de las circunstancias, o bien se debió a una vieja enemistad de mucho calado, y de la que nadie parece estar enterado.

Dobokai adoptó un aire meditabundo. Titubeó ostensiblemente antes de contestar.

—A lo mejor existe otra posibilidad —dijo lentamente, escogiendo sus palabras como si de repente su familiaridad con el idioma lo hubiese abandonado—. Que el pobre Fodor haya sido el chivo expiatorio de la aversión que ciertas personas sienten por los que son diferentes.

—Londres está atestado de personas diferentes —señaló Monk—. Sobre todo en las zonas portuarias. Prácticamente todas las nacionalidades del mundo están presentes aquí, y muchas de ellas tienen un aspecto mucho más divergente que el de ustedes.

Dobokai esbozó una breve sonrisa.

—Entonces no es usted tan buen detective como sugiere su cargo —dijo con franqueza.

Hooper miró hacia otro lado, y Monk no dudó que ocultaba una sonrisa.

Como para restar ofensa a sus palabras, Dobokai prosiguió:

—Nuestras mujeres llevan la ropa de una manera un tanto diferente, si se me permite decirlo, con más... estilo. Y tenemos facciones diferentes, aunque solo un poco. —Se tocó los pómulos ligeramente más prominentes—. Más anchas —agregó—. Intentamos aprender sus costumbres, pero nunca dejaremos de ser quienes somos.

—Si fuese así —dijo Monk en un tono más amable—, ¿por qué Fodor? ¿Por qué no cualquiera? Tiene que haber un motivo oculto, una casualidad que llevara a quien lo hizo a escogerlo a él. Quizá esta sea nuestra única oportunidad de encontrar al asesino. Agradeceríamos su ayuda, señor Dobokai.

—Cuenten conmigo —respondió Dobokai, asintiendo despacio—. Tiene razón. Por más repulsivo o difícil que resulte equipararlo con la cordura, siempre existe un motivo. Les ayudaré a descubrirlo, antes... antes de que la gente olvide lo que ha visto u oído, y la pista se enfríe.

Dibujó una sonrisa breve en sus labios, que acto seguido se desvaneció. Sin embargo, sus increíbles ojos azules brillaban.

—¿Qué sabe acerca de Fodor, señor Dobokai? —preguntó Monk—. ¿Sabe de qué lugar de Hungría era y cuándo vino?

—Sí, por supuesto. ¿Quiere que se lo deletree? Nuestra ortografía es... distinta a la suya.

—Se lo agradecería —contestó Monk—. De hecho, tal vez podría hablarme sobre los miembros de la comunidad húngara que hayan venido aquí estos últimos años.

—Fodor lleva en Londres veinte años o más —le dijo Dobokai—. Y, por supuesto, le hablaré de los que han llegado recientemente.

Fueron al despacho de Monk en la comisaría de Wapping. Resultó una mañana de trabajo bastante larga pero fructífera, Dobokai les facilitó una lista de las familias principales de la comunidad, con sus ocupaciones y las fechas aproximadas de su llegada. En la mayoría de los casos, también pudo aportarles la ciudad o región de procedencia de Hungría.

—¿Está sorprendido? —dijo Dobokai, e hizo una mueca—. Si se viera obligado a comenzar su vida de nuevo en un país extranjero, un país sin vínculos con el suyo y donde no se hablara su idioma, ¿no buscaría a alguien que le diera consejo, le ayudara a buscar un lugar donde vivir y algún tipo de trabajo para pagar el alquiler y su sustento? ¿No preguntaría dónde comprar la comida que le gusta? ¿Dónde conseguir muebles de segunda mano en buen estado? ¿Dónde alquilar habitaciones; quién es honesto; dónde recibir, de vez en cuando, noticias de su patria?

Cuando acabaron de hablar acerca de la cincuentena de familias que componían el meollo de la comunidad húngara de Shadwell, Monk y Hooper fueron con Dobokai a almorzar, a sugerencia suya, a un pequeño restaurante húngaro.

La carta no era extensa y, siguiendo el consejo de Dobokai, Monk pidió un estofado de cerdo y ternera, inusualmente especiado con laurel, ajo y otros condimentos que no supo distinguir. Dobokai le explicó, no sin cierto orgullo, que los húngaros con frecuencia mezclaban las carnes y que eran expertos en el uso de un montón de especias.

De postre les ofrecieron pastel de Dobos, un bizcocho en capas relleno de chocolate y con una liviana cobertura de caramelo. Diciéndose a sí mismo que era por cortesía, Monk aceptó una segunda ración.

Dobokai los llevó a conocer a Ferenc Ember, el médico inmigrante que trataba las enfermedades de la mayor parte de la comunidad. Una vez en su consulta, mientras aguardaban la media hora necesaria para que pasara visita a sus pacientes, Monk se imaginó la desdicha de estar enfermo en un lugar desconocido e intentar explicar tus síntomas a una persona que se impacientaba por tus burdos intentos de hablar en su idioma sobre intimidades que poca gente comentaba, y mucho menos con extraños. El sufrimiento, el miedo o la simple vergüenza te cohibían. Que alguien de confianza hablara por ti era una bendición.

Ember era bastante joven, estaría en los treinta y tantos, pero se le veía cansado, la tez pálida, y no paraba de apartarse el pelo de la frente.

—¡Antal! —exclamó con alivio al ver que Dobokai iba con Monk y Hooper—. ¿Qué puedo hacer por ustedes?

Dobokai hizo las presentaciones pertinentes y después habló en húngaro con Ember a media voz. Monk no tenía ni idea de lo que estaban diciendo. No había una sola palabra que sonara familiar en su habla, ninguna raíz latina o germánica.

Ember le tendió la mano.

—Haré lo que pueda para ayudarlo, pero me temo que será muy poco. No puedo hablarle de las enfermedades de mis pacientes, eso es confidencial... —Miró a Monk con inquietud—. Aquí rigen las mismas normas, ¿cierto?

—Quizá pueda relajarlas un poco —sugirió Monk.

—Lo... lo intentaré —prometió Ember—. No sé qué...

Dobokai negó con la cabeza. Ignoró por completo a Monk y se puso a preguntar a Ember sobre enfermedades crónicas que en apariencia eran del todo irrelevantes. Después pasó a preguntar sobre unos niños del barrio y qué necesitaría Ember a fin de tratarlos con éxito.

Hooper, impaciente, cambió de postura.

Monk estaba de acuerdo con él. Aquello era una pérdida de tiempo y no obtendrían más información sobre la comunidad de la que Dobokai ya les había proporcionado en comisaría. Monk tomó aire para interrumpir la dispersa conversación, pero Dobokai levantó la mano para impedírselo. Fue un gesto arrogante, y el comandante se sintió presto a perder los estribos. Ember contestó en húngaro y Monk se recostó en su asiento, no iba a tolerar aquello por más tiempo. Era una exhibición de la importancia de Dobokai en su círculo, y por el momento resultaba del todo inútil.

Como si percibiera un aumento de la tensión, Ember se calló y se volvió hacia Monk.

—El señor Monk querrá saberlo —le aseguró Dobokai. Él también miró a Monk—. El doctor Ember me estaba refiriendo un incidente muy desagradable que ocurrió hace un par de semanas. Una muchacha, Eva Galambos, se vio acosada por un joven, al que los hermanos de la chica visitaron con la advertencia de que saldría muy malparado si lo volvía a hacer. El asunto empeoró y las relaciones se fueron al traste. No es algo fuera de lo común, pero otros se han sumado y ahora hay más gente involucrada, gente que recuerda otros asuntos, antiguas rencillas. ¿Sabe a qué me refiero?

—Sí —dijo Hooper enseguida. Miró a Ember—. Me imagino que sabe quiénes en su comunidad han resultado heridos.

—Suele suceder —convino Ember—. Aquí somos extraños, invitados, si quiere. Es mejor que no causemos problemas. Nunca vamos a ganar. Pero se trata de una nimiedad. Los jóvenes se pelean. Son cosas que pasan. Lo que le sucedió a Fodor fue bastante distinto. Eso tiene su origen en viejas heridas. Muy profundas.

—¿Sabe algo de tales heridas? —preguntó Monk, sin esperar más respuesta que la que leía en los ojos del médico.

—Solo veo retazos —contestó Ember—. No necesariamente los junto. No quiero saber de asuntos que no puedo curar. Esta gente no confiaría en mí. No puedo hacer más. Debo tomarlo todo en cuenta.

—¿Le dice algo el número diecisiete? —preguntó Monk—. ¿Tal vez en relación con algún ritual?

Ember no se alteró.

—No. ¿Por qué?

—Había diecisiete velas en la habitación donde encontraron el cuerpo del señor Fodor.

Ember negó con la cabeza.

Dobokai emitió un ligero carraspeo, como si se hubiese atragantado. Cuando Monk lo miró, había palidecido.

—¡Diecisiete! —susurró Dobokai, obligándose a escupir la palabra. Se agarró las manos con fuerza—. ¿Está diciendo que había diecisiete velas?

—Sí. Usted las vio.

—No... —Dobokai respiró profundamente—. No las conté.

—¿Qué significa el diecisiete? —preguntó Monk con más aspereza.

—Existe... o se dice que existe... una sociedad secreta, y el diecisiete es su... consigna, contraseña, lo que prefiera. Sé muy poco acerca de ella, y no quiero saber más. Pero me consta que sus miembros creen en el ocultismo. ¿Había alguna vela de un color distinto?

Sus ojos azules brillaban, casi luminosos.

—Sí —contestó Monk lentamente, recordando lo que había visto—. Dos eran oscuras, creo que azules o violetas. ¿Por qué?

—Púrpura —dijo Dobokai, como si fuese una palabra cargada de significado—. El púrpura del poder, para ejercerlo sobre la gente... la magia negra. No sé nada más ni quiero averiguarlo. En cuanto me enteré de esto, paré. Hay cosas que es mejor no saber —agregó, negando con la cabeza.

—¿Esa sociedad es húngara o inglesa? —preguntó Monk con apremio.

—No lo sé —contestó Dobokai—. Tal vez está en todas partes.

—¿Se enteró de la existencia de esta sociedad en Inglaterra, o fue antes de venir aquí?

—Aquí, en Londres, pero a través de un húngaro. Aunque... quizá esta sea una versión inglesa. —Negó con la cabeza—. Y antes de que me lo pregunte, el hombre que me habló de ella se marchó de Londres y no sé adónde ha ido.

—Gracias. Si se le ocurre algo más, le ruego que me lo haga saber.

—Quiero hacer cuanto esté en mi mano para ayudarle —le aseguró Dobokai, no mirando a Monk sino al frente—. Esta es mi comunidad. Necesito que la entienda, en la medida de lo posible. Lo que le ocurrió a Fodor fue horrible, ¡pero olvide lo que le he dicho a propósito del diecisiete, por favor! Uno de nosotros es un demonio, o uno de sus propios demonios anda suelto por aquí. Tal vez sea un perturbado que se considera víctima de una injusticia a manos de uno de nosotros y está decidido a vengarse.

Monk sopesó esa opción durante unos minutos sin decir palabra. Finalmente se limitó a agradecer la ayuda de Dobokai y extender su reconocimiento a Ember.

—¿Qué opina sobre ese asunto del diecisiete? —preguntó Hooper en cuanto se marcharon.

Monk estaba alterado. Detestaba las sociedades secretas de todo tipo. Otorgaban un poder del que casi siempre se abusaba. Incluso Dobokai, por lo demás tan impasible, parecía asustarse solo de pensarlo.

—Podría tener alguna relación, o quizá solo sea mera coincidencia. Por el momento, quedémonos con los habituales celos, codicia y venganza.

A lo largo de los dos días siguientes, al hablar con buena parte de las familias del barrio, tanto húngaras como inglesas, Monk comenzó a formarse una idea más clara de sus relaciones mutuas. Existía una proximidad natural entre quienes compartían sus raíces, sus recuerdos y, sobre todo, comprendían la complicada naturaleza de la esperanza de una nueva vida en un país distinto. Bajo las superficialidades, Londres seguía siendo muy diferente a los lugares que habían dejado atrás. Se daba una pérdida de las certidumbres de antaño, la familiaridad con el ambiente y con las historias que habían compartido, no siempre siendo conscientes de las cosas buenas y malas de sus vidas.

Fue Dobokai quien sonsacó toda esta información para él, ya fuese intencionadamente o no. Tenía una manera muy curiosa de interrogar a la gente. Monk tardó los dos días que pasaron juntos en entender su método. Era muy indirecto, y a menudo parecía absurdo.

—¿Cómo está hoy? —preguntó a un hombre de mediana edad, Lorand Gazda, que estaba sentado en un banco contemplando el agua pese a su miopía.

—Gracias por preguntar —dijo despaciosamente.

—Tiempos difíciles —se compadeció Dobokai. Se volvió hacia Monk—. Lorand era un hombre muy rico, pero perdió sus tierras durante la revolución del 48. Respaldó a los que luchaban por la libertad. —Apoyó un momento la mano en el hombro de Gazda—. Como tantas otras personas. Ahora se ha conseguido que Austria concediera más libertades, pero para algunos han tardado demasiado en llegar.

Monk tenía los suficientes conocimientos de historia para saber que la mayor parte de Europa se había alzado contra la opresión de un signo u otro. En algunos países el intento estuvo cerca del éxito. Parecía el inicio de una edad de oro. Sin embargo, el antiguo régimen consiguió aplastar uno tras otro los levantamientos que lo amenazaban. París, Roma, Berlín, Budapest o Viena cayeron entonces en una nueva opresión, peor incluso que la anterior. Solo Inglaterra permaneció indemne y se convirtió en un refugio para muchos fugitivos. Ahora bien, eso solo lo sabía gracias a los libros de historia y al boca a boca. Fue en una época que no podía recordar. Pero ciertas circunstancias le habían llevado a deducir que él mismo había estado en California en el apogeo del malestar social, durante la fiebre del oro del 49.

Sin embargo, poco importaba ahora. No había tenido que abandonar la patria chica de su juventud. Aún estaba ahí, solo que no podía recordarlo.

Dobokai todavía estaba compadeciéndose con Gazda, en su opinión, inútilmente.

—Con todo, le gusta bajar a contemplar el río —dijo, buscando conversación.

Los ojos de Gazda se iluminaron.

—Es un buen río —convino—. Un gran puerto.

Respondía directamente a Dobokai, como si Monk estuviera más allá de su visión periférica. Tal vez lo estuviera.

—El muelle de Shadwell —asintió Dobokai.

Los músculos del rostro de Gazda se tensaron.

Monk comenzó a prestar atención.

—Me figuro que le afectó mucho la muerte de Fodor —prosiguió Dobokai, con un deje de compasión en su voz.

Gazda hizo una mueca, apartó la vista y miró fijamente a lo lejos, si bien cabía cuestionarse hasta dónde alcanzaba a ver. Monk dudó que como testigo presencial pudiera ser de utilidad, incluso si había estado en el muelle en su momento.

Dobokai bajó la voz todavía más.

—Tenemos que hacer algo al respecto, Lorand. No debemos permitir que algo tan espantoso vuelva a suceder. ¿Usted qué opina?

Monk se impacientó. Dobokai estaba asustando a Gazda en vano. Aquello había sido un incidente aislado, fruto del odio. Nada semejante había ocurrido antes y no había motivo para pensar que fuera a repetirse. Estaba a punto de interrumpir cuando Gazda respondió.

—Fodor era un buen hombre. Tenía sus defectos, naturalmente. ¿Quién no los tiene? Pero era generoso y nunca hablaba mal de los demás. No estamos quitando trabajo a la gente, Dobokai. Tienes que hacer que lo entiendan. Solo cuidamos de nosotros mismos, como todos. Tenemos derecho a hacerlo. Los ingleses han ido por todo el mundo sin

haber sido requeridos, ¿no pueden hacernos un hueco aquí?
—Se estremeció, pese a que estaba sentado al sol—. No lo
comprendo. ¿Por qué le tocó a Fodor? ¿Y por qué son tan...
tan salvajes? ¿Acaso son bárbaros?

Dobokai lanzó una breve ojeada a Monk, y luego se volvió de nuevo hacia el anciano.

—Tenemos que ayudar a la policía a detener a quien lo
hizo, Lorand —dijo con delicadeza—. Al igual que nosotros, ellos no quieren que se salga con la suya.

—¿Ah, no? ¿Por qué iba a importarles? ¡Fodor no era
uno de los suyos!

—Porque son gente civilizada —contestó Dobokai con
convicción—. Esto será noticia en todas partes. ¿Acaso
piensa que quieren dar la imagen de Inglaterra como una
tierra que no cuida a los inmigrantes? ¿Que esto es lo que
les ocurre a las personas que vienen aquí? ¡Orgullo, Lorand!
Orgullo. ¿Le gustaría que la gente pensara que los húngaros
somos así?

Gazda se puso tenso.

—Dígame qué puedo contar, y se lo contaré.

—Cuente lo que pueda al señor Monk. Es policía. Demasiado importante para seguir llevando uniforme. Hable
con él.

Monk se relajó. Tal vez había malinterpretado a Dobokai. Era mucho mejor juez de la naturaleza humana de lo
que había supuesto.

Se quedó con Lorand Gazda más de una hora y se enteró
de un montón de cosas acerca de la comunidad. Averiguó
quién había prestado dinero a quién, y a qué interés. Se esforzó en escribir apellidos que a duras penas podía deletrear,
y tuvo que pedir ayuda. Descubrió aventuras amorosas, algunas ilícitas, otras con tres personas involucradas. Supo de
favores y de pequeñas venganzas, señalando en sus notas a

quienes consideraba que requerían una investigación más exhaustiva. Probablemente no significaran nada, pero eran un hilo del que empezar a tirar. Gazda contestó todas sus preguntas, Dobokai traducía, cuando era preciso, los extraños recuerdos o algún concepto que el buen hombre era incapaz de explicar en inglés.

Por fin Monk se puso de pie y le dio las gracias.

—¿Lo encontrará, verdad? —preguntó Gazda con ansia—. ¿Detendrá a quien lo hizo?

Monk tomó aire para advertirle que no sería fácil pero que haría cuanto estuviera en su mano. Entonces reparó en el rostro cansado de Gazda y percibió su miedo. Había sido un extraño en una tierra extraña que en realidad no lo había querido durante demasiados años. Se aferraba a su orgullo con una determinación desesperada.

—Sí, señor Gazda —dijo, haciendo una promesa precipitada que esperaba ser capaz de cumplir. No había certeza alguna—. Le prometo que será pronto, y por difícil que resulte, no nos rendiremos. Usted forma parte de este país, él no.

Dobokai no dijo palabra, pero cuando se hubieron despedido y alejado de Lorand Gazda, proporcionó a Monk las direcciones de las familias con las que Monk consideraba más provechoso hablar. Cuando pasó por la comisaría de Wapping antes de irse a casa, tenía un mejor conocimiento de la comunidad húngara de Shadwell que del vecindario del otro lado del río donde llevaba años viviendo. No conseguía que Dobokai le cayera bien, había algo en él que lo hacía especial, un cierto desasosiego, un ansia, y estaba enojado consigo mismo precisamente por eso. Era injusto. Era el mismo prejuicio que despreciaba en los demás. Él, más que nadie, debería ser consciente de ello.

Siguió reflexionando a bordo del transbordador que lo

llevaba a la margen sur, sentado en la popa, mientras observaba la luz reflejada en el agua y notaba cómo refrescaba. Unas gaviotas revoloteaban en lo alto. La silueta de la ciudad le resultaba tan familiar que distinguiría cualquier grúa que hubiese cambiado de ubicación, un barco mayor de lo acostumbrado, mástiles más altos recortados contra el cielo.

Y, sin embargo, no hacía mucho que todo aquello había resultado nuevo para él. Cuando se despertó en la habitación del hospital todo era nuevo, extraño, incluso su propio rostro en el espejo. Había tenido que averiguar quiénes eran sus amigos y quiénes sus enemigos, y había muy pocos de los primeros y demasiados, y bien ganados, de los segundos.

Eso sí, al menos hablaba el idioma, y las pautas de su profesión estaban entretejidas en un nivel más profundo que el del conocimiento consciente.

No obstante, ¿durante cuántos años había temido lo desconocido, esperando siempre lo peor? ¿Cuántas veces lo había pillado por sorpresa su propia ignorancia de lo que todos los demás parecían conocer? Entendía pues a aquellas personas y sus sospechas de ser objeto de prejuicios y provocar desagrado por el mero hecho de tener un aspecto y un idioma diferentes. ¡Claro que hacían piña! ¿Quién no la haría? El recelo constante resultaba agotador. No podías saber cuánto hasta que tenías que aprenderlo todo de nuevo, no dar nada por sentado y nunca suponer, sino pensar, observar y escuchar todo el tiempo.

Dobokai desconocía aquel aspecto de su vida. Nadie estaba al corriente, excepto Hester y, desde hacía menos tiempo, Hooper. Había tenido que escoger entre contárselo a Hooper o mentir. Le importaba demasiado lo que Hooper pensara de él para hacer algo semejante, cosa que lo sorprendió. Según lo que había averiguado acerca de su propio carácter en el pasado, siempre le había traído sin cuidado lo que cualquiera pensara de él. Runcorn, primero amigo, luego enemigo y ahora un amigo más íntimo que antes, se lo había contado.

¿Podría cumplir lo prometido a Lorand Gazda y, por extensión, a Dobokai?

¿Por qué Fodor? ¿Por qué ahora? Hooper había dedicado el día entero a averiguar todo lo que pudo sobre él, y el resultado era bastante pobre. Si alguien sabía algo malo acerca de él, no estaba dispuesto a insinuarlo siquiera. ¿Lealtad? ¿Miedo? ¿Ceguera, voluntaria o no? ¿O en realidad no había nada que averiguar? ¿Había sido simplemente víctima de la casualidad?

¿Y las diecisiete velas? ¿Existía realmente una sociedad secreta, o era producto de la imaginación supersticiosa de Dobokai? ¿Por dónde empezaba uno a buscar a un grupo de ese tipo? La mera idea lo incomodaba. Sus pesquisas tendrían que ser discretas. Preguntaría a la Policía Metropolitana, en privado.

Había otra cosa que quería que uno de sus hombres hiciera: ponerse en contacto con todas las comisarías del río y ver si tenían conocimiento de otros crímenes semejantes. No era probable, pues ya se habrían pronunciado. Los periódicos vespertinos habían abundado en el asesinato de Fodor, exigiendo a la policía que hiciera su trabajo y atrapara al monstruo. Más de uno había insinuado que se trataba de una *vendetta* húngara y que tarde o temprano todo Londres estaría en peligro.

A la mañana siguiente Monk visitó a un hombre que Dobokai había insinuado que podría guardar rencor a Fodor por un antiguo acuerdo comercial. Se llamaba Roger Haldane y era tan inglés como el propio Monk. Dobokai lo había señalado, indirectamente, como sospechoso, por ser un hombre que se vio a sí mismo viviendo rodeado de extranjeros y su barrio de siempre, sutil pero completamente cambiado.

La casa de Haldane estaba en James Street, cerca de la capilla bautista.

Abrió la puerta una sirvienta que tendría unos sesenta años, y tan bella como las que podrías encontrar en las mejores casas de Mayfair. Informó cortésmente a Monk de que el señor Haldane ya había salido, pero si no le importaba esperar, preguntaría a la señora Haldane si lo recibiría.

Aceptó la invitación y pocos minutos después estaba sentado en el pequeño y prolijo saloncito, con su única estantería y una fotografía muy buena de un joven de unos veinte años, cuando Adel Haldane entró en la habitación.

Monk se puso de pie.

—Buenos días, señora Haldane. Soy el comandante Monk, jefe de la Policía Fluvial del Támesis. Ha sido muy amable al recibirme sin cita previa.

Era una mujer guapa de abundante cabello rubio y pómulos altos, de tez pálida e inmaculada, aunque había dejado bien atrás los cuarenta y tal vez le faltara poco para la cincuentena.

—Me figuro que el motivo de su visita es el asesinato del pobre Fodor.

Hablaba casi sin acento, pero una sutil diferencia en su cadencia le bastó a Monk para adivinar que formaba parte de la comunidad húngara, al menos antes de casarse con un inglés.

—Lamento molestarla, pero usted quizá sepa o haya observado cosas que nos serían de ayuda.

El semblante de Adel se ensombreció fugazmente.

—¿No sabe quién lo hizo? —dijo con calma—. ¿Piensa que es uno de nuestros «vecinos» que tanto nos odian? ¿Por qué? No hemos hecho nada diferente a lo que hacen los demás. No violamos la ley, pagamos nuestros alquileres e impuestos. ¡No robamos a nadie! ¿Qué hay de malo en ser diferente? Ni siquiera nuestro aspecto es diferente, como les ocurre a los chinos, a los hindúes y a los africanos. Londres la constituyen personas de todas partes. —Se calló de golpe, como si hubiese hablado más de la cuenta—. El pobre Imrus no era perfecto, pero no era un mal hombre.

Lo dijo con la voz tomada, y Monk pensó que se debía a una aflicción verdadera, no simplemente a la conmoción o el miedo. Estaba llorando a uno de los suyos, tal vez a un amigo, sin tener en cuenta su propio perjuicio. A Monk le gustó esta actitud.

—El miedo no tiene por qué tener un buen motivo, señora Haldane. Incluso uno malo, o estúpido, funciona igual de bien. ¿Fodor era bueno en su oficio, en sus negocios?

—Sí, sí. ¿Piensa que fue por envidia? ¿Alguien que pensó que perdería licencias aduaneras por su culpa? —De pronto se dio cuenta de que todavía estaban de pie—. Por favor, siéntese, señor... señor Monk.

Monk se sentó, en parte para estar más cómodo, pero también para darle a entender que su intención no se limitaba simplemente a unas cuantas preguntas y respuestas. Ella tal vez le daría una visión más amplia de cómo había sido la vida de Fodor. Sin duda había sido mucho más que la víctima de una atrocidad. Aquel crimen olía a odio, a una pasión profunda e incontrolable, pero de momento Monk solo había recabado datos.

—Hábleme acerca de Fodor —le pidió.

Adel se sentó lentamente en la butaca de enfrente. No

solo se estaba dando tiempo para elaborar una respuesta, era inconscientemente elegante y se alisaba las faldas por puro hábito. Se sentó erguida, con la espalda derecha, su porte, perfecto. Por un instante a Monk le vino un recuerdo medio olvidado de una institutriz con una regla, azotando el trasero de una niña encorvada en una silla. Enseguida se esfumó.

—Era un hombre con mucho encanto —comenzó con indecisión—. Creo que no era consciente de ello. Podía ser muy divertido. ¿Se ha fijado en que a la gente le gustan las personas que la hacen reír? Y apreciaba los oficios; un reloj bien hecho, o un jarrón de bellos colores o perfectas proporciones. Y la buena comida. En su casa comía de todo, y siempre tenía un cumplido para la cocinera.

Titubeó un momento, y Monk pensó que estaba recordando detalles concretos, no generalidades.

—Sí —convino, recordando ocasiones en las que él mismo había apreciado algún tipo de encanto solo porque el placer que le inspiraba a Hester le había hecho reparar en él. Incluso la pasión de Oliver Rathbone por la sofisticada belleza de las monedas antiguas y su interés por saber quién las había utilizado había despertado el suyo propio. La exquisitez podía añadirse a cualquier cosa, en los momentos en apariencia más normales—. Disfrutar de las cosas buenas es el mejor cumplido que cabe hacerles —agregó.

Ella le sonrió, con gratitud en su rostro y, acto seguido, lágrimas repentinas a las que no hizo caso. Se requería cierta elegancia para ser capaz de hacer eso.

—Era muy conocido en la comunidad —prosiguió Adel—. Si alguien quisiera perjudicarnos, matarlo sería un buen comienzo. ¿Pero por qué iría nadie a hacer algo semejante? ¿Qué daño estamos haciendo? Los ingleses vienen a nuestros restaurantes y les gusta nuestra comida. Les gusta nuestra música. Pensaba... pensaba que incluso la mayoría de nosotros éramos de su agrado.

—Quien ha hecho esto es una única persona —señaló Monk—. Y quizá se debió a un asunto personal con Fodor, no al hecho de que fuese húngaro. —Buscó algo más concreto—. Al parecer tuvo éxito con su negocio, siendo un hombre de cuarenta y tantos que, sin embargo, no se había casado. ¿Sabe por qué? ¿Estaba cortejando a alguna mujer? ¿Tal vez a una inglesa?

Adel lo miró fijamente. ¿Era cosa de su imaginación, o había palidecido?

—Estuvo casado... una vez —dijo ella en voz baja—. Su esposa falleció en Hungría. Hace más de veinte años, antes de que pudieran marcharse. Yo la conocía. Éramos... éramos amigas. Irse fue... muy difícil.

Monk intentó imaginarlo. ¿Había muerto de una enfermedad? ¿Una agresión violenta? ¿Un accidente?

—Lo siento —dijo en voz baja, y lo dijo en serio. No se imaginaba siendo expulsado de parte alguna. Incluso marcharse de su país para correr su primera aventura de juventud, el despertarse en una cama extraña, la añoranza de su hogar y de quienes había amado, todo era parte de lo que había perdido, envuelto en recuerdos ocultos, en raíces que no existían.

—¿No se volvió a casar? —preguntó.

Por un instante, una expresión que no supo descifrar cruzó el semblante de Adel Haldane, pero sin duda era una emoción más que un pensamiento, o siquiera un recuerdo. ¿Acaso también ella había perdido a un hombre al que profesaba un amor romántico, o se separó de él al abandonar Hungría?

—¿Podría tratarse de una vieja enemistad? —preguntó—. ¿Una deuda del pasado?

—No estoy segura —admitió Adel—. Si fue así, creo que no era consciente o simplemente no la recordaba. —Una leve sonrisa afloró en sus labios—. Hay personas que hablan del pasado como si siempre lo llevaran consigo, igual que una prenda invisible. Otras dan la impresión de querer desprenderse de él, como si nunca volvieran la vista atrás. Imrus era de los segundos —prosiguió—. Eso irritaba a ciertas personas, pero a casi todas les ayudaba esta manera de pensar. «Nadie puede cambiar el pasado —solía decir—. Pero el futuro es diferente. Todo lo que haces lo cambia, de una forma u otra.» —Forzó una sonrisa, valiente y completamente hueca. Monk percibió el pesar que escondía—. Me gustaba eso de él —agregó con voz ronca.

Antes de que Monk pudiera continuar, un ruido de pasos en el recibidor los interrumpió. Un momento después se abrió la puerta y un hombre grande y fornido entró en el saloncito. El pelo rubio le raleaba un poco, haciendo que su frente pareciera más amplia, y el sol del verano le había bronceado las mejillas. No era guapo, pero tenía presencia, y las líneas de su cara sugerían afabilidad. Miró a Adel y luego se centró en Monk, esperando que explicara su presencia en la casa.

Monk se puso de pie pero no le tendió la mano. Aquella era una visita formal, no de amistad.

—Señor Haldane, me llamo Monk, soy el comandante de la Policía Fluvial del Támesis. La señora Haldane me ha estado resumiendo la historia y el origen de la comunidad húngara de Shadwell. Le estoy sumamente agradecido.

Haldane respiró profundamente.

—¿Es un eufemismo para decir que estaba hablando de su pueblo? —Su expresión era ambivalente, a medio camino entre el enojo y la aprobación—. ¿Tal vez acerca de Fodor? —agregó.

—Acerca de las circunstancias que rodearon su muerte —enmendó Monk. La tensión de Haldane era sutil, demasiado leve para discernir si era compasión o enfado—. Pero sobre todo acerca de las dificultades a las que se enfrenta la gente para adaptarse a un lugar nuevo, a costumbres nuevas y diferentes.

—¿Cree que su asesinato tuvo algo que ver con el hecho de que fuese húngaro? —preguntó Haldane. Frunció los labios—. Es posible. Mayormente son personas honradas, pero en algunos aspectos, diferentes. Eso no cabe olvidarlo.

Pareció relajarse un poco, después indicó con un amplio gesto de la mano la butaca de la que se había levantado Monk y se sentó al lado de su esposa. Ella no se movió, ni para acercarse ni para alejarse de él. Mantenía los ojos fijos en Monk.

—Son solo pequeñas diferencias —prosiguió Haldane—. Se notan sobre todo en la comida, en el olor. —Hubo una sombra de desagrado en su semblante, que apareció y se esfumó en un instante—. No es que sea mala, solo diferente. Y, por descontado, siempre se favorecen mutuamente. Aunque supongo que nosotros también favorecemos a los nuestros. Es lo natural.

—¿Se han producido incidentes desagradables? —preguntó Monk, procurando parecer lo más despreocupado posible.

Haldane titubeó.

Monk se preguntó si estaba intentando hacer memoria o, más probablemente, sopesando exactamente qué contar.

—Unos pocos —dijo por fin—. A veces la gente olvida que, al menos en opinión de algunos, no son de aquí.

«No son de aquí.» La mitad de la población de Londres no era de allí, había comenzado su vida en otra parte. Esa era una de las cosas buenas de Londres.

Monk se obligó a retomar el asunto que lo ocupaba.

—Todos preferimos a unas personas más que a otras —dijo con mucha labia—. Pero esta agresión fue muy violenta, brutal, llena de odio, no mera aversión...

Se interrumpió al ver la angustia que reflejaba el rostro de Adel. Su tez estaba desprovista de color, sus ojos, fijos en los suyos, su boca, una mueca de dolor. Por un momento, Monk había olvidado que conocía y apreciaba a Fodor.

—Perdone —dijo con sincero arrepentimiento.

Vio que la expresión de Haldane pasaba de la confusión al enojo.

—No tenemos nada que decirle —dijo abruptamente—. Mi esposa y yo nos llevamos la mar de bien con los húngaros, pero hay ciertas personas que no. En el pasado algunas se han mostrado antipáticas, pero nunca se había visto algo semejante. Debería investigar cuestiones relativas a trabajo, propiedades, negocios. Ver qué empleos ofreció Fodor, o a qué obreros engatusó, qué contratos se perdieron. Si lo supiera se lo diría, pero no lo sé. Por supuesto que hay tensión, riñas. Las hay en cualquier comunidad. Sería un necio si lo negara, y usted también lo sería si no lo supiera ver por sí mismo. Pero no vamos aireando nuestras disputas por ahí. No sé quién hizo esto. Por el bien de todos, se lo diría con gusto si lo supiera. Ahora le ruego que se vaya.

Había una profunda emoción en su voz. Se acercó a su esposa como si fuese a tocarla, incluso la rodeó con un brazo, pero cambió de parecer y lo retiró enseguida. Entonces se levantó y dio un paso hacia Monk.

Deliberadamente, Monk se negó a retirarse. Se puso de pie y miró directamente a Adel.

—Mis disculpas por haberle recordado la violencia, señora Haldane —dijo con gravedad.

Se volvió hacia Roger Haldane, estudiando su rostro,

percibiendo poderosos sentimientos encontrados. ¿Eran por el horror que Monk había mentado, o por un conflicto más profundo que solo a él atañía? Formaba parte de una minoría en aquella zona de la ciudad, en las calles que frecuentaba.

—Había diecisiete velas —dijo Monk de repente—. ¿Sabe qué significan?

Haldane se puso blanco y, por un momento, pareció perder la palabra.

Monk aguardó, esperando haber metido el dedo en la llaga.

—No —dijo Haldane finalmente—. ¿Significa... algo?

—Por lo visto existe una sociedad... —explicó Monk.

Haldane se relajó, sus anchas espaldas se aflojaron, como si los músculos liberaran su tensión.

—¿En serio? ¿Insinúa que Fodor pertenecía a ella y que infringió una de sus reglas o algo por el estilo? Eso es... horrible.

—¿No ha oído hablar de ella?

Monk hizo la pregunta sin esperar respuesta. Su significado permanecía oculto tras las palabras de ambos. La mención de la sociedad, lejos de molestar a Haldane, le había proporcionado cierto alivio.

En cambio, la expresión de Adel era indescifrable.

Volvió a darles las gracias a los dos, se excusó, dio media vuelta y salió del saloncito, y de allí a la calle tras cruzar el recibidor, consciente de que había algo que no había entendido, o que incluso se le había escapado por completo.

Monk pasó el resto del día, con la ayuda de Antal Dobokai y un plano de la zona, tratando de averiguar el paradero a la hora del crimen de cuantos pudieran, y si alguien había sido visto en un sitio inusual. Dobokai daba rodeos en sus interrogatorios, buscando la opinión de la gente sobre asuntos diversos, qué pensaban, qué deseaban. ¿Estaban a gusto? ¿Eran buenos los servicios del barrio? ¿El lechero hacía el reparto cerca, el chico de la tienda y el deshollinador venían regularmente? Monk se impacientaba y se le hacía difícil contenerse para no interrumpir.

Sin embargo, entrada la tarde, cuando el sol declinaba y los pies le dolían de tanto caminar por aceras calientes, se dio cuenta de que había establecido el paradero a la hora del crimen de todas las personas con las que había hablado. Sabía dónde vivían, a qué se dedicaban y, en la mayoría de casos, lo que pensaban y sentían sobre la vida en Londres en general, y sobre Fodor en particular.

La última mujer con la que hablaron, en su casa, tendría unos cincuenta años y conservaba cierta belleza, deslucida solo por su espalda encorvada y un miedo muy evidente que asomaba a sus ojos. Hablaba muy mal en inglés y refirió su historia a Dobokai en su propio idioma, dejando que él fuese traduciendo.

Al parecer había entrado en una tienda de comestibles para comprar media docena de huevos y otros ingredientes para hacer un bizcocho: harina, azúcar y almendras molidas, haciendo esperar a unas clientas. Había sido incapaz de dar con el nombre inglés de otro condimento que necesitaba y, por error, escogió una palabra con un significado completamente distinto y bastante vulgar. Ante su risa y crueldad, se dio cuenta de su equivocación con considerable embarazo. Había intentado disculparse y explicar lo que había querido decir, pero no se lo habían permitido.

Una de las mujeres insinuó que usaba la palabra en cuestión porque era una prostituta o, para ser más exactos, una puta. No entendió cómo, pero aquel desagradable incidente había ido subiendo de tono hasta que las otras cuatro mujeres se habían convencido de que estaba seduciendo a sus maridos, y a muchos otros hombres del barrio, con prácticas que una mujer decente nunca mencionaría para no mancillarse.

A partir de entonces no se había atrevido a salir a comprar. Hombres que no conocía la habían seguido, haciéndole proposiciones y sugerencias lascivas. Una mujer había llegado a agredirla en la calle, y en dos ocasiones la habían abordado sendos hombres que creían que era realmente una prostituta que les había negado sus favores.

Dobokai fue muy amable con ella mientras relató su historia, con el rostro surcado de lágrimas, pero una vez fuera de la casa se volvió hacia Monk y sus ojos azules le lanzaron una mirada abrasadora.

—¿Lo ve? —dijo, con la voz rasposa de emoción—. Esta es la verdad que esta gente se avergüenza de admitir. Ahí tiene su odio, la violencia que vio contra el cuerpo del pobre Fodor.

Monk lo miró sin responder de inmediato. Ya había visto antes violencia, y también odio largamente alimentado. Sabía que algunos hombres lo habían odiado, y a veces no sin razón. La naturaleza misma de sentirte impotente ante alguien que te está perjudicando, privándote de lo que anhelas y que —quizá lo peor de todo— en cierto modo te menosprecia, engendra una furia que aniquila todas las demás razones, incluso tu propia supervivencia física. Es como si tu identidad se viera amenazada por su victoria, o al menos eso te parece a ti. Lo había visto más de una vez, la más reciente en McNab, el agente de aduanas que no hacía mucho se había convertido en su enemigo. Incluso podía entenderlo.

—Gracias, señor Dobokai —dijo en voz baja—. Entiendo que estamos buscando odio. La cuestión es si lo abriga alguien que él conocía bien, y si fue causado por un perjuicio, real o imaginado. O si se trata de una ira surgida simplemente porque Fodor era forastero, y a todas luces diferente.

Dobokai guardó silencio tanto rato que Monk concluyó que no iba a responder, puesto que miraba hacia otro lado.

—Sí —dijo de repente—. ¿Se ha planteado investigar más a fondo lo del... diecisiete? Escucharé atentamente. Y discretamente, por supuesto. Pero yo oiré cosas que usted no oirá. Sobre todo porque no habla el idioma. Incluso los que hablamos inglés con bastante soltura seguimos usando nuestra propia lengua cuando estamos en casa o entre nosotros. ¿Usted no haría lo mismo si estuviera en un país extranjero donde todos los demás conocen las reglas, las pequeñas reglas tácitas, tan pequeñas que nadie piensa en ellas? No una piedra con la que tropiezas, solo un grano de arena en el ojo.

Su sonrisa fue minúscula, apenas torció los labios.

Monk sabía exactamente qué quería decir, pero aun así discutió.

—Parece usted muy cómodo hablando en inglés, señor Dobokai.

Este contraatacó en el acto, aunque fue incapaz de disimular su satisfacción ante el cumplido.

—Llevo aquí más tiempo que la mayoría de nosotros —respondió—. Me refiero a Inglaterra, no a Londres. Ya le dije que pasé una temporada en el norte. —Sus ojos azules miraban brillantes y sosegados—. Por eso oigo el norte en su voz, de vez en cuando.

De pronto Monk se sintió vulnerable, como si aquel hombre tan singular que cada vez le gustaba menos lo hubiese despojado de un manto de encubrimiento, incluso de ocultación. Tiempo atrás, había intentado erradicar de su voz todo rastro del norte. Tuvo un repentino y nítido recuerdo de no querer que lo considerasen provinciano, poco sofisticado comparado con los sureños, los londinenses. ¿Era así como se sentían los húngaros? ¿Forasteros, tomados por tontos porque había demasiadas cosas extrañas que no comprendían?

No podía permitir que Dobokai le pillase en una evasiva. Sería un punto flaco.

—Muy perspicaz por su parte. —Esbozó una sonrisa—. Me crie en el norte, entre hombres de mar duros y reservados.

Le constaba que al menos eso era verdad, si bien era algo que había descubierto, no recordado.

Dobokai permaneció inmóvil un momento, después le dio las buenas noches y se marchó, dejando que Monk siguiera recorriendo la orilla hasta Wapping, donde el transbordador haría el recorrido más corto hacia su casa, surcando el río mientras oscurecía.

3

Scuff estaba atareado ordenando las estanterías de las cuatro habitaciones que Crow había alquilado para montar su clínica. Desde luego no era un hospital, pero servía como tal a cientos de pobres de aquel trecho de la margen del Támesis. Crow había comenzado como aprendiz, igual que Scuff ahora, y tenía un talento extraordinario. A Scuff, a sus dieciocho años, le parecía el hombre más bueno que había sobre la faz de la tierra, aparte de Monk.

Monk había encontrado a Scuff, un golfillo huérfano, rapiñador en las orillas fangosas del río, que cuando bajaba la marea rescataba y vendía trozos de carbón, tornillos de latón y demás objetos más o menos valiosos. Como tantos otros niños, así era como sobrevivía. Monk acababa de ser ascendido a comandante de la Policía Fluvial y, en opinión de Scuff, era tan ignorante de la realidad de la vida, sobre todo en el agua, que constituía un peligro para sí mismo y para aquellos a quienes supuestamente debía proteger. Por el precio de un bocadillo de jamón de vez en cuando y un tazón de té bien caliente, y porque Monk le caía bien, Scuff se había comprometido a instruirlo antes de que cometiera un error del que no podría ser salvado.

Por supuesto, Monk imaginaba que era él quien enseñaba a Scuff, y este era demasiado diplomático para explicarle que en realidad era al revés. Habían trabado amistad. A medida que Monk iba descubriendo más aspectos de la vida en el río, cosa que hacía deprisa, la relación entre ambos devino más estrecha, y el equilibrio de fuerzas cambió. Scuff también empezó a aprender cosas de la vida.

En algunas hazañas peligrosas Scuff había pasado mucho miedo y, por su seguridad, Monk se lo había llevado a su casa, en Paradise Place. Allí Scuff durmió en una cama, una cama de verdad, con sábanas, en una habitación para él solo. A la sazón, la amabilidad, la seguridad y la buena comida, cocinada ex profeso para él, se le antojaron las cosas más importantes que le habían sucedido jamás. Cuando ahora volvía la vista atrás, su importancia disminuía. Lo realmente importante, lo que había cambiado la vida de Scuff, aunque entonces apareció como un molesto inconveniente, fue que conoció a Hester, la esposa de Monk.

Al principio, Scuff lo encontró embarazoso. A Monk lo conocía y casi lo entendía, en la medida en que alguien pudiera entender a un policía, un adulto que presumiblemente nunca había tenido que mendigar una comida ni dormir donde encontrara un lugar seco y a resguardo del viento. En cambio, Hester era harina de otro costal. Para empezar era una mujer, tal vez incluso una dama. Lo más probable era que nunca hubiese visto los tramos fangosos del río que la bajamar dejaba al descubierto, ¡por no hablar de dormir dentro de una caja de cartón!

Hester no tenía hijos propios, y Scuff, que sostenía tener once años, ¡era demasiado mayor para necesitar una madre! Si realmente existía un Dios en las alturas, tal como al parecer mucha gente creía, que por favor hiciera que dejara de tratarlo como a un niño. Sería lo más vergonzoso de lo imaginable.

Sin embargo, Scuff no tenía por qué preocuparse dado que Hester lo trataba como a una persona normal. ¡Incluso era respetuosa con él! Aunque enseguida le reprendía a Scuff cuando él no era educado a su vez. Al principio estaba horrorizado, después se dio cuenta de que le gustaba bastante. Lo estaba tratando como a un igual. Como si fuese una verdadera persona, no un fastidioso niño de la calle con el que debía mostrarse amable.

Se fue quedando en casa de los Monk cada vez más a menudo.

Hester quiso que Scuff fuese al colegio, que aprendiera a leer y escribir y las cuatro reglas. Fue horrible al principio, como si lo hubiesen metido en una especie de prisión. Poco a poco fue descubriendo, una vez que se puso al día, que se le daban bastante bien aquellas cosas.

Fue entonces cuando se dio cuenta de que quería dedicarse a la medicina, al igual que Hester, no ser policía como Monk, y se atuvo a su voluntad, levantándose temprano y acostándose tarde para estudiar sus libros. Si a Monk le decepcionó su decisión, lo disimuló muy bien. Scuff aborrecía disgustar a Monk, más aún herirlo en sus sentimientos, pero la medicina era su vocación. No solo para ser igual que Hester, sino porque su arte, su pasión, sus recompensas le llenaban la mente de tal manera que no quedaba espacio para desear otra cosa. Ahora su carrera era la medicina. Hester había sido enfermera del ejército durante la Guerra de Crimea. Había trabajado incluso en el campo de batalla después de cada enfrentamiento. Ella no era médico, pero era tan buena como muchos de ellos, cuando no mejor.

—¿Cómo va eso?

Scuff se volvió y vio la figura alta y desgarbada de Crow en el pasillo. Crow tenía los ojos oscuros y el pelo negro. El término *«crow»* significaba «médico» en dialecto y, al margen de su ocupación, le quedaba perfecto. Salvo que ningún pájaro tenía una sonrisa tan amplia ni mostraba unos dientes tan blancos como los de Crow cuando veía algo divertido o apasionante, o a alguien que le gustara de verdad, como por ejemplo Hester.

Crow había deseado ser médico durante mucho tiempo, pero por alguna razón había interrumpido sus estudios antes de hacer los exámenes finales. Había ejercido sin título, y sin cobrar, durante años. Trabajaba entre los pobres e incluso los desposeídos, aceptando regalos en especie, cuando sus pacientes se lo podían permitir, y nada en absoluto cuando no se daba tal circunstancia.

A instancias de Hester, finalmente se había presentado a los exámenes, y ahora era médico oficialmente. Había armado un escándalo en su momento, temeroso de suspender, de que resurgieran todos los juicios erróneos del pasado, pero había aprobado, pues poseía una destreza innegable. Estaba más que agradecido a Hester y, por consiguiente, aquel era un lugar excelente para que Scuff comenzara su formación.

Scuff tenía su aprendizaje escolar, pero nada que le permitiera acceder a una universidad. Seguiría los pasos de Crow de la forma más dura. Él también aprendería, mas no leyendo libros de medicina ni recibiendo las enseñanzas de profesores, sino ayudando a personas de verdad que estuvieran en apuros.

—¿Y bien? —inquirió Crow.

Scuff devolvió su atención al presente, recitó una lista de existencias que escaseaban. Ahora disponían de dinero, no mucho, pero sí el suficiente para adquirir lo que precisaban, al menos en pequeñas cantidades. Uno nunca podía prever qué iba a ser necesario.

—Bien —dijo Crow, complacido. Al parecer las cosas

iban mejor de lo que esperaba porque una vez más lució su luminosa sonrisa—. Me parece que mañana llega dinero —agregó. Un ruido en la puerta de la calle y, momentos después, unos pasos sobre el entarimado le impidieron decir más.

Crow se fue de inmediato y, menos de un minuto después, llamó a Scuff levantando la voz.

Scuff dejó el lápiz y el papel y fue a la otra habitación. En cuanto entró vio que Crow, casi doblado en dos, trastabillaba en su intento de ayudar a un hombre que se había desplomado hacia un lado. El hombre tenía el rostro ceniciento y apenas se sostenía de pie. El brazo izquierdo le colgaba inerte en el costado y había sangre en la manga de su camisa, cerca del pliegue del codo. Había ido goteando hasta el puño, que estaba rígido debido a las manchas que ya se habían secado.

Scuff salió disparado y soportó parte del peso del hombre. Intentó no tocarle el codo, pero fue imposible no rozarlo mientras lo acomodaban en la mesa baja que estaba en un lado de la habitación.

—Quédese quieto —le dijo Crow, aunque Scuff vio en sus ojos que ya sabía que el hombre estaba muy maltrecho.

Sabía lo que vendría a continuación: debían examinar al hombre y ver en qué consistía su lesión y, si en efecto había ocurrido hacía algún tiempo, cuán maligna era la infección que había contraído.

—¿Cómo se llama? —le preguntó Crow.

—Tibor... —respondió el hombre con la voz ronca.

Crow alargó el brazo y Scuff le puso unas tijeras pequeñas y muy afiladas en la mano. Con mucho cuidado Crow cortó la tela de la camisa, hablando a Tibor sin cesar, explicándole lo que estaba haciendo. Le resultaba más fácil trabajar en silencio, pero sabía que el sonido de una voz era reconfortante para el paciente. Saltaba a la vista que sabía muy bien lo que hacía. Scuff se había enterado con sorpresa, y solo más tarde, de que a veces Crow simplemente mantenía la esperanza y la fe con su determinación.

Cuando la herida quedó al descubierto, incluso Scuff dedujo que era de hacía varios días. La piel no había cicatrizado, se veían claramente los tajos de varias cuchilladas profundas. No habían alcanzado ninguna arteria, pues de lo contrario habría muerto desangrado, pero al ver la palidez de su piel, la amoratada hinchazón bajo la herida y la mano inerte, Scuff supo al instante lo que Crow temía: gangrena. Podía incluso olerla.

—¿Cuándo le ocurrió esto? —preguntó Crow a Tibor.

Tibor lo miró fijamente como si no entendiera lo que le había dicho.

Crow lo volvió a intentar.

—¿Cuánto hace? —preguntó, señalando la herida sin tocarla.

Tibor era joven, quizá no tuviera más de treinta años. Sería guapo si no estuviera tan obviamente aterrorizado. Debía de ser consciente de que su estado era grave y que tal vez ya fuese demasiado tarde para salvarlo. Scuff había visto a personas muy enfermas que sabían que iban a morir pronto. Formaba parte del ejercicio de la medicina. Algunas de esas personas eran mayores; otras, niños. Crow le había dicho que cuando dejara de afectarle habría llegado la hora de buscar una ocupación segura y fácil. Algo en lo que no importara si tenía éxito o no.

—¿Ayer? —preguntó Crow—. ¿Anteayer?

Tibor negó con la cabeza, moviéndola apenas unos centímetros.

—Día...

—¿Hace varios días? ¿Uno? ¿Dos? ¿Tres? ¿Cuatro?

Tibor asintió al cuatro. No apartaba los ojos de los de Crow.

Crow prosiguió su cuidadoso examen. Cuando hubo terminado de inspeccionar la herida, miró con más detenimiento el brazo. No miró a Scuff, no era necesario. La carne ya estaba muriendo. Incluso Scuff podía verlo.

—Tibor —dijo Crow en voz baja—. ¿Qué clase de nombre es ese? ¿Usted no es inglés, verdad? —En realidad, no era una pregunta—. ¿De dónde es?

—Budapest —dijo Tibor con voz ronca, pero con una pronunciación de la que ningún inglés habría sido capaz.

—¿Habla inglés?

—Un... un poco.

—¿Puede decirme qué le pasó en el brazo?

Tibor hizo un esfuerzo para imitar algún tipo de golpe, pero fue un gesto a medias. Pudiendo servirse de una sola mano, le costaba expresarse bien.

Crow levantó la vista hacia Scuff.

—Necesito saber qué ocurrió —dijo en poco más que un susurro y hablando deprisa, como si no quisiera que Tibor le entendiera—. Si está tan mal como parece, la única manera de salvarlo es amputarle el brazo a la altura del codo, o incluso del hombro si se le ha extendido demasiado. Tengo que saber si hay algo ahí dentro, una bala o la punta de una navaja, o lo que sea que haya causado esto. No me atrevo a administrarle éter, está demasiado débil. No puedo seguir explorando. Un paso en falso podría bastar para matarlo.

Scuff asintió. Se imaginaba lo que el pobre hombre iba a sufrir. Pero sabía que no tenían otra opción. La gangrena era la muerte de la carne. No tenía cura. Lo único que podía hacer un médico era esperar salvar la vida del paciente ocupándose de que no se extendiera al resto del cuerpo.

Ahora bien, sin un idioma común, ni siquiera podía obtener permiso para hacerlo. Y, sin permiso, si fallecía, sería un crimen. Eso ni siquiera tomaba en consideración el horror del paciente que veía cómo le amputaban el brazo, sin entender la necesidad que había de hacerlo.

—Encontraré a alguien que hable húngaro —prometió Scuff. En Shadwell los hay a montones. Me voy corriendo.

—Bien. Trae a cualquiera que pueda ayudarnos. No pierdas tiempo intentando encontrar a alguien que lo conozca. Vete ya... esto hay que hacerlo esta noche.

Scuff obedeció sin decir más. Salió a la calle y dobló la primera esquina. El aire de última hora de la tarde llegaba fresco desde el río. Conocía la sensación de la marea entrante, su olor: pescado, sal, barro del estuario. Era diferente de la marea menguante. Había vivido toda su vida en el río y lo entendía como nunca lo haría un extraño. Hester le había enseñado parte de su historia, y en eso también era ducho, aunque no fuese gracias a los libros.

La calle más larga de Londres. Su calle. Las demás calles y los callejones eran secundarios, estaban sujetos a cambios. El Támesis era la gran avenida.

Caminaba deprisa, con la cabeza bullendo de ideas. ¿Dónde debía buscar a alguien que pudiera y quisiera ayudarlos? La luz se desvanecía. Veía cómo cambiaba en las aguas del río que el viento rizaba. Sabía leer la hora en un reloj, pero seguía siendo instintivo mirar el cielo, sobre todo en un atardecer tan despejado como aquel.

La gente estaría regresando a su casa. Muchas tiendas estarían cerradas. Las abiertas las regentarían lugareños. ¿Sabrían siquiera qué era un húngaro? Lo más rápido sería empezar en Shadwell, en lugar de detenerse aquí y allí y perder tiempo intentando explicarse.

¿Adónde iba la gente cuando caía el sol? A casa. ¡O a

la taberna! Ahí los hombres tendrían tiempo para hablar con un desconocido. Ya no era un niño que pasara casi desapercibido. Era más alto que Hester. En pocos años sería tan alto como Monk. Aparentaba más edad de la que tenía, salvo que no necesitaba afeitarse más que una vez cada tantos días.

Sabía dónde estaban las tabernas; todo el mundo lo sabía. Eran los puntos de referencia que usaba la gente.

La más cercana al muelle de Shadwell era la Saracen's Head, en dirección a Cable Street. Antes de entrar, titubeó un momento ante la puerta. Como era primera hora del atardecer había pocos parroquianos. Estaba muy cohibido, ahora que había llegado el momento de preguntar. A Crow no le habría importado hacerlo. Solo habría pensado en el hombre enfermo y sus necesidades. Hester sin duda no habría dudado. Se había enfrentado a generales del ejército, de uniforme, sin amedrentarse. Si estuvo asustada, nadie se dio cuenta.

Fue hasta la barra.

—¿Qué será, señor? —preguntó el tabernero, antes de mirarlo con más detenimiento y dudar que pudiera pagar una bebida.

—Buenas noches, señor —saludó Scuff, con tanta dignidad como pudo. Imitaba el acento de Monk, o tal vez fuese el de Hester. Ella era tan londinense como él, aunque fuese una dama—. Estoy haciendo un recado para un médico. Tiene a un paciente muy malherido que solo habla un poco de inglés. ¿Sabe de alguien que pueda traducir del húngaro al inglés y del inglés al húngaro?

El tabernero frunció el ceño.

—¿Herido, eh? ¿Como si hubiese salido malparado en una pelea?

Scuff recordó con un escalofrío el asesinato que había tenido lugar tan solo un par de días antes. La víctima había sido un húngaro. Tomó aire y lo soltó. Pensó deprisa.

—En realidad, no. Más bien fue un accidente. Solo en un brazo, nada en el resto del cuerpo —contestó—. Ni siquiera es capaz de decirnos quién se lo hizo, o si se cayó, o qué pasó. Al menos no de manera que lo entendamos. Lo único que necesito es a alguien que nos ayude a hablar con él...

—No sé —respondió el tabernero. Recorrió el local con la vista, mirando a la media docena de hombres que había allí—. ¿Hay alguien que sepa hablar húngaro? —dijo a voz en cuello—. Tengo aquí al recadero de un médico que quiere saberlo. Necesitan ayuda para hacerle entender al paciente lo que pueden hacer por él.

Lo contemplaron en silencio.

Se irritó.

—¡Vamos! ¡Esto está plagado de malditos húngaros! Seguro que alguno de vosotros habla inglés.

Más silencio.

—Sois un hatajo de bárbaros —dijo el tabernero, golpeando la barra con una jarra—. En fin, puedes probar con el tipo que vive en Pinchin Street, justo al otro lado de la vía del ferrocarril. Es tan inglés como tú y como yo, pero hay quien dice que tiene trato con todo tipo de extranjeros. Es médico, o lo fue. A lo mejor os ayuda, siendo cosa entre médicos.

—Gracias. ¿Sabe cómo se llama? ¿O en qué número de Pinchin Street vive? —Scuff estaba desesperado. El tiempo apremiaba—. ¡Por favor! —agregó—. ¡Si no podemos ayudarle, morirá! No sé los húngaros, pero nosotros no hacemos las cosas así.

—No... no sé... —comenzó el tabernero.

—Fitz... algo —dijo un hombre desde la mesa del fondo—. Creo que vive en el catorce o por ahí cerca.

—Gracias —dijo Scuff, casi sin volverse, mientras regresaba a la puerta para salir a la calle de nuevo.

Fue medio corriendo medio caminando por Cable Street hasta el punto donde podría cruzar las vías, siguió adelante unos pocos metros más y torció al llegar a Pinchin Street. Rezó brevemente al Dios sobre el que Hester le había enseñado un poco. Se suponía que amaba a las personas. Si era así, ¡tal vez haría que el médico estuviera en casa! Si no, Scuff no sabía por dónde empezar a buscarlo. ¿Quizá tendría un casero que lo supiera? Atendiendo a otro paciente, la respuesta era obvia. Las personas morían, creyeran en lo que creyesen. Scuff lo sabía. Hester tenía que saberlo, también. Algún día se lo preguntaría.

¿Y el Catorce? ¿Dónde estaba el número catorce?

El doce, tenía que ser la casa de al lado. Se detuvo ante la puerta, jadeando y falto de aliento. Últimamente no se veía obligado a correr muy a menudo. Alcanzó la aldaba y dio un golpe fuerte, más de lo que pretendía. Probó de nuevo, esta vez queriendo hacerla sonar tan fuerte como pudiera.

Abrió la puerta un hombre fornido que llevaba una servilleta remetida en el cuello de la camisa. El enojo desapareció de su rostro en cuanto vio la expresión de Scuff.

—¿Qué pasa, chaval? —dijo alarmado.

—¿Está el médico? —preguntó Scuff, jadeando todavía—. Es inglés, pero en la taberna me han dicho que habla húngaro. Necesitamos que nos ayude. Un hombre va a morir si no lo operamos esta noche, pero no entiende nada de lo que decimos. —Respiró profundamente—. Excepto en húngaro. Por favor.

—Debes de referirte a Fitz. Enseguida te lo traigo, chaval. Aguarda aquí.

Cerró la puerta, quizá era una precaución habitual.

Scuff se quedó en los peldaños de la entrada, cambiando su peso de un pie a otro durante lo que le parecieron siglos, aunque seguramente no transcurrieron más de dos o tres minutos. Entonces la puerta se abrió y apareció otro hombre. Era de estatura un poco superior a la media, rubio y bien afeitado, pero con el rostro pálido y profundas ojeras.

—¿Me andas buscando? —preguntó en voz baja. Quizá entendía el húngaro, pero no cabía duda de que era inglés, y además un caballero, pues su voz presentaba las mismas inflexiones que la de Hester.

Scuff tragó saliva.

—¿Es el médico *quien* habla húngaro? —En su nerviosismo olvidó la gramática que le habían enseñado—. Porque si lo es, necesitamos que nos ayude, o ese hombre va a morir. Tiene una mala herida en el codo y la gangrena se está extendiendo. Tenemos que hacerlo esta noche, pero no entiende una palabra de lo que le decimos. Por favor...

El hombre negó con la cabeza, la aflicción que transmitía su rostro era abrumadora.

—No estoy a la altura. Es una operación difícil y... y no muchos la superan. —Negó otra vez—. Lo siento...

—¡No quiero que opere! —repuso Scuff, casi a gritos—. ¡Eso podemos hacerlo! Solo necesitamos que hable con él. Hay que decirle lo que vamos a hacerle y que es su única oportunidad. Por favor... Usted... —Se calló. Gritarle a aquel hombre de nada serviría. Bastante pena reflejaba ya su semblante—. Por favor, señor... doctor...

—Herbert Fitzherbert —dijo el hombre—. Pero la gente me llama Fitz. ¿Necesitáis instrumental? Todavía lo conservo...

—No —respondió Scuff—. No, gracias, señor. Tenemos todo lo que nos hará falta. Por favor, venga conmigo.

El hombre salió a la calle y cerró la puerta a sus espaldas.

—Anda, indícame el camino.

—Sabe hablar húngaro, ¿verdad? —preguntó Scuff sin aflojar el paso, dirigiéndose de nuevo hacia la vía del tren.

—Sí. En realidad, bastante bien.

—Pero habla como un inglés, igual que Hester...

Fitz agarró a Scuff del brazo y lo detuvo de un tirón. Para ser un hombre tan pálido, su mano era muy fuerte.

—¿Has dicho Hester? No, no, perdona.

Lo soltó de nuevo.

—Pues sí. ¿Por qué?

Fitz negó con la cabeza.

—Por nada. Una vez conocí a una Hester. Hace mucho tiempo, en Crimea...

Scuff olvidó momentáneamente la urgencia.

—Hester fue enfermera en Crimea. Es algo así como... como mi madre. No de verdad, pero sí como si lo fuera.

—¿Hester Latterly? —preguntó Fitz con voz temblorosa.

—Sí, antes de que se casara con el comandante Monk.

—¿Comandante? ¿De la Armada?

Scuff sonrió sombríamente.

—No, de la Policía Fluvial del Támesis. Tenemos que irnos, señor. El paciente está muy mal. Hay que volver a cruzar Shadwell hasta Wapping.

—Sí, por supuesto —se avino Fitz de inmediato, poniéndose a caminar deprisa otra vez—. ¿Estás estudiando medicina?

—Sí. Crow es médico de verdad, y estoy aprendiendo con él —respondió Scuff, apretando el paso.

—Vaya... ¿Has dicho Crow?

—Sí, ahora cumple todos los requisitos —le aseguró Scuff.

—Es demasiado tarde para cambiar —dijo Fitz con pesar—. Aunque no dudo de tu palabra. Hester... mi Hester... nunca permitiría que estudiaras con alguien que no fuese digno.

Habían cruzado la línea férrea hasta Wells Street y giraron a la izquierda en St. George Street en dirección al río. Tomarían el atajo de Gravel Lane para ir río arriba. Las farolas estaban encendidas, pero eran pocas y espaciadas. No tenía sentido intentar descifrar el semblante de Fitz.

Tenían que apresurarse. El paciente lo era todo, su anhelo y curiosidad no eran importantes. Hester se lo había enseñado antes de que Crow lo remachara. Un médico debía cuidar de sí mismo a fin de hacer su trabajo, nada más: al menos hasta que hubiese pasado la fase crítica. Crow tenía unas pocas grandes reglas y un montón de pequeñas. Claramente, las grandes eran incuestionables.

Recorrieron el resto del camino hasta las habitaciones en las que Crow residía y dirigía su clínica, y donde ahora Scuff también vivía casi todo el tiempo. Solo iba a su casa de Paradise Hill una o dos veces por semana.

Entró con su propia llave, Fitz pisándole los talones. Fue directamente a la habitación donde Tibor estaba tendido, inquieto, moviéndose de vez en cuando como si intentara ponerse cómodo. Tenía el brazo envuelto en paños limpios y húmedos, e incluso desde el umbral Scuff percibía el olor penetrante del vino alcanforado con amoniaco.

Crow levantó la vista mientras Scuff cerraba la puerta, y su rostro sombrío pasó a reflejar un gran alivio.

Preguntó lo único que importaba en aquel momento, no había tiempo para cortesías.

—¿Habla húngaro?

—Lo aprendí cuando volvía de Crimea —contestó Fitz. Se acercó a la mesa y miró al paciente en silencio—. También soy médico —añadió. Levantó los paños húmedos y examinó el brazo sin tocar la carne.

Scuff, de pie al lado del herido, veía que se estaba muriendo. Era la segunda vez que veía un caso de gangrena, pero el gris y el ligero olor a podrido, casi enmascarado por el vino alcanforado, no eran fáciles de olvidar.

—Habrá que amputar para tener una oportunidad de salvarlo —dijo Fitz en voz baja—. ¿Quiere que se lo explique?

—Sí —respondió Crow—. Se llama Tibor.

Fitz se inclinó un poco y apoyó la mano en el brazo bueno del hombre, apretando con cuidado hasta que Tibor abrió los ojos. Estaba demacrado y muy asustado.

—Tibor —dijo Fitz en voz baja pero muy claramente. Después habló en un idioma distinto a cualquier otro de los que Scuff había oído hasta entonces en los muelles: francés, principalmente español y un poco de alemán. Aquel era totalmente desconocido.

Miró rápidamente a Crow. Parecía saber que todo iba bien. ¿Era sí? ¿Podrían salvar a aquel hombre? ¿O solo lo estarían sometiendo a un dolor horrible sin razón alguna? ¡No podía imaginar que se amputara una extremidad de un cuerpo vivo a propósito! ¿No sería mejor dejarlo morir tranquilo y entero?

El semblante de Crow era indescifrable. ¿Sabía lo que estaba haciendo? ¿O solo estaba conjeturando tras una máscara de certidumbre bajo la cual estaba tan ciego y asustado como Scuff? Era la primera vez que lo cuestionaba. El paciente siempre tenía que creer en ti. No lucharía por su vida salvo si confiaba en ti y creía tener una oportunidad. Esa era una de las primeras cosas que Scuff había aprendido.

De pronto se dio cuenta de que también él tenía que borrar el miedo de su rostro. Tibor podría mirarle y verlo. Se obligó a esbozar una sonrisa.

Fitz se volvió hacia Crow.

—Lo entiende —le dijo—. Sabe que es su única oportunidad. Sigamos adelante.

—Gracias —dijo Crow—. Lo tengo todo listo.

Hizo una seña en dirección a la mesa del rincón. Lo que hubiera encima de ella, sierras, bisturíes, fórceps, agujas e hilo de seda, lo tapaba una tela blanca. Tibor no necesitaba verlo a no ser que tuviera que usarlo.

Scuff abrió la boca para advertir de que Tibor no había respondido a Fitz, pero entonces cayó en la cuenta de que el paciente había movido la cabeza, en un gesto de asentimiento. Tal vez el sonido que había emitido significara «sí» en su lengua.

Crow titubeó un instante.

—¿Conoce bien el uso del éter? —preguntó a Fitz.

—Lo suficiente para saber que es bastante arriesgado cuando la enfermedad ha avanzado tanto como en este caso. Tengo entendido que en Estados Unidos empezaron a emplear cloroformo en la guerra civil que acaba de terminar. Con todo, tuvieron muy malos resultados. Yo le aconsejaría... —Se calló—. Le aconsejaría que reflexione antes de tomar una decisión —concluyó—. Pero deprisa —agregó con una sonrisa irónica.

—No hay tiempo —respondió Crow. Miró a Fitz de hito en hito—. Gracias por venir —agregó con profundo sentimiento—. Los necesito a los dos.

Incluyó a Scuff en su mirada y acto seguido se dirigió a la mesa de operaciones, dispuesto a comenzar.

Fitz tomó aire para responder. Miró a Scuff como si fuese presa del pánico.

Scuff le sonrió.

—Gracias —dijo. Le constaba que Fitz no había tenido la menor intención de quedarse y ayudar más allá que como traductor, pero no le habían dado tiempo para discutir.

—¡Scuff! —dijo Crow bruscamente—. Tenlo todo preparado. Necesitaré cada cosa cuando la pida. Prepara también la gasa, un rollo partido. Mantenla sumergida en el vino alcanforado caliente que está en el hornillo. Necesitaré varias compresas. Rocíalas con alcanfor. Ya sabes dónde está. Quizá necesitaré apósitos mojados en vino caliente para cubrirlo hasta el hombro. Y también vendas para envolver toda la zona. Una vez que empecemos, deberemos ir lo más rápido posible. Contando la costura de los puntos de sutura, menos de un minuto debería bastar.

Scuff se quedó atónito. ¡Menos de un minuto!

—Sí... ¡Sí, señor!

Fue derecho al fogón de la cocina y revolvió el vino que humeaba en una gran olla de hierro, después fue a buscar todo lo que le había pedido Crow.

Al regresar encontró a Crow y a Fitz flanqueando la cama, Crow con el bisturí en la mano.

Fitz sujetaba la mano derecha de Tibor con fuerza y le hablaba en su propio idioma.

Crow inhaló profundamente, retuvo el aire un instante y lo soltó con lentitud. Agarró el bisturí y abrió un tajo en el hombro, que ya estaba blanco, como si no contuviera sangre. El brazo que se extendía hacia el codo y el punto de la herida original ya presentaba el aspecto de una magulladura amoratada, como si estuviera muerto.

Tibor dio un grito ahogado y cerró los ojos. Scuff solo podía adivinar el dolor que debía de sentir.

Crow siguió cortando hasta que el hueso se separó, sin que la carne sangrara apenas. Ató las arterias de inmediato con el hilo que Scuff le pasó, dejando libres los nervios que las acompañaban.

Los labios de la herida eran de un color marrón, y a Scuff le pareció que no era natural lo secos que estaban.

Con sumo cuidado Crow unió los labios de piel cubriendo la herida, pero sin llegar a solaparlos.

—Gasa —dijo, sin mirar a Scuff.

Scuff le pasó el rollo partido de gasa que acababa de mojar en el vino alcanforado caliente. Mientras Crow la ponía sobre la herida, Scuff le pasó los apósitos rociados con alcanfor, y después la larga venda compresiva, también mojada en vino caliente. Finalmente le pasó la venda de sujeción para envolver firmemente todo lo anterior, donde antes había un brazo.

Habían terminado, por el momento. Era como si las manecillas del reloj apenas se hubiesen movido.

Scuff miró a Fitz, que seguía sujetando la otra mano de Tibor entre las dos suyas y le hablaba en voz baja, aunque este tenía los ojos cerrados y la piel de rostro y cuello tan pálida que se diría que estaba muerto. ¿Tal vez la conmoción del dolor le había parado el corazón?

—Todavía hay pulso —dijo Fitz quedamente—, pero es irregular y muy débil.

Crow asintió con la cabeza y miró el reloj.

—Muy bien —le dijo Fitz—. Veinticinco segundos sin contar la sutura. No hay que apresurarse demasiado con los puntos, a riesgo de saltarse alguno y tener que pagarlo después.

—¿Veinticinco segundos es un buen tiempo? —le preguntó Crow.

—Lo he visto hacer en diecisiete, en el hospital de Scutari, pero aquí este hombre ha tenido una oportunidad mejor. Todo está limpio.

No añadió más, pero Scuff reparó en el sudor que le cubría la cara, perlándole la frente y el labio superior, aunque la habitación tan solo estaba agradablemente caldeada. Para Scuff su expresión era indescifrable, pero reconocía el sufrimiento cuando lo veía tan descarnado en alguien, el horror de unos recuerdos que volvían a la mente, agobiándolo desde el pasado, dejando heridas indelebles.

—Scuff —dijo Crow en voz baja.

Scuff no le oyó más que como si le hubiese hablado de lejos, desde otra habitación.

—¡Scuff!

—¿Sí, señor?

—Caldo de pollo. Está en el fogón de la cocina. Trae un cuenco pequeño para Tibor. Y después ve a buscar un poco de ese clarete tan bueno que tenemos.

—Sí, señor...

—¡Ya!

Crow lo miró con más detenimiento, como para asegurarse de que estuviera bien.

Scuff se movió con celeridad. Nunca había presenciado una operación como aquella, pero había visto a Crow recolocar huesos fracturados y coser heridas que sangraban de mala manera. Sabía que con frecuencia la impresión que sufría el paciente era lo que mataba. Crow se lo había advertido muchas veces. Demasiadas operaciones que parecían haber ido bien seguían dando como resultado la muerte del enfermo.

En la cocina encontró la sopa, la probó con una cuchara larga de madera y le pareció deliciosa y a la temperatura ideal. Llenó a medias un cuenco de loza y lo llevó, junto con una cuchara, a la habitación donde Tibor estaba recostado ahora, en una de las dos camas. Rara vez ingresaban a los pacientes, pero en ocasiones era necesario. Algunas recuperaciones requerían días de supervisión. A veces los enfermos empeoraban después del tratamiento. Había visto morir a unos cuantos, incluso después de haber hecho todo lo humanamente posible.

Miró a Crow.

—Dáselo —ordenó Crow—. Solo un poquito cada vez. Media cucharada. No lo fuerces.

Scuff lo miró a los ojos, esperando que cediera, pero Crow se limitó a asentir con la cabeza.

Scuff fue hasta el borde de la cama. Miró el rostro de Tibor. Tenía los ojos hundidos por la conmoción. Estaba aturdido y desconcertado.

Scuff le sonrió.

—Esto es sopa de pollo —dijo—. Sin huesos, solo un poco de caldo de cebada. Está muy rica.

Le constaba que Tibor seguramente no lo entendía, pero por su tono de voz sabría que estaban cuidando de él.

Scuff llenó a medias la cuchara y la acercó a los labios de Tibor.

—Pruébala —le dijo.

Tibor obedeció. Tardó un poco en tragar, pero no la regurgitó.

Scuff probó a darle una segunda cucharada, y luego una tercera y una cuarta. Crow le había dicho un sinfín de veces lo importante que era que una persona enferma o herida no empeorase su estado debido a la falta de líquido en su organismo. Nada funcionaba sin líquidos.

Crow sirvió un poco de clarete en un vaso y Scuff probó a dárselo. Pero Tibor estaba agotado.

—Lo velaré yo —dijo Crow en poco más que un susurro—. Scuff, ve a dormir un rato. Iré a despertarte dentro de unas horas, a no ser que necesite ayuda. —Se volvió hacia Fitz y le tendió la mano—. Gracias. Me gustaría que se quedara hasta mañana, pero no sería razonable que se lo pidiera. Sin duda tendrá que atender a sus pacientes. Pero le agradezco que haya venido.

Fitz sonrió. Las lámparas de gas brillaban lo suficiente

para que un cirujano viera lo que estaba haciendo en medio de la habitación, pero hacia los lados proyectaban sombras que resaltaban las arrugas del rostro de Fitz en torno a los ojos y la boca, poniendo de relieve su sufrimiento.

—Gracias —contestó—. Pero creo que cuando recobre la consciencia no recordará todo lo que ha ocurrido, y es posible que se asuste mucho. Por supuesto el dolor será menos agudo que el de la amputación de un hueso hecho añicos, o de un trozo de brazo arrancado, porque la gangrena ya lo habrá mitigado en buena parte. Pero usted ha llegado a la carne viva, y eso le dolerá mucho y durante mucho tiempo. Debería quedarme para explicarle por qué ha sido necesario amputarle el brazo, ahora que ya no lo tiene, y que debe hacer todo lo que le digan para recobrar fuerzas. Está muy débil. Aún nos queda un largo camino por recorrer.

Crow estuvo de acuerdo.

—¿Y sus demás pacientes? —preguntó.

Fitz adoptó una expresión tensa y sombría.

—Ya no ejerzo, al menos no como antes. Solo ayudo de vez en cuando.

Crow se quedó de piedra, estudiando el semblante de Fitz un buen rato. Scuff observaba a ambos hombres. Sabía que Crow estaba perplejo. Para él, el ejercicio de la medicina era una vocación sagrada, y que le permitieran seguirla había sido su máxima aspiración casi toda su vida. Estaba claro que para Fitz era diferente. No había forma de saber qué lo había llamado al principio, ni qué había sucedido desde entonces, solo que ahora estaba exhausto, tanto mental como físicamente.

—En tal caso le agradecería mucho que se quedara —le dijo Crow—. Hay sitio para dormir. Tenemos dos camas. Scuff a veces se va a casa, pero es más frecuente que pase la noche aquí. Trabajamos desde muy temprano hasta muy tarde. No tiene sentido que tome el transbordador de ida y vuelta simplemente para dormir en otra cama. Yo velaré a Tibor, tal vez eche una cabezada en la butaca. Usted puede usar mi cama. No tenemos otra habitación libre, pero Scuff es bastante silencioso.

—Gracias —aceptó Fitz—. Avíseme si se despierta y puedo ayudarle.

Scuff fue delante, bastante cohibido, hasta la pequeña habitación aneja a la clínica, que compartía con Crow cuando se quedaba a dormir. Por supuesto, antes de conocer a Monk, había dormido en cualquier lugar que le ofreciera un mínimo resguardo, y había soledad, pero nunca algo semejante a la intimidad. En casa de Monk tenía su propia habitación. Eso y un cuarto de baño eran los mayores lujos que cabía imaginar. Junto con la comida caliente, por supuesto, tanta como quisiera.

Ahora bien, aquel médico, con su semblante pálido y sensible y su manera de hablar como Hester, como un caballero, era bastante diferente. ¿A qué estaba acostumbrado?

Fitz se descalzó, se quitó la chaqueta y los pantalones. No parecía estar en absoluto cohibido.

—¿Estará bien aquí? —preguntó Scuff, y acto seguido se mordió el labio, enojado consigo mismo. ¿Qué haría si Fitz le decía que no estaba a gusto? Había sido una estupidez.

—¿Hester nunca te ha contado en qué condiciones dormíamos en el campo de batalla? —preguntó Fitz con una media sonrisa. Esto está limpio y seco, y hay silencio. Es el paraíso.

Scuff echó un vistazo a la habitación desnuda con el suelo de madera fregado y los muebles dispares. Fitz tenía razón. Pero eran la amistad y el aprendizaje lo que la hacían verdaderamente valiosa. Qué fácil resultaba acostumbrarse al confort. Casi había olvidado cómo era pasar frío prácticamente siempre, y llevar la ropa húmeda con demasiada frecuencia. Por supuesto, Fitz no sabía que Scuff había vivido en la orilla del río más de la mitad de su vida; bueno, casi más. En realidad no recordaba sus cinco primeros años.

—Sé cómo es dormir al aire libre —dijo de forma impulsiva. No quería que aquel amigo de Hester pensara que era un blando—. Cuando me acogieron ya tenía once años.

En realidad no sabía qué edad tenía entonces, pero once era una buena aproximación.

—¿Dónde vivías antes? —preguntó Fitz, levantando los pies para tenderse en la cama, con los brazos cruzados en la nuca.

—En la orilla del río —contestó Scuff, quitándose las botas y los pantalones, y se tendió tapado con la manta en la misma postura.

Fitz no se volvió para mirarlo.

—Debes de ser muy bueno cuidando de ti mismo.

—Sí —convino Scuff—. En aquella época el señor Monk era nuevo en el río. Le enseñé unas cuantas cosas.

Fitz sonrió, como si la idea le agradara.

—Y te obligó a ir al colegio, supongo.

—Sí. Al principio lo odiaba, pero luego no estuvo tan mal.

—Así que estás aprendiendo a trabajar de primera mano, por así decir. —Fue una observación, no una pregunta. Fitz estaba mirando al techo—. A veces es la mejor manera. Tendrás que aprender la teoría, pero la realidad es el mejor maestro. Aunque nunca debes llegar a un punto en el que creas que lo sabes todo.

—¿De verdad conoció a Hester en la guerra?

—Sí.

La voz de Fitz sonaba lejana. Cuando Scuff se volvió para mirarlo, Fitz tenía la vista fija en la línea donde la pared se unía al techo. La lámpara estaba al mínimo, de modo que no podía ver gran cosa, pero seguía concentrado como si estuviese viendo montones de cosas, y se intuía una honda tristeza en las arrugas de su rostro.

—¿Ella también hacía de médico? —preguntó Scuff, sin poder evitarlo. ¿Cuándo conocería a alguien que se lo pudiera decir?

—Y tanto que sí. En los hospitales, no. Los médicos no lo habrían tolerado. Pero a veces había cientos de heridos en los campos, tirados por el suelo, y tenías que abrirte camino entre ellos. Ver a quién podías salvar. No había tiempo para pedir autorizaciones. Dios quiera que nunca tengas que ver algo parecido a un campo de batalla. Es la visión más espantosa. Lo único peor son los sonidos de los hombres que agonizan y el olor. Sangre... y muerte. La muerte tiene su propio olor.

Dejó de hablar de repente.

Scuff deseaba decir algo, pero no se le ocurría el qué. Ni siquiera tenía claro que Fitz le estuviese hablando a él. Tal vez solo estaba recordando. Se quedó quieto un rato, pero Fitz no dijo nada más. Aún tenía los ojos abiertos, pero guardaba silencio.

Scuff se sorprendió pestañeando. Le escocían los ojos, como si le hubiese entrado polvo. Se dio la vuelta para estar un poco más cómodo y acto seguido cayó dormido.

Se despertó con un sobresalto y vio que ya era de día. Se adivinaba un cielo ligeramente azul al otro lado de la ventana. Fitz estaba medio recostado en la otra cama. Tenía los ojos cerrados, pero su cuerpo estaba tenso y las lágrimas le surcaban el rostro, de un blanco grisáceo a la luz del amanecer.

Scuff no sabía qué hacer. Veía su sufrimiento con tanta claridad como si hubiese estado sollozando abiertamente y, sin embargo, parecía que todavía estuviera dormido y que aquello fuese consecuencia de un sueño atroz. Scuff se sentía espectador de algo sumamente privado. No obstante, también era el transeúnte que debía detenerse y ayudar. ¿Qué era peor, entrometerse o fingir no haberse dado cuenta porque no sabías qué hacer?

¿Era un sufrimiento actual lo que provocaba semejante aflicción? ¿O se trataba de algo que lo perseguía desde el pasado, incluso desde un pasado tan remoto como la guerra, y a miles de kilómetros, en aquella península que se adentraba en el mar Negro desde Rusia? Hester se la había mostrado en un mapa, señalando la ruta que había seguido por mar hasta arribar al puerto de Sebastopol.

Fitz gruñó como si lo atormentara un dolor físico, y Scuff vio que apretaba tanto la mano, apoyada en un lado, que los nudillos se veían blancos.

Scuff se levantó de la cama y alcanzó sus pantalones. Se los estaba poniendo cuando Fitz dio un grito ahogado, seguido de un largo gemido de desesperación. Transmitía un sufrimiento tan grande que Scuff no lo pudo pasar por alto. Se acercó y puso la mano sobre la de Fitz. Era dura como el hueso, como si sus dedos no tuvieran carne alguna.

—¡Doctor Fitz! —dijo con absoluta claridad.

Fitz abrió los ojos. Por un momento pareció ser incapaz de concentrarse, luego lentamente miró a Scuff y volvió a la vida. Parpadeó varias veces.

Scuff se apresuró a buscar algo que decir.

—¿Le apetece una taza de té, señor? Voy a ver si el doctor Crow está bien, y qué tal le va al pobre Tibor. Me atrevería a decir que necesitará que caliente más vino, si tiene que...

Fitz pestañeó.

—Sí... Sí, por supuesto. Tibor... los apósitos. Sí, me apetece una taza de té. Prepáralo fuerte, Scuff, por favor.

Miró a Scuff de arriba abajo, como si intentara ubicarlo. ¿Buscaba un uniforme de soldado? ¿Acaso su pesadilla se remontaba a la guerra?

—Enseguida se la traigo, señor —dijo Scuff—. Y le diré cómo está progresando Tibor. Me imagino que Crow necesitará descansar un rato.

—Sí... —Fitz volvió a parpadear—. Sí, claro que lo necesitará.

Se apartó el pelo rubio de la frente y dio la impresión de estar recomponiéndose.

—Allí hay agua. —Scuff señaló la gran jofaina que había en el rincón. Después salió de la habitación y fue a la sala de la clínica donde Crow estaba sentado, macilento y ojeroso. El pelo le había caído sobre la frente, negro como el pájaro cuyo nombre llevaba.

—¿Una taza de té, señor? —ofreció Scuff.

Crow asintió con la cabeza.

—Y vuelve a poner el vino barato a calentar. Tendremos que cambiarle los apósitos. —Se enderezó un poco, moviéndose con rigidez—. ¿Cómo está Fitz?

—Está bien, creo. Prepararé una tetera para los tres.

—Estupendo.

Diez minutos después Fitz entró en la sala. Estaba muy pálido pero sosegado. No se había afeitado porque no tenía cuchilla, pero se había lavado, vestido y peinado. Hablaba con calma y aceptó la taza de té caliente que le ofreció Scuff, y después consultó con Crow qué hacer a continuación por el paciente.

Comenzaron por retirarle los apósitos, desenrollando las vendas con cuidado y apartándolas. Scuff vio que estaban manchadas de un suero amarillento, pero apenas había sangre, y la carne no desprendía el olor de la muerte. Tibor mantenía la cara vuelta hacia un lado. Todavía no estaba preparado para mirar la herida y ver que ya no tenía brazo. Ya llegaría ese momento.

Fitz no dejó de hablarle amablemente mientras Crow estuvo trabajando.

—¡Scuff!

—¿Sí, señor?

—Necesito una pócima para Tibor —explicó Crow—. Vuelve a sacarme el mejor clarete, quinina y el licor calmante Hoffman's. Los mezclaré en las proporciones correctas. Pero toma nota para usos futuros. Cuando esté listo, iré a echar un sueñecito. —Pestañeó al decirlo, como si tuviera arenilla en los ojos—. Dale una cucharadita cada cuarto de hora. Ahí tienes el reloj. Estate atento. Si se produce algún cambio, aparte de una ligera mejora, me despiertas de inmediato.

—Sí, señor. ¿Qué hago si no se la toma?

—Aguardaré contigo hasta que le des la primera...

—Me quedo yo —interrumpió Fitz—. Nos las arreglaremos. Usted necesita dormir. —Esbozó una sonrisa—. Quizá le necesitemos luego...

Crow estaba demasiado agotado para no estar de acuerdo.

Fue un día largo. Crow durmió buena parte de él. Scuff hizo exactamente lo que le habían ordenado, y todo el rato que Tibor estuvo despierto, Fitz le habló en húngaro. Esto parecía alentarlo. Aceptó la cucharada de licor cada cuarto de hora, excepto una vez en que dormía tan profundamente que, tras comprobar el pulso y la respiración, Fitz dijo a Scuff que no lo molestara.

A primera hora de la tarde reapareció Crow, lavado, afeitado y con una camisa limpia. Estaba muy raída y remendada, pero presentaba mucho mejor aspecto.

Antes de nada, estudió detenidamente a Tibor y pidió a Scuff que preparase más vino alcanforado mezclado con corteza.

Scuff conocía las proporciones porque ya lo había hecho antes, para otras heridas profundas. A continuación hizo un buen caldo con el resto de los huesos, y lo sazonó con canela y clavos de olor. Cuando Tibor se lo hubo tomado, le dio un vaso del mejor clarete.

—Ahora hay que lavarlo —dijo Crow—. Procurar que esté más cómodo. Prepararé vinagre eterado. Tú trae la manopla y métela en el horno para que esté bien caliente. La necesitaremos para que no coja frío en ningún momento. Ya sabes cómo se hace.

—Sí, señor.

Mientras la tarde daba paso a la noche, Crow administró a Tibor un enema preparado con una decocción de quina muy alcanforada, mientras Scuff cambiaba la cama a fin de dejarla limpia y cómoda para pasar la noche.

Cuando oscureció, Tibor daba la impresión de estar descansando bien. Fitz salió a comprar comida para aquella noche y el día siguiente. A su regreso, Crow dijo a Scuff que tenía que ir a dormir a su casa, en Paradise Place, y presentarse de nuevo a las nueve en punto de la mañana.

—Gracias, señor —aceptó Scuff con profunda gratitud. Si Crow se lo hubiese pedido, se habría quedado, pero en ese momento lo que deseaba era escapar de los confines de aquellas habitaciones, de la visión de un sufrimiento contra el que nada podía hacer, de la impresión de ver la carne muerta de una extremidad amputada a un hombre vivo, tratando de imaginar la angustia de Tibor cuando fuese plenamente consciente de lo que le había ocurrido.

4

Hester estaba trabajando tranquilamente en la cocina de su casa, en Paradise Place. Había pasado parte del día en la clínica de Portpool Lane que había fundado varios años atrás. El edificio, inmenso y lleno de rincones y recovecos, había sido un burdel muy rentable que Monk y sir Oliver Rathbone, su amigo abogado, habían adquirido casi por casualidad. Por descontado, también fue determinante la habilidad de Rathbone. Habían convertido el lugar en una clínica gratuita para mujeres en dificultades, sin hogar y enfermas. Se sustentaba mediante donaciones y actos benéficos, y Hester había conseguido la ayuda de unas cuantas mujeres acomodadas y de generosa disposición para recabar fondos. Otras, como Claudine Burroughs, trabajaban allí en persona.

La contabilidad la llevaba un hombre con mucho talento, desaliñado, excéntrico y de mala fama que se llamaba Squeaky Robinson, el antiguo propietario y director del burdel que precedió a la clínica. Rathbone le había permitido quedarse por sus espléndidas aptitudes y por su amplio conocimiento de todas las artes nefandas de la calle. La confianza que depositaron en él demostró ser un acierto. Hester tuvo que reconocer, aun a regañadientes, que incluso había llegado a tomarle afecto. En apariencia tenía un temperamento ambiguo, pero en realidad era extraordinariamente leal. Hablaba de la respetabilidad como si fuese una enfermedad innombrable, y ni siquiera la tortura lo habría obligado a admitir que la valoraba más que cualquier otro beneficio que le hubiese reportado gestionar los asuntos de la clínica. Para él era incluso más importante que la recompensa original de un hogar, comida y un empleo lícito.

La presencia de Hester había dejado de ser tan necesaria como en los primeros tiempos. Rara vez tenía que quedarse a pasar la noche o siquiera acudir cada día.

Echaba de menos a Scuff, pero le enorgullecía que tuviera tantas ganas de ejercer la medicina como para estar dispuesto a sacrificar incluso su pretensión de independencia. Ante los fogones, preparaba una cena de verduras ligeramente cocidas para tomar con salchichas. No tenía ni idea de cuándo llegaría Monk a casa. El brutal asesinato en Shadwell lo reclamaba a primera hora de la mañana y lo retenía hasta tarde, incluso después del anochecer, lo que en verano suponía una larga jornada. Estaba agotado, sin embargo cualquier pista sólida lo eludía.

Portpool Lane estaba más cerca del centro de Londres, a bastante distancia de Shadwell, o de cualquiera de los otros muelles. Hester apenas sabía nada sobre la comunidad húngara. Pero conocía el prejuicio. Era universal. Podía basarse en la raza, la religión, la clase social, la educación o en otras tantas cosas. Pero siempre había un denominador común, que era el miedo a lo diferente, la creencia de que de alguna manera amenazaba la propia seguridad. La causa podía ser cualquier cosa, como un idioma que no entendías y la idea de que la gente hablaba de ti, se reía de ti, planeaba tu caída de algún modo, amenazaba tu trabajo, cambiaba tu vecindario para que dejara de resultarte familiar. Los hombres parecían temer que los extraños se llevaran a sus mujeres.

El peor temor de todos era que personas de otra fe te llevaran a cuestionar tu lugar y valor en el mundo, las viejas certezas con las que te habías criado y que mantenían la oscuridad encerrada dentro de ti, donde no podía extenderse y consumirte con dudas, hasta que ya no sabías quién eras.

Hester seguía pensando en esto mientras picaba menta y perejil para añadirlos a las patatas. Eran viejas y las iba a hacer puré; era un poco pronto para las nuevas, más pequeñas y de sabor dulce. Oyó unos pasos ligeros al otro lado de la puerta trasera y acto seguido apareció Scuff.

Estuvo encantada de verle, pero no pasó por alto la palidez de su cara ni las profundas ojeras debidas al cansancio. Sabía que no debía comentarlo. Scuff detestaba que se preocupara por pequeñeces. Le hacía sentir como si ella pensara que aún era un niño incapaz de cuidar de sí mismo. Se lo había hecho saber más de una vez. Tenía aproximadamente dieciocho años, era un hombre joven. Hester había conocido a muchos soldados de la misma edad.

—¿Tienes hambre? —preguntó tan despreocupadamente como pudo.

—Sí... creo que sí —respondió Scuff.

Hester reparó en que olía ligeramente a carbólico y en la pequeña mancha de sangre que tenía en una manga de la camisa. Lo miró más detenidamente.

—Fue una operación —dijo Scuff, que tomó una de las sillas de la cocina y se sentó a horcajadas en ella, mirándola con los brazos cruzados sobre el respaldo—. Crow le amputó un brazo a un hombre a la altura del hombro. Lo tenía gangrenado. Creo que vivirá.

—¿Y tú ayudaste?

Hester no quería perder la calma, pero recordó con un horror repentino la primera vez que había visto un caso de gangrena. Fue el olor a carbólico lo que le hizo rememorarla, lo bastante fuerte para enmascarar el penetrante y agridulce olor de la carne muerta adherida a una persona viva.

—Sí —contestó Scuff, observándola.

—¿Cómo llegó a ese estado?

—No lo sé. Estaba demasiado enfermo como para hacerle muchas preguntas. Y además es húngaro.

Aguardó a ver cómo reaccionaba Hester.

—¿De la comunidad de Shadwell? —preguntó.

—No lo sé. El caso es que apenas habla inglés.

Scuff estaba muy pálido. Hester se fijó en lo azules que eran sus ojos. Aguardó a que prosiguiera.

—Crow me dijo que al menos debíamos explicarle que teníamos que amputarle el brazo si quería tener alguna posibilidad de sobrevivir. Y que sería mejor contar con alguien que le hablara mientras lo hacíamos...

—¿Y encontraste a alguien de la comunidad húngara?

—Sí, aunque en realidad es inglés. Habla igual que tú...

Se calló para ver cómo reaccionaba Hester. Le parecía que era normal hacerlo.

—¿Qué pasa? —preguntó Hester—. Hay algo más. ¿Tiene que ver con el asesinato en Shadwell?

—Que yo sepa, no. Pero el hombre que encontré también es médico, un auténtico médico militar que estuvo en Crimea. Te conoce.

—¿Me conoce?

La cocina dio la impresión de reducirse hasta ser una pequeña mancha luminosa que entraba por la ventana hasta la cabeza de Scuff. Qué jóvenes eran sus mejillas, que apenas mostraban suaves pelillos rubios que no merecía la pena afeitar, y el cansancio de sus ojos, hundidos a causa de la pena y el agotamiento.

—¿Estás seguro? —preguntó Hester, y de inmediato se dio cuenta del sinsentido de su pregunta. Había conocido a la mayoría de los muchos médicos que había en Crimea, los que sobrevivieron y los que no.

—Sí. —Scuff seguía observándola—. Dijo que se llama Herbert Fitzherbert. No es un nombre cualquiera... ¡Seguro que lo conoces!

Sin duda Scuff había reparado en la impresión que la noticia le había causado a Hester, derramándose a su alrededor como una ola que te hace perder el equilibrio y te arrastra con ella.

—Sí, lo conocí... pero lo perdimos en Inkerman. Lo vi con mis propios ojos. Había muchos muertos, aunque algunos eran irreconocibles.

Hester se calló. No quería revivir recuerdos de una mortandad tan abrumadora, hombres y caballos destrozados, sangre y moscas por doquier. Amigos y desconocidos. Le vino a la cabeza, espontáneamente, un verso de Byron a propósito de Waterloo: «mezclados en una sepultura roja». Ciertamente no quería que Scuff imaginara siquiera cómo había sido aquello.

—Me pidió que le llamáramos Fitz. Habla igual que tú. Es un poco más alto que yo, rubio y con un rostro... de persona que piensa mucho. Sonríe poco, pero me parece que sabe ver un lado divertido de las cosas que los demás no ven. En realidad, no sé cómo describirlo...

Hester tuvo un recuerdo repentino de Fitz vestido de uniforme, parecía estar fuera de lugar entre los apuestos soldados de capa roja y sable en ristre, a principios de la guerra, antes de la matanza en la batalla de Balaklava. Antes de los inviernos asesinos que mataban a los hombres por congelación. Daba la impresión de estar jugando a los soldados para complacer a sus amigos. Veía un chiste en todo aquello, que los demás no sabían ver. Pero era melancólico, incluso entonces. El chiste no era divertido sino lúgubre y, finalmente, trágico.

—Sí, ese es Fitz —contestó Hester, regresando al presente—. Lo habíamos dado por muerto.

—Pues no lo estaba —repuso Scuff—. Me contó que había regresado a través de Europa. Pasó una temporada en Hungría, por eso aprendió el idioma. Lo habla con bastante soltura. Como si fuese capaz de pensar en húngaro.

El recuerdo casi la abrumó: incluso con el agotamiento de aquel día, su aflicción por la muerte de Fitz fue más profunda que todas las demás. No quiso que Scuff lo supiera.

—Tienes que hacerlo, si quieres hablarlo bien —convino Hester. Deseaba saber qué le había ocurrido a Fitz, cómo estaba, si estaba a salvo, en fin, toda suerte de cosas. Pero la remembranza de aquel día aciago la perseguía como si hubiese tenido lugar pocas semanas antes. Lo veía todo claro otra vez.

Había estado ayudando a los camilleros a buscar supervivientes que quizá podrían salvar. Les daba la vuelta con cuidado, procurando no desgarrar heridas abiertas que ya de por sí eran espantosas. No lo reconoció cuando apartó el cuerpo que medio lo cubría y le vio el rostro. Estaba inmóvil, con los ojos cerrados, empapado en sangre. Lo tocó y notó que estaba frío. Solo después de limpiarle la cara se dio cuenta de que era él, y la inundó un pesar tan intenso que por unos momentos no se pudo mover.

Fue un camillero quien rompió la pesadilla y la convirtió en realidad. De pronto oyó su voz.

—Por este ya no puede hacer nada, señorita. Ha muerto. Descanse en paz. Pero hay otro a quien a lo mejor podremos salvar.

Y se marchó, poniéndose de pie y tambaleándose detrás del camillero, sin apenas ser consciente de lo que hacía. En algún lugar había un hombre al que quizá podrían salvar. Debían apresurarse. Concentrarse en el momento. Después ya habría tiempo para llorar a los muertos.

Y los lloró, junto con todos los demás. Recordó las largas noches de guardia a la intemperie, con tanto frío que se le entumecían las manos y le dolían los huesos. Habían contado chistes malos y se habían reído a carcajadas, porque todo estaba tocado por el absurdo y la desesperación. Revivió mentalmente una noche después de una batalla, compartiendo lo que quedaba de agua en una cantimplora forrada de cuero y un par de rancias galletas del ejército. Fitz había alzado la cantimplora y pronunciado un elaborado brindis, como si se tratara del mejor coñac, y le sonrió. Ella lo había entretenido con algo que en su momento parecía divertido. Rieron hasta que él dio media vuelta, con los ojos arrasados en lágrimas. Hester no hizo comentario alguno. La amistad que los unía rebasaba las palabras. Todo lo que no tocaba decir se sobreentendía.

Nada de aquello podía compartirlo con nadie. Lo había enterrado en su mente, junto con la mayor parte de las cosas sobre la Guerra de Crimea que había que dejar atrás. Tenía una vida nueva, llena de regalos que no tenían precio.

Miró a Scuff, escrutó su semblante y vio que también se estaba esforzando en decir algo, o tal vez inseguro sobre si decirlo o no.

—¿Está... está bien? —preguntó—. Realmente pensaba que había muerto.

Palabras vacías, ¿pero qué otra cosa cabía decir?

—Me parece que no —contestó Scuff casi sin aliento—.

No lo sé. Nos ayudó y lo hizo muy bien. Tiene... buenas manos, delicadas... si sabes a qué me refiero. Creo que sería capaz de coger un pelo con un fórceps. O coser una cicatriz dejándola tan bonita que no importaría que se viera...

Se calló, insatisfecho con lo que había dicho.

—No hay duda de que es Fitz —convino Hester—. ¿La herida la cosió él?

—No... Lo hizo Crow. De hecho lo hizo todo. Fitz dijo que ahora ejerce muy poco la medicina. Hester...

Hester aguardó. Sentía la palpitación de su corazón como una sucesión de golpes sordos e impacientes dentro del pecho.

—Esta mañana, cuando lo he visto al despertar... Crow había pasado la noche en vela con Tibor... hasta las cinco. Entonces Fitz y yo lo hemos relevado.

—¿Qué ha sucedido cuando te has despertado?

—No sé si Fitz estaba despierto o dormido y soñando, pero tenía la cara cubierta de lágrimas. Creo que algo le hace sufrir mucho.

—Me parece que ya sé a qué te refieres —respondió Hester—. A veces ocurre...

Lo había visto en Crimea y también después. Hay cosas que no puedes compartir, excepto con otros que fueron parte de ellas. La gente de tu tierra no quiere saber. No pueden aliviarte, solo sentirse impotentes e inútiles. No existen palabras para describir el horror de ciertas cosas. El tiempo, la cantidad y el agotamiento lo multiplican más allá de la capacidad de cualquiera para expresarlo. ¿Y por qué ibas a querer atosigarlos con esa carga? No pueden ayudarte, no pueden llevarla por ti. Los únicos que necesitan saberlo son las autoridades que lo provocaron debido a su ignorancia. Y se niegan a creer. Emocionalmente no pueden permitírselo. La culpabilidad los inhabilitaría.

Se apoyó en las verdades que bien conocía por experiencia.

—Tienes que comer —dijo a Scuff—. Me imagino que todavía tenéis a... ¿Tibor, has dicho? ¿Todavía lo tenéis en la clínica de Crow?

—Sí. Tengo que regresar mañana temprano. Esta noche Fitz se queda para ayudar.

—Por supuesto. Me habría sorprendido si me hubieses dicho que se ha marchado.

—Te caía bien, ¿verdad?

—Sí. Me caían bien muchas personas. En tiempos y lugares como esos, descubres lo mejor de la gente... y a veces lo peor, pero no con frecuencia... —Volvió al presente y añadió—: Aunque no tengas apetito, tienes que comer. Si no lo haces, te despertarás en plena noche y querrás tomar cualquier cosa.

Scuff sonrió. Había adivinado que Hester le diría exactamente aquello. Y las verduras olían muy bien. Si las servía con salchichas, y le constaba que estarían en el horno para que no se enfriaran, sería para chuparse los dedos.

—Sí —admitió Scuff. Procuró que pareciera que le hacía una concesión, pero la expresión de Hester revelaba que no se lo creía ni por casualidad.

No mucho más tarde llegó Monk a casa, también demasiado agotado para hacer otra cosa que no fuese cenar y sentarse a descansar en silencio. Preguntó a Scuff qué tal le había ido la jornada, aunque confiaba en recibir una escueta respuesta.

Cuando Scuff ya se había ido a la cama, Monk se espabiló un poco.

—¿Algún progreso con el asesinato del húngaro? —le

preguntó Hester. No tuvo que entrar en detalles. Directa o indirectamente, cada día comentaban el asesinato ocurrido en Shadwell. Los periódicos hablaban menos de ello puesto que ya habían transcurrido cuatro días. No obstante, las exigencias de respuestas por parte de la policía se volvían más apremiantes con cada nueva edición que salía a la calle.

—No —contestó Monk—. Tenemos un montón de documentación sobre el paradero de mucha gente a la hora del crimen. Pero las personas mienten por todo tipo de razones, y muchos relatos son simplemente erróneos acerca de la hora. La gente defiende a sus seres queridos, y aunque no sepa si son inocentes, no concibe que puedan ser culpables, por eso prefiere creer en su inocencia. Yo quizá haría lo mismo. Son personas tan decentes como cualquier otra, solo que están un poco más asustadas porque son forasteras, incluso aquellas que llevan años viviendo en Londres.

Hester sabía que también se refería a sí mismo. Rara vez hablaba de ello, y creía que ni siquiera lo pensaba, pero Monk no tenía memoria y por lo tanto tenía muy poca idea de dónde había pasado la mayor parte de su vida. Lo había deducido a partir de lo que decían los demás. Comprendía mejor que cualquier otro policía de Londres la sensación de haber perdido las raíces.

Pero Hester también sabía que Monk no querría abordar el tema.

—Dijiste que fue un asesinato muy violento... —comenzó Hester.

—Sí. No fue un robo. No se llevaron nada, y nos consta que no había nada que llevarse. Pero la violencia empleada fue mucho más allá de la necesaria para matarlo. Y hay otra cosa: los dedos rotos, las velas mojadas en sangre, la carta hecha añicos, todo esto se hizo cuando ya estaba muerto.

Hester se estremeció.

—¿Es parte de algún ritual? ¿Algo que los húngaros saben y nosotros no? ¿Hay algo en su historia, quizá, que le dé sentido?

—Por ahora nadie ha sabido decírmelo.

Hester lo observó mientras se levantaba para acercarse a la ventana. Estaba oscuro y era hora de correr las cortinas. Había en él un cansancio que hacía tiempo que no veía. Debería haber estado más atenta. La sensación de fracaso después de varios días sin encontrar una buena pista era deprimente en cualquier caso, pero Hester pensó, no por lo que él había dicho sino por lo que callaba, que aquellas personas, arrancadas de sus raíces y tratando de construir nuevas vidas de cero, reflejaban lo que él mismo había sentido no mucho tiempo atrás.

—¿Está resultando útil Dobokai? —preguntó Hester, con tanta ligereza como pudo.

—Sí —contestó Monk tras volverse hacia ella y regresar a su sillón—. Pero no puedo permitirme confiar plenamente en él. Lo vuelvo a comprobar todo. Si no me equivoco, él piensa que la respuesta podría recaer en un inglés llamado Haldane, que está casado con una húngara. Una mujer bastante guapa.

—¿Guarda relación con su asesinato el hecho de que Fodor fuese húngaro?

—La verdad es que no lo sé. Su cultura y sus creencias son diferentes. Y se da por sentado que favorecen a los suyos.

—Es lógico. Si me estuviese estableciendo en un país nuevo, como quien dice con lo puesto, también favorecería a los míos —señaló Hester.

—Sí, ya me he dado cuenta —dijo Monk, con un leve toque de sarcasmo.

Hester advirtió que estaba sonriendo.

—Bueno, no son exactamente los míos, en la clínica...
—comenzó—. Excepto en que también son mujeres...

Monk se rio. Fue una risa áspera, pero risa a fin de cuentas.

Hester no dijo más. Lo dejaría tranquilo un rato y después cambiaría de tema. Anhelaba poder acercarse a él y abrazarlo, pero no quería que lo interpretara como lástima. Incluso Scuff se habría ofendido. Das ese tipo de consuelo a los niños y a los animales. No a los hombres, por mucho que lo deseen. Lo haría más adelante, pero elegiría el momento.

—Scuff lo ha hecho muy bien hoy —dijo al cabo de un rato—. Ha asistido a Crow en una amputación.

Monk se enderezó.

—¿En serio?

—Sí, de un brazo. Gangrena. Está aprendiendo mucho. Al principio me daba miedo que Crow lo acogiera por amabilidad, pero ahora sé que no.

—¿Cómo es posible que un hombre llegara a tener una gangrena tan extendida como para perder un brazo? —preguntó Monk.

—No lo sé. Es húngaro, y Scuff tampoco lo sabe. Al menos por ahora. Pero si se entera de algo, te lo contará. Siempre y cuando no sea una confidencia del paciente. Si...

—Lo sé, lo sé —interrumpió Monk—. Estás orgullosa de él, ¿verdad?

No fue una pregunta, fue una observación, pero Hester contestó de todos modos.

—Sí, lo estoy. Inmensamente.

—Pero no me lo has contado por eso. Otro húngaro... ¿Qué clase de accidente tuvo?

—Tampoco lo sé. —Entendió a qué se refería—. Pero pediré a Scuff que lo averigüe. El caso es que Scuff me ha dicho que un viejo amigo mío, un colega del hospital de Scutari a quien creía muerto, está ayudando a Crow...

Hester se inclinó hacia delante, deseosa de explicarlo todo acerca de Fitz y transmitir la extraordinaria noticia de que ahora vivía en Shadwell.

Por la mañana se ofreció a ir a ver a Crow y, en concreto, a llevarle algunas provisiones que le constaba que necesitaría. Había visto suficientes amputaciones para saber cuánta atención requerían en los primeros días. Crow tendría poco tiempo para salir a la calle. Y nunca le había preguntado si alguno de sus pacientes había podido pagarle. Hester era consciente de que no muchos lo habrían hecho, y eso nunca supuso diferencia alguna en el cuidado que él les dispensaba. Hester le daría al menos la mitad de los suministros sin decirle el precio.

Decidió tomar un ómnibus y ahorrarse el dinero del taxi para poder adquirir más cosas. Fue de compras lo más cerca posible de la clínica, y llegó poco antes de las diez de la mañana.

Dejó de pensar qué haría si Fitz todavía estaba allí, suponiendo que realmente fuese él. Todo apuntaba a que sí, y con un nombre tan singular costaba imaginar que pudiera ser otra persona.

La guerra había terminado catorce años atrás. ¿Realmente había estado vagando por Europa todo ese tiempo? Su vida también había cambiado drásticamente en esos años. Hester había regresado de Sebastopol determinada a revolucionar la enfermería en Inglaterra. Había aprendido mucho. Conocía todos los principios de la señorita Nightingale relativos al aire fresco y la limpieza. Igual que ella, tenía poca paciencia con reglamentos cuya ignorancia de la realidad costaba vidas, así como un sufrimiento inconmensurable que demasiado a menudo era del todo innecesario.

Pero como le ocurrió a Florence Nightingale, buena parte de su esfuerzo había sido ignorado o menospreciado. Finalmente ninguna institución la quería contratar porque discutía y de vez en cuando perdía los estribos.

Su propia aflicción tal vez tuvo algo que ver con ello. Al regresar a Inglaterra había ido directamente a casa de su familia. Sabía que su hermano mayor, James, había caído en Crimea; había muerto valiente e innecesariamente, como tantos otros. Lo que no supo hasta su regreso fue que su padre había invertido en una de las más viles estafas imaginables. Cuando no solo él sino también los amigos a los que había aconsejado perdieron su dinero, la única salida honorable que le quedó fue quitarse la vida.

Charles, el hermano menor, fue incapaz de impedirlo, así como de evitar que su madre se muriera de pena.

Hester no había estado en Londres para ayudar. Llevado por su sufrimiento, Charles la había acusado de estar ausente cuando más la necesitaba. Su fuerza de voluntad y apoyo quizá los habría salvado a los dos.

Hacía varios años que no hablaba con Charles. No se le ocurría nada apropiado que decir. ¿Cómo podía explicarle su experiencia en Crimea, la entrega a la enfermería, su decisión de irse para hacer lo que estuviera en su mano, en lugar de quedarse en Inglaterra y casarse como era debido? Nunca habían concebido la vida bajo el mismo prisma. Y todo el pesar y el arrepentimiento que ahora sentía no cambiarían las cosas. No quería reñir con su hermano. Él había permanecido junto a sus padres en los peores momentos, haciendo lo que buenamente pudo. De nada serviría remover el pasado.

Esperaba que Charles fuese feliz, aunque nunca se había preocupado mucho por su esposa. Tampoco Hester le había hablado a su hermano sobre su matrimonio, difícilmente habría dado su aprobación a Monk. Otra discusión que ella no deseaba. Lo más probable era que Charles deplorase la presunta adopción de un golfillo de los muelles del Támesis, ni se creería su alegría por los logros del chaval.

Y volviendo al presente, si aquel hombre era realmente Fitz, ¿cómo iba a contarle que había creído de veras que se contaba entre los muertos de aquella desdichada batalla en la que habían perecido tantos hombres? Hacía más de catorce años, pero recordaba retazos muy vívidamente. El ruido de los disparos, los gritos, los chillidos de hombres y animales espantosamente heridos. Tres veces había interrumpido la búsqueda de soldados para acabar con la agonía de un caballo. Detestaba hacerlo. Incluso ahora, el recuerdo le revolvía el estómago.

Fitz había estado haciendo lo mismo mientras proseguían las últimas descargas de la artillería, rescatando a quien podía. Aquel no era momento de aguardar hasta la última retirada.

Veía su cara en su imaginación, demacrada por el cansancio y la interminable e inútil destrucción. Hombres con los que habías compartido una galleta o una lata de café para desayunar yacían ahora destrozados en el suelo. A veces todavía estaban vivos. Hester no siempre distinguía el escarlata de la sangre del escarlata de una guerrera. Para eso se había escogido aquel color, por descontado. Al igual que en los buques de guerra de la época de Nelson, cuyas cubiertas de combate se pintaban de rojo.

Su memoria divagaba, evitando recordar el momento en que había encontrado a Fitz, o mejor dicho, su cuerpo.

¿Pero qué más daba ahora el pasado, si Fitz en verdad estaba vivo?

Llegó a la clínica y entró. Había una mujer fregando el suelo, provista de un cubo grande y un mocho con el mango muy largo. Olía a carbólico. Tal vez era la única manera que tenía de pagarle a Crow por su asistencia.

—Buenos días —la saludó Hester, sonriendo.

La mujer correspondió a su sonrisa pero no habló, reanudando en silencio su tarea.

Hester encontró a Crow en la sala principal, junto a un hombre un poco más bajo que él, rubio y afeitado. Estaba muy pálido y tenía los ojos cansados; solo su sonrisa era exactamente igual a como la recordaba.

—Hola, Hester —dijo él. Su voz le resultó familiar en el acto, como si solo hiciese unos días que habían hablado por última vez.

—Hola, Fitz —contestó ella con la boca seca—. Scuff me dijo que habías estado aquí echando una mano.

—Ah, Scuff. Un muchacho estupendo. Algún día será un buen médico. Le gusta aprender.

Hester dejó la cesta en el suelo y miró a Crow.

—He traído algunas provisiones. Pensé que habría cosas de las que podrías quedarte corto.

La expresión de Crow tenía un toque de humor.

—Cómo no. Has visto más amputaciones de las que yo veré jamás. Gracias.

—¿Cómo se encuentra esta mañana? —preguntó Hester.

—¿Cortesía o interés profesional? —Crow enarcó las cejas—. ¿Quieres una opinión profesional?

Hester no quería entrometerse. Fitz tenía mucha experiencia, aunque tal vez no en el cuidado de hombres con todo el tiempo del mundo y bastantes probabilidades de salir con vida. Allí, por lo menos, el paciente no contraería cólera ni disentería, que junto con el hambre o el frío habían sido responsables de más muertes que el fuego enemigo.

Miró a Crow a los ojos. ¿Estaba aguardando para alardear de su éxito? ¿O le preocupaba que no todo estuviera yendo bien? Tras reflexionar un momento, se convenció de que era lo segundo.

—Sí. Por supuesto.

Lo siguió hasta la habitación donde estaba el paciente, recostado sobre las almohadas de una cama de madera. Scuff estaba a su lado y levantó la vista en cuanto los oyó entrar. Fue evidente su alivio al ver a Hester.

—Tiene un poco de fiebre —dijo Scuff a Crow—. Le ha subido hace justo diez minutos.

Sabía la importancia de la exactitud.

Crow se acercó a la cama y miró muy serio a Tibor antes de tocarle la frente. Se volvió hacia Fitz, que acudió a su lado, observó detenidamente a Tibor y también le tocó la cara.

—Hay que echar un vistazo a la herida. Algo no va bien.

—¿Puedo ayudar? —se ofreció Hester.

—Sí, por favor —contestaron ambos al unísono.

Hester fue al lavabo, se lavó la manos y pidió a Scuff que se asegurase de que el vino alcanforado estuviera caliente pero no hirviendo. Scuff ya lo había hecho otras veces y no precisó más instrucciones.

Al paciente le había subido claramente la fiebre y comenzó a revolverse inquieto en la cama. Había que inmovilizarlo para evitar dolores innecesarios o lesiones mayores cuando le quitaran las vendas. De esto se ocupó Fitz.

Crow desenrolló las vendas. Tan pronto como las retiró, fue obvio que la herida estaba sangrando de nuevo; sangre fresca, de color rojo brillante. Instintivamente miró a Hester. Nunca había tratado una extremidad gangrenosa amputada. Le constaba que Hester sí. Suponía que Fitz también, pero acababa de conocerlo. Durante mucho tiempo Hester había sido la única persona que lo había apoyado y finalmente convencido de que, a pesar de sus problemas del pasado y de sus fracasos, era un buen médico y podía obtener un título oficial.

Hester inspeccionó la herida. Sabía lo que Fitz había hecho en el pasado, pero no tenía la menor idea de qué había sido de él en los años transcurridos desde entonces. Era un desconocido sumamente familiar. Habían estado tan unidos como podían estarlo dos personas que se enfrentaban a la muerte a diario y luchaban codo con codo, asumiendo tanto la victoria como la derrota. Pero eso había sido años atrás. No tenía ni idea de lo que le había sucedido desde entonces, salvo por la profunda impronta de dolor en su cara, la incertidumbre en sus ojos.

—Tenemos que limpiar la herida —dijo Hester serenamente—, buscar el vaso sanguíneo que sigue sangrando y coserlo. Da la impresión de estar recobrándose, pero está muy débil. —Levantó la vista hacia Crow—. ¿Le funcionan bien los órganos?

—Sí —contestó Crow sin vacilar—. Le administré un enema de quina alcanforada. Evacuó varias veces durante la noche. Y no tuvo dolor ni dificultad para orinar. Parecía estar bien.

—Lo está —le aseguró Hester—. Pero hay que encontrar el origen de esta hemorragia. Hay un vaso sanguíneo que ha roto su ligadura.

Miró a Fitz.

Él le estaba sonriendo, pero había pesar en el recuerdo que se había despertado en su mente.

—¿Quieres que se lo explique a Tibor? —preguntó—. ¿O me estás preguntando si estoy de acuerdo? ¿No te lo ha contado Scuff? Llevo años sin tratar este tipo de cosas.

—Las heridas son las mismas —contestó Hester—. Y los cuerpos también. Si la medicina ha cambiado, no lo ha hecho en gran medida. La guerra civil estadounidense nos ha enseñado un poco, según he leído. Pero para la mayoría de nosotros, en la guerra o en la paz, es más o menos lo mismo que ha sido desde las guerras napoleónicas. ¡Y eso es mucho más tiempo del que llevo viva!

—Pero tú... —comenzó Fitz, y luego se calló abruptamente—. Sí, es más tiempo del que pensaba.

Hester deseaba saber qué le había ocurrido. Tal vez también explicarle que lo había dado por muerto, o no; después de todo, ¿qué cabía decir? Los amigos en tiempos de guerra no siempre eran amigos en tiempos de paz.

Se volvió hacia Scuff, que aguardaba detrás de ella.

—Voy a buscar la vena y veré si la puedo anudar, pero tengo que ser rápida. No sobrevivirá a un largo y doloroso suplicio. Mezcla la quina... —lo miró a los ojos para asegurarse de que la entendía— con polvo de corteza. Y cuando la tengas lista, prepara el estomacal que le diste anoche. Tráeme también un poco de vino bueno y, por separado, en una cuchara, un gramo y medio de opio. Sé rigurosamente exacto.

Scuff asintió y se fue a hacer lo que le habían mandado.

—Ahora tenemos que encontrar la hemorragia y cortarla —dijo, mirando primero a Crow, después a Fitz.

Fitz titubeó.

Crow le alcanzó el fórceps.

Fitz aguardó un momento antes de alargar la mano.

Tal vez Crow no se fijó, pero Hester sí. Percibió un ligerísimo temblor, incluso antes de que tocara el metal. Fitz vaciló un instante y retiró la mano.

Hester comprendió que no se lo había imaginado.

—Ya lo hago yo —dijo en voz baja—. Has estado toda la noche levantado.

Aquello era irrelevante, y ella lo sabía. En Crimea muchos de ellos empalmaban un día y su noche con el día siguiente, echando tan solo un sueñecito de vez en cuando. Había muchas cosas que preguntarle, incluso que explicarle, pero todavía no era el momento de hacerlo; no había tiempo que perder y no quería que parecieran excusas. Los recuerdos eran confusos, el agotamiento emborronaba las fechas y los hechos y solo permanecía la emoción, la aflicción, y ahora también la culpa. Cuando creyó encontrarlo muerto debería haber hecho que se lo llevaran igualmente, incluso a hombros de alguien, y no dejarlo allí con todos los demás muertos.

—Estaría bien que le hablaras —dijo Hester—. No sé si oye algo. Hazle saber lo que estamos haciendo y que se va a recuperar, que todo irá bien. Yo no puedo hacerlo, y menos en húngaro.

Fitz no la estaba mirando.

—De acuerdo —respondió, y acto seguido empezó a hablarle a Tibor en voz baja. Hester no sabía qué le estaba diciendo, pero Tibor volvió la cabeza ligeramente hacia él.

Abrió el labio de piel que cubría la herida y con mucha delicadeza comenzó a explorar para ver de dónde procedía la sangre.

No tardó mucho en localizar la hemorragia. Procedía de un vaso sanguíneo pequeño, gracias al cielo, no de una arteria menor. Pidió a Scuff que le diera la aguja, ya enhebrada. Lo limpió una vez más para ver con claridad y lo anudó.

Dejó que Crow se encargara de desinfectar la herida y volverla a cubrir con la piel. Con la ayuda de Scuff, la vendó de nuevo con gasas empapadas en quina y corteza.

Hester se miró las manos. Las tenía perfectamente firmes, pero tenía un nudo en el estómago. Lo que acababa de hacer la había devuelto de golpe al campo de batalla, cuando había tenido que realizar todo tipo de intervenciones porque no había médicos disponibles ni tiempo que perder. No había riesgo que medir. Si no hacía nada, el hombre moría. A su alrededor reinaba el caos, vivos y muertos hombro con hombro. Unos gritaban, otros yacían en silencio. En el aire todavía flotaban el humo y el olor a sudor de caballo, pólvora y sangre. No quería recordar nada de aquello y, sin embargo, se sentía como una traidora por decidir olvidarlo aposta.

Alguien le estaba hablando. Era Scuff.

Se volvió hacia él.

—¿Una taza de té? —le ofreció Scuff—. ¿O prefieres un poco de vino? Puedo ir a buscar un poco del bueno, que no huele a alcanfor.

—Té, gracias.

Ya era unos centímetros más alto que ella, y seguía creciendo. Levantó un poco la vista y le sonrió. Scuff no podía imaginar siquiera lo que le estaba pasando por la cabeza. Dios no quisiera que lo llegara a saber.

Fitz seguía hablándole al paciente, llamándolo por su nombre. La tez de Tibor había recobrado un poco de color, se diría que había superado lo peor.

Cinco minutos después los tres estaban sentados a la mesa que Crow reservaba para comer. Se estaba caliente cerca del fogón, pero todos parecían sentir frío y no querer alejarse.

—Creo que esta noche descansará mejor —dijo Crow, sin dirigirse a nadie en concreto.

Hester bebió un sorbo de té. Estaba muy caliente y demasiado cargado y dulce, pero le constaba que la intención era que resultase reconfortante. Scuff sabía que ella no solía tomarlo así. Eso la hizo sonreír.

—¿Tienes comida para Tibor? —preguntó.

—Buen caldo —contestó Crow—. A menudo nos pagan con huesos, y siempre tenemos cebada.

Fitz guardaba silencio. Tenía una expresión extraña y pensativa, sin el toque de humor que según recordaba Hester siempre le alegraba el rostro. Ahora solo se mostraba de vez en cuando, y se desvanecía casi tan pronto como aparecía. ¿Qué le había ocurrido en los años que había cruzado Europa? ¿Había echado raíces en algún sitio, aunque solo fuese por una temporada?

—¿Hester?

Era la voz de Crow reclamándole que regresara al presente, con cara de preocupación.

—Perdón. Solo estaba recordando... que sería mejor que Scuff se quedara aquí esta noche para velar a Tibor...

—Me quedo yo —interrumpió Fitz. Después miró a Crow, buscando su aprobación.

—Gracias —aceptó Crow sin vacilar.

Hester reparó en los sentimientos encontrados que asomaban al semblante de Scuff: alivio, decepción, dudas en cuanto al motivo real de que le dejaran marcharse. ¿Acaso ya no les era útil?

Crow lo comprendió.

—Mañana te necesitaremos —le dijo—. No sabemos cuándo puede reaparecer esa fiebre. Está mejorando, pero nos queda un largo trecho por recorrer. Y nos hacen falta más provisiones. Te daré dinero. Necesitaremos más quina y mucho más alcanfor; se nos está acabando muy deprisa. Y huesos, con un poco de carne, para preparar caldo. Y pan. Tenemos el justo para comer nosotros. ¿Podrás cargar con todo?

Scuff lo fulminó con la mirada, aunque su respuesta fue bastante cortés.

Todos estaban cansados. Hester se despidió y ella y Scuff se marcharon. Fueron a pie hasta el transbordador que los llevaría a la otra orilla del río.

La brisa era suave aunque húmeda, cargada de olor a sal y a otro montón de cosas a las que Scuff estaba tan habituado que apenas notaba: los peces, el alquitrán, el barro del estuario cuando la marea estaba lo suficientemente baja como para dejar al descubierto la playa de guijarros.

Ambos iban callados, pero aquel silencio era fruto de la relajación tras la tensión vivida, no era en absoluto un silencio incómodo.

Mientras esperaban que llegara desde el otro lado del río el transbordador que debían tomar, Scuff rompió el silencio.

—¿Era un médico realmente bueno? —preguntó al fin.

—Sí. —Uno de los mejores, pensó—. No solo por su destreza —prosiguió Hester—, sino porque nunca se daba por vencido. Una vez me contó que superaba el miedo a que le disparasen o incluso matasen concentrándose en los heridos, e intentando pensar nuevas maneras de combatir la conmoción que causaban las heridas. Eso mataba a muchas personas...

Scuff lo entendió.

—Te refieres a la conmoción física, no a la sorpresa.

—Sí. Siempre mantenía la calma, incluso cuando le estaban disparando, cosa que ocurría de vez en cuando, no muy a menudo. Siempre daba la impresión de no tener miedo y de saber lo que iba a suceder. Muchos soldados sobrevivieron gracias a él.

Scuff se quedó pensativo un momento.

El transbordador aún estaba lejos, no avanzaba mucho contra la corriente lateral de la marea.

—No sé si me gustaría tener esa clase de responsabilidad —dijo finalmente—. ¿Y si me equivoco? Nadie volvería a creer en mí.

—A las personas que están muy malheridas, nunca vuelves a verlas. Superas ese momento, porque si no puedes salvar a un paciente, al menos alivias su dolor. Sobre todo mitigas su miedo. No le dejas morir solo, si lo puedes evitar.

El recuerdo la inundó mientras decía estas palabras.

Las imágenes se agolpaban en su mente. Recordaba un carro de madera cargado con un montón de cuerpos, tirado por los caballos colina arriba por un camino pedregoso. Tres veces se atascaron. Un soldado cayó del carro y les llevó varios minutos subirlo otra vez. El viento gélido era cortante, y los pies resbalaban cada dos por tres.

Por fin llegaron al hospital, casi todos los heridos seguían con vida. Los habían trasladado con el mayor cuidado posible a los atestados pabellones. ¿Valía la pena luchar? La pestilencia de los excrementos humanos debidos al cólera y el tifus preñaba el aire. En última instancia, la enfermedad había matado más que las armas.

No quería recordarlo. Ni siquiera la camaradería compensaba la sensación de pérdida. Se habían reído de cosas ridículas, nada divertidas en realidad, solo absurdas. Habían cuidado unos de otros; era el único ápice de cordura que les quedaba.

¿Qué había sido de aquellas mujeres que de veras creyó que no olvidaría nunca? Y, sin embargo, las había olvidado. Estaban vinculadas a un pasado que nunca rememoraba de buen grado. Vivir ahora significaba enterrar todo aquello, cerrar la puerta y ocultarla tras un mueble, como si de un sótano para siempre clausurado se tratara.

¿Era eso una traición? ¿O regresar a aquel entonces era traicionar la vida y las dádivas del presente?

Scuff estaba a su lado. Sabía que estaba escrutándole el rostro. Tenía sus propios recuerdos del frío y el hambre, y también de la soledad. Le cogió de la mano y notó que sus dedos se cerraban sobre los suyos. Las manos de Scuff ya eran más grandes que las suyas, pero seguían teniendo la piel suave, y siempre las llevaba limpias: las manos de un médico.

Durante los dos o tres días siguientes Hester fue a ver a Crow y a Tibor Havas en varias ocasiones. Crow pasaba la mayor parte del tiempo allí y, las más de las veces, Fitz lo acompañaba. Tibor sufrió una crisis más y todos pensaron que iba a morir. La fiebre reapareció, y al retorcerse y dar vueltas en la cama, sin duda había desgarrado algo. Empezó a sangrar mucho otra vez.

Crow estaba echando uno de los escasos sueñecitos que se permitía y, como llevado por el instinto, Fitz retiró el vendaje y los apósitos, ahora empapados en sangre. Hester tenía listos el amoniaco y muchas telas y vendas.

Fitz metió las manos en la herida, hablando en todo momento, sin que le importara que Tibor le oyera o no. Incluso Hester encontró tranquilizador el sonido de su voz mientras procuraba mantener limpia la herida para que él viera lo que estaba haciendo. Podía sentir lo que él palpaba, como si también sus dedos estuvieran explorando la herida abierta en busca del absceso que quizá fuese la causa de aquella infección.

Fitz levantó la vista un momento hacia Hester y volvió a agachar la cabeza. Movía las manos con mucha presteza y delicadeza. Su rostro reflejaba una concentración absoluta.

—Ya lo tengo —dijo después de lo que pareció un siglo, aunque en realidad tal vez fueron un par de segundos. Era un absceso grande que secretaba una cantidad considerable de materia purulenta, mezclada con una sustancia negra.

Hester observaba, conteniendo el aliento. Vio que los dedos de Fitz hurgaban más hondo, debajo del músculo pectoral. Levantó la vista y miró a Hester a los ojos; los suyos revelaban certidumbre.

—Ya lo tengo. Es una fístula. Bastante grande. Si limpiamos bien, creo que encontraremos el orificio de la arteria que sigue sangrando. ¿Scuff?

—¡Sí, señor!

Scuff estaba pegado a él.

—Enhebra una aguja curva. Tendré que llegar aquí dentro para suturar. Necesitaré una esponja para limpiar, y después compresas de lino suave. Rocíalas con alcanfor y polvo de corteza. Ya sabes cómo se hace. Tenlo todo a punto. Después necesitaré apósitos nuevos, y un trago cordial, si conseguimos que lo ingiera. Va a ser una noche muy larga... si sobrevive a esto.

Scuff desapareció para hacer lo que le habían ordenado.

Hester observaba y ayudaba en lo que podía, pero le parecía que quizá sería en balde. Tibor tenía el rostro exangüe y apenas respiraba. Le tomó el pulso, que era irregular y difícil de encontrar.

Fitz terminó el último vendaje.

—Estimulantes —le dijo a Scuff—. Quiero un poco de cordial a punto por si se despierta lo suficiente para tomarlo.

Scuff obedeció. Cuando segundos después regresó, Fitz aplicó las telas empapadas de éter en el cuerpo de Tibor.

Hester tomó aire en varias ocasiones para decir que era inútil, pero le constaba que esa decisión le correspondía tomarla a Fitz.

Scuff observaba de cerca la intervención. Hester se preguntó cómo lo consolaría cuando Tibor finalmente muriera. Quizá en su fuero interno se sintiera como un niño, confundido y derrotado por el fracaso, aunque no le agradaría que lo tratase como a tal.

¿Y qué pasaría con Fitz? Había hecho más que cualquier otro en su lugar, sin embargo no le serviría de consuelo. ¿Lo vería como un fracaso suyo? ¿Se sumaría a la desolación que albergaba dentro de sí?

Durante diez minutos continuaron dando fricciones a Tibor con mucho cuidado para hacerle entrar en calor, sin resultado aparente.

Nadie hablaba.

Hester echó un vistazo a Scuff. Estaba tenso y pálido. Sabía que debía aprender y afrontar aquellas cosas, que incluso haciendo cuanto era posible, las personas podían morir igualmente. De nada servías al enfermo siguiente si dejabas que la aflicción por el anterior te paralizara. Sentías frío y culpa, pero era preciso superarlos cuanto antes. No había tiempo para la autocompasión, pues iría en detrimento de la atención que requería el siguiente paciente, cuyo sufrimiento también era real y te necesitaba.

Se volvió hacia Tibor. ¿Debía decirle a Fitz que se detuviera?

Tibor abrió los ojos e inhaló profundamente. Estaba asustado, pero a todas luces despierto.

—Cordial —dijo Hester a Scuff, que lo vertió con cuidado, sonriendo como un niño en Navidad.

Con mucho cuidado Hester incorporó un poco a Tibor para que pudiera tomar el cordial, y momentos después un leve color regresó a sus mejillas.

Fitz asintió con la cabeza, los ojos serenos, como si en todo momento hubiese sabido que la intervención daría resultado. Acto seguido se rio de sí mismo. Tomó un vaso de buen clarete de manos de Scuff y se lo bebió de un trago como si fuese whisky. Pero al dejar el vaso le temblaba la mano, solo un leve tremor, pero suficiente para que Hester lo advirtiera.

5

Monk estaba demasiado orgulloso de Scuff para hacerle saber hasta qué punto. Era consciente de lo difícil que sería para él, tanto intelectual como emocionalmente, tener éxito en una profesión tan exigente. Había tenido una infancia durísima, sobreviviendo por su cuenta, por lo que Monk sabía, desde los seis años. El castigo si fracasabas era la muerte. Solo Dios sabía cuántos niños morían a causa del frío o del hambre que mermaba su fortaleza para superar incluso enfermedades leves.

Pero eso era muy distinto a los rigores del aprendizaje de la realidad del cuerpo humano y cómo reaccionaba ante las enfermedades, las lesiones y la medicina.

Sin embargo, tras su reacción inicial, estaba contento de que Scuff no hubiese querido seguir sus pasos en la Policía Fluvial. Allí las decisiones serían completamente diferentes. Bastante difícil era ya presenciar que alguno de sus hombres resultara agredido, herido o, rara vez, asesinado. ¿Sería capaz de hacerlo en el caso que le sucediese a lo más parecido que tenía a un hijo? ¿Habría intentado compensar en exceso ese riesgo, poniéndoselo más difícil a Scuff que a cualquier otro nuevo recluta?

Monk era un detective brillante; podía reconocerlo sin

falsa modestia. Su capacidad para dirigir a sus hombres, disciplinarlos o inspirarles lealtad era un asunto mucho más cuestionable. En sus primeros tiempos había sido hasta tal punto ingobernable que ni siquiera sus éxitos habían bastado para evitar que lo destituyeran. Echando la vista atrás, una vez convertido en jefe, reconocía que habían sido muy pacientes con él, más de lo que él estaba dispuesto a serlo con sus hombres.

Un muchacho con la brillantez de Monk y el instinto y el coraje de Hester resultaría espléndido. Pero a Scuff no lo habían engendrado ellos. Tendría que abrirse camino en la vida con sus propios dones, y con todo el aliento que ellos pudieran darle.

Peguntó a Scuff por la evolución del paciente húngaro cuyo brazo habían amputado, pero lo hizo sobre todo porque le preocupaban tanto Scuff como Hester. Su mente, no obstante, estaba absorta en la creciente dificultad para resolver el asesinato de Imrus Fodor. Transcurrida una semana desde su muerte, el maremágnum de información de que disponía acerca de toda la comunidad húngara solo se traducía en que podía excluir como sospechosas a muchas personas, cosa que era mejor que nada, pero aun así tenía poca idea de por qué habían asesinado a Fodor, y mucho menos quién.

Monk estaba sentado a su escritorio en la comisaría de Wapping de la Policía Fluvial. El aire era fresco y límpido, la luz entraba oblicua por la puerta abierta, reflejada en las ondas del agua dado que con la marea alta llegaba muy cerca del borde del muelle.

Hooper también llegó temprano.

—Nadie admite saber algo sobre un ritual con velas y sangre —dijo Hooper, tras llamar a la puerta y entrar en el despacho de Monk—. Ni con dedos rotos —agregó—. Aparte de lo obvio. Tocó algo que no debía haber tocado. La perforación del pecho podría significar cualquier cosa. Ni siquiera rozó el corazón. ¿Mala anatomía o mala puntería?

Sonrió con desaliento. Había en Hooper algo indescifrable, un pozo de pensamiento profundo al que Monk era ajeno, pero confiaba en su capacidad para juzgar a las personas y, además, respetaba la privacidad.

Hooper era una de las contadas personas a las que Monk había confesado la ausencia de un pasado que pudiera recordar, ya fuese bueno o malo. Se había visto obligado a hacerlo cuando temió que alguien le guardara rencor y eso pusiera en peligro a sus hombres. No quería mentirle a Hooper, pero es que además no se lo podía permitir.

Monk le refirió el accidente de carruaje que sufrió catorce años atrás, en 1856, justo después de la guerra de Crimea, que había borrado todo el pasado de su memoria. Había reconstruido una carrera, una vida, pero lo desconocido todavía le obsesionaba. Incluso entonces solo lo reconoció ante Hooper porque se lo exigían las circunstancias. No había sido una confidencia hecha de buen grado.

Hooper jamás lo había vuelto a mencionar.

—Me fastidia tener que depender tanto de Dobokai —dijo Monk abatido—. Pero sin él tardaríamos el doble.

—No lo he pillado en una mentira —respondió Hooper—. Y lo he intentado. He verificado todo lo que he podido. —Bajó la vista hacia los papeles que tenía delante y después miró a Monk. Su semblante reflejaba inquietud y repugnancia—. ¿Piensa que esta violencia está dirigida contra los húngaros, señor? ¿Realmente suponen una amenaza para alguien? Puedes evitarlos, no entrar en sus tiendas y cafés, no admitirlos en tus clubs y tabernas. ¡Pero esto es... ira! Furia descontrolada. Nadie va y ensarta el pecho de alguien de esta manera, le rompe todos los dedos y moja velas en su sangre, salvo si lo odias tanto que... pierdes la cabeza.

—Lo sé —convino Monk—. He estado buscado algo muy... visceral... que haya provocado un odio como ese. Sea lo que sea, nadie dice una palabra.

—¿Una sociedad secreta? —sugirió Hooper—. ¿Algo que comenzó en Hungría antes de que vinieran aquí?

—Es posible —admitió Monk—. ¿Pero qué hizo que recomenzara aquí, precisamente ahora? ¿Acaso todos nos mienten? ¿O se trata de algo que solo unos pocos saben de qué va? Tengo todas la fechas de sus respectivas llegadas, o al menos las que declaran.

—No todos proceden de la misma región de Hungría —señaló Hooper—, según dicen.

—Me preocupa una posibilidad mucho peor —dijo Monk en voz muy baja—. ¿Y si la persona que hizo esto es uno de nosotros y el origen reside en un odio contra los extranjeros, los forasteros?

—¿Por qué los húngaros? —preguntó Hooper, frunciendo un poco el ceño—. En general respetan la ley. Su aspecto no es tan diferente al de los demás. Ni siquiera hay muchos, ¡no son miles! No he visto que estén acaparando mercados, y lo he investigado. No se están quedando con las casas ni los empleos de otras personas. Bueno... al menos no muchos. Aunque seguro que habrá quien lo haga. Pero, en cualquier caso, ¿por qué ahora?

—Siempre volvemos a lo mismo —convino Monk—. ¿Qué sucedió para que de repente estallara? Debemos buscar cualquier cosa que haya cambiado. ¿Quién ha muerto recientemente? ¿Quién ha perdido a un hijo o a una esposa?

—¿O a un marido?

—Ninguna mujer tendría la fuerza necesaria para hincar una bayoneta en el pecho de un hombre de esa manera.

Fodor medía más de un metro noventa y era un hombre recio. Por cierto, ¿sabemos de dónde salió el arma?

—Sí, señor. En Cable Street hay un pequeño museo. Unos cuantos objetos de una colección de utillaje militar. Echan en falta una bayoneta. Al principio no se dieron cuenta porque reina un cierto desorden. Cualquiera pudo llevársela. El rifle no lleva el percutor. No se puede disparar a nadie con él, por eso no se molestaron en denunciarlo. Se deshacen en disculpas. —Sonrió con ironía—. Observo que no ha dicho que una mujer no tendría la voluntad de usarlo.

—Preferiría enfrentarme a un hombre furioso que a una mujer a cuyo hijo hubiese hecho daño —respondió Monk con sentimiento.

Hooper lo miró.

—O a alguien a quien amara —agregó con suma firmeza, sin pestañear.

Monk recordó con repentina claridad lo mucho que Hooper sabía acerca de él, sobre la ocasión en que casi murió en el río cuando un barco embistió el transbordador en el que viajaba y faltó poco para que él y el piloto se ahogaran. Las magulladuras habían durado muchos días, y tuvo suerte de no romperse ningún hueso. La ira y la violencia pueden desatarse muy deprisa, y con demasiada facilidad.

—Si descubrimos qué empezó esto, atraparemos al asesino —dijo Monk—. Volvemos a Dobokai. Detesto preguntar a ese entrometido... —Se calló, se levantó y rodeó su escritorio para plantarse en medio del despacho—. Estoy siendo injusto. Me cae mal porque en el fondo estoy seguro de que se está sirviendo de este caso para trepar a alguna clase de cargo entre su gente. Pero está claro que necesitan que alguien hable en su nombre, y él lo haría bien. Sin duda es quien mejor domina ambos idiomas, y siempre parece dispuesto a escuchar, a preguntar a la gente qué es lo que desea.

—¿Qué quiere que haga? —preguntó Hooper—. Iba a buscar contradicciones en las declaraciones. Hasta ahora lo único que he encontrado son errores que cualquiera puede cometer, y el tipo de mentiras que la gente dice para no parecer tonta, un poco codiciosa o demasiado pronta a criticar. Hay quienes protegen a sus familias, ocultan algún flirteo o una afición excesiva a la bebida. Me preocuparía más que todo encajara perfectamente.

Monk reflexionó un momento.

—Siga su instinto —dijo por fin—. Si destapamos alguna falsedad importante, valdrá la pena investigarla. Quizá todo esto comenzó como una reacción contra ellos que se descontroló.

—¿Piensa que esto es lo que ocurrió? —Hooper procuró mantenerse inexpresivo—. ¿Que uno de nosotros odiaba a Fodor en concreto, o a los forasteros en general, lo suficiente para hacerle esto a uno de ellos?

—No, en absoluto —dijo Monk tras un momento de reflexión—. Creo que es algo personal. Pero debo preguntármelo por si me equivoco.

Monk dedicó la primera parte del día a visitar de nuevo a Adel Haldane para preguntarle si podía decirle algo más acerca de Fodor. Tanto ella como su marido lo habían conocido cuando llegó a Inglaterra, hacía unos veinte años. A Monk, sin embargo, le costaba creer que la raíz del asesinato fuese un odio que se remontara tanto tiempo atrás y que hubiese permanecido latente desde entonces.

—¿Se conocieron en Hungría? —le preguntó. Estaban sentados, en apariencia relajados, en el confortable saloncito. La decoración era mayormente de estilo inglés, para satisfacer a su marido, pero con algunos adornos que tenían otro carácter y un par de hermosos cuadros de una ciudad que supuso era húngara. En cualquier caso, su arquitectura no era inglesa. En lugar destacado, sola sobre la repisa de la chimenea, había una fotografía de un muchacho de pómulos altos, pensativo, casi hermoso en su inmaculada juventud. No podía tener más de quince años. Tenía un parecido considerable con Adel.

Adel vio que Monk estaba mirando el retrato.

—Es mi hijo —dijo quedamente, con la voz tomada. ¿Cuál era su sentimiento? ¿Orgullo? ¿Amor? Al volver a mirarla, Monk tuvo claro que fuera cual fuese estaba mezclado con algún tipo de aflicción.

—Se parece mucho a usted —observó Monk. El comentario fue cualquier cosa menos original; sin duda otros habían visto y dicho lo mismo.

Esta vez Adel sonrió.

—Sí, es verdad. Es de hace dos años. Ahora está estudiando fuera. Quiere ser arquitecto. Una larga carrera.

—Y una buena profesión. Debe de echarlo de menos.

Adel pestañeó deprisa.

—Así es. Pero está bien que se marche. No puedo retenerlo en casa... para siempre.

¿Qué era lo que Monk veía en su rostro, a una madre que extrañaba a su único hijo?

Adel retomó enseguida la pregunta de Monk que no había respondido.

—No, no conocí al pobre Fodor en Hungría. Nos vimos por primera vez aquí, en Shadwell. A todos nos caía bien. Era divertido y, bastante a menudo, bondadoso. Se le daba muy bien sacar lo mejor de las cosas; incluso en los primeros tiempos, cuando aún le costaba hablar inglés, se acomodó a las costumbres inglesas... y a las diferencias climáticas. Aquí no hace tanto calor ni tanto frío como en Hungría, pero llueve mucho más, y además está la niebla del río. Solíamos reírnos de ello, hacíamos chistes tontos para impedir que nos deprimiera. Parece que haga tanto tiempo...

Se calló bruscamente, con lágrimas en los ojos.

—Lamento molestarla, señora Haldane, pero no estamos descubriendo gran cosa. Seguimos sin saber qué provocó que sucediera este crimen tan violento. No fue una pelea repentina. Fodor no se defendió.

—¿Está seguro?

—Sí. Cuando un hombre se defiende sufre magulladuras, cortes y arañazos. Fodor no presentaba ningún indicio de haber forcejeado siquiera. No esperaba que lo agredieran.

El rostro de Adel palideció al instante.

—¿Señora Haldane? —Monk se inclinó hacia delante, acercándose a ella—. ¿Ha recordado algo?

—Agoston —dijo Adel en voz baja—. Agoston Bartos. Solo hace tres años que llegó a Londres. Apenas habla inglés. Le está costando adaptarse. Algo le ocurrió. Tendrá que encontrar a alguien que le haga de intérprete, seguro que Antal Dobokai lo hará encantado. Lo hace muy bien y es muy servicial.

—¿Sabe qué le ocurrió a Agoston?

—Algún tipo de... agresión. No sé más. Sería mejor que se lo contara él mismo.

—¿Cómo se enteró de este incidente, señora Haldane? ¿Se lo contó alguien? ¿El propio Agoston tal vez?

—¡No! Vi sus heridas cuando coincidimos en un café. A veces... sucede.

—Pero me está hablando de un momento concreto...

—Fue peor que la mayoría. Y creo que el pobre Agoston no hizo nada para provocarlo.

—¿El número diecisiete significa algo para usted, señora Haldane?

—Recuerdo que ya me lo preguntó. No... No —repitió con más firmeza—. No se me ocurre nada.

Monk comprendió que carecía de sentido presionarla, al menos por el momento. Pero se apuntó mentalmente hacerlo más adelante.

Le dio las gracias de nuevo y se marchó.

En la calle el aire era cálido, y la brisa olía a brea y estiércol. Oyó las risas de unos niños que jugaban a la rayuela en la acera. Caminaba con brío, y se detuvo a preguntar a un par de viandantes si sabían dónde estaba Dobokai. Ambos asintieron y le indicaron que siguiera adelante.

Encontró a Dobokai frente al estanco, hablando muy serio con el propietario. Era reconocible a considerable distancia. Tenía un porte peculiar, envarado, como si estuviera ajustando su peso para equilibrarlo, aunque era de constitución normal. Tal vez fuese el ángulo en el que mantenía ladeada la cabeza, como si siempre estuviera escuchando.

Estaba a pocos metros de él cuando finalmente se volvió, y Monk vio que él y el estanquero estaban estudiando detenidamente una hoja informativa que parecía estar impresa en húngaro, y que Dobokai estaba enojado. Dio la impresión de esforzarse para recobrar la compostura.

—¡Hombre! Buenos días, comandante. ¿Andaba buscándome?

A Monk le fastidiaba que sus intenciones fuesen tan evidentes, y le pasó por la cabeza decir que en realidad había ido a ver al estanquero. Rechazó el impulso por considerarlo pueril.

—Si dispone de tiempo, la señora Haldane me ha referido un suceso que quizá sea relevante, pero el hombre que puede contarme los detalles parece ser que apenas habla inglés. No puedo permitirme malentendidos.

—¡Ah! —El interés de Dobokai se avivó en el acto—. Estaré encantado de serle de utilidad en lo que pueda. ¿Dice que habla poco inglés? No se preocupe. Si la señora Haldane dice que puede ser importante, hay que investigarlo. Es muy buena mujer, la señora Haldane. Sobrelleva con suma paciencia el mal genio de su marido. Supongo que sabe lo mucho que él la quiere. ¿A quién vamos a ver?

Sonrió y se despidió del estanquero con una inclinación de cabeza, devolviéndole la hoja informativa, y echó a caminar por la acera, de modo que Monk tuvo que alcanzarlo.

Tuvieron que hacer unas cuantas preguntas para encontrar a Agoston Bartos, aunque no tardaron más de media hora. Estaba almorzando en un café, sentado solo en un rincón. La primera impresión que se llevó Monk fue la de un joven con una lustrosa mata de pelo y un rostro encantador. Sonrió en cuanto vio a Dobokai y se dirigió a él en húngaro.

Dobokai contestó y después presentó a Monk. Esto se demoró lo suficiente para que Monk supusiera que Dobokai había incluido su cargo, y por tanto su condición de policía.

Bartos se mostró alarmado al instante. El miedo ensombreció su semblante.

—No tiene por qué preocuparse —dijo Monk, sonriéndole, y acto seguido lanzó a Dobokai una rápida mirada de irritación—. Solo busco información, algo que usted quizá haya visto u oído.

Aguardó mientras Dobokai traducía lo que había dicho.

Bartos habló apresuradamente a Dobokai, a todas luces aún preocupado. Parecía estar negando algo. Sus ojos reflejaban miedo, y negaba vehementemente con la cabeza.

Dobokai le dijo algo y luego se volvió hacia Monk.

—Le he pedido que me cuente el incidente. Me lo contará, y yo se lo traduciré. Si voy despacio, es porque quiero ser exacto. ¿Le parece bien que almorcemos mientras lo hacemos? Recuerdo que la otra vez le gustó la comida húngara.

—Gracias —aceptó Monk. Encontró que era buena idea que comieran todos juntos, quizá Agoston Bartos estaría más cómodo. Parecería más una conversación que un interrogatorio.

Dobokai se puso de pie, fue hasta el mostrador y pidió almuerzo para todos. Al cabo de nada el propietario reapareció llevándoles, primero, el pan, que tenía la corteza crujiente y obviamente acababa de salir del horno. También les llevó una jarra. No estaba etiquetada, pero en cuanto Monk probó el vino apreció su calidad. Intenso, suave y en absoluto dulce.

El estofado que llegó pocos momentos después era excelente. Preguntó de qué era y recibió una respuesta que enumeraba especias y hierbas que desconocía, pero las anotó, pensando que a Hester le interesarían, y después dio las gracias a la camarera.

Dobokai se puso a hacer preguntas a Bartos una vez más, y fue traduciendo el relato a Monk.

—Entró en la tienda de un ferretero del barrio; ferretería, creo que las llaman ustedes —comenzó—. Inglés, no uno de los nuestros.

Monk asintió con la cabeza. Escuchaba a Dobokai pero observaba el rostro de Bartos. Se había sonrojado. Estaba claro que el incidente todavía lo avergonzaba.

—Fue al mostrador —relató Dobokai—. Lo atendía una joven muy guapa. Le preguntó si podía ayudarlo. Quería clavos y tornillos diversos, un tipo concreto de destornillador y unos alicates. Iniciaron una conversación. Ella le preguntó qué estaba construyendo, presumiblemente para asegurarse de darle las herramientas adecuadas.

Monk observaba la creciente incomodidad de Bartos. Cuando volvió a hablar, lo hizo con apremio.

—Había una caja en los estantes de detrás de ella —prosiguió Dobokai—. Estaba muy alta. La escalera de mano era peligrosa. Agoston rodeó el mostrador para sujetársela.

—¿La muchacha hablaba húngaro? —interrumpió Monk.

—No, no. —Dobokai negó con la cabeza—. Solo unas pocas palabras. Por eso tenía que explicarse con gestos. Para que él viera dos o tres cajas de tornillos a fin de escoger los que le irían bien. Entonces, mientras ella bajaba, Agoston le ofreció la mano para ayudarla.

Monk estaba empezando a entenderlo. Bartos era un joven apuesto, y su timidez le confería un encanto adicional.

—Sigue —ordenó Dobokai.

Bartos retomó el relato, pero estaba claramente consternado. Se puso colorado otra vez.

—¡Sigue! —repitió Dobokai—. Cuéntanos. Podría ser importante.

Monk tomó aire para decirle a Dobokai que fuese más paciente, pero Dobokai levantó la mano en un gesto de silencio, y se dirigió de nuevo al muchacho.

Después de varias frases largas, pronunciadas con gran bochorno, Bartos se calló y Dobokai tradujo. Su rostro por lo general cetrino se sonrojó y sus ojos se volvieron casi luminosos.

—Una de las cajas de tornillos cayó del mostrador cuando ella perdió un momento el equilibrio. Ambos se agacharon para recogerlos y meterlos de nuevo en la caja. En ese momento entró el ferretero, el padre de la chica, y malinterpretó la escena al instante. Gritó acusándolo, y al momento siguiente su hijo, el hermano de la chica, también irrumpió en la tienda. Acusó a Agoston de querer robar los tornillos. La chica protestó y el padre le dio un bofetón. Agoston trató de detenerlo y ambos hombres arremetieron contra él, gritándole insultos que él no entendió, aunque yo sí y no voy a repetirlos. Cuestionaron la virtud de la chica y lo llamaron ladrón.

Dobokai alargó el brazo, agarró la mano de Bartos y le dio la vuelta, mostrando su muñeca. Monk vio dos cicatrices que se estaban curando bien porque se habían cosido con primor.

Bartos se puso rojo como un tomate.

—No robar —dijo desesperado—. No...

—¡Por supuesto que no! —espetó Dobokai—. El señor Monk no te busca a ti, ¡busca al hombre que te agredió!

Se dio cuenta de que estaba hablando en inglés y lo repitió en húngaro, con más amabilidad.

—Por favor, pregúntele si ya había estado antes en la tienda o si había visto a la muchacha en alguna otra parte —dijo Monk a Dobokai.

Dobokai repitió la pregunta.

—¡No! —Bartos negó con la cabeza—. Nunca. Solo comprar.

Levantó el índice y el pulgar para indicar una longitud determinada y después hizo un movimiento giratorio con la mano.

Monk tendría ocasión de verificarlo y lo haría, pero quería saber más detalles acerca del incidente.

—¿Y te marchaste?

Dobokai repitió la pregunta.

—Sí, así es. Estaba sangrando mucho. ¿Lo ve? Sus paisanos son muy educados, muy civilizados, pero también hay unos cuantos que no lo son. Alguien así podría haberse peleado con Fodor. No siempre somos nosotros, los húngaros, los desconfiados y con mal carácter. Agostos no tiene a nadie que luche por él, pues de lo contrario esto podría haber sido mucho peor. Cuando se trata de la familia, sobre todo de mujeres, la gente no perdona. Cuestión de orgullo, ¿entiende? —Los ojos le resplandecían de ira—. ¡Si tocas a mi mujer y le gustas más que yo, te mato!

—¿Cuándo fue, exactamente? —preguntó Monk. Podía hacer una estimación por el estado de las heridas, pero así sabría lo cerca que estaba de la verdad.

Dobokai se volvió hacia Bartos.

—Dos días antes de que mataran a Fodor —tradujo—. El odio está justo debajo de la superficie. Circulan rumores, y cada vez que se vuelven a contar cambian y empeoran.

Monk se volvió hacia Bartos pero siguió hablándole a Dobokai.

—Pregúntele quién le cosió las heridas. Es un trabajo muy profesional. Ha tenido suerte. Podrían haber sangrado más e infectarse.

La respuesta fue la que esperaba Monk.

—El doctor Fitzherbert —le dijo Dobokai.

—Gracias. Ahora el nombre y la dirección de la tienda donde sucedió.

Bartos negó con la cabeza, el miedo brillaba en sus ojos.

Dobokai le habló deprisa, antes de que Monk pudiera intervenir. Monk no entendió sus palabras, pero su significado estaba perfectamente claro. Insistía a Bartos para que se dejara de excusas y se lo dijera de una vez.

—Tienes que hacerlo —concluyó, traduciendo para Monk—. Por el bien de la comunidad. No podemos dejar que cualquiera nos trate así y se salga con la suya. La próxima vez podría ser mucho peor. Quizá no haya un doctor

Fitzherbert que llegue a tiempo para cortar la hemorragia.

Bartos miró a Monk, y después de nuevo a Dobokai.

—Wells Street —dijo con voz ronca.

Monk le dio las gracias. Cuando hubieron dado cuenta del excelente estofado y parte del vino, les dio las gracias a los dos otra vez, pagó su parte de la cuenta, pese a las protestas del propietario, y se marchó. Preguntaría a Fitzherbert acerca de la herida y confirmaría la fecha. Pero antes iría a la ferretería y vería qué le decían allí.

No tardó en encontrarla; la calle era corta y el escaparate no dejaba lugar a dudas. Entró y lo primero que vio fue el largo mostrador y las estanterías que llegaban al techo, abarrotadas de cajas de tornillos, clavos y otras piezas metálicas. La joven dependienta era guapa y no tendría más de veinte años. La muchacha le sonrió.

—Buenas tardes, señor. ¿Qué se le ofrece?

Monk se había fijado en el nombre rotulado en la puerta.

—¿La señorita Bland?

Se quedó desconcertada.

—Sí, señor.

Monk se presentó y explicó que estaba intentando corroborar una historia que le habían contado. Mencionó a Agoston Bartos y el incidente con la caja de los tornillos.

—No tenía intención de hacerme daño, señor —dijo enseguida, ruborizándose—. Mi padre lo interpretó mal. Yo...

Se interrumpió.

Monk miró detrás de ella y vio que un hombre de pecho ancho y pelo entrecano entraba por la puerta de la trastienda. Se dirigió al mostrador.

—Muy bien, Ruby —dijo secamente—. Ya atiendo yo al caballero. Ve a hacer algo de papeleo. ¿Qué necesita, señor? —Miró fijamente a Monk, con ojos desafiantes—. ¡Vamos, Ruby! —repitió sin volverse hacia ella.

Ruby obedeció, sus pies rápidos y ligeros sobre el entarimado del suelo.

—¿Señor? —preguntó Bland otra vez.

—Quisiera que me contara el incidente que tuvo lugar hace un par de semanas, cuando un joven vino a comprar tornillos y terminó con unos tajos en la muñeca que tuvo que coser un médico.

Bland enarcó las cejas pero su mirada no se ablandó.

—¿Se lo ha contado Ruby?

—No, pero ha confirmado que sucedió.

—Las chicas jóvenes pierden la cabeza con cualquier extranjero de cara bonita y modales lisonjeros. No permitiré que esos mozos vengan aquí y le hagan ojitos.

Su rostro también se estaba sonrojando, pero no por vergüenza sino por una profunda ira.

—Él vino por una caja de tornillos y su hija se subió a la escalera de mano para bajarlos de un estante alto —respondió Monk—. ¿Qué más sucedió que justificara que usted lo agrediera hasta el punto de hacerle sangrar? ¿Intentó cortarle las muñecas? —Le sorprendió la indignación de su propia voz, pero eso no le impidió proseguir—. Vino a nuestro país en busca de un nuevo comienzo y, de repente, ¿el simple acto de pedir unos tornillos degenera en una agresión potencialmente mortal por parte de uno de nuestros comerciantes? ¿En eso nos hemos convertido?

Bland tenía el rostro congestionado. Se inclinó sobre el mostrador hacia Monk, echando chispas por los ojos.

—¡Tenemos a un montón de extranjeros de esos instalándose aquí hasta que nuestra propia casa deja de ser nuestra! ¡Somos gente decente! ¡Y mire cómo estamos! Los periódicos hablan de nosotros como si fuésemos un hatajo de locos. ¿Quién clava una bayoneta en el pecho de un hombre, moja velas en la herida y lo deja todo perdido de sangre? Nunca ocurrió algo semejante antes de que vinieran.

—¡Sandeces! —espetó Monk—. En Londres ha habido crímenes desde antes de que llegara Julio César.

—Y usted lo recuerda muy bien, ¿verdad? —replicó Bland.

—¿Lo agredió ese muchacho? —prosiguió Monk, pasando por alto el comentario—. No veo que usted tenga heridas. He visto las de él, y encontraré al médico que se las cosió.

—¿Va a aceptar su palabra antes que la mía? ¡Ni siquiera hablaba inglés! ¿A esto hemos llegado?

Bland estaba tan furioso como frustrado. Sabía que estaba perdiendo.

—Me ceñiré a las pruebas —dijo Monk fríamente—. He visto los cortes que le hizo en la muñeca, y preguntaré al médico por la gravedad de las heridas.

—¡No puede demostrar que fui yo! —lo desafió Bland.

—Sí que puedo. Encontraré el arma con la que lo hizo. Y, con un poco de suerte, quizá descubra que usted tenía un viejo rifle con bayoneta...

El semblante de Bland se puso ceniciento.

—¡Santo cielo! ¿No pensará que yo hice eso? No me gusta que esos extranjeros vengan aquí y cambien todo lo que hasta ahora nos funcionaba la mar de bien. ¡Y quizá me enfurecí cuando entré y vi a mi hija flirteando como una tonta! Pero yo no maté a ese pobre hombre, con todas esas velas y la sangre, Dios lo sabe bien, se lo juro.

Monk le creyó. Y no estaba contento consigo mismo por haber perdido los estribos y haber asustado adrede al ferretero.

—Veré qué dice el médico —respondió Monk—. Tiene usted muy mal carácter. Y le recuerdo que agredir a un hombre, sea húngaro o inglés, es intento de homicidio.

Bland maldijo entre dientes, pero poniendo cuidado en que Monk no le oyera bien.

Monk se marchó. Haría que Hooper comprobara el paradero de Bland la noche en que asesinaron a Fodor.

Regresó a Wapping, que no quedaba lejos, y luego siguió hasta la clínica de Crow. Si Scuff estaba allí, le diría dónde vivía Fitzherbert, aunque quizá Crow lo sabría.

Resultó que el propio Fitz estaba allí. Saltaba a la vista que acababa de cambiar unos apósitos y se estaba lavando las manos. Parecía cansado, pero se le veía tranquilo. Monk se preguntó si habría pasado la mitad de la noche en vela. Según lo poco que le había referido Scuff, Fitz siempre estaba dispuesto a trabajar largas jornadas sin cobrar. Monk se preguntó si sería por sentido del deber, incluso por entrega, o si tal vez le gustaba tener compañía. Quizá Monk se lo había imaginado, pero aquel hombre emanaba un aire de soledad, como si hubiera sido un extraño durante demasiado tiempo dondequiera que fuera.

¿O estaba viendo en Fitzherbert un eco del hombre que había sido él mismo? ¿Era así como le veían los demás, antes de que por fin encontrara su lugar en la sociedad?

Monk se presentó.

—Buenas tardes, comandante. —Fitz dejó la toalla y fue a su encuentro—. Si viene a ver a Scuff, me temo que ha salido a comprar suministros. Tibor es nuestro paciente más grave, pero hay otros. Parece que algunas cosas se nos acaban bastante deprisa.

Monk esbozó una sonrisa. Aquel hombre había trabajado con Hester en el campo de batalla y en hospitales militares. Sin duda había tenido las mismas experiencias de las que ella no quería o no podía hablar. Incluso después de tantos años, aquella época seguía siendo demasiado lóbrega, estaba demasiado cargada de un indeleble sentimiento de pérdida. Veía lo mismo en los ojos de Fitz: demasiado sufrimiento, demasiada muerte.

—En realidad es con usted con quien me gustaría hablar. Estuve hablando con un joven, Agoston Bartos, que tenía un corte en la muñeca. Era evidente que se lo había cosido un médico. Me dijo que fue usted. ¿Es correcto? Habla poco inglés y necesité que Dobokai me hiciera de intérprete. Dependo de su precisión.

—Seguro que hizo una traducción exacta —respondió Fitz, ensombreciendo su expresión un instante—. Me he topado con pocos hombres tan detallistas.

Monk se sintió obligado a preguntar:

—Pero no le cae bien, ¿verdad? ¿Por qué?

Fitz lo miró de hito en hito. Tenía un rostro curioso, no era muy guapo y, sin embargo, la sensibilidad que reflejaba y la inteligencia de su mirada, su chispa de humor, lo volvían enormemente simpático y agradable.

—No lo sé —admitió—. Es un juicio totalmente injusto. Me hace sentir incómodo. Creo que tiene la ambición de convertirse en líder de la comunidad y, Dios sabe bien que necesitan uno. Da la impresión de conocer a todo el mundo y se esmera en preguntar sobre lo que más importa a la gente, generalmente la familia. Siempre sabe sus nombres y lo que les interesa. Sobre todo, les pide su opinión. Los halaga. Les hace pensar que se preocupa por ellos. Tal vez lo haga.

Monk se percató de que había resumido muy bien a Dobokai, y el motivo por el que algunas personas lo apreciaban tanto, así como por qué le caía mal a Monk, con toda exactitud.

—¿Qué me dice del brazo de Bartos? —preguntó—. ¿Se lo cosió usted? ¿Qué le contó al respecto?

Fitz sonrió con ironía.

—¿Está comprobando lo que Dobokai le tradujo?

—Sí...

—Lo subestima. Es demasiado agudo para cometer un error como ese. Bartos fue a la tienda del ferretero, un tipo temperamental que tiene una hija muy guapa. A veces me pregunto si realmente es suya. No podrían ser más diferentes...

—¿Cuánto tiempo lleva usted aquí? —interrumpió Monk—. Conoce muy bien a esta gente.

—Unos meses, quizá cuatro. Siendo médico llegas a conocer bastante bien a las personas. Yo simplemente las ayudo, les doy consejo, de tanto en tanto suturo una herida. Oficialmente, ya no ejerzo...

Se calló, como si hubiese iniciado una frase que no tuviera prevista con antelación. Como si no quisiera hablar de sus aptitudes ni del uso que de ellas hacía con la policía.

—¿Agoston Bartos y el ferretero? —le recordó Monk.

—Oh... sí. —Fitz pareció regresar al presente con cierta dificultad—. Tenía una herida muy fea. Suerte que no le alcanzó una arteria, pues habría sido difícil detener la hemorragia. Era un corte irregular y doloroso. Diría que ambos se asustaron. En realidad, espero que Bland se llevara un buen susto. Es un mal bicho cuando se enoja. Y al parecer le ocurre a menudo cuando se trata de su familia. Cosí a Bartos y al día siguiente comprobé que estuviera evolucionando bien. Es un joven saludable. Ningún problema. La herida estaba limpia, cuidaba bien de ella.

—Gracias. Suponía que decían la verdad, pero siempre es mejor comprobarlo.

Fitz frunció el ceño.

—¿Se pregunta si Bland fue quien mató al pobre Fodor?

—¿Es posible? ¿Podría ser que Fodor le hubiese echado el ojo a la señorita Bland?

—No es imposible, pero condenadamente improbable —respondió Fitz—. Aunque es de suponer que nada parecerá probable hasta que se demuestre que haya ocurrido. Si fuese probable, a estas alturas ya lo sabríamos. Lo siento, pero no sé cómo ayudarle.

—Usted conoce bastante bien a la comunidad húngara —insistió Monk—. ¿Es representativo el perfil de Bland? Dobokai no para de decirme que existen sentimientos enconados contra ellos porque son extranjeros, diferentes. ¿Está en lo cierto? ¿O exagera para desviar mi atención, de modo que no sospeche de uno de ellos?

—O para señalar una cuestión política —agregó Fitz—. No lo sé. Sería bastante indecente utilizar un asesinato tan atroz como piedra angular en un juego político, pero esas cosas ocurren. Y ha habido unos cuantos incidentes, altercados sin mayores consecuencias. Pintadas, ventanas rotas, ese tipo de cosas. Aunque sin duda usted ya está al tanto de eso.

—Sí. Me preguntaba si como médico tendría una mejor percepción, aunque no pueda darme nombres ni destalles. ¿Alguna mujer... acosada?

Fitz se mordió el labio.

—Sí, pero nada serio. Ocurre en todas partes. Nombre un pueblo de Inglaterra, cualquier pueblo, donde no haya desórdenes públicos, mujeres que flirtean más de la cuenta, hombres que no saben beber, jóvenes que se echan a perder por una pelea. Cualquier excusa es buena. El hecho de que los húngaros sean un poco diferentes ciertamente es una de ellas. De repente los ven muy diferentes, como a los indios y a los africanos, y se adhieren a los suyos. Así se sienten menos amenazados. En todos los puertos hay hindúes que van y vienen. A nadie le importa porque son predecibles.

—Es muy observador.

—Soy médico. Sobrevivo ayudando donde convenga —dijo Fitz, una pizca más pesaroso.

Monk quería preguntarle por qué no había regresado a Inglaterra en cuanto se recobró de las heridas que le habían mantenido lejos después de la guerra. No obstante, la expresión de Fitz y su postura un tanto rígida le indicaron que se estaría entrometiendo en una aflicción personal. Era amigo de Hester. Juntos habían visto cosas terribles en un pasado que Monk solo podía imaginar. ¿Tal vez se habían ayudado mutuamente a sobrellevarlo? Ella no se lo había contado. Sería una absoluta falta de sensibilidad que Monk se lo preguntara ahora a él y, además, no era asunto suyo.

Salvo un detalle.

—¿Conoció a alguna de estas personas cuando aún vivían en Hungría? Está claro que usted pasó allí una buena temporada, de lo contrario no hablaría el idioma tan bien.

—¡Dios mío! ¡No! —respondió Fitz atónito—. ¿No cree que se lo habría dicho?

—Sí —convino Monk—. Sí, estoy convencido. Gracias por su ayuda. Por cierto... ¿Cómo está Tibor?

—Recuperándose, pero aún le queda un largo trecho por recorrer. Gracias. —Fitz volvía a estar sonriente—. Era muy buena enfermera, ya sabe, Hester...

—Sí —convino Monk, sintiéndose de súbito excluido en lo que le importaba de manera asombrosamente profunda. Aquel hombre la había conocido en su mejor momento, había soportado terribles dificultades a su lado, había ganado y perdido batallas junto a ella. Y Monk nunca había visto tales horrores, excepto brevemente, una vez, cuando había estado en América con Hester, y todas las experiencias fugaces que guardaba en su memoria se habían desdibujado al presenciar la primera Batalla de Bull Run. La violencia era devastadora, distinta a cualquier cosa que la imaginación pudiera llegar a crear.

—Sí, lo sé —repitió, aun no siendo cierto. Quería decir que así lo creía, pero no dejaría que Herbert Fitzherbert lo supiera—. Gracias —dijo otra vez y, tras una inclinación de cabeza a modo de despedida, salió a la calle.

Un par de mañanas después, estaba sentado a su escritorio en la comisaría de Wapping Street cuando Hooper entró en su despacho.

—¿Qué ocurre? —preguntó Monk, sintiendo una repentina opresión en el pecho.

—Otro —dijo Hooper con voz ronca—. Igual que Fodor. —Respiró profundamente—. Le ensartaron el pecho con una hoja de cizalla. No es muy distinta de una bayoneta. Y no solo eso: tenía los dedos y los dientes rotos. Y había velas por todas partes. Diecisiete. —Resopló—. Todas mojadas en sangre.

—¿La víctima es húngara?

—Sí.

6

Monk se quedó anonadado. Por un instante se negó a creerlo. Entonces vio la gravedad del semblante de Hooper y supo que era verdad. Se puso de pie lentamente. Se sentía entumecido. Tendría que haberlo visto venir. Si se trataba del crimen de odio que postulaba Antal Dobokai, fuera quien fuese el autor atacaría de nuevo. El odio no se detenía, solo el culpable cuando él o ella se veía obligado a hacerlo.

—¿Dónde ha ocurrido? —preguntó Monk.

—En Garth Street. Queda a la altura de la escalera de Bell Wharf, entre High Street y Lower Shadwell Street, muy cerca del río.

—¿Lo encontraron allí? —preguntó Monk.

—Sí, señor, en la cocina de su propia casa —respondió Hooper—. Era viudo. Llevaba aquí unos cinco años. Su esposa falleció al poco tiempo de llegar. Estaba enferma, y el viaje fue demasiado para ella.

—¿Quién es? —preguntó Monk, siguiéndole el paso mientras salían por la puerta al muelle.

Hooper se volvió hacia la derecha, mirando río arriba, en dirección a Shadwell.

—Lorand Gazda —dijo. Bajó un poco la voz—. Lo habíamos interrogado acerca de Fodor. Entonces dijo que no lo conocía muy bien. No pudo ayudarnos en cuanto a quién pudo haberse enemistado con él. Le creí. En mi opinión, estaba tan impresionado como afligido. Aunque cualquier hombre honrado lo estaría.

Monk caminaba al ritmo de Hooper. Aquella escena del crimen estaba más lejos del agua, pero era solo cuestión de metros. ¿Quería que la Policía Metropolitana regular se hiciera cargo del caso? No estaba seguro. Sería un alivio compartir la carga con ellos y, ciertamente, contar con más efectivos. Pero entonces estaría entregando un caso de la Policía Fluvial, no solo sin resolver, sino sin tan siquiera una base decente que desarrollar. Habían estado trabajando en ello durante diez días y no tenían nada que mostrar, aparte de haber descartado a varias personas porque estaban en otro lugar. Pese a todo lo que había hecho para averiguarlo, aún no tenía un motivo que explicara las diecisiete velas.

¿Era solo cuestión de orgullo por parte de Monk que quisiera llevar el caso? No había lugar para semejante arrogancia. Si realmente se trataba de crímenes de odio a los forasteros, no existía fundamento alguno para esperar que dejaran de producirse.

La propia existencia de una fuerza policial no era muy popular entre buena parte de la ciudadanía. Se consideraba una entrometida negación de la libertad y la privacidad de las que acostumbraba gozar cierta clase de caballeros. La Policía Fluvial del Támesis era diferente. Tenía una historia mucho más larga, y casi todo el mundo sabía que había limpiado el río de ladrones y contrabandistas, e incluso de los piratas que habían plagado todo el trecho del Támesis que atravesaba Londres hasta hacía muy poco. La Policía Fluvial tenía toda una vida de antecedentes, setenta años, a sus espaldas.

¿Permanecería intacta esa autoridad si no lograban atrapar al loco que había cometido aquellas atrocidades? ¿Pensarían los contrabandistas e incluso los piratas que podían volver a campar a sus anchas?

Monk y Hooper recorrieron el resto del trayecto en silencio. Giraron en High Street, enfilando una callejuela más bien corta que trazaba una curva cerrada. Monk no pudo leer la placa de la calle porque estaba medio rota. Bell algo. Tras otro giro a la derecha alcanzaron Garth Street, una calle estrecha que quedaba a una manzana del río. Se oía la marea creciente lamiendo las piedras y se olía la humedad que flotaba en el aire.

El carruaje fúnebre estaba detenido ante una casa, los caballos aguardaban ociosos. No había un alma en los alrededores. Las cortinas estaban corridas, como si la gente estuviera simulando que el crimen no había ocurrido. La calle la componían pequeñas casas grises cuyas puertas se abrían directamente a las estrechas aceras. Algunos escalones de entrada estaban encalados; todos, fregados a conciencia para que se vieran limpios.

Monk sintió una punzada de compasión por los residentes. La pobreza era un fantasma omnipresente. Seguro que les costaba aferrarse a una vida honesta: trabajo fijo, suficiente comida, buena reputación entre sus vecinos, ningún cobrador de deudas que llamara a su puerta.

Se detuvieron ante la puerta donde montaban guardia dos agentes, uno de ellos de la Policía Fluvial.

—Buenos días, señor —saludó este, irguiéndose y mirando a Monk a los ojos como si se alegrara de verle.

—Buenos días, Stillman.

Monk recordó su nombre en el último momento. Era nuevo y muy joven.

Stillman y el agente de la policía regular se hicieron a un lado y Monk entró en la casa, con Hooper pisándole los talones. No fue preciso preguntar el camino. Todas las puertas interiores estaban abiertas y al final del pasillo estrecho la puerta de la sala de estar estaba abierta de par en par. Monk oyó un murmullo de voces.

Todavía no estaba preparado para afrontar lo que vería cuando entrara en la cocina. Hyde, el médico forense, estaba arrodillado en el suelo junto al cuerpo, que yacía bocarriba, empapado en sangre. Del pecho sobresalía el mango de media cizalla. A juzgar por el trozo que podía ver, Monk estimó que habría unos treinta centímetros de hoja hundidos en el cuerpo.

Ahora bien, el horror que le revolvió el estómago fue el despliegue de velas en la superficie de diversos bancos y estantes, todas ellas mojadas y manchadas de sangre. Sin darse cuenta, las contó. Exactamente igual que en la oficina de Fodor, había diecisiete.

Un cuadro de una catedral colgaba torcido en la pared, con el cristal roto. Había otros adornos rotos, aunque con negligencia, como resultado de una furia destructiva. Una figurita de escayola de la Virgen María estaba hecha añicos en el suelo.

Monk miró a Hyde y, después, las manos de Gazda. Una ojeada bastó para saber que también le habían roto los dedos, y no solo en las articulaciones. Estaban en ángulos imposibles, en absoluto atribuibles a la sangre y la espantosa hinchazón. La boca de Gazda también goteaba sangre a causa de los dientes rotos.

Monk necesitó un momento para recobrar el aliento y controlar la náusea que le acometió.

—Buenas, Monk —saludó Hyde adustamente—. El cuerpo está exactamente igual que el primero. Incluso la postura es prácticamente idéntica. Y, por lo que alcanzo a ver, lo demás también.

Monk volvió a mirar en derredor, esta vez más detenidamente. Era como si lo hubiesen arrojado de golpe al pasado. Incluso el olor a sangre en su nariz y su garganta era el mismo.

—Supongo que tiene que haber sido el mismo hombre —dijo despacio, deteniéndose para carraspear.

—¡Dios santo, espero que sí! —Hyde se puso de pie y se tambaleó un poco. Parecía mayor que la última vez que Monk lo había visto, y más canoso—. Me niego a creer que haya dos dementes de este calibre sueltos en esta zona. Según recuerdo, incluso las malditas velas son las mismas, diecisiete, contando las dos oscuras.

—En realidad no era una pregunta. —Monk se esforzó en hablar con la voz clara—. ¿Puede señalar algo que quepa añadir a lo que vimos la otra vez?

—No. Salvo que su hombre se ciñe a una pauta muy precisa. Aquí no hay nada casual. Esta víctima tampoco presenta heridas defensivas; a no ser, claro está, que las oculten sus manos.

—¿Eso... lo de los dedos rotos y demás... se lo hicieron antes o después de morir?

—Justo después, en ambas ocasiones. De haber sido antes de la muerte habría hinchazón. Y también magulladuras.

—¿Una pelea?

—No. Murió desangrado, igual que el primero. No en el acto, sino en cuestión de minutos. Cuando lo haya examinado mejor podré decirle si antes le dislocaron los dedos. A ojo, diría que sí. Lo que hay aquí es un odio desmesurado, Monk. —Hyde meneó la cabeza—. Cuesta creer que fuesen víctimas escogidas al azar. Han de tener algo en común.

—¿Lo mataron aquí? —preguntó Monk—. ¿O es posible que lo mataran en otra parte y después lo trajeran aquí?

—¡No, no es posible! —exclamó Hyde, claramente enojado por una sugerencia tan estúpida.

Monk miró a su alrededor una vez más.

—Entonces recibió la visita de alguien en quien confiaba, y fue agredido aquí —dijo—. La habitación está esce-
nificada. No hay indicios de pelea: nada volcado, arañado,
rasguñado o roto, excepto los adornos y el cuadro. Los
demás jarrones están intactos. En la víctima no hay más rastro del agresor que el golpe con la media cizalla, sus manos
y su boca. No esperaba nada semejante de quienquiera que
fuese. No fue una pelea que se les fue de las manos, o se habría defendido, al menos un puñetazo, un golpe, algo. Cayó
donde ocurrió. Debía de estar de pie más o menos... aquí.

Monk dio un par de pasos al frente.

Hyde gruñó su asentimiento.

—¿Cuán grande tenía que ser el agresor para hincar esa
cosa en el pecho de Gazda? ¿Cuán fuerte? ¿Qué estatura y
peso?

Hyde frunció los labios y lo consideró.

Monk levantó el brazo e imitó el gesto de dar una violenta puñalada hacia abajo.

—No tan alto como usted —respondió Hyde—. Y arre-
metiendo con todo su peso. Si era hábil, no tenía que ser
particularmente fuerte.

Se calló y dio la impresión de sumirse en sus pensamientos.

—¿Qué? —inquirió Monk.

—Más destreza que la primera vez —contestó Hyde—.
Suponiendo que Fodor fuese la primera víctima. O eso, o
esta vez ha tenido más suerte. Todavía no he sacado la hoja.
Quizá sea más afilada. Las bayonetas antiguas suelen estar
oxidadas, resultando menos cortantes. Eso explicaría la diferencia. —Se encogió de hombros—. Ahora apártese de mi

camino y deje que me lleve a este pobre diablo a la morgue para ver si puede decirme algo cuando lo examine más a fondo. Podrá disponer del arma cuando haya acabado con ella. Por supuesto, encontrar la otra mitad seguramente le sería de ayuda.

—Gracias, doctor —dijo Monk con solo un atisbo de sarcasmo—. Ya me he dado cuenta de que es la mitad de una cizalla. Una sola hoja no sirve de nada, salvo si tienes en mente apuñalar a alguien con ella.

Echó otro vistazo a la habitación, intentando que se le ocurriera alguna observación provechosa. Todo daba a entender que se trataba del hogar de un hombre corriente, Monk podía verle como si aún estuviera vivo. La butaca arrimada a la chimenea estaba desgastada por el uso. Había dos pipas muy utilizadas en un tarro dispuesto sobre la repisa y, en una mesa accesoria, una caja metálica que, cuando la abrió, demostró estar bien aislada y medio llena de tabaco. Un tapiz bordado a mano, claramente antiguo, colgaba en una pared, descolorido por el sol. Supuso que el idioma de la inscripción era húngaro.

Miró las esquirlas de cerámica de la figurita esparcidas por el suelo. No estaba rota como si la hubiesen tirado. La habían machacado a conciencia y pisoteado, molida con un tacón.

¿Odio? En su imaginación, aquella habitación olía no solo a sangre sino a odio... y a algo más. ¿Miedo?

Él y Hooper la registraron, y luego el resto de la casa, tomando notas sin cesar. Hooper también hizo un dibujo de la cocina, indicando dónde había yacido Gazda y dónde calculaban que había estado de pie antes de caer. Eso no cambió nada.

A mediodía Monk y Hooper se marcharon de Garth Street y, por separado, comenzaron a interrogar a todas las personas que habían conocido a Gazda en vida. Después compararon sus notas con lo que sabían acerca de Fodor.

Monk no abrigaba el menor deseo de solicitar la ayuda de Dobokai, pero le constaba que le ahorraría tiempo, errores y la posibilidad de ganarse la antipatía de la comunidad.

Al final resultó que fue Dobokai quien lo encontró a él, obviamente a propósito. Monk estaba en una esquina de Cable Street, dirigiéndose hacia donde vivía la mayoría de los húngaros inmigrantes, y Dobokai salió del estanco casi delante de él. Se le veía muy agitado.

—¿Es verdad? —inquirió, plantándose frente a Monk e impidiéndole así que siguiera adelante. Estaba muy pálido y el pelo moreno y lacio se le pegaba en la frente como si lo tuviera húmedo—. Lo es, ¿no? Ha habido otro... ¡asesinato!

Más que una pregunta fue un desafío.

—Sí —admitió Monk. Necesitaba la ayuda de Dobokai. Y por más que aquel hombre lo incomodara, era la única persona relacionada con Fodor que podía dar cuenta de su paradero en el momento de la muerte de Fodor. Por tanto, Monk no tenía más remedio que confiar en él—. ¿Cómo lo sabe, señor Dobokai?

Dobokai enarcó sus oscuras cejas.

—El doctor Hyde es forense. Ha estado en casa de Gazda esta mañana, con la policía y el carruaje de la funeraria. Nadie ha querido dar explicaciones. ¿Qué otra cosa podía suponer? Y, discúlpeme, comandante, pero da usted la impresión de haber visto algo horrible. ¿Ha sido lo mismo? ¿El mismo hombre que antes?

—Sí. Parece incuestionable...

—¿Qué piensa hacer al respecto? —Curiosamente, no había reproche en su voz. Más bien preocupación—. Necesita más hombres, comandante. Sigue teniendo que lidiar con todo lo que ocurre a lo largo del río, o así debería ser, no puede interrumpir sus patrullas. Llevo aquí el tiempo suficiente para saberlo. —Adoptó un aire de satisfacción—. El Pool de Londres es el puerto con mayor tráfico del mundo. Necesita que le ayude la policía regular, ¿tal vez bajo sus órdenes? Yo haré todo lo que pueda... pero estamos asustados. Esto solo va a empeorar.

—Ya lo sé, señor Dobokai.

—Por supuesto, por supuesto —convino Dobokai, poniéndose a caminar al ritmo de Monk cuando este reanudó la marcha—. He hecho todo lo posible para asegurarle a la gente que usted lo tiene todo controlado, pero no es tarea fácil. Tienen mucho miedo. Este odio es... —Meneó la cabeza apenas, casi como si estuviera demasiado entumecido para moverla sin que le hiciera daño—. Es como un veneno en el aire. Sé que hasta ahora las dos víctimas han sido hombres, pero las mujeres están muy asustadas. ¿Quién será el siguiente? ¿Su marido? ¿Su hijo? Les aseguro que no será así... pero quizá les esté mintiendo.

Se encogió de hombros, con un ademán de desaliento.

Monk lo compadeció. Simpático o no, aquel hombre estaba haciendo lo que podía por su comunidad. Sería mezquino permitir que una aversión personal se inmiscuyera en sus impresiones.

—Quiero conseguir más hombres, señor Dobokai —dijo—. Tengo previsto pedir al comisario general de la policía que nos asigne al menos seis más. Como bien dice usted, ya no se trata de un caso aislado tal como esperábamos. ¿Puede recomendarme a alguien, aparte de usted, que pueda traducir para nosotros?

—Sí, sí. Por supuesto. Coincido con usted, será mucho mejor que cuente con alguien más aparte de mí. Muchos de los nuestros hablan inglés, aunque titubean. Escogemos las palabras que conocemos, y no siempre significan exactamente lo que queremos decir. No es que mintamos, es que carecemos de las palabras apropiadas.

—Lo entiendo —aceptó Monk—. Y tienen miedo, pues están en un país que les sigue resultando ajeno. Tienen miedo a ser malinterpretados, culpados porque son diferentes. Puede sucederle a mucha gente, por muchas razones.

Se esforzó en repasar su memoria, o la poca que tenía, y las cosas que había presenciado a lo largo de los últimos años. Los diferentes a menudo eran señalados por miedo, atropello, desafío, o como blanco de un humor con demasiada frecuencia cruel.

Dobokai lo estaba observando, aparentemente sin reparar en nadie más.

—Hay animales que patean a los que son diferentes —dijo en voz muy baja—. Un color diferente, una forma ligeramente diferente. Más lentos, tal vez. Hay algo primitivo en nosotros que nos lleva a temer cualquier cosa diferente.

Ahora caminaban por la sombra y el aire parecía más fresco. Quizá no fuese más que el cambio de la marea, pero Monk cogió frío.

—Cierto —dijo con una pizca de aspereza—. Me gustaría pensar que somos mejores que los animales, pero tal vez algunos no lo seamos. Haré cuanto pueda, señor Dobokai, pero hasta que atrapemos a este criminal, le agradeceré su ayuda como traductor y, más aún, por contribuir a que la gente mantenga la calma en la medida de lo posible. Para seguir con su ejemplo del reino animal, me atrevo a afirmar que también sabrá que los depredadores asustan al rebaño para desperdigarlo y así escoger a los más débiles.

Dobokai hizo una mueca, como si Monk le hubiese golpeado.

—Sí —dijo con voz ronca—. Tiene razón, comandante. Lo que dice es terrible, pero tiene razón. Y ahora, si me disculpa, debo marcharme. Hay muchas personas que aguardan a que... a que les cuente mentiras piadosas. Ah, por cierto. Puede intentar que la señora Haldane le traduzca. Es muy buena con el inglés. Su marido es inglés, ¿sabe? Lleva aquí más de veinte años, y tiene un cierto grado de inteligencia y sensibilidad con las palabras.

Acto seguido dio media vuelta y se alejó tan deprisa que en unos instantes había doblado la esquina, perdiéndose de vista.

Monk siguió trabajando toda la tarde. Hyde le contaría cuanto hubiera que saber desde el punto de vista médico. Hooper estaba interrogando a la gente sobre cualquier cosa que permitiera establecer un vínculo entre Gazda y Fodor. Otros agentes recorrían las calles del barrio, verificando y constatando dónde había estado todo el mundo, buscando posibilidades, a fin de ver a quién podían descartar. Sabían qué preguntas hacer para percatarse incluso de las más sutiles evasivas.

Hooper tenía a dos agentes de la policía regular haciendo averiguaciones entre los sastres y las modistas, los ferreteros y las tiendas de herramientas de la zona para descubrir el origen de la cizalla. También iban a investigar las velerías y los proveedores navales que se sucedían a lo largo de la ribera por si habían vendido cizallas de cualquier tipo o grandes cantidades de velas, en concreto de colores. Por descontado, todo el mundo compraba velas para utilizarlas en casa, pero en aquellos tiempos de lámparas de gas, la cantidad en cada uno de los dos escenarios del crimen era considerable, y las de colores eran excepcionales.

Monk fue a visitar a un anticuario a quien una vez le había hecho un favor. Lo encontró en su caótica tienda de Commercial Road East, más o menos a kilómetro y medio de la comisaría de Wapping, y más alejada del río.

—Buenas tardes, señor Drury —saludó mientras la campanilla de la puerta anunciaba su llegada. La cerró una vez dentro y dio la vuelta al cartel de «Abierto» y «Cerrado»—. Lamento robarle tiempo, pero necesito que me asesore.

El anciano se mostró irritado hasta que se puso las gafas y reconoció a Monk. Estaba de pie ante su escritorio, hábito que Monk recordaba de tiempo atrás.

—Supongo que se lo debo —dijo Drury—. Me alegrará saldar la deuda. ¿Busca un objeto robado?

—No. Necesito información sobre un asunto esotérico de los que sé que tanto le deleitan —respondió Monk, avanzando hacia el fondo de la tienda, poniendo cuidado en no tirar nada. Toda suerte de relojes, cristalerías y figuritas se apoyaban en precario equilibrio encima de cajas, tallas y libros apilados.

Drury dio muestras de alivio.

—Pues entonces venga conmigo a la trastienda. No tengo hervidor de agua, pero me queda un poco de coñac excelente. Demasiado bueno para venderlo.

Monk sonrió y fue tras el anciano.

Drury sirvió dos copas, en verdaderos balones de coñac, amplios y de pie corto, para que el licor respirase. Le pasó una a Monk, después indicó una de las dos butacas y se sentó en la otra.

—Bien, ¿qué le trae por aquí?

—Un diecisiete —contestó Monk—. En concreto, diecisiete velas en una habitación con un cuerpo apuñalado en el pecho; y ya van dos veces.

Drury enarcó las cejas.

—¿En serio? ¿Ese asunto húngaro? ¿De modo que ha habido otro?

—Sí. Hoy mismo.

—¿Diecisiete velas de nuevo? —dijo Drury con interés.

—Sí. Quince blancas y dos de un púrpura oscuro azulado.

—¿Encendidas? —preguntó Drury.

—No.

—¿Las habían encendido? —Drury se inclinó un poco hacia delante, con el rostro tenso—. ¿Todas consumidas durante el mismo rato? Es importante. ¿Se apagaron solas o alguien las apagó? ¿Y dice que dos eran púrpura?

Monk intentó recordar.

—Estaban... unas estaban consumidas del todo, otras, hasta la mitad. Una o dos no se habían encendido. ¿Por qué? ¿Qué significa?

Drury se quedó un rato pensando.

—Me pregunto si interrumpieron a su hombre —dijo por fin—. O eso, o no sabía lo que estaba haciendo.

—¿Qué tenía intención de hacer? —Monk tenía la sensación de haber captado algo que se le había escapado de entre las manos—. ¿Por qué dos púrpura? ¿No son difíciles de encontrar? ¿Por qué exactamente lo mismo en ambas ocasiones?

—No puedo decirle nada acerca del diecisiete, pero las velas se utilizan en lo que ciertas personas pretenden que es magia. El púrpura representa el poder, para bien o para mal. Ahora bien, las velas tienen que ser nuevas, no deben apagarse hasta que se hayan consumido por completo.

—¿Pero qué estaba haciendo? El ritual tiene que significar algo para él, de lo contrario, ¿por qué iba a tomarse tantas molestias? ¡Y el dispendio!

—Podría ser cualquier cosa, según la clase de ritual que crea estar siguiendo —contestó Drury—. Por lo general, la magia con velas es buena, es lo que se conoce como magia blanca: salud, paz, sanación, ese tipo de cosas.

—Sin embargo, ha dicho que el púrpura significa poder.

—Sí, pero podría ser mera eficacia, el poder de ser efectivo. —Drury reflexionó un momento—. ¿Es posible que las víctimas encendieran las velas? ¿Y que no tuvieran nada que ver con el asesinato?

—¿En ambos casos? —replicó Monk, procurando disimular su incredulidad.

—Quizá tengan algo en común que usted desconoce. —Drury frunció los labios—. ¡Aparte de un enemigo condenadamente peligroso!

Monk se quedó un rato más y siguieron conversando. Cuando se hubo terminado el whisky y dado las gracias a Drury, salió al atardecer de la calle, con sus ideas no mucho más claras que cuando había entrado.

Tomó el transbordador hacia su casa mientras el sol desaparecía en un banco de nubes, tiñéndolo momentáneamente de escarlata. Tenía la sensación de apenas haber comenzado, en lo que al asesinato de Lorand Gazda atañía. Había conseguido ayuda considerable de la Policía Metropolitana. El comisario general era muy consciente del aumento de la inquietud en la opinión pública. Los periódicos estaban llenos de relatos espeluznantes sobre la sangre y los aspectos rituales de ambos crímenes. En realidad, nadie culpaba a los húngaros, pero en algunas noticias se insinuaba que habían traído consigo la naturaleza bárbara y supersticiosa de su propio país. El ritual de las velas se había aprovechado al máximo, y ningún periodista había perdido la oportunidad de ejercitar su imaginación y sus prejuicios.

Los desmentidos eran inútiles. Cada nueva alusión a los hechos solo servía para recordárselos a la gente. Un periódico en concreto rechazaba con vehemencia todos los prejuicios publicados en otros periódicos, y al hacerlo repetía todos los pormenores. Monk estaba furioso, pero el mal ya estaba hecho.

Iba sentado en la popa del transbordador, demasiado cansado para pensar con claridad, pero no paraba de darle vueltas en la cabeza al número diecisiete. ¿Diecisiete qué? ¿Tenía un significado o era una distracción, una casualidad? Los mástiles oscuros de una veintena de barcos se revolvían mansamente, dibujando círculos en los colores desvaídos que pintaban el cielo a medida que la luz se atenuaba, disipando su brillantez. Para cuando llegó a Greenwich, en la otra orilla, las sombras violeta ya oscurecían el este. Lo único que deseaba era estar en casa y olvidarse de todo. Incluso esperaba que Scuff todavía estuviera en la clínica de Crow. No tenía ganas de reunir la energía suficiente para interesarse por su jornada, aunque habría hecho el esfuerzo. Hester haría gala de su gentileza, percibiría su estado de ánimo y devendría una compañera silenciosa. Le diría cuanto quisiera decirle con una mera caricia.

Por la mañana se encontró con que Hooper ya estaba en la comisaría de Wapping y el hervidor en el fogón de la estufa de leña que servía para todos los fines. Su calor era innecesario en aquella época del año, pero el té siempre era bienvenido y, a veces, unas pinzas para tostar y la parrilla superior hacían que el pan de varios días quedara muy sabroso.

—Buenos días, señor —dijo Hooper, descifrando la expresión de Monk con perspicacia—. Hoy contaremos con seis hombres más. ¿Sospecha del ferretero? Podemos comprobar si el pobre Gazda realmente mostraba interés por la hija. Creo que tenía cuarenta y tres años, así que no es probable. De todos modos, no estoy seguro de que Bland vea las cosas con claridad. A saber qué es capaz de haber imaginado.

—En todo caso, hay que descartarlo —convino Monk—. ¿Percibió usted la misma sensación de ira en el segundo asesinato que en el primero?

Hooper permaneció un rato callado. De hecho, Monk se preguntó si no iba a contestar.

—Exactamente la misma —dijo Hooper finalmente—. Todo es muy semejante. ¿Nuestro hombre sigue alguna clase de ritual? ¿Significan algo concreto la sangre y las velas?

Monk negó con la cabeza.

—Lo he consultado con un contacto mío. Dice que las velas púrpura representan poder, pero que el ritual está mal hecho. Las velas tendrían que haber sido nuevas y que se hubiesen consumido del todo. No sabe qué significa el número diecisiete.

—¿Podría ser un grupo húngaro? ¿Algo que trajeran consigo desde su país? —preguntó Hooper.

—Si fue así, ¿por qué aguardar hasta ahora? Parece más bien la venganza de una ofensa reciente. Pienso que deberíamos echar un vistazo a los húngaros que haga menos tiempo que han llegado. Creo que iré a ver a la señora Haldane otra vez. Habla muy bien el inglés. Dobokai sugirió que la reclutara como traductora. Cuanto más pienso en ello, mejor idea me parece. Quizá también aprenda mucho observándola. Captará inflexiones, el uso de palabras o frases ambiguas.

—¿Y ella se lo dirá? —dijo Hooper desconfiadamente.

—Seguramente, no, pero si no soy lo bastante listo para darme cuenta de que ella sabe algo, no merezco el trabajo que tengo. Compruebe si los agentes de la policía regular han descubierto algo sobre la cizalla o la bayoneta. Veamos al menos a quién podemos descartar.

Hooper torció los labios, con una chispa de humor en los ojos.

—Sí, señor.

Adel Haldane se debatía entre su firme deseo de contribuir a poner fin al miedo y la tristeza en su comunidad y su inquietud por si su marido no aprobaba que se prestara tan obviamente a ayudar a la policía.

—Me consta que le estoy pidiendo mucho, señora Haldane. —Monk esbozó una sonrisa—. Pero no hablo su idioma y usted habla el mío muy bien. Necesito que alguien me ayude a entender los matices más sutiles de lo que la gente me cuente. Entender solo las cosas más sencillas es una herramienta demasiado burda para descubrir a quien está haciendo esto.

—¿Cree que es uno de nosotros? ¿Un húngaro?

Una sombra de enojo y temor le oscureció el semblante.

—No sé quién es —contestó Monk en voz baja—, pero sí sé que hay dos hombres asesinados con extremada violencia, y que ambos son inmigrantes procedentes de Hungría. Si alguien sabe de algo que los relacione, algo que tengan en común, es probable que ese alguien pueda saber quién cometió estos crímenes. Se interrogará a todo el mundo. Para los ingleses nativos no necesito traductor, puedo enviar a cualquiera de mis hombres...

Adel lo interrumpió.

—Lo entiendo. Sí. Si puedo ayudarle a entendernos mejor para que vea que somos un pueblo pacífico y trabajador, deseoso de trabar amistad con los ingleses pero no a ser despojados de los pocos recuerdos y costumbres que conservamos de nuestra tierra natal, lo haré con gusto. Por supuesto que lo haré.

—Gracias —respondió Monk.

Fue una ardua tarea preguntar a todo el mundo dónde estaba cuando mataron a Gazda y quién podía corroborar lo que decía cada uno. Que Adel lo acompañara facilitó y mejoró en muchos sentidos todo el proceso. Cuando sus paisanos la veían tendían a estar mucho más relajados y no buscaban excusas como, por ejemplo, aducir que estaban demasiado ocupados para detenerse a hablar. Adel poseía un don innato para hacer que le gente se sintiera a gusto.

Monk no entendía lo que decía, pero estaba claro que comenzaba con un cordial saludo para luego interesarse por su salud, su bienestar, cómo les iba el trabajo y, normalmente, preguntarles acerca de algún miembro de su familia. Siempre tenía una palabra de conmiseración por las dificultades, y terminaba con la conmoción que causaba otra muerte violenta de uno de los suyos.

Le llevó el resto del día, pero no solo tuvo ocasión de tomar notas y cotejarlas para descartar a una gran mayoría de los húngaros residentes en Shadwell, sino que además, gracias a la compañía de Adel, estableció cierto grado de confianza con ellos. Nadie esperaba que Adel resolviera sus problemas o los protegiera, como muchos de ellos hacían con Dobokai, pero la tenían en gran estima. Estaban cómodos con ella, y hablaban de cosas normales y corrientes: los hijos, la comida, cuestiones domésticas, incluso de omnipresentes irrelevancias como el tiempo.

Monk recordó a Hester diciéndole que cuando las mujeres hablan de trivialidades, solo están sirviéndose de un medio. Lo que dicen bajo la superficie tiene que ver con el interés, la confianza, la comprensión.

Eso era lo que Adel estaba haciendo ahora, y Monk la observaba con curiosidad. Sin duda buena parte de lo que estaba haciendo era ejercer las mismas artes que los mejores detectives. Se fijaba en la expresión de los rostros, reparando en las cosas que le contaban con excesiva cautela, así como en las que no le explicaban.

Adel era una mujer guapa, simpática y con un humor muy fino. Sin embargo, en algunos momentos Monk detectó una profunda tristeza mientras ella creía que él simplemente estaba atento a las declaraciones de un testigo. Adel era muy consciente de que se habían perdido dos vidas, así como de la valentía subyacente que siempre se requiere para construir un hogar en un lugar nuevo donde todo exige cierta consideración. Incluso algo tan simple como que el tráfico circulara por el otro lado de la calle podía olvidarse en momentos de emoción.

Monk insistió en que se detuvieran para almorzar y, ya por la tarde, a tomar el té.

—Las velas, señora Haldane —dijo en voz baja, observándola mientras merendaban—. Había diecisiete velas en ambos asesinatos —prosiguió Monk con tiento—. Cada vez, dos eran púrpura, el resto, blancas. Piénselo detenidamente. ¿Está totalmente segura de que no sabe nada sobre el número diecisiete o su significado?

Adel permaneció callada tanto rato que Monk estaba a punto de preguntar otra vez cuando por fin contestó. Lo hizo con una voz forzada, pese a que sonrió.

—No se me ocurre nada. ¿Una coincidencia?

—He investigado muchos casos, señora Haldane. No recuerdo haber visto velas en el escenario de un asesinato, a no ser que fuesen el único medio de iluminación. Ninguna de estas estaba encendida, y estaban dispuestas en muchos sitios diferentes, ahí donde cupieran: las repisas de las chimeneas, las estanterías, las mesas, incluso dos en sendos floreros. Diecisiete en ambas ocasiones.

Palideció de tal modo que Monk temió que fuese a desmayarse, pero no se contuvo. Ella sabía algo, y él tenía que averiguar de qué se trataba.

—¿Señora Haldane? ¿Qué significa el diecisiete? —insistió—. ¿Es una organización secreta? ¿Una hermandad religiosa? ¿Política? ¿Algo delictivo?

—¡No! —dijo Adel de inmediato. Se puso a parpadear, como si así pudiera disimular el miedo que asomaba a sus ojos—. Es... es una organización secreta. No sé qué hacen. —Levantó la vista hacia él—. No admiten mujeres. No sé nada, lo juro.

Monk no respondió.

Adel respiraba pesadamente, casi jadeando.

—¿Está seguro de que eran diecisiete?

—Sí, totalmente. Las dos veces.

—¿Alrededor de Gazda? ¿Está seguro?

—Sí, señora Haldane. ¿Qué significa el diecisiete?

Adel meneó la cabeza, y algo semejante al alivio le tiñó el rostro.

—No lo sé, lo siento. —Por fin sonrió—. Gracias por el té. La tarta era excelente.

Monk comprendió que no iba a sonsacarle nada más, al menos por el momento. Pagó la cuenta y la acompañó de vuelta a su casa.

Roger Haldane los recibió en la puerta. Se plantó en el felpudo arrimado al umbral, más corpulento de lo que Monk recordaba, ancho de hombros y pecho. Pero era su cara lo que llamaba la atención. Tenía la boca ancha, con las comisuras hacia abajo, los ojos con largas pestañas oscuras que dificultaban discernir su color.

—¿Dónde has estado?

Miró a su esposa como si Monk no estuviera presente.

Ella no dio muestras de desconcertarse y, desde luego, tampoco de alarmarse. Sonrió a su marido.

—Ayudando al comandante Monk —contestó tranquilamente—. Como bien sabes, no habla húngaro...

Haldane enarcó sus pobladas cejas.

—Pensaba que eso lo hacía Dobokai. ¿A cuántos necesita?

Seguía sin mirar a Monk, como si no pintara nada en el asunto.

Adel encogió ligeramente los hombros con un gesto elegante, tensando la tela de su vestido claro de verano. Haldane no perdía detalle de cada movimiento, cada vislumbre en el rostro de su esposa.

—Lo está haciendo para otros policías —dijo Adel—. La investigación es mucho más compleja, ahora que ha habido otro asesinato.

Haldane seguía bloqueando la puerta. Sus ojos se abrieron un poco más.

Monk intentó interpretar sus reacciones pero no lo logró. No sabía de razón alguna por la que Haldane pudiera odiar a un húngaro, aunque las posibilidades eran numerosas y en cierto modo comprensibles. ¿Cómo había afectado a su vida una esposa valiente y encantadora, quien sin duda sentía lealtad hacia su comunidad? Ahora que era más numerosa, ¿se sentía desplazado, rodeado de extranjeros?

Por supuesto, la casa era suya; todo el dinero y demás posesiones materiales lo eran también. Una mujer casada solo poseía lo que ganaba por su propia cuenta, si su marido le permitía trabajar. E incluso esto se debía a una reforma muy reciente, por la que se había tenido que luchar con empeño.

Sin embargo, de un modo indefinible, Adel parecía más

fuerte emocionalmente que su marido. Tenía encanto, e incluso el propio Monk era consciente de su cordialidad y sensualidad.

—Estoy muy agradecido a la señora Haldane por su ayuda —dijo Monk, interrumpiendo el intercambio entre ellos dos, tanto de palabras como de tácita tensión emocional—. ¿Tal vez usted también podría ayudarme un poco, señor? Toda persona descartada reduce los lugares en los que debemos investigar.

Haldane cambió ligeramente de postura para mirarlo a los ojos.

—No sé quién hizo esto.

—No, ya me lo imagino, de lo contrario nos habría informado.

Aquello no era verdad. A Monk le preocupaba que Adel Haldane supiera algo, aunque no se le hubiese ocurrido hasta que hablaron aquella misma tarde. Estaba claro que el número diecisiete tenía algún significado. ¿Se debía a que de alguna manera el propio Haldane quizá estuviera involucrado? Era un hombre de intensas emociones. Había en él una ira reprimida bajo el más obvio miedo que todo el mundo sentía.

—¿Dónde estuvo anteanoche, señor Haldane? —preguntó Monk—. Y tal vez pueda descartar a alguien más, si sabe con certeza dónde estaba.

Haldane respiró profundamente y relajó la tensión de sus hombros. Se le veía más pequeño, más tranquilo. La sombra de una sonrisa suavizó la expresión de su rostro.

—Por supuesto —se avino—. Al atardecer tomé unos tragos en el pub. Puedo darle una lista de las personas que recuerdo haber visto allí. Regresé a casa con Willy Nathan. Vive enfrente. Le contará lo mismo. No sé exactamente a qué hora, pero no importa. Estábamos juntos. Mi esposa me esperaba levantada. —Lanzó a Adel una mirada segura y satisfecha—. Estuve en casa toda la noche. Desayuné en casa antes de irme a trabajar. Y para entonces, según tengo entendido, el pobre Gazda llevaba horas muerto.

Adel miró a Monk y también pareció estar más relajada, la tristeza de sus ojos se había disipado.

—Es verdad —dijo—. Yo estaba aquí.

Monk sintió una honda desazón. Tal vez había sido una estupidez haberse planteado que Haldane fuese sospechoso. Carecía de testigos para la hora en que mataron a Fodor. Pero Monk tampoco tenía motivos para pensar que lo hubiera hecho él. No había avanzado, se encontraba en el mismo punto que cuando entró en la oficina de Fodor y vio su cuerpo empapado en sangre, exactamente igual que el de Gazda, y las velas coronadas de sangre. Todo era exactamente igual. ¡Exactamente!

Y Dobokai podía dar cuenta de su paradero durante el lapso de tiempo en que Fodor fue asesinado. Monk lo había comprobado dos veces.

—Gracias —dijo en voz baja, y dio media vuelta para irse a casa.

7

Tibor Havas se recuperaba, aunque lentamente. Sufrió otro episodio de fiebre y al dar vueltas en la cama se le abrió la herida. Tuvo una segunda hemorragia en un vaso sanguíneo menor.

Crow dormía después de una larga jornada con dos niños enfermos que habían alcanzado un punto crítico. Los había salvado, pero las largas horas y, sobre todo, el agotamiento emocional de alternar la esperanza y la desesperación finalmente lo habían vencido.

Scuff observaba mientras Fitz abría la herida una vez más, hablando sin cesar a Tibor en voz baja. Este procuraba moverse lo menos posible, su respiración era irregular aunque era evidente que hacía un esfuerzo para no reaccionar al dolor e, incluso más que a eso, al miedo.

Scuff intentaba estar inmóvil, pero se encontró abriendo y cerrando los puños y tensando los músculos del hombro derecho. Estaba entero. Podía moverse sin dolor. Tenía las dos manos intactas. Jamás se le había ocurrido estar tan agradecido por ello.

Pasaba los instrumentos y medicamentos a Fitz a medida que este se los pedía. Tenía que estar muy atento porque Fitz no cambiaba su tono de voz cuando se dirigía a Scuff en vez de a Tibor, y tampoco se volvía de cara a él.

Scuff tenía a punto el siguiente instrumento que sabía que Fitz iba a necesitar. Ya había enhebrado la aguja. Todos los medicamentos posibles estaban dispuestos, el vino alcanforado, la quina, el polvo de corteza, más gasas empapadas en vino, más vendas limpias. También había preparado caldo, y el mejor clarete que se podían permitir comprar. Le habría gustado probar un poco, solo para ver cómo sabía, pero había que reservarlo para los pacientes que lo necesitaban.

Fitz trabajaba deprisa, hablando a Tibor con la voz firme. Tibor se las arregló para no moverse excepto en una ocasión en que el dolor fue especialmente lacerante.

—Lo siento —dijo Fitz con un amago de sonrisa—. Pero es buena señal que te duela. Significa que los nervios están vivos. Estás mejorando. Pásame la gasa, Scuff. Gracias.

Limpió la vena cosida y tiró la gasa ensangrentada a la palangana.

Scuff no perdió detalle mientras volvía a vendar la herida sin dejar de hablar a Tibor.

—Fíjate, Scuff. —Indicó el lugar donde la carne era rosa y comenzaba a unirse—. Tiene buen aspecto. —Lo repitió en húngaro, sonriendo a Tibor—. Prepara la venda grande, el vino alcanforado y después la exterior. Gracias.

Cuando hubieron terminado dieron a Tibor un sorbo de clarete, y después le dejaron descansar un rato.

Se sentaron a la mesa de la cocina ante una sabrosa sopa espesa y unas rebanadas de pan.

Al principio Scuff pensó que no tenía apetito. Lo último que podría haber comido era carne, y aquel era un caldo de ternera, si bien con patatas y otras verduras en abundancia.

—Tienes que comer —le dijo Fitz—. Te necesitamos como médico, no como un paciente más.

Scuff lo miró pero no dijo nada. La garganta se le cerraba ante la mera idea de comer carne.

—Hester te diría lo mismo —prosiguió Fitz, tomando otra cucharada de sopa, para luego morder un pedazo de pan.

—Nunca ha tenido que decirme que comiera —contestó Scuff, haciendo honor a la verdad—. Yo siempre estaba dispuesto a comer cualquier cosa que me pusieran delante. Eso es lo que me decía.

Fitz lo miró de arriba abajo.

—¿Qué estatura tienes? Debes de medir casi un metro ochenta. Pronto dejarás de crecer y ganarás un poco de peso.

—Eso espero.

Fitz tomó otra cucharada de sopa y sus ojos, que miraban a Scuff por encima del borde de la cuchara, brillaron divertidos. Entonces de pronto el humor se esfumó y lo sustituyó algo que Scuff no supo nombrar. Tristeza, miedo, una especie de deleite, también.

—Tienes que estar sano para ser un buen médico —dijo cuando hubo tragado. Sus dedos finos jugueteaban con el pan del platito que tenía a su lado—. Habrá ocasiones en que tendrás que trabajar todo el día y toda la noche sin parar. Deberás permanecer despierto cuando estés tan cansado que los ojos te escuezan.

Scuff frunció el ceño. Le parecía que Fitz estaba siendo melodramático.

—Tal vez no —se corrigió Fitz—. Eso sucede en el campo de batalla. Aunque nunca se sabe cuándo llegará una batalla o una refriega. —Negó deprisa con la cabeza—. En realidad, tampoco es que haya algo comparable a una batalla. Ni siquiera un accidente ferroviario o el hundimiento de un barco. Y eso también lo he vivido.

Se calló de golpe.

—¿En serio?

—Sí. Te horrorizaría ver una batalla. Dios quiera que nunca tengas que verla. Pero es posible que vivas una epidemia, incluso aquí. Sabes observar las reglas...

Se le apagó la voz otra vez. Parecía estar recordando algo que en su fuero interno era más nítido que la silenciosa habitación con sus paredes desnudas, el entarimado del suelo fregado y el fogón siempre encendido. Necesitaban té caliente para reanimar a los pacientes, calor para las mantas si alguien entraba en estado de shock, y siempre agua caliente para limpiar bisturíes, tijeras, agujas. La guerra de Crimea había tenido lugar catorce años antes. Habían aprendido mucho desde entonces. Scuff estaba al tanto de estas cosas por Hester, y ella las sabía por Florence Nightingale y algunos médicos con visión de futuro.

¿Conocía Fitz las mismas reglas que ellos? Scuff sabía cuáles regían en Inglaterra, y que muchas provenían de la guerra civil estadounidense, ¿pero serían las mismas en Europa, en Hungría, donde Fitz había pasado tantos años? Fitz había presenciado la realidad, un día de batalla tras otro, decenas, veintenas, incluso centenares de hombres mutilados o muertos a manos del enemigo.

Scuff meneó la cabeza bruscamente, tratando de apartar aquellas imágenes de su mente, pero estas se resistían a desaparecer.

—¿Cómo...? —comenzó.

Fitz tenía la mirada perdida, su caldo olvidado. Scuff se preguntó qué debía de estar viendo. Los nudillos blancos de la mano con la que agarraba la cuchara le decían que era algo que le hacía sufrir.

De repente Fitz volvió al presente.

—¿Qué? —preguntó, desconcertado.

—¿Cómo se sabe qué es lo primero que hay que hacer? —dijo Scuff.

—Te traen a los heridos —contestó Fitz—. Los soldados no están autorizados a abandonar el campo de batalla para trasladar a los heridos a los hospitales de campaña. De eso se encargan los camilleros. Cuando traen a los heridos te ocupas de ellos a medida que llegan. Un soldado raso o un general sangran igual. Haces lo que puedes. Sigues adelante. Piensas y luego actúas. De inmediato. Detienes las hemorragias. Compruebas que respiren. Haces lo que puedes. Pasas al siguiente. Todo el día y toda la noche, si es preciso. Vas con cuidado con el agua. Normalmente escasea.

Fitz agarraba la cuchara con tanta fuerza, cerca del borde del plato, que esta vibraba contra la loza, pero no parecía que lo oyera.

—Fitz... —comenzó Scuff.

Fitz estaba totalmente ausente. Tenía la mirada clavada en algo que habitaba en su mente, y el sudor le perlaba la frente y el labio superior. A pesar del calor que desprendía la estufa, estaba tiritando.

Scuff se levantó y rodeó la mesa hasta él. Sería como despertar a un hombre de una pesadilla. Scuff sabía de pesadillas. Las había tenido durante meses cuando lo secuestró Jericho Phillips y lo recluyó en la bodega de su barcaza, incapaz de moverse, oyendo cada paso y aguardando a que lo sacaran a rastras para pasar por las abominables cosas que habían pasado los demás niños.

Y se había despertado aterrorizado más de una vez, tras soñar que habían secuestrado o matado a Hester o a Monk. Incluso se había colado en su habitación para asegurarse de que estuvieran allí. ¡Jamás se lo había contado a nadie! Uno no entra en los dormitorios de otras personas, y menos en el de una mujer. Pero él necesitaba saber que Hester estaba en casa.

De aquello hacía ya mucho tiempo. Entonces él era un niño, cosa que hacía que los sentimientos fuesen distintos. Salvo que en realidad no lo eran. Lo único diferente era que tenía que fingir que no sucedía, y que tampoco tenía tanto miedo.

—¡Fitz! —dijo de nuevo, más alto.

Fitz no se dio por aludido. Seguía estando en el campo de batalla, intentando hacer lo imposible para salvar a todo el mundo.

Scuff apoyó una mano en el hombro de Fitz. Acto seguido dio un salto porque Fitz se levantó y dio media vuelta, haciéndole perder el equilibrio. Tenía los ojos encendidos y levantó la mano como si fuese a pegarle.

Scuff trastabilló hacia atrás y tropezó, tambaleándose hasta chocar con la pared, y se dio un buen golpe en el codo.

Fitz pestañeó y la mirada se le fue aclarando muy poco a poco. Vio a Scuff, que recobraba el equilibrio y se agarraba inconscientemente el codo porque le hacía daño.

—¿Qué... qué pasa? —preguntó Fitz, desconcertado.

Scuff respiraba con dificultad. Estaba temeroso. No tenía muy claro si de Fitz o por él.

—Le he asustado —respondió, escogiendo sus palabras con cuidado—. Me parece que se ha quedado medio dormido... o algo por el estilo. Perdón...

Estaban frente a frente a escasos metros, mirándose de hito en hito.

Fitz habló primero.

—Lo siento. A veces me ocurre. Empiezo a recordar... cosas. Me olvido de dónde estoy.

—Cosas malas... —dijo Scuff.

Fitz parpadeó. Tenía lágrimas en los ojos.

—Sí... muy malas.

—Le preparo una taza de té.

Fue lo único práctico que se le ocurrió. Lo haría bien cargado y le añadiría mucho azúcar. Aguardó a que Fitz aceptara su ofrecimiento, aunque tenía intención de prepararlo de todos modos, en cuanto Fitz se volviera a sentar.

Los segundos se sucedían.

De pronto Fitz pareció encogerse, desmoronarse, y se sentó.

—Perdona —dijo, con una voz casi inaudible.

Scuff soltó el aire.

—Prepararé el té.

Cuando lo hubo hecho lo llevó a la mesa, servido en dos tazones. Había añadido leche suficiente para que estuviera a una temperatura bebible. Lo último que deseaba era que Fitz se escaldara la lengua.

Guardaron silencio por espacio de varios minutos, sentados uno frente al otro, sorbiendo el té. Por fin Fitz habló. Lo hizo en voz muy baja, pero con la bonita dicción que nunca perdía.

—Lo siento. A veces el pasado regresa tan de golpe que no puedo ignorarlo. No sé si estoy aquí, en la clínica de Crow en Shadwell, recordando Crimea: Balaklava, Sebastopol, el Alma; sangre, dolor y cuerpos destrozados por doquier. O si estoy en un largo turno de noche después de una batalla, y me he dormido y sueño que estoy aquí. —Se calló y bebió un poco más de té—. Solo Hester parece real en ambos lugares.

Esbozó una sonrisa y su mirada volvió a ser distante, dirigida a sus recuerdos.

Scuff no quería perderlo otra vez.

—Era buena enfermera, ¿verdad? Nunca cuenta nada de aquella época.

—No querrá disgustarte. —Fitz bebió otro sorbo de té—. Además, como la mayoría de las personas que realmente han hecho algo, nunca se vanagloriaría. Resultaría... de una vulgaridad... indescriptible. ¿Cómo vas a jactarte de tener habilidades que incluyen el sufrimiento e incluso la muerte de otra persona? No hay nada glorioso en que te hagan el cuerpo pedazos, ver tus propias tripas desparramadas e intentar conservar tu integridad física con tus propias manos. No explicas nada a los desconocidos ni a tus seres queridos sobre lo que se siente al ver morir a un semejante, presenciar un terror y un sufrimiento contra los que nada puedes hacer. —Suspiró profundamente—. Y es una mentira decir a la gente lo valiente que ha sido alguien, cómo ha derrochado sus energías intentando salvar a otro.

—¿Una mentira? —preguntó Scuff.

Fitz clavó la mirada en la pared, o en algo que había más allá.

—Sí, una mentira más profunda que las palabras. Las medias verdades son las peores mentiras, excepto cuando se cuentan a quienes ya saben la verdad. Las personas ajenas a esa situación no pueden ver nada, ni siquiera con la imaginación. Es algo íntimo, espantoso... y definitivo. No se debe hablar de ello con trivialidad, para servir algún otro propósito. No es como morir en la cama, cuando te llega la hora. En eso hay dignidad. Pero aquellos hombres eran jóvenes, con toda la vida por delante...

Scuff creyó entender lo que Fitz quería decir, pero sería absurdo verbalizarlo. Permaneció sentado con el tazón entre las manos, demasiado caliente todavía para sostenerlo.

Fitz le sonrió con amargura.

—Pero llevas razón, Hester era muy buena. Una de las

mejores. Siempre se entregaba de todo corazón. Estaba tan enojada con la estupidez imperante que no le quedaban energías para asustarse, ni siquiera de los generales. Todos los hombres son más o menos iguales bajo el uniforme. Cuando te ves reducido a la desnudez, la enfermedad, la necesidad de que una enfermera te ayude a superar la aflicción y la incontinencia absoluta, la única diferencia reside entre aquellos que lo hacen con coraje y aquellos que no. Quienes lo hacen con compasión por la fragilidad del ser humano, que en buena parte compartimos con los animales... Dios, cómo aborrezco ver a un caballo malherido por culpa nuestra.

Se calló un momento, ahogado por el recuerdo.

Scuff no lo interrumpió, pero estuvo atento para asegurarse de que no volvía a perder la consciencia de dónde estaba.

—Recuérdamelo alguna vez —dijo Fitz de repente—. Te contaré algunas de las cosas que hizo Hester.

Se le quebró la voz, casi atragantado por la emoción.

—Lo haré —convino Scuff—. Debería comer un poco de pan.

—¡Cómo te pareces a Hester! —Fitz sonrió—. Siempre nos decía que comiéramos, ¡incluso cuando la comida no era buena ni para las ratas! Siempre práctica. No sé qué sueños maravillosos le pasaban por la cabeza. Recitaba poesía, si le apetecía. Pero siempre era dogmática en lo relativo a comer y dormir. «Los hombres enfermos no quieren tu compasión», decía. «Quieren tu ayuda. Por eso tienes que estar tan fuerte como puedas, ¡y lleno de energía y sentido común!» —Bebió varios sorbos de té—. Sin embargo, en las largas noches de espera, cuidando de los enfermos y los moribundos, podía ser la mujer más dulce que hayas conocido jamás.

Scuff percibió una emoción descarnada en el rostro de Fitz, y lo comprendió mucho mejor de lo que quería. Fitz le caía bien. Lo admiraba profundamente. Pero nadie podría tener la parte de Hester que pertenecía Monk.

Intentó pensar en algo distinto que decir, algo que no guardara relación con el pasado.

—Al parecer hemos aprendido unas cuantas cosas de la guerra civil estadounidense —dijo, cambiando el tono de voz para procurar parecer esperanzado.

Fitz levantó la vista.

—¿Eso crees? Según las noticias que he oído, fue tan sanguinaria, violenta e insensata como cualquiera que hayamos librado nosotros. Me consta que decir esto es condenarla, y lo siento.

—Me refería a la medicina —explicó Scuff—. Al menos con el uso del opio, que en principio es mejor que otras cosas.

—Mejor para el dolor —convino Fitz—. Pero eso lo hemos sabido por médicos judíos como Maimónides en el siglo XII. Solo que cada cierto tiempo lo olvidamos. Aunque tienes razón. Por lo poco que sé, han captado las ideas del aire fresco y la higiene.

Los interrumpió Crow al salir tambaleante del dormitorio. Pestañeaba un poco, con el pelo negro enmarañado tapándole parte de la cara.

Scuff se puso de pie.

—El hervidor está caliente. ¿Le apetece un té? Tibor duerme bastante tranquilo.

Crow sonrió forzadamente.

—Sí, gracias. Y sí, ya lo sé. Me he asomado un momento a verlo.

—Se diría que no ve ni adónde va —le dijo Fitz con simpatía—. Debería comer algo. ¿Pan y queso?

Señaló la mesa.

Scuff hirvió agua y le llevó el té. Crow todavía se veía cansado. Se movía despacio y tenía marcadas ojeras. Scuff de repente sintió lástima por él. Había trabajado muy duro para levantar aquella clínica.

Ninguno de los dos sabía si Fitz había nacido en el seno de una familia adinerada y con cierto nivel de privilegio. Su lenguaje y su dicción sugerían que sí. Sin duda había ido a una buena escuela puesto que estaba licenciado en Medicina. De lo contrario, nunca habría podido ser médico militar, fuera lo que fuese lo que le hubiese sucedido después.

Scuff no sabía cómo se había criado Crow, solo puntuales atisbos de su pasado, como un recuerdo aislado de vez en cuando, una alusión a su juventud que le causaba regocijo, aunque mezclado con sufrimiento. Nada de lo que ahora tenía lo había conseguido fácilmente.

Conocía la pobreza y las enfermedades de los pobres, pero carecía de la destreza quirúrgica de Fitz. En buena medida seguía aprendiendo sobre la marcha. El mayor logro de su vida era que finalmente había obtenido el título oficial de médico, lo que dejó de limitarlo a ayudar cuando podía a quienes no podían permitirse pagar por sus servicios, excepto en ocasiones con un poco de comida o ropa usada.

Ahora su único pupilo estaba escuchando a Fitz y aprendiendo cosas que Crow no podía enseñarle. Scuff le debía algo más que su amistad. Cuando Fitz se marchara, debía pensar en algo que decir o, mejor, hacer para que Crow entendiera que era consciente de la deuda que había contraído con él. Y más aún, sabía que Crow seguiría allí por mucho tiempo cuando Fitz regresara... adondequiera que perteneciera, si es que pertenecía a algún lugar.

Mucho más tarde ese mismo día le tocó a Fitz el turno de dormir, y Scuff acompañó a Crow en un par de visitas domiciliarias. No les suponía más que un paseo o un breve trayecto en ómnibus.

Crow y Scuff llevaban consigo un morral con medicamentos diversos, en su mayoría polvos en pequeñas papelinas cuidadosamente etiquetadas. Eran ligeras y fáciles de llevar. Aceptaría cualquier pago que les ofrecieran. Crow rara vez pedía más. Las personas que podían permitirse un dispendio mayor hacía tiempo que acudían a la consulta de un médico más ortodoxo.

—¿Estás aprendiendo de Fitz? —preguntó Crow animadamente.

—Sí —contestó Scuff al instante—, aunque casi todo son cosas que no tendremos que hacer. Espero que no, en cualquier caso. No me gustaría ser médico militar. Tampoco es que tenga alguna posibilidad, y me alegra que así sea. Bastante duro es ya intentar ayudar a personas que enferman porque no comen bien o no disponen de agua limpia ni de ropa seca y demás.

—Los ricos también enferman —señaló Crow.

—Duran más —dijo Scuff con acritud—. Los pobres mueren a las primeras de cambio... en general.

—Los que sobreviven y llegan a adultos son más recios —arguyó Crow—. Fíjate en ti.

—¡Y en usted! —replicó Scuff, y acto seguido se preguntó si debería haberlo dicho—. Perdón...

—No hay nada que perdonar —respondió Crow con una de sus amplias sonrisas que mostraban prácticamente todos sus dientes.

Esta vez Scuff fue sincero.

—Me figuro que debió de ser duro, porque nunca habla de ello.

—Lo fue —admitió Crow.

—Quizá todos pasamos malos momentos.

Estaban cruzando una calle muy concurrida y Scuff prestaba más atención al tráfico que al rostro de Crow.

Crow no contestó.

De hecho, no habló más del tema hasta que hubieron visitado a dos pacientes más e iniciaron el regreso hacia los muelles de Shadwell.

—No es un secreto —comentó—. En el fondo lo es, pero no para ti.

Scuff seguía pensando en la mujer enferma que acababan de visitar.

—¿Qué no es un secreto?

—Mi padre era un cabrón de mucho cuidado. Pegaba a mi madre cada dos por tres. —Crow miraba al frente, el semblante endurecido por el recuerdo—. No fui consciente de la gravedad de la situación hasta que tuve unos doce años. Ella me lo ocultaba para protegerme...

Scuff quería decir algo, pero no encontraba palabras para expresar la tristeza y el enojo que sentía.

Crow seguía caminando, siempre con la mirada al frente, con la voz cargada de sentimiento.

—Entonces un día le dio tal paliza que ella murió. Creo que estaba... lista para irse. No tenía escapatoria.

Scuff se quedó anonadado. Intentó imaginárselo pero no pudo, a pesar de que había visto a mujeres apaleadas, a personas muertas.

—Agarré una silla y se la partí en la cabeza, antes de saber que ella ya se había ido a un lugar demasiado lejano para poder salvarla —dijo Crow—. Tendría que haberlo hecho antes. No tuve... no tuve el valor necesario...

—¿Le hizo daño, daño de verdad? —preguntó Scuff, esperanzado.

—Sí. Nunca más pudo ponerse derecho. Pero hui. Sabía que si me atrapaba también me mataría a mí.

—¿Adónde fue?

—Me eché a las calles —respondió Crow—. Acabé aquí, cerca del río. Encontré a una persona que me acogió sin hacerme preguntas.

—Bien.

Crow soltó una carcajada seca.

—Me enseñó un montón de trucos para ganar dinero de maneras que no permite la ley, no tanto sobre comercio legal. Pero yo sabía leer y escribir, de modo que aprendí por mi cuenta.

—¿Medicina?

—Eso lo aprendí con la práctica, tal como lo estás haciendo tú. Primero con animales, después con personas. Encontré a un buen hombre que amaba a los caballos. También socorría a la gente, de vez en cuando.

Por fin se volvió para mirar a Scuff, deseoso de saber qué pensaba y, tal vez aún más, qué sentía.

—Pues no tuvo tanta suerte como yo —dijo Scuff con toda tranquilidad.

Dedicaron el día siguiente a pacientes que conocían desde hacía un tiempo. Una madre con un hijo enclenque se sosegó enormemente al verlos. Crow examinó al niño con detenimiento y dictaminó que se estaba recuperando. Los ojos brillantes de la madre y su franca sonrisa de alivio eran la única recompensa que cabía esperar. Hasta la última moneda que ganaba la buena mujer se iba en comprar comida buena para su hijo y en ahorrar para un par de zapatos.

El siguiente paciente era un anciano. Se estaba marchitando deprisa y lo sabía.

—De todas formas, este sitio está cambiando mucho —dijo con amargura—. Hay extranjeros por todas partes. Hacen ver que son como nosotros porque tienen la piel del mismo color, pero en el fondo son tan diferentes como se pueda ser. ¿Ha olido lo que comen? Algunos ni siquiera se toman la molestia de aprender inglés.

Miró furioso a Crow.

El rostro de Crow se ensombreció, pero no respondió.

Scuff no fue tan diplomático. Era muy consciente de lo mucho que le estaba costando a Monk descubrir algo más hondo que unos cuantos hechos superficiales que descartaban a mucha gente como sospechosa de los asesinatos de húngaros. Nada permitía señalar a nadie como culpable.

—Hay mucha gente así —dijo, casi con indiferencia—. Pero en verdad espero que no sea uno de nosotros quien los está matando...

El anciano lo fulminó con la mirada.

—¡Por supuesto que no! ¡Es una forma pagana de matar a cualquiera! Unos bárbaros es lo que son. ¡Nosotros no hacemos cosas como esas, chico! Apuñalados en el corazón, velas y sangre por todas partes. Eso es cosa de extranjeros. ¿Cuántos años tienes para no saberlo?

Le clavó la mirada de sus ojos miopes.

—Sé que las dos víctimas eran húngaras —dijo Scuff inocentemente—. Pero son cristianos igual que nosotros. O como decimos ser.

—¿Estás diciendo que no lo somos? —lo desafió el anciano—. Nosotros somos cristianos de verdad. Son ellos, los católicos, quienes no lo son. Deberías leer más libros de historia, chico. Deben lealtad a Roma, ya ves, no a Inglaterra ni a la reina.

—Algunos de nosotros, sí. Uno es cristiano por su manera de actuar, no por el lugar donde ha nacido.

Crow le dio un toque discretamente. El anciano seguramente no se dio cuenta. Gruñó.

—Bueno, el primero rondaba a las mujeres más de lo que cualquier hombre cristiano debería. Y lo sé de buena tinta. Lo vi con más de una mujer que debería saber comportarse mejor. Se reían y se burlaban. Hay mucha casquivana entre esos húngaros. Enseñan malos modos a nuestras mujeres... ¿A quién sorprende que terminara a manos de un asesino, eh? ¡A mí no! ¡Mató a un putañero extranjero! ¡Bien por él! No les diría quién es aunque lo supiera.

Scuff hizo caso a la advertencia de Crow y se tragó su respuesta, aunque la tenía en la punta de la lengua. No volvieron a hablar del asunto, pero este se quedó grabado en la mente de Scuff.

Tardaron toda la jornada en ponerse al día con los pacientes que no habían podido visitar debido a los incidentes en la clínica, los cuales, por descontado, comprendían casos nuevos, así como accidentes y otras emergencias.

Scuff observaba y escuchaba, aprendiendo cuanto podía sobre los aspectos prácticos de la medicina y la manera en que Crow trataba a los pacientes. Bastante a menudo lo único que daba era consejo, y tal vez más importante aún, consuelo.

—Hay muchas dolencias que no tienen cura —dijo Crow mientras estaban almorzando juntos en un café, casualmente húngaro. Observaban a la gente y, aunque no entendían las conversaciones, percibieron el tono de las voces y se dieron cuenta de que tenían miedo. El local estaba más concurrido de lo habitual.

—Se juntan con los suyos —señaló Crow—. No es de extrañar. Para mucha gente, el miedo es lo peor.

Scuff sabía a qué se refería. No solo a las personas congregadas allí para comer como en su tierra y sentirse a gusto hablando en su propio idioma, intentando siquiera aprender inglés. También aludía a algunos de los pacientes que habían visitado. La ansiedad constante producía toda clase de dolencias: dolores de cabeza, trastornos estomacales y, por supuesto, arrebatos de mal genio, insomnio y accidentes tontos que normalmente no ocurrían.

Scuff revolvía la sopa, que estaba muy buena. Le gustaba la comida húngara. Los sabores desconocidos eran fuertes y agradables. Había especias raras, picantes y aromáticas.

—Ojalá pudiéramos hacer algo. No entiendo lo que esta gente está diciendo, pero en cambio sí entiendo a los pacientes.

—Es imposible —dijo Crow amargamente—. Los pacientes nos hablan en confianza. Y, además, casi siempre lo hacen sobre su salud... o sus aflicciones personales.

—Y de cotilleos —agregó Scuff—. Y de sus familias. Si realmente pensáramos en ello, deberíamos averiguar algo. —Negó con la cabeza y miró fijamente a Crow—. ¡Sé que la gente está diciendo que ha sido alguien de fuera! —Hizo un gesto con el brazo extendido—. Pero no es así, ¿verdad? Es alguien que vive aquí, seguramente húngaro o inglés. Todo el mundo sospecha de cualquiera a quien no conoce muy bien. A veces, incluso de sus conocidos. Están asustados y buscan una salida, alguien a quien culpar, para poder dejar de hacerse preguntas sin parar.

—Cierto. Cuando tenemos miedo, hacemos algunas de las peores cosas que somos capaces de hacer —dijo Crow, apenado—. Pero hemos prometido no repetir lo que oímos en los hogares de la gente. Por eso nos dejan entrar y confían en nosotros.

—Ya lo sé.

Guardaron silencio un rato hasta que Scuff habló.

—¿No es también tarea nuestra descubrir quién hizo esto, si podemos? ¿Y antes de que se lo haga a otro?

La mano de Crow se detuvo a medio camino de la boca, con un bocado en el tenedor. Miró a Scuff con los ojos muy abiertos.

—¿Piensa que se va a detener? —le preguntó Scuff—. ¿Por qué? Si odia a los húngaros, aún quedan muchos.

Crow dejó el tenedor en el plato y permaneció un momento inmóvil.

—Sí, supongo que tenemos el deber de protegerlos... si podemos. Ahora bien, ¿y si decimos algo y nos equivocamos porque solo sabemos la mitad de la historia?

Scuff se encogió de hombros.

—Doy por hecho que si damos con algo será menos de la mitad, tal vez solo un pedazo entre muchos, pero podría ser importante. A veces una cosa pequeña es la que conecta todas las demás. Como cuando alguien está enfermo. Pongamos por caso que tiene fiebre, que le escuecen los ojos, tiene un dolor de cabeza terrible y el estómago revuelto...

—Podrían ser muchas cosas —contestó Crow—. A eso me refiero.

—Y de pronto tiene un sarpullido de manchitas... —concluyó Scuff con una sonrisa.

—De acuerdo... sarampión. —Se apartó un mechón de pelo de la frente—. Estaremos atentos. Siempre andamos de acá para allá.

Scuff se terminó la sopa y el último pedazo de pan antes de volver a hablar.

—He pensado otra cosa...

—¿Ah, sí? —preguntó Crow, suspicaz.

—Está bien que usted me llame Scuff, pero creo que me gustaría tener un nombre de verdad, como usted o como Fitz. Me gustaría ser médico, algún día...

Le avergonzaba decirlo, pero estaba empezando a sentirlo en lo más hondo de su ser. ¿Quién mandaría avisar a un médico que se llamara Scuff?* Y desde el ingreso de Tibor Havas, y tras observar tanto a Crow como a Fitz, sobre todo a Fitz, había resuelto ser un médico de verdad, un buen médico capaz de aliviar el dolor y el miedo, y, en lo posible, hacer que la gente se sintiera mejor.

—No sabía que tuvieras uno —reconoció Crow, con una repentina conmiseración—. Mis disculpas.

—No lo tengo. —Scuff estaba incómodo. Se miró las manos—. Pero cuando Hester me llevó a la iglesia, me preguntaron cómo me llamaba y ella dijo que William. Yo... nunca le he preguntado si podía conservarlo. Pero tengo que ser alguien... A Monk lo llaman William, pero yo podría ser Will.

Levantó la vista hacia Crow, sin saber qué vería en su semblante.

Y vio una seriedad suprema.

—De acuerdo, Will. Este es quien serás a partir de ahora. Intentaré acordarme. Y se lo comunicaré a Fitz.

—Gracias. Pero está bien que me llame Scuff cuando no estemos delante de un paciente.

—Mejor. Porque se me olvidará. —Crow le dedicó una de sus amplias sonrisas—. Will. Me gusta.

Scuff notó que se ponía colorado, pero le gustó. Ahora tenía que estar a la altura de algo muy importante.

---

* *Scuff* significa «rayón» o «arañazo» en inglés. *(N. del T.)*

Era bien pasada la medianoche, de una de esas noches en las que, a pesar de que ya había pasado el punto álgido del verano y los días se estaban acortando de nuevo, hacía más calor que antes, y el cielo despejado lo nublaba una proliferación de estrellas. Las farolas estaban encendidas a lo largo de las calles principales, pero lejos de ellas, en una estrecha calle lateral bordeada de casas, no había luz artificial que debilitara el resplandor de la Vía Láctea, que se extendía a través del firmamento.

Scuff caminaba lentamente, porque la paz de estar solo era como una manta suave que lo envolviera después de la constante necesidad de hablar todo el día. Había recorrido un largo camino para efectuar la última visita y aún estaba a kilómetro y medio de la clínica de Crow cuando oyó pasos detrás de él. Se volvió, por si se trataba de alguien que lo necesitara.

Al principio no logró ver a nadie, luego vio una figura tenue que avanzaba lentamente. Parecía tambalearse un poco. ¿Alguien que había bebido bastante más de la cuenta?

Tendría que dormir la mona. Scuff se alejó y continuó hacia la clínica. Estaba de nuevo cerca de Cable Street, donde había lámparas cada quince o veinte metros. Dejó de oír los pasos. ¿Quizá aquel hombre se había caído? Realmente debería regresar y comprobarlo. ¡Podía estar enfermo o herido! Era irresponsable ignorarlo.

Un poco nervioso, se volvió para mirar, pero con la espalda pegada contra la pared de una casa, de modo que su silueta no se perfilara a contraluz.

Al cabo de uno o dos minutos, el hombre se dirigió hacia él, y le pasó por delante como si ni siquiera se hubiera percatado de que había alguien ahí. Tenía la mirada perdida, los ojos fijos en algo que solo él podía ver. Fuera lo que fuese, debía de ser terrible, porque abría la boca en un grito silencioso. Llevaba el pecho y las manos cubiertos de sangre que le empapaba los muslos como si se hubiera derramado sobre él. Era Fitz. No cabía confundir sus rasgos, ni siquiera los restos rasgados de su chaqueta y la antes blanca camisa con rayas finas como alfileres.

Scuff se quedó paralizado.

Al cabo inhaló profundamente.

—¡Dios mío!

Tenía que ir tras él, no importaba lo que hubiese ocurrido. Nunca había pensado que Fitz fuese el asesino. ¿Por qué iba a serlo? ¡Lo había visto operar a un hombre para salvarle la vida! A un joven húngaro. Había visto compasión en su rostro y oído una y otra vez la ternura con la que hablaba a Tibor durante el horror y el sufrimiento de perder un brazo mientras le cortaba la carne viva para retirar la que ya estaba gangrenada.

Scuff se apartó de la pared y corrió en pos de Fitz. Lo alcanzó en unas pocas zancadas y le agarró el brazo derecho. Era diestro; lo recordaba de cuando lo había visto operar.

Fitz se puso tenso y dio media vuelta, los ojos fogosos, por fin centrado.

—¡Fitz! —chilló Scuff—. ¡Soy yo! ¡Soy Scuff! ¿Está bien?

—¿Bien? —dijo Fitz, como si la pregunta careciera de sentido.

—Sí. ¿Está herido?

Fitz se miró a sí mismo como si no fuese consciente de nada. Enarcó las cejas.

—No es sorprendente, supongo —dijo forzando la voz, como si estuviese agotado.

Scuff pensó deprisa. ¿Dónde creía Fitz que estaba? ¿Estaba allí, en Londres? ¿O estaba en algún lugar de Crimea, al borde de un campo de batalla, tratando de juzgar a quién podía ayudar y quién ya solo requería una oración por su alma?

¿Qué debía decirle Scuff? ¿Era peligroso para los demás? ¿Llevaba consigo algún tipo de arma, quizá un escalpelo? No llevaba maletín. Tenía las manos vacías.

—Fitz —dijo Scuff con firmeza—. ¿Quién está herido? ¿De quién es toda esta sangre?

Fitz lo miró fijamente, después volvió a mirarse el pecho y las piernas empapados en sangre. Parecía estar completamente perdido.

—Ni idea. No preguntas el nombre a los hombres, Scuff. Solo te ocupas de la hemorragia. Si logras salvarles la vida, luego te dicen quiénes son. No es importante. Cortar la hemorragia. ¡Siempre! Solo detener la sangre...

—¿Pero no está herido? —insistió Scuff.

—No, claro que no. Los médicos no sufren heridas. Estamos aquí para... —Se calló. La angustia le contrajo el rostro y se inclinó hacia delante como si ya no pudiera sostenerse erguido—. ¡Dios, cómo duele!

Scuff se aterrorizó. No estaba capacitado para detener una hemorragia, y menos en plena calle y a oscuras.

—¡Muéstremela! —dijo, con voz rasposa—. ¡Por favor!

Fitz se agarró un muslo, la única parte de su cuerpo que no estaba manchada de sangre.

Scuff tuvo que valerse de todas sus fuerzas para apartar las manos de Fitz.

—No sangra —dijo desesperadamente. Oyó el pánico de su propia voz—. ¿Dónde está la herida? No puedo ayudarle si no me lo dice.

Fitz se enderezó lentamente.

—No te preocupes —dijo, repentinamente sereno—. La cortaremos. Solo... deja que la vea.

Scuff se dio cuenta de que, en su imaginación, Fitz creía estar en otra parte. La sangre no era suya. El dolor era un recuerdo, tal vez de cuando lo habían dado por muerto en el campo después de aquella terrible batalla.

—Tenemos que buscar refugio —intentó Scuff otra vez—. Venga conmigo. Por favor.

—Oh. Oh, sí...

Fitz se estremeció y echó a caminar de nuevo.

Scuff iba pegado a su lado, sabiendo que podrían cruzar Cable Street y meterse en una calle secundaria o en un callejón del otro lado, donde la sangre sería menos evidente. Sin el resplandor de las farolas, su ropa solo parecería oscura.

Ya casi habían llegado a la acera de enfrente cuando una voz les gritó que se detuvieran.

Fitz se dio la vuelta antes de que Scuff pudiera impedírselo.

Antal Dobokai se dirigía hacia ellos con dos hombres a su lado. Scuff lo conocía de vista. Dobokai se quedó paralizado el ver la sangre que cubría a Fitz. Permaneció inmóvil, con los ojos muy abiertos y una expresión de horror en su semblante. Los dos hombres que iban con él también se detuvieron. De pronto uno se abalanzó sobre Fitz como si quisiera agarrarle el brazo.

Scuff lo interceptó. Con firmeza. Hacía mucho tiempo que no tenía que pelear para sobrevivir. En aquel entonces era flaco y enclenque. Su única oportunidad para ganar había sido la velocidad, y golpear en un sitio inesperado. Alcanzó al hombre en el plexo solar y lo hizo trastabillar hacia atrás hasta que se estampó contra la pared de la casa más cercana. Acto seguido se encaró a Dobokai, tomándolo por el líder nato.

¿Qué podía decir? Fitz estaba plantado en la acera como si no se diera cuenta de que algo iba mal. Scuff no sabía dónde había estado ni con quién, ni de quién era toda aquella sangre.

Dobokai avanzaba hacia él, apretando los dientes, enojado.

—¡Es médico! —dijo Scuff con aspereza—. ¡Cuando cortas una hemorragia, te manchas de sangre! ¿De qué sirve un médico si le tiene miedo a la sangre? Lo llevo a casa para que se limpie.

Dejaron de avanzar hacia él, pero no se apartaron para abrir camino a Fitz y a Scuff.

—¿De quién es esa sangre? —preguntó Dobokai con voz temblorosa.

—¿La sangre de quién?

—Fitz bajó la vista hacia su cuerpo y volvió a levantarla hacia Dobokai.

—Va cubierto de sangre. Empapado. —Dobokai sacudió la cabeza. A la luz de la farola los ojos se le veían casi luminosos—. ¿De quién es? ¿Quién ha muerto esta vez?

—Nadie ha muerto. —Fitz parecía estar regresando al presente—. Este no es mi ámbito. Aunque lo ejercí un poco en Hungría. Esta vez no había nadie más.

—¿Hungría? —inquirió Dobokai—. ¿Qué tiene que ver Hungría con todo esto? ¿Cuándo estuvo usted en Hungría?

—Hace años —dijo Fitz, claramente desconcertado—. ¿Qué más da? Es igual en todas partes.

—¿Qué es igual, Fitz? —inquirió Scuff, agarrándole con más fuerza el brazo.

—Un parto —contestó Fitz—. Dar a luz. A veces es complicado. Pero ambos están perfectamente. Al final ha llegado una comadrona. Un poco de hemorragia, pero mayormente placenta. Había que sacarla para que la madre no se infectara. Dios, qué cansado estoy. —Miró a Scuff—. ¿No podemos irnos a casa? Estoy tan agotado que podría dormir en la acera.

—En cuanto el señor Dobokai nos deje pasar —dijo Scuff, rezando en silencio por que Fitz estuviera diciendo la verdad—. Por favor...

Scuff tuvo la impresión de llevar toda la noche diciendo por favor, pero no se atrevió a enfadarse. No sabía si Fitz había dicho la verdad. ¿Había una nueva madre con su bebé en brazos en algún lugar cercano? ¿O tal vez otro cuerpo apuñalado, con los dedos rotos y velas mojadas en sangre?

Fitz parecía estar a punto de desplomarse.

—Se supone que usted se ocupa de esta gente —dijo Scuff enojado a Dobokai—. No de agredir al único médico que los trata de balde y que además habla su idioma. ¿Qué demonios le pasa?

Poco a poco, Dobokai se hizo a un lado, indicando con una seña a los otros dos hombres que hicieran lo mismo.

—Gracias —dijo Scuff con solemnidad. Agarró a Fitz del brazo otra vez y se lo llevó medio a rastras hacia su pensión. Sería menos peligroso ir a la habitación de Fitz y cerrar la puerta a cal y canto. De todos modos, Scuff ya había resuelto no dejar que pasara la noche a solas.

En cuanto llegaron, Scuff abrió con la llave de Fitz y subió con sigilo por la escalera procurando hacer el menor ruido posible. No quería molestar al resto de los huéspedes, y menos aún a la patrona. Si expulsara a Fitz, a este le costaría mucho encontrar otro alojamiento. Acabaría durmiendo en la clínica, y allí no había sitio para él. Necesitaban camas para los pacientes que no podían enviar a casa.

Una vez dentro, Scuff cerró la puerta con llave, después se volvió hacia Fitz, que se había quedado de pie en medio de la habitación a oscuras.

Scuff se acercó al aplique y abrió la llave del gas para encender la llama.

En el repentino estallido de luz, Fitz se miró a sí mismo y pareció reparar por primera vez en la sangre que lo empapaba.

—Oh, cielos —dijo con ironía—. Hay mucha. Parece peor de lo que es. Hay gente que se asusta al ver sangre. Es mayormente placenta. Porquería.

Negó con la cabeza.

—¿Pero la madre está bien? —preguntó Scuff—. ¿Está seguro?

Una chispa de irritación asomó al semblante de Fitz.

—Por supuesto que estoy seguro. ¿Crees que la habría dejado sola si no lo estuviera? El marido estaba con ella, y una tía suya que ha tenido hijos. El parto se puso difícil en un momento dado, pero le di un par de puntos, y ahora está bien. Un bebé hermoso. —De pronto sonrió de verdad—. Una niña. Perfecta. Con todos los dedos de las manos y los pies. En mi vida había visto un ser tan absolutamente inocente. Me ha mirado de hito en hito.

Scuff le creyó. Una vez vio a un bebé recién nacido. Había olvidado hasta ahora la manera en que lo había mirado.

—Tendría que lavarse y acostarse —dijo en un tono pragmático—. Tire esa camisa. Nunca conseguirá limpiarla. Y quizá también los pantalones.

—Solo tengo otro par. Tendré que mandarlos a lavar...

—Le traeré alguno más —dijo Scuff impetuosamente—. No puede quedarse con estos. Asustará a la gente. Pensarán que alguien se ha desangrado en sus brazos. Quíteselos, lávese y métase en la cama.

Fitz titubeó.

—¡Vamos! —dijo Scuff secamente, alargando la mano para cogerlos.

Esta vez Fitz obedeció. Tal vez vio sentido en lo que Scuff le había dicho. Cualquier cosa por el bienestar de los pacientes parecía preponderar sobre las demás cosas que ocupaban su mente.

Scuff cogió los pantalones y la camisa de Fitz, y también su llave, y se deshizo de aquellas prendas en un gran cubo de basura que estaba a unos cien metros calle abajo. Regresó disfrutando de la suave noche, todavía cálida aunque algunas estrellas se habían enturbiado un poco.

Entró de nuevo en la pensión de Fitz, subió la escalera descalzo, llevando sus botines en la mano, y sin hacer ruido abrió la puerta de su cuarto.

Fitz se había dormido, respiraba silenciosamente y, a juzgar por el movimiento de su pecho, con bastante regularidad.

Scuff vaciló. ¿Debía dejarlo solo? ¿Sería apropiado que regresara a la clínica y durmiera un rato, en la cama que tenía asignada allí? Crow se aliviaría al verlo, y habría un montón de trabajo que hacer. Con suerte, Crow no le haría escribir todas las notas que aún tenía pendientes. Era lo que menos le gustaba. Era cierto que aprendía mucho, pero había muchas palabras largas que tenía que escribir correctamente. Una equivocación podía dañar a alguien, incluso matarlo. Dos medicamentos de nombre parecido podían ser bastante diferentes. Una dosis errónea podía ser letal. Las fracciones, pesos y decimales tenían que ser exactos, había que comprobarlos tres veces.

En realidad eso era lo que más le asustaba: los números.

De repente, Fitz se movió. Toda su tranquilidad desapareció y el cuerpo se le puso rígido, entonces empezó a temblar, murmurando algo ininteligible, su voz aguda por el pánico.

Scuff corrió a su lado, le agarró el brazo y lo sacudió con cuidado, solo lo justo para despertarlo.

Fitz gritó como si el contacto lo hubiese escaldado.

—¡Fitz! —dijo Scuff con apremio—. ¡Despierte! Solo es un sueño...

Pero Fitz estaba en algún lugar en el que Scuff no podía alcanzarlo. Le temblaba el cuerpo entero y jadeaba como si le faltara el aire. Tenía la piel bañada en sudor, la cara mojada, los músculos agarrotados.

En su imaginación estaba en un lugar completamente diferente. En un campo de batalla en Crimea, rodeado de cadáveres de hombres a quienes conocía; unos estaban sanos y salvos apenas unas horas antes, quizá un momento, otros agonizando, desangrándose delante de él sin que pudiera hacer nada por socorrerlos. O estaba en uno de aquellos hospitales, inhalando con cada bocanada de aire la pestilencia de la enfermedad, de soldados que sufrían espantosamente, también sin poder hacer gran cosa por ellos.

¿O no era nada de aquello en absoluto? ¿Se enteraría Scuff por la mañana de que había habido otro asesinato? ¿Que había otro húngaro apuñalado en el pecho, con los dedos rotos y velas mojadas en su sangre? ¿Diecisiete? ¿Por qué diecisiete?

¡Dios no lo quisiera!

¿Sería peligroso obligar a Fitz a despertarse, sacarlo de la pesadilla? ¿Podía lesionarle el cerebro? ¿O se imaginaría que Scuff era un soldado ruso o algo por el estilo, y lo atacaría? No era muy musculoso, pero sí ágil, y Scuff ya había comprobado que era fuerte.

Ahora Fitz lloraba desconsoladamente. Grandes sollozos le sacudían el cuerpo; apenas podía respirar. ¡Se estaba asfixiando!

—¡Fitz! —le gritó Scuff.

De nada sirvió. Fue como si hubiese susurrado.

¿Debía atreverse a tocarlo? Fitz podía ser anormalmente fuerte, incluso soportando un dolor como aquel. Y era obvio que sufría.

Scuff echó el brazo para atrás y luego golpeó a Fitz tan fuerte como pudo en la parte delantera del pecho, donde no le haría daño. Le gritó de nuevo.

—¡Fitz!

Fitz pareció desmoronarse, y al momento siguiente estaba llorando en silencio, solo sollozando profunda y sosegadamente.

Sin pensarlo, Scuff lo abrazó y lo sostuvo con ternura hasta que por fin los sollozos cesaron y Fitz se sumió en un sueño más tranquilo.

Scuff lo tendió en la cama y lo tapó con las mantas. Estaba empapado en sudor, era como si hubiese sufrido un acceso de fiebre.

Se quedó el resto de la noche y, por la mañana, cuando Fitz se despertó, ninguno de los dos habló de lo ocurrido. Scuff preparó un té bien cargado y tostó unas rebanadas de pan duro. Después se despidió, bastante animadamente, sin hacer alusión alguna a la víspera. Se preguntó si Fitz realmente lo habría olvidado todo.

Lo primero que hizo fue regresar a la calle en la que había encontrado a Fitz. Había una cafetería al fondo, justo a la vuelta de la esquina. Servían chocolate y café, cosas que a la gente le gustaba tomar a aquellas horas de la mañana. El té con tostadas podías prepararlo fácilmente en casa.

Se detuvo ante la puerta. Se dio cuenta de que el corazón le martilleaba. ¿Quizá era demasiado pronto? Nadie había descubierto nada todavía.

Pero ya eran más o menos las ocho. Lo sabía por el ángulo de las sombras. Empujó la puerta y entró. El local estaba lleno. La gente conversaba tan animadamente como de costumbre. No obstante, los asesinatos, y ya iban dos, habían acallado la risa.

Dos hombres estaban sentados uno frente al otro. Uno levantó su taza de chocolate como si quisiera brindar. El otro levantó la suya y la entrechocó. Dijeron algo en húngaro.

Scuff los miraba fijamente.

Como si se percatara del escrutinio, uno de ellos se volvió para mirarlo.

—¿Algo bueno? —dijo Scuff, nervioso. Se sentía idiota.

—Sí, sí —contestó el hombre en inglés—. La señora Dorati dio a luz anoche. ¡Una niña preciosa! Pavel ha llegado temprano esta mañana, sonriendo tanto que apenas podía hablar. Ha dicho que es la criatura más bella del mundo. ¡Ven! ¡Toma chocolate con nosotros! Celebrémoslo.

—Sí —dijo Scuff. El alivio le hizo flaquear tanto las rodillas que de todos modos se tenía que sentar—. Sí, con gusto. Gracias.

8

El asesinato de Lorand Gazda había aumentado el pánico en el barrio, y por supuesto había dado a Monk unas cuantas vías de investigación nuevas, sobre todo porque ahora podía descartar como sospechosas a varias personas que podían demostrar que estaban en otro lugar a la hora de un asesinato o el otro. Pero reducir el abanico de posibilidades distaba mucho de ser suficiente para Monk.

El análisis de la bayoneta y la cizalla no habían demostrado nada. La bayoneta estaba vieja y desafilada, y no había pistas sobre quién la había robado del museo. La media cizalla podía haber ido a parar a un basurero, y cualquiera podría haberla cogido de allí.

A pesar de todo el trabajo adicional que había llevado a cabo la policía regular, nadie había detectado la sustracción de ninguna de las dos armas, ni visto a nadie con ellas. No contenían ningún rastro de hilos u otra evidencia de quién las había usado.

Había mucho revuelo en la prensa, se hablaba de pánico, incluso de ineficiencia policial, o peor aún, de corrupción. Y cada edición de los periódicos, la matutina y la vespertina, contenía noticias de disturbios en una zona u otra. Al sur del río había habido brotes de violencia en Deptford,

Bermondsey y Camberwell. Al norte, altercados menos importantes en Stepney, informaciones sobre tumultos en Parsons Green y después en Blackwall. Algunas eran exageradas, pero las peticiones de dimisión de policías y las preguntas en el Parlamento iban en aumento.

A Hester no se le ocurría qué decir a Monk que pudiera serle de ayuda.

El apoyo emocional era mucho más esquivo y delicado. Una palabra torpe, una nota falsa de aliento, bastaría para que de repente pareciera condescendiente o que realmente no entendía nada, y borraría de un plumazo todo lo acertado que pudiera haber dicho.

Cada noche Monk llegaba a casa pálido de agotamiento y, desde hacía unos días, sin una sola idea nueva para restringir el todavía demasiado amplio abanico de posibilidades.

—Si supiera cuál ha sido el origen... —dijo la cuarta noche después de la muerte de Gazda—. ¿Por qué alguien es capaz de odiar tan apasionadamente como para matar de esta manera?

Miró fijamente a Hester, sentada frente a él a la hora de cenar. Reinaba una extraña tranquilidad sin la compañía de Scuff, mucho menos agradable sin su insaciable apetito.

—¿Estás seguro de que se trata de odio contra los húngaros en general? —preguntó Hester—. Se diría que es algo más personal. Esa crueldad es muy íntima.

—No, no estoy seguro —contestó Monk—. Pero Dobokai lo está. No me cae bien, pero todo lo que ha dicho hasta ahora ha demostrado ser cierto. Sin duda los húngaros lo sienten como algo contra ellos. ¿Por qué? Tú has viajado más que yo. —Le escrutaba el semblante, los ojos—. Has visto la guerra de cerca. ¿Por qué toda una nación se convierte de pronto en «el enemigo»? No estamos en guerra con Hungría, y, que yo sepa, nunca lo hemos estado. Es una de las pocas naciones contra las que no hemos luchado, y no la hemos invadido ni colonizado ni ellos nos han invadido a nosotros.

La miró desconcertado, y preocupado, como si no entenderlo fuese un defecto.

Hester tenía que pensar en una respuesta que tuviera sentido. Su fe en sí mismo estaba flaqueando.

—Miedo —dijo en un leve titubeo—. No es preciso saber en qué consiste realmente la amenaza, solo lo que podría ser.

—¿Y qué van a hacer un par de centenares de húngaros en una ciudad como Londres? Es la ciudad más grande del mundo, y el corazón de un imperio que se extiende por todo el planeta.

—No hace falta que tenga sentido. La gente no piensa en el resto del mundo. Vivimos en nuestros pueblos dentro de Londres. Y Shadwell está cambiando. Hay tiendas húngaras donde antes había tiendas inglesas. Alguien ha perdido su trabajo.

Monk enarcó sus cejas oscuras.

—¿Por eso les clavas una estaca en el corazón y mojas velas en su sangre?

—Velas —dijo Hester enseguida.

—Sí. Te expliqué...

—Quizá... quizá sea un asunto religioso. Los húngaros son católicos, ¿no?

—Sí.

—William, el mundo católico sigue siendo muy extenso y poderoso. Cuando ayer estuve en Shadwell oí que alguien lo mencionaba... y la libertad religiosa, el derecho a ser protestante si quieres serlo. Quizá sea absurdo, pero el miedo a perder tu religión y que te gobierne una potencia extranjera, desde Roma, es muy real.

—¿Un peligro real? —dijo Monk, incrédulo—. Ahora no...

—¡No! No es un peligro real. Lo fue en tiempos de la reina Elizabeth y la Armada Española. Si la tormenta no hubiese hundido sus barcos, podríamos haber retornado al catolicismo. Pero hasta hace trescientos años, lo fue. Y en Europa los pueblos siguen librando guerras religiosas, católicos contra protestantes.

—Como en Irlanda —agregó Monk—. Pero estamos hablando de los muelles de Shadwell. Nadie está amenazando la libertad de nadie.

—Me has preguntado qué provoca que una persona ataque a otra de una manera tan horrible, William. Creo que es el miedo, y el miedo no tiene por qué ser racional. Es miedo a ideas, a cosas que no son tal como acostumbraban ser.

»Miedo a todos los que no entiendes porque todo en ellos es diferente, su lengua, su comida y, sobre todo, su religión. Hubo un tiempo en que la Iglesia católica se erigió en la mayor potencia de Europa. Excomulgaba a quienes desafiaban sus reglas, y de un plumazo los volvía invisibles, sin voz, sin hogar, exiliados de la comunidad. Sin bautismos ni matrimonios ni entierros dignos, y sobre todo, sin confesión ni absolución de los pecados.

—¿Cuándo? —inquirió Monk.

—En toda Inglaterra bajo interdicto en el reinado del rey John. —Entonces Hester recordó que él no tenía memoria de su juventud, probablemente ni de la mitad de las cosas que había aprendido en la escuela. ¡Tal vez ni siquiera de la escuela misma!—. Ahora ya no importa —agregó enseguida—. Pero el miedo religioso suele ser muy profundo. Mucho más recientemente, ¡la Inquisición quemaba en la hoguera a quienes se apartaban de la fe católica!, en España y no sé dónde más. El miedo no saca lo mejor de nosotros, ni dentro ni fuera de la ley.

Monk bajó la vista.

—Te lo he preguntado, es verdad. Solo que no estaba preparado para oír esa respuesta. Aunque tampoco lo estaba para ver corazones apuñalados y velas mojadas en sangre.

—Quizá no tenga nada que ver con ningún tipo de religión —dijo Hester, procurando reconducir la conversación hacia la racionalidad, la verosimilitud, y lejos del terror.

Monk sonrió, talmente como si le hubiese leído el pensamiento.

—No me vengas con que es algo normal y corriente —dijo delicadamente—. Lo mejor que cabe decir es que se trata de alguna clase de loco, sea cual sea la razón de sus actos.

—Cierto. Tal vez no debería haber sacado el tema. Ha sido por las velas. Seguramente no tendrá nada que ver con la religión.

—Podría ser una sociedad secreta —dijo Monk a regañadientes y dubitativo.

—¿En serio? —Hester se levantó despacio—. Si es así, lo descubrirás. Por ahora, me voy a la cama, y soy más feliz de lo que puedo decir porque estaré allí contigo, y todo mi mundo no será más grande que nuestro dormitorio. —Lo dijo en serio: el resto del mundo, incluso Shadwell, ese pedacito al otro lado del río, era demasiado grande y oscuro para pensar en él. Hester le tendió la mano, y él se puso de pie y la tomó, suavemente, aunque casi demasiado apretada para que se zafara, ¡suponiendo que lo hubiese deseado!

Era una de esas mañanas de finales del verano en que el sol brillaba con tanta claridad que no había ningún lugar en penumbra, ningún callejón al que no llegara la luz o donde el viento fuese más frío.

Pero no eran los húngaros o siquiera el nuevo asesinato lo que ocupaba su mente; era Fitz y el recuerdo de verlo por última vez, muerto según creyó entonces, y tener que abandonarlo allí. El poco espacio disponible en los carromatos había que destinarlo a los vivos, a aquellos que tenían alguna posibilidad de salvarse.

Había apartado aposta de su mente aquel recuerdo tan a menudo que se había desdibujado. Había intentado olvidar y casi lo había conseguido. Muchas otras cosas llenaban su vida actual: el trabajo en la clínica, la colaboración en los casos, Scuff, otras amistades, como la de Oliver Rathbone, y, sobre todo, Monk.

El recuerdo de Fitz había reaparecido en su mente, con el sentimiento de culpa por haberlo abandonado, sabiendo ahora que no estaba muerto. Hester sentía que todo el sufrimiento, físico y emocional, que él había soportado a partir de aquel momento era, al menos en parte, culpa suya, y esa culpabilidad la abrumaba. Fitz quizá la despreciara, pero Hester no podía seguir mintiéndole, ni siquiera por omisión. Seguía siendo un engaño, y encima por su propia conveniencia.

Primero cruzó el río hasta la margen norte para dirigirse a su clínica, donde Claudine, que estaba allí casi siempre, le dijo que todo iba bien. Incluso Squeaky Robinson se olvidó de fingir que estaba enojado al ver a Hester. Estaba ocupado en enseñar a leer a Worm, un golfillo de la orilla del río a quien Scuff había rescatado. No sabía qué edad tenía. Contar hasta más de diez era una habilidad que aún no había alcanzado. Ella le calculaba entre siete y ocho años, aunque él afirmaba ser mayor.

Hester se quedó solo el tiempo suficiente para asegurarse de que, en efecto, todo iba bien. Luego recorrió la corta distancia hasta los muelles en ómnibus. Había formulado mentalmente una docena de veces lo que le diría a Fitz, y ninguna le sonaba bien. Tomó asiento en el ómnibus con los hombros tensos, las manos apretadas en el regazo.

Llegó al domicilio de Crow en Shadwell justo antes de la hora del almuerzo, llevando consigo unos sándwiches de jamón recién hechos que había comprado a un vendedor ambulante en High Street. Los charlatanes, hombres que voceaban las últimas noticias en un constante sonsonete de versos libres, seguían hablando de asesinatos horribles, entrelazados con chismes y comentarios políticos de actualidad.

Scuff estuvo encantado de ver a Hester e inmediatamente puso el hervidor a calentar agua para el té. Le dio el último informe sobre Tibor Havas, que era excelente. Podría volver a casa muy pronto, posiblemente aquel mismo día. También estaba lo suficientemente bien como para comerse tres de los sándwiches de jamón y unirse a ellos alrededor de la mesa. Sonreía a todos y había aprendido suficiente inglés para decir «gracias», cosa que hizo unas cuantas veces, e intentar formular otras frases más largas.

Fitz no estaba en la clínica, pero ahora que Hester había decidido decirle la verdad, no podía dejarlo para otro día. Quién sabía si regresaría, y en caso de que no lo hiciera tendría que ir a buscarlo a su hospedaje o esperar allí a que apareciera. Cuando hay que hacer algo, lo mejor es hacerlo lo antes posible. Acabar de una vez. Afrontar las consecuencias.

A primera hora de la tarde, Scuff paró un coche de punto y acompañó a Tibor a su casa, prometiendo que se ocuparía de acostarlo, provisto de medicamentos y con una lista detallada de instrucciones para su casera, que estaba más que dispuesta a cuidar de él. Uno de ellos lo visitaría regularmente para asegurarse de que seguía mejorando.

Hester todavía estaba en la clínica de Crow cuando llegó Fitz, y apenas tuvo tiempo de saludarlo, procurando ser espontánea aunque tuvo que obligarse a mirarlo a los ojos, cuando entraron dos hombres. Sujetaban a un tercero entre ambos. Tenía el rostro ceniciento por el dolor y la impresión, y el cuerpo retorcido, como si luchara desesperadamente para liberarse. Llevaba un vendaje inmenso que le cubría el hombro, el pecho y el brazo izquierdo.

Miraron a Fitz, tal vez suponiendo que Hester era una empleada doméstica de alguna clase.

—¿Está el doctor Crow? ¡Por favor! Esto es...

Al parecer, aquel hombre no hallaba palabras para describir su necesidad.

La reacción de Fitz fue instantánea, no tuvo que pensar. Se levantó y fue a su encuentro, cargando con buena parte del peso del herido mientras lo llevaban a la otra habitación para tenderlo en la cama que pocas horas antes ocupaba Tibor Havas. Ahora no tenía sábanas, pero el colchón estaba limpio. Tendió al hombre sobre su costado derecho, poniendo cuidado en que el brazo vendado no tocara más que una almohada.

Sus dos compañeros lo miraban consternados. El mayor habló.

—¿Cuándo volverá el doctor? Está en un estado terrible... ¡no puede tragar! Nada en absoluto.

Era un hombre grandote con el pelo entrecano, pero parecía un niño perdido.

—Fitz es médico —le dijo Hester con amabilidad—. Ha hecho bien en traer a su amigo aquí. Sufrió una herida hace unos días y pensaban que se estaba curando, ¿verdad?

—Sí. ¿Ya lo sabía?

—No. Vivo en la otra margen del río. Pero fui enfermera en Crimea. He visto casos parecidos a este.

—¿Se va a morir? —preguntó el hombre más joven, con voz un poco temblorosa. No aparentaba más de treinta años.

—Si es tétanos, que es lo que parece, lo he visto curar —contestó Hester—. Pero no es fácil.

Los hombres que habían traído al paciente no tenían por qué presenciarlo. Su aflicción era innecesaria, y no harían más que estorbar. No había tiempo para atenderlos también a ellos, ni de darles explicaciones.

Se volvió hacia Fitz.

—No sé de qué material sanitario disponen después del último caso. ¿Quiere que haga una lista y pida a estos hombres que vayan a conseguir lo que puedan? —sugirió Hester.

Fitz solo titubeó un momento. Su sonrisa fue despaciosa y llena de dulzura.

—Necesitaré que se quede a ayudar, si es lo que parece. Igual... igual que en los viejos tiempos. —Se volvió hacia los hombres—. Aguarden un momento, han hecho bien trayéndolo aquí. Pero tengo que asegurarme. Hester, venga conmigo. Está muy grave.

Los hombres cruzaron una mirada y después miraron a Fitz. No tenían fuerzas para llevar a su amigo más lejos. Estaban asustados y desesperados. Fue el mayor quien habló.

—¿Es contagioso? ¿Podemos regresar junto a nuestras familias o... o tenemos...?

—No, no se contagia de una persona a otra —les aseguró Fitz con certeza—. A no ser que ustedes tengan algún corte y hayan manejado lo que le hirió a él.

Se miraron el uno al otro, negando con la cabeza.

—Fue un viejo carro que se rompió y bajó corriendo por la colina. ¿Debemos destruirlo?

—¿Está oxidado?

—Sí...

—Pues tengan mucho cuidado, aunque si está gravemente dañado, sí, mejor que lo quemen. En cualquier caso, que nadie se corte con él.

Hester hizo las comprobaciones con Fitz, mayormente por cortesía, y después hizo una lista de medicamentos que los dos hombres podrían conseguir fácilmente. Se la dio a uno de ellos, esperando que tuviera, o que pudiera conseguir, el dinero necesario.

Después pasó a la otra habitación para ayudar a Fitz. Ya estaba de pie junto al hombre, hablándole en voz baja. Se había quitado la chaqueta y arremangado la camisa. La miró por encima del cuerpo dolorido del hombre, que yacía en una postura forzada.

Hester se acercó a la mesa y le ayudó a quitar las vendas para destapar la herida. Se le cortó la respiración al verla. Hacía mucho tiempo que no veía una masa de carne tan destrozada. Se había acostumbrado a tratar con mujeres de la calle que habían sido golpeadas o incluso apuñaladas, o que estaban plagadas de enfermedades o debilitadas por el hambre. Esta destrucción violenta de un hombre sano la llevó de vuelta a la guerra, como si hubiera sido arrojada físicamente a través de los años. Volvía a ser una mujer joven, lejos de allí, en una fraternidad de destreza, compasión, agotamiento y dedicación, incluso hasta el punto de la muerte.

Algo se había llevado la piel y la mayor parte de la escápula derecha, y una parte del músculo trapecio y también de los músculos infraespinoso y supraespinoso. No podía imaginar el dolor ni el shock en el cuerpo.

La separación de los ligamentos estrangulados y la extirpación de los colgajos de carne ya habían sido realizadas por el médico que había atendido al hombre por primera vez, probablemente poco después del suceso. También había retirado los pedazos de hueso sueltos y rotos, y la herida estaba protegida con una venda partida, como las que habían usado con Tibor.

Hester levantó la vista hacia Fitz y vio la ansiedad en sus ojos. La llevó de vuelta a los días en que habían trabajado juntos, fácilmente, sabiendo qué hacer, tratando a un paciente tras otro, cientos de hombres destrozados y en agonía, más de los que posiblemente podrían atender. Eran una parte pequeña y vívida de una pesadilla que consumía todo y a todos los que conocían. Seguían adelante, sacando fuerza unos de otros.

Volvió a bajar la vista. El accidente sin duda había ocurrido unos cuantos días atrás porque la herida había empezado a curarse por los bordes cuando se manifestó la infección. No era la primera vez que la veía: tétanos. Se extendería a partir de la herida hasta que afectara al cuerpo entero. En cuestión de horas el paciente sufriría espasmos musculares desde el cuello y la espalda hasta la rabadilla, agarrotado por un dolor incontrolable. Los hombros se le irían para atrás, con la mandíbula totalmente bloqueada. Tragar le sería imposible. Poco después comenzaría a hundirse, y la muerte sería inevitable.

—Tenemos poco tiempo —le dijo Fitz en voz muy baja.

Hester sabía a qué se refería: ninguna indecisión, nada de sopesar un tratamiento u otro. Una decisión pausada, por buena que fuese, llegaría demasiado tarde. Tenían que acertar a la primera.

Miró las manos de Fitz: estaban totalmente firmes. El temblor del otro día había desaparecido.

—¿Opio? —preguntó Hester, aunque solo por mera cortesía. Le constaba que tendría que hacer que aquel pobre hombre sintiera lo mínimo posible. El último recurso contra el tétanos era cauterizar la herida con hierro al rojo vivo.

Fitz asintió con la cabeza.

Hester preparó el opio y administró dos dosis al paciente.

—Hilas oleaginosas alcanforadas sedantes —le dijo Fitz—. Suficientes para todo el cuerpo. Templadas. Lo calmaremos.

—¿Sobre la herida también? —preguntó Hester, empezando a prepararlas.

—Sí.

Fitz estaba concentrado en el hombre y su sufrimiento, las tensiones que ahora casi lo poseían. Todo el cuerpo del paciente estaba en agonía, hiciera lo que hiciese Fitz, lo atenazaban espasmos musculares incontrolables. El hombre trataba de no gritar, pero no lo conseguía.

Pasaron toda la tarde aplicándole los distintos tratamientos que conocían, y poco a poco el paciente pareció aliviarse lo suficiente para darles esperanza.

Fitz se sentó para tomarse un respiro, cambiar de postura para prevenir que le dolieran los músculos. El agotamiento conducía a errores. Ambos lo sabían.

Crow y Scuff regresaron, cansados y deseosos de ayudar, pero no había nada que pudieran hacer salvo guardar los nuevos suministros que habían traído los dos amigos del paciente. Crow nunca había tenido que enfrentarse con el tétanos, de ahí que no dispusiera de los medicamentos apropiados.

—Si sobrevive, después habrá mucho que hacer —le dijo Hester—. Descanse mientras pueda.

—Pensaba que era letal —dijo Crow, mientras aguardaban a que el agua hirviera en la cocina. Se le veía cansado, pálido y con profundas ojeras.

—Lo es —contestó Hester—. A no ser que puedas detenerlo cauterizando. Se sabe de casos en los que ha dado resultado.

Crow echó un vistazo a los grandes fogones, y al lado, los hierros de cauterizar, listos para llevarlos al rojo vivo si era necesario. No podía ni imaginárselo.

Hester sí. De hecho, la mera visión de los hierros le devolvió el olor a carne quemada, atragantándola, revolviéndole el estómago. Físicamente estaban en Londres, en los muelles de Shadwell, el agua fría del Támesis fluía hacia el mar. En su memoria había fuego de artillería en la distancia y cientos de hombres heridos, tantos que les sería imposible socorrerlos a todos. Llegaban carretas de hombres mugrientos, sufriendo y debilitados por la pérdida de sangre.

Y después estaban las enfermedades que iban a matar a la mayoría. Cólera, disentería, fiebres... un agotamiento y un dolor abrumadores que despojaban de todas sus fuerzas a los enfermos. La camaradería era la única luz, lo único a lo que aferrarse. Era universal, o casi. Pero Fitz había sido el más amable, el único capaz de arrancarte una sonrisa cuando parecía imposible, quien contaba chistes absurdos, provocando risas demasiado cercanas a las lágrimas. Su enojo siempre era contra la estulticia de las autoridades que, desde sus cómodas poltronas en Inglaterra, habían enviado a la guerra a un ejército sin provisiones sanitarias, ni carromatos para recoger a los heridos en el campo de batalla ni tiendas para refugiar a los malheridos mientras los operaban, y que solo contaba con pensionistas para ejercer de camilleros, muy pocos y, encima, mayores. A Hester no le constaba que alguno hubiese sobrevivido a la primera batalla, por no hablar de la guerra.

Era angustioso, exasperante y vergonzante; tanto así que

en Inglaterra nadie quería saberlo. Florence Nightingale había caído enferma de puro agotamiento intentando conseguir una reforma.

Resultaba doloroso y, sin embargo, era como abrir una herida que necesitaba aire, recordar aquellas cosas con alguien que las había conocido y sentido igual que ella. Si la mente de Fitz lo hacía regresar a aquella época, tanto si lo deseaba como si no, Hester no podía mirar hacia otro lado.

¿Cuántas veces había sido Fitz su único vínculo con la cordura y con su casa? ¿Tenía que decirle que había inspeccionado los cuerpos en el campo de batalla hasta encontrarlo, y que había creído que estaba muerto? ¿No sería más feliz sin saberlo? Ahora bien, ¿qué supondría esa mentira entre ellos dos?

Había llorado muchas veces, cuando estaba a solas y nadie la veía ni la necesitaba. Pero miles de hombres habían muerto a causa de heridas y enfermedades. Miles más estaban lisiados. Había demasiado que hacer para regodearse en el duelo; demasiadas mujeres que habían perdido a sus maridos, hermanos e hijos. Se lloraba a solas, de noche. Y por la mañana siempre había algo que hacer.

Después, por supuesto, apareció Monk, con su pasión y su miedo y, por añadidura, sin saber nada de sí mismo, para bien o para mal; aterrorizado por si era culpable del crimen que estaban investigando, con todas las probabilidades en su contra.

Ahora, años después, se había acostumbrado a la felicidad, al cariño, la risa y la seguridad del amor.

Tenía que hablar con Fitz y decirle la verdad, pero más urgente aún, en la habitación contigua había un hombre cuyo tétanos podía empeorar, y tenían que estar a punto para intervenir.

Fitz examinó al paciente una vez más. La herida no había secretado más pus y los bordes no estaban tumefactos, aunque la herida en sí se veía hinchada y en carne viva.

Hester miró a Fitz.

Crow estaba a la espera, una mirada de esperanza en sus ojos.

Fitz apretó los dientes y agarró el escalpelo. En un instante de presciencia, Hester supo lo que iba a hacer y le causó el mismo espanto que si ya hubiera ocurrido. Quería apartar la vista pero el hábito y el saber que los demás, especialmente Scuff, estaban pendientes de ella se lo impidieron.

Fitz tocó con la hoja del bisturí el borde mismo de la herida.

El paciente profirió un grito de dolor tan intenso que todos tuvieron una sacudida y se quedaron rígidos, como si también ellos hubiesen sufrido un dolor insoportable.

El herido jadeaba y gruñía, incapaz de controlarse, pero no podía tragar nada en absoluto. Resultaba espantoso observar sus esfuerzos. Tenía la cabeza tan inclinada hacia atrás que los huesos de su columna vertebral parecían peligrar. Apretaba tanto la mandíbula que daba la impresión de que iban a rompérsele los dientes.

—Tenemos que introducirle algún líquido —dijo Fitz a Crow—. Usted tiene una botella con cánula. Podemos metérsela en la boca por la fuerza.

—No podré separarle los dientes —arguyó Crow.

—Pues arránquele dos —le dijo Fitz—. Es imperativo que ingiera líquido.

Scuff aguardaba, sintiéndose impotente. Abría unos ojos como platos y tenía el rostro ceniciento.

—Trae los alicates —le dijo Crow.

Scuff permaneció inmóvil, como si tuviera los pies pegados al entarimado del suelo.

—Will —dijo Fitz amablemente—. Trae el agua.

Scuff pestañeó antes de moverse, primero despacio, después rápidamente. Regresó con la botella de agua llena. Se la pasó a Fitz.

El paciente la vio, una botella de vidrio llena de agua limpia. Enarcó la espalda sobre la mesa, con los ojos desorbitados. Comenzó a tener convulsiones, el cuerpo arremetía contra las ataduras, por la boca echaba espuma y gritos desgarradores en un paroxismo de terror.

Crow estaba horrorizado.

Hester se volvió hacia Scuff.

—Llévate el agua, Will. —Lo llamó por su nombre deliberadamente—. Y pon los hierros en el fogón. Por favor.

Se llevó el agua y desapareció, tal como le habían ordenado. Hester esperó que fuese más rápido cuando tocara utilizar los hierros. Disponían de poco tiempo antes de que aquel hombre muriera asfixiado.

Crow miró a Hester y luego a Fitz.

—No hay elección —le dijo Fitz, torciendo los labios—. He visto que da resultado. Agárrelo fuerte. Ahora que el agua ha desaparecido, estará más tranquilo.

—Ha sido como si el agua lo aterrorizara... —comenzó Crow.

—Lo hace —convino Fitz—. Dios sabe por qué. —Miró a Hester—. Más vale que vayas a ver cómo le va a Will con los hierros. Candentes...

—Lo sé.

Le repugnaba la idea, pero también ella sabía que ahora era la única esperanza. ¿Habría tenido el coraje de hacerlo sola? Tal vez no.

Encontró a Will en la cocina con los hierros entre las llamas.

Él la miró, pálido y con los ojos llenos de preguntas.

—Tétanos —le dijo Hester—. Se puede contraer a través de una herida, incluso pequeña, sobre todo si te la has hecho con un trozo de hierro. Si alguna vez tienes que ocuparte de una herida causada por un pedazo de hierro, asegúrate de que sangra antes de tratar de suturarla. Basta con limpiar toda la sangre que haya tocado el metal.

La miró fijamente mientras se ponía la manopla y sacaba uno de los hierros para verle la punta. Resplandecía al rojo vivo. Lo metió de nuevo en el fuego, abrió la puerta del fogón y añadió más carbón. Agarró el fuelle y sopló con fuerza hasta que del carbón emergieron parpadeantes llamas blanquiazules. Luego cerró la puerta y aguardó.

Will no dijo palabra, pero no le quitaba los ojos de encima.

Finalmente el hierro estuvo candente y Hester lo sacó con mucho cuidado.

—Pasa delante y avísalos —le dijo.

Will asintió y obedeció.

Hester entró en la habitación, manteniendo el hierro oculto detrás de su cuerpo para que el paciente no lo viera, aunque sufría tales espasmos de agonía que difícilmente habría sabido qué era aunque lo hubiese llevado a la vista.

Fitz agarró el hierro y tocó el borde de la herida con el hierro candente. El grito que desgarró al paciente fue tan terrible que tuvo que oírse en todo el barrio.

Fitz repitió la operación una y otra vez. Después, cuando el primer hierro quedó cubierto de sangre seca y había perdido buena parte de su calor, prosiguió con el segundo. Fue cuestión de momentos, pero a quienes observaban se les antojaron un siglo. Al paciente solo podía parecerle el infierno mismo. Hester no lograba imaginar lo que Fitz sentía, pero este no titubeó ni una sola vez.

Y entonces todo terminó.

Will se llevó los hierros a la cocina y los sumergió en un cubo de agua fría.

El paciente estaba bañado en sudor. Le corría por la cara, el tronco, lo que podían verle de las piernas y los brazos. Incluso el pelo tenía empapado.

—Hester —dijo Fitz, con la voz medio estrangulada en la garganta—, vaya a buscar la leche nitrada de almendras dulces, añada sesenta gotas de láudano. —Dijo sesenta muy claramente, para que Will no se equivocara—. Y unas cuantas gotas de licor calmante Hoffman's. En un vaso...

Hester lo hizo tan deprisa como pudo y regresó con el vaso poco después. El paciente estaba sentado en una postura bastante normal, con la mandíbula por fin relajada. Le cogió el vaso y se bebió todo el líquido, con cuidado al principio, con deleite después.

Fitz también estaba agotado y, como era de esperar, también empapado en sudor. Crow estaba fascinado, pero no paraba de mover los hombros, como si también él hubiese tenido todos los músculos agarrotados y le siguieran doliendo incluso una vez relajados.

Will había desaparecido en la cocina, y Hester supuso que estaba limpiando, o quizá tomando notas. Pero reapareció diez minutos después con una bandeja con té y varios trozos de pan con queso, amén de unas tajadas de ternera fría.

—Vales tu peso en opio —dijo Fitz animadamente—. Nunca volveré a ir a la guerra, pero si lo hiciera, te llevaría conmigo.

Will miró de soslayo a Hester, sonrió de oreja a oreja y dio las gracias a Fitz.

Crow y Fitz hicieron turnos durante la noche para comprobar el estado del paciente, a quien siempre encontraron dormido. Will se marchó a casa con Hester, al otro lado del río.

Al día siguiente, Hester regresó a la clínica de Crow con más suministros que le constaba que iban a necesitar. Pero ante todo se había armado de valor para hablar con Fitz. Cuanto más tardara en contarle la verdad, más difícil sería puesto que se habría convertido en una mentira por omisión.

El paciente progresaba bien. Estaba muy débil pero ya no sufría los terribles espasmos del tétanos y podía comer y beber. Scuff y Crow estaban fuera, haciendo sus visitas domiciliarias, y a Fitz por fin le había llegado el turno de dormir.

Hester fue a ver cómo seguía el paciente y después se puso a guardar los medicamentos que había traído, y todavía estaba ordenándolos y tomando nota de lo que empezaba a escasear cuando oyó movimiento en la habitación donde estaban las camas. Fue a ver si Fitz se había levantado y le apetecía una taza de té.

Llamó y no recibió respuesta, pero seguía oyendo movimiento. Volvió a llamar y entró. Fitz estaba medio caído de la cama, agitando los brazos y gesticulando enojado. Tenía el rostro desencajado, la boca abierta en un grito mudo de tanto terror que la paralizó solo de verlo.

Pestañeó, horrorizada por haberse inmiscuido en semejante sufrimiento. Tendría que haber sido absolutamente privado. ¿Debía marcharse? ¿Había llegado a verla?

Entonces se dio cuenta de que Fitz estaba dormido. Lo que fuere que estaba viendo en su pesadilla no guardaba relación alguna con la realidad inmediata en la que se encontraba. ¿Estaba de nuevo en el campo de batalla, donde lo habían abandonado con los otros cadáveres que no había tiempo para enterrar? ¿En su imaginación se estaba asfixiando bajo los muertos y los agonizantes?

¿O estaba en una de aquellas tiendas en cuyo suelo se amontonaban las extremidades amputadas de hombres que habían estado enteros unas horas antes? Apenas podías dar un paso sin pisar la resbaladiza sangre coagulada.

Ahora bien, ¿debía despertarlo? El instinto le decía que sí, ¿pero era lo mejor para él? ¿Qué consecuencias tendría el susto? ¿Lo humillaría que Hester se hubiese inmiscuido en su infierno particular, viéndolo en su momento más débil y aterrorizado?

Había dejado de moverse. Tenía los brazos quietos. De pronto inhaló entrecortadamente y los sollozos le sacudieron todo el cuerpo. Lloraba como si fuese a partírsele el corazón.

Hester lo abrazó y no trató de que dejara de llorar; aquel llanto era primigenio, demasiado profundo para que lo alcanzaran las palabras.

Cuando por fin Fitz se serenó, Hester siguió abrazándolo, hasta que se envaró un poco e hizo ademán de apartarse. Entonces lo soltó.

Fitz volvió la cabeza, sin mirarla a ella. Estaba exhausto, y tal vez avergonzado. ¿Qué podía decir para aligerar la tensión del momento? El silencio ya no bastaba.

—¿Sueñas mucho? —preguntó Hester.

Fitz tardó un poco en contestar.

—Sí. Me da miedo irme a dormir —dijo en voz baja y ronca, como si le doliera la garganta.

—¿Con el campo de batalla?

—Habitualmente, sí. A veces solo es ruido y oscuridad. No sé dónde estoy, excepto que huelo sangre. Estoy cubierto de sangre. La noto. A veces me ahogo en ella.

Hester también había tenido aquellas pesadillas: una abrumadora sensación de impotencia, como si hubiera soldados sufriendo por todas partes y ella no estuviera haciendo nada por socorrerlos. Aunque desde hacía un tiempo ya no; no desde que al despertar encontraba a Monk a su lado. Aunque eso de poco le servía a Fitz.

Le puso una mano en el hombro y apretó un poco para que notara la presión.

—Huelo la muerte en todas partes —prosiguió Fitz en voz baja—. Es como si hubiese algo que no estoy haciendo, y es culpa mía, pero no sé qué es. En un par de ocasiones me pregunté si estaba muerto y aquello era el infierno: la impotencia, y un sufrimiento insondable. ¿Por qué nadie me había encontrado?

—Fitz...

Fue como si no la oyera.

—Fitz... —repitió Hester.

¿Estaba tan dolido porque pensaba que ella no lo había buscado?

—¡Fitz! Te... —¡Cuánto costaba decirlo! Lo expresara como lo expresase, parecería una excusa—. Te busqué. Y... y te encontré. Estabas cubierto de sangre y tenías el cuerpo frío. Te toqué la piel, la cara. No te encontré el pulso. Sentí que una parte de mí había muerto contigo, pero no podía hacer nada. Los camilleros que me acompañaban me llamaban para salvar a un hombre que aún estaba vivo, y desangrándose. Yo quería llevarte de vuelta... Tendría que haberlo hecho. —Tenía la garganta oprimida y le costaba encontrar las palabras apropiadas—. Solo había sitio para uno más en el carro. Nos llevamos al hombre que se estaba desangrando. Lo... lo siento mucho...

Fitz permaneció callado un momento.

Hester oyó ruido en el umbral y se volvió. Will, es decir, Scuff, estaba allí, pálido como la nieve, con ojos como platos por el horror y el reproche.

¿Qué podía decir ella ahora? Cualquier excusa no haría más que empeorar las cosas.

—¿Lo encontraste? —preguntó Will, titubeando—. ¿Y lo abandonaste allí?

Fitz se volvió hacia él. Por un momento, también él pareció estar buscando las palabras, luego sonrió, y su voz sonó ronca pero suave, como si hubiese encontrado consuelo en su fuero interno.

—Salvar siempre a los vivos, Will. A los muertos los puedes llorar luego. Tu aflicción no es importante... no en esos momentos. Ella creyó que había muerto. ¡Demonios, incluso yo creía estar muerto! Recogió el testigo e hizo mi trabajo, y atendió a quienes quizá lograría salvar. Puede que llegue un día en que tengas que hacer lo mismo. Salvar a los que puedas... esa es la regla.

Hester miraba fijamente a Will. ¿Lo entendía? Él seguía mirando a Fitz.

—¿Qué hiciste? —preguntó Fitz.

—Si puedes salvar a unos pocos... —comenzó Hester.

—¿Y qué pasa con los demás? —prosiguió Fitz—. Siempre hay alguien que me importa entre los demás. ¿Qué hay de los que están solos, aquellos que a nadie importan? A veces veo sus rostros...

¿Qué podía decir Hester? También ella había visto aquellos rostros. ¿Cómo desprenderse de la lástima y de la culpa?

—Seguro que cuando volví en mí hacía rato que os habíais ido —prosiguió Fitz—. Oí movimiento. Al principio no entendí qué pasaba, pero entonces me di cuenta de lo que era: ¡carroñeros! —Gruñó—. Esos animalillos que van limpiándolo todo a nuestro paso. Cuervos, ratas, sabe Dios qué otros seres de garras afiladas.

Ni Hester ni Will lo interrumpieron.

—Estaba mojado. Había sangre por todas partes. El brazo me dolía muchísimo. Tenía algún hueso roto pero las piernas estaban bien. Conseguí ponerme de pie. La mayor parte de la sangre no era mía.

Permaneció callado un momento y Will aprovechó para dejarlos solos. Hester sabía que se encontraba de nuevo en aquel tiempo pasado, sintiéndolo todo otra vez: la culpa por estar vivo cuando estaba rodeado, hasta donde le alcanzaba la vista, de muerte violenta. Hester lo había presenciado en otros, la búsqueda de la razón, la prueba.

Fitz retomó su relato con monotonía, describiendo cómo había encontrado ropa en mejor estado que la suya, una camisa casi limpia, otra para rasgarla y vendarse. Un muerto llevaba una cantimplora de agua y whisky.

Descubrió un granero donde resguardarse, aunque apenas había nada que comer. A medida que pasaron los días, siguió avanzando, buscando ayuda. Después le subió la fiebre y se quedó en una granja, donde cuidaron de él. No sabía dónde estaba.

Siguió dirigiéndose hacia el oeste. Buena parte de sus recuerdos eran borrosos. A menudo pasaba frío y hambre, pero encontró ayuda. Para cuando llegó a Hungría ya estaba curado, y encontró trabajos ocasionales aquí y allá, principalmente en el cuidado de animales de granja.

—No son tan diferentes de las personas —dijo irónicamente—. Al menos algunos no lo son. Nunca aprendí gran cosa sobre los pollos.

Volvió a guardar silencio, esta vez tanto rato que Hester pensó que ya no iba a decir más. Pero entonces comenzó a referir fragmentos sobre los húngaros y cómo estos lo acogían y cuidaban de él. Poco a poco aprendió a hablar su idioma. Las pesadillas disminuyeron pero nunca cesaron.

Siempre avanzaba hacia el oeste. En unos lugares se detuvo durante meses, en otros, durante años. Tras salir de Hungría había cruzado Austria y luego Francia. Finalmente había llegado a Inglaterra, pero ahora también era un extraño allí, tal como lo había sido en todos los demás lugares.

—Desembarqué en Hull, en la costa este. Al principio me resultó muy raro, pero me acostumbré. Aquí no tengo familia, pero pensé que las personas que conocía me supondrían muerto. Me planteé ponerme en contacto con ellas, pero pensé que prefería ser un héroe muerto que un desdichado vivo, inseguro acerca de demasiadas cosas, atormentado por las pesadillas, temeroso de la oscuridad que habitaba dentro de mí. Pensé en buscarte. Lo hice, y averigüé cómo es tu vida ahora. No tenía intención de encontrarte, menos aún de que me encontraras. El recuerdo suele ser más amable, y es más fácil vivir con él.

Las heridas y enfermedades eran siempre iguales, de modo que Fitz era útil allí donde fuera. Los sueños fueron siendo menos frecuentes, hasta hacía poco. Ahora, entre personas que hablaban su propia lengua, habían reaparecido.

Estuvo encorvado mientras contó todo esto, las palabras casi apagadas cuando se tapaba la cara con las manos.

—A veces, al despertar no sé dónde estoy. Pero siempre huelo la muerte.

—¿Recuerdas dónde has estado después y cómo llegaste?

De nuevo el tiempo se detuvo y el silencio devino tenso. Hester temía la respuesta. Sabía cuál sería.

—No te acuerdas —dijo por él.

—No.

—Fitz, tienes que enfrentarte a lo que te hace sufrir tanto, siempre miras hacia otro lado. Cuando lo veas, perderá su capacidad de despojarte de tu yo interior.

Finalmente, Fitz la miró a los ojos.

—Tal vez no lo miro por una muy buena razón. Sé de hombres que han perdido una extremidad y que, sin embargo, años después siguen creyendo que la sienten. Se siguen levantando de la cama apoyándose en una pierna inexistente. A veces no somos lo bastante fuertes para enfrentarnos a esas cosas. Nos tumbamos a dormir para olvidar.

—Tú no olvidas nada, Fitz. Vives en tus pesadillas. No sé dónde, si en el campo de batalla o en el hospital. O quizá en uno de aquellos espantosos caminos por los que los caballos, exhaustos, tiraban de carros cargados de heridos, cada sacudida una nueva punzada de dolor.

Hester lo recordaba bien. Cuando iba en carruaje tras una larga velada fuera de casa, cada bache de la calle se lo recordaba.

Ahora bien, en su fuero interno había felicidad, nuevas responsabilidades ocupaban su mente. Quizá una vez al año rememoraba aquel tiempo otra vez, pero se le pasaba en cuanto amanecía. No estaba sola, en el sentido más profundo del término.

—Fitz... tienes que afrontar lo que solo recuerdas a medias. No será peor que los sueños. Perdiste pacientes. Todos los médicos los perdieron. Y estabas en el campo de batalla. Hiciste cuanto estaba en tu mano. Deja que el sueño se desarrolle y mira a ver qué es. Si no lo haces, crecerá como una bola de nieve.

—¿Afrontarlo? —dijo Fitz, mirándola de hito en hito—. ¿Mirar y ver dónde fallé, como si todavía importara?

—Supongo que sí —convino Hester.

—¿Y tú? —preguntó Fitz, con la sombra de una sonrisa en los ojos—. ¿Tú también lo has hecho?

Su mirada era muy directa, incluso inquisitiva. De repente, sus papeles se habían invertido. Aquel era el viejo Fitz que ella recordaba. La fuerza estaba ahí, momentáneamente, la implacable honestidad en lo relativo a la vida, el dolor, el abrumador sentimiento de pérdida.

—He dejado de soñar —contestó Hester. Era casi la verdad. Las pesadillas no las había desterrado solo el amor, ni siquiera la felicidad de tener un propósito. Lo que ocurría era que Monk tenía sus propias pesadillas, y por eso entendía, si no los detalles, al menos el hecho de que algunas cosas del pasado no desaparecían para siempre.

—¿No sueñas? —preguntó Fitz con ternura—. ¿Ni siquiera con tu padre y tu madre? Ni con James; aunque no fuese culpa tuya. Dios sabe cuántas personas han perdido hermanos o hijos en esa maldita guerra. ¿Y Charles? ¿El hermano que se quedó en casa, el que no fue un héroe mientras su hermano y su hermana lo eran? ¿El que tuvo que ocuparse del duelo por el hijo predilecto de la familia, caído en combate, y después de la estafa y la ruina económica, la vergüenza, el suicidio de tu padre y la muerte de tu madre debida a la tristeza, sin que tú estuvieras allí para ayudar? ¿Nunca sueñas con eso?

Hester lo miraba sin dar crédito a sus oídos. Con pocas palabras, en cuestión de un par de minutos, Fitz la había despojado de todas las envolturas y defensas que habían ocultado sus secretos a los demás, pero sobre todo a sí misma.

Fitz esbozó una sonrisa apenada.

—Te conozco, Hester. Hemos compartido mucho pasado, soportado juntos cosas horribles. ¿Nunca pensaste que serías la primera persona a la que buscaría cuando regresara a Inglaterra?

A Hester no se le ocurrió qué decir.

—Localicé a Charles. Me contó el panorama con el que te encontraste a tu regreso, todo pérdida y aflicción. También me dijo que lleváis años sin veros. Quizá habría dado contigo, si lo hubiese intentado. Ahora bien, ¿para qué? No había nada más que decir. Las viejas heridas pueden seguir abiertas. Todavía sangran si les quitas las vendas.

Era verdad. Todo ello. Se le saltaron las lágrimas y se le hizo un nudo en la garganta que apenas le permitía tragar.

Notó la mano de Fitz en su brazo, amable, pero demasiado fuerte para zafarse.

—Lucha contra tus demonios, Hester. «¡Médico, cúrate a ti mismo!» Y, por supuesto, yo también lo intentaré. Sabes bien que nunca falto a mis promesas; al menos, contigo no.

Hester no contestó. ¿Sería capaz de hacerlo ella? Era muy fácil decirle a Fitz que afrontara lo peor que guardaba dentro de sí.

Alargó la mano y la apoyó sobre la de Fitz. Notó que todavía temblaba un poco, intentando controlarse. Dio un paso hacia él y le dio un tierno abrazo.

—Lo haré —prometió.

Fitz por fin se relajó, se inclinó un poco más, hasta que la cabeza tocó la de Hester, y suspiró profunda y entrecortadamente.

Hester se marchó cuando Crow regresó. El paciente que había sufrido de aquella manera tan atroz con el tétanos seguía progresando, no daba motivos para inquietarse. En un par de días estaría en condiciones de regresar a su casa.

Hester recorrió a pie la corta distancia hasta la orilla del río y se dirigió a la escalera más cercana, donde podría tomar un transbordador que la condujera de vuelta a casa. Atardecía y, en el oeste, el sol ya estaba bajo sobre el perfil de la ciudad. Cruzó el empedrado del muelle hasta la escalera que descendía al embarcadero.

Una barca venía hacia ella, pero aún estaba lejos.

Había marea menguante, pero aún era demasiado alta para revelar las orillas fangosas y su hedor. El barquero tendría que bregar contra el reflujo, y el río estaba atestado. Pero amarraría en el embarcadero de Greenwich Stairs, en la otra ribera, y desde allí solo había una breve caminata cuesta arriba hasta Paradise Place.

No era pensar en Charles ni en su culpa medio reprimida lo que la incomodaba, aunque esta había aflorado otra vez y distaba mucho de ser llevadera. Antes de ocuparse de eso, tenía que ayudar a Fitz. Si dejaba a un lado aquella tarea, aunque solo fuese una hora, su auxilio quizá llegaría demasiado tarde.

¿Tal vez ya era demasiado tarde?

No eran las pesadillas ni el dolor como una fibra sensible en la mente de Fitz; era el miedo a que los momentos que Fitz no recordaba, allí en Shadwell, pudieran contener lo peor: una realidad de la que nunca podría escapar. Scuff, o Will, le había contado que había encontrado a Fitz vagando por las calles de noche, cubierto de sangre, y que Dobokai y sus aliados lo habían acusado de asesinato.

Sin duda había sido por miedo y prejuicio. Fitz era diferente. Aunque hablaba húngaro, en el fondo lo consideraban uno de ellos solo a medias. Will había corroborado que la historia era cierta: había asistido en un parto difícil.

No obstante, el temor más oscuro que habitaba en la mente de Fitz residía en las ocasiones en que Scuff no lo había encontrado ni comprobado dónde había estado. El propio Fitz no lo sabía. No tenía manera de defenderse. En su recuerdo había estado de nuevo en los campos de batalla de Crimea, en los precarios y mugrientos hospitales asolados por enfermedades, o a solas en las gélidas colinas con soldados agonizantes por quienes nada podía hacer.

O fugitivo, solo y herido, en algún lugar de Europa entre Crimea, a orillas del mar Negro, y el canal de la Mancha, que limitaba con la costa de Gran Bretaña.

Si volvían a acusarlo no podría demostrar su inocencia porque a él mismo no le constaba. Le había dicho abiertamente que había momentos que no recordaba. Hester tendría que demostrar su inocencia. Tenía que averiguar dónde había estado, si podía.

No obstante, ¿habría testigos dispuestos a jurar que Fitz era inocente, teniendo en cuenta que su propia gente lo culpaba de aquellos espantosos asesinatos y marginaba a quienes lo defendían, llamándolos traidores?

Mejor sería demostrar quién era el verdadero culpable. Era lo único que todo el mundo tendría que creerse.

Ahora bien, ¿Fitz era inocente? Aquella era la pregunta que la llenaba de culpa incluso si se la hacía a sí misma. ¿Era posible que en el delirio de una pesadilla hubiese hecho tales atrocidades?

¿Por qué aquellos hombres? ¿Por qué las velas?

Aunque, por otro lado, ¿por qué iba nadie a hacer aquello? Fitz había pasado tiempo, tal vez años, en Hungría. La prueba de ello residía en su familiaridad con el idioma, tan diferente no solo del inglés, sino de todas las demás lenguas europeas que un hombre cultivado solía conocer. Parecía no tener ninguna semejanza con el alemán, el francés, el español, el italiano, ni siquiera con el latín que todo inglés bien educado aprendía en la escuela.

¿Qué había ocurrido cuando estuvo allí? O, más importante aún, ¿qué creía Fitz que había ocurrido?

Hester tenía que demostrar su inocencia a la policía y a la opinión pública pero, sobre todo, al propio Fitz.

No, eso no era del todo verdad: sobre todo, a sí misma.

Y tenía que hacerlo. Por todos los días y noches que habían pasado juntos en la misma lucha por salvar vidas, aliviar a los agonizantes, conservar la esperanza y el ánimo a dos mil kilómetros de casa, en un infierno que los había puesto a prueba al máximo. Y porque ella lo había encontrado en el campo de batalla y aceptado su muerte con demasiada facilidad. Si hubiese insistido en recuperar su cuerpo, ¿quizá todo aquello habría sido distinto?

9

Había sido una larga jornada en la que, para colmo, la investigación apenas había progresado. Monk salió de la comisaría de Wapping y recorrió el muelle hasta la escalera donde un transbordador lo recogería para llevarlo al otro lado del río, y de allí a su casa. Él y Hooper habían dedicado casi todo su tiempo a indagar sobre la adquisición de cantidades importantes de velas, sobre todo de colores distintos. Eran una forma de iluminación muy común y todo el mundo las compraba con bastante regularidad. En un momento determinado Monk y Hooper habían descubierto un cargamento de velas de un tono púrpura violáceo, pero estas se habían distribuido en distintas ferreterías y comercios de efectos navales y nadie era capaz de recordar a quién se las habían vendido. Tenían el mismo precio que las habituales de color amarillento, de modo que los recibos de nada sirvieron.

Monk pasó un buen rato en la biblioteca buscando todos los libros sobre rituales que pudo encontrar. Eran muchos y muy variados, pero ninguno contenía referencia alguna al número diecisiete. Incluso consultó con la policía regular acerca de pintadas, símbolos inusuales y sectas religiosas.

Por descontado, los periódicos no hacían más que empeorar las cosas. Aunque prácticamente lo único más pernicioso que los chismes y especulaciones sin fundamento era una prensa manipulada por un gobierno presa del pánico, ni mejor informado ni mejor intencionado que el público. Hubo un par de casos de violencia, trifulcas que terminaron en peleas con navajas, pero, aunque se atribuyeron al terror de la población en general, no había pruebas que lo sustentaran.

Era otro atardecer cálido de finales de verano. Tendría que haber sido la apacible conclusión de un día muy largo.

El sonido de la marea creciente al lamer los pilotes que sostenían el embarcadero era tan delicado que adormecería cual nana a cualquier hombre cansado. El olor penetrante de las aguas procedentes del estuario no era del gusto de todo el mundo, con sus trazas de sal, fango y, de vez en cuando, basura, pero Monk se había acostumbrado a él, y siempre hay un componente de placer en las cosas que resultan familiares.

Le irritó oír pasos a sus espaldas. Le habría gustado hacer a solas el viaje a casa. Al volverse vio que era Will. Sus nuevos y más elegantes botines hacían más ruido que los viejos. Había creído que se aproximaba un hombre. Se fijó en la estatura de Will y en sus espaldas, cada día más anchas. ¿Tal vez no se había equivocado?

—¿Vas a casa? —preguntó, esperando que sí.

Will sonrió.

—Esta noche no me necesitan. El enfermo de tétanos... fue espantoso. —Hizo una mueca al decirlo—. Solo de olerlo...

Monk se sorprendió.

—¿El tétanos huele? —preguntó.

Will soltó una carcajada.

—El tétanos, no, la carne de la herida cuando le aplicas un hierro candente para cauterizarla.

Monk se olvidó de la frustración que le había causado la futilidad de su jornada de trabajo. Los ojos de Will brillaban de satisfacción. No se debía solo a que el enfermo hubiese sobrevivido al suplicio, sino a la expresión del semblante de Monk.

—Me lo imagino, gracias —dijo con aspereza—. Supongo que está sano y salvo.

—Se ha recuperado lo suficiente para irse a casa —respondió Will, y sonrió relajado.

—Buen trabajo.

Will tomó aire y miró hacia la otra orilla del río.

—Pienso que un médico no debería llamarse Scuff —dijo en voz baja—. No es... no te hace pensar que sabe lo que hace. Necesito... —Inhaló profundamente otra vez—. Necesito que la gente confíe en mí. No se pondrán mejor si...

—Lo entiendo —interrumpió Monk—. ¿Cómo preferirías que te llamaran? Nunca nos has dicho tu verdadero nombre.

—Porque no lo sé —dijo Will, incomodado—. Nadie me llamaba... de ninguna manera.

—Pues entonces más vale que elijas un nombre.

—Ya lo hice. Hace tiempo, cuando fui a la iglesia con Hester. —Miró de reojo a Monk y apartó la vista de nuevo—. Me preguntaron cómo me llamaba. —Se ruborizó—. Hester dijo que William. Por eso he dicho a Crow y a Fitz que me llamen Will. —Por fin miró a Monk—. ¿Te parece bien?

Monk se sintió ridículamente complacido. Miró hacia el río, no fuera a ser que Scuff se diera cuenta.

—Me parece muy apropiado —dijo con calma—. Es un buen nombre para un médico. Fácil de decir, fácil de recordar y lo bastante contundente para saber que se trata de un hombre serio.

—Ah... —Will no quería que sus sentimientos resultaran demasiado evidentes—. Bien —dijo, y un instante después agregó—: Gracias.

Llegó el transbordador y cruzaron el río sumidos en un cómodo silencio acompasado por los remos que manejaba el barquero. El viento había amainado y el agua había alcanzado la pleamar. El sol estaba bajo y había una especie de dulzura en el aire, casi como una pátina de oro, como si la ciudad no fuese real sino un cuadro de un antiguo maestro pintor, cuyo barniz lo suavizaba todo.

Amarraron en el embarcadero de Greenwich. Monk pagó al barquero, y antes de iniciar el ascenso de la colina hacia Paradise Hill, Will empezó a hablar otra vez, presuroso, como si necesitara decir lo que tuviera en mente antes de llegar a su calle.

—Fitz está enfermo —comenzó—. No de cuerpo, aunque quizá también. Es la cabeza. —Siguió mirando al frente mientras hablaba, y arrastraba los pies adrede para ganar tiempo—. Tiene unas pesadillas horribles. Realmente malas.

Se esforzaba en encontrar palabras precisas, como si librara una batalla en su fuero interno.

Monk se detuvo y aguardó un instante. Se daba cuenta de que lo que dijera sería de gran importancia para Will.

Will lo miró.

—Como las que tuve cuando me rescataste de la sentina del barco de Jericho Phillips. De esas que te hacen temblar y sudar a mares, y llorar y... y que en realidad no puedes explicar a nadie porque, si quien te escucha no sabe de qué va, no hay manera..., te faltan palabras. O sea, las palabras sirven para decir cosas cuando dos personas saben qué significan...

—Te entiendo. Fitz ha estado en sitios que nosotros no conocemos y ha visto cosas que no se pueden describir con palabras.

Will pareció aliviarse.

—Exacto. Y no podía solucionarlas. —Encorvó un poco la espalda y acto seguido se obligó a erguirla de nuevo—. Cualquier médico sabe que hay personas a las que no podrá salvar. ¿Pero cientos? ¡Y encima los conoces a todos! ¡Te piden ayuda a gritos y no puedes hacer nada! Cualquiera se volvería... loco.

—¿Es eso lo que te da miedo, que esté perdiendo la cabeza?

Will asintió, incapaz de decirlo en voz alta.

—Pero el caso es que le da más miedo a él que a nosotros. —Volvió a mirar la acera—. Hace unas noches estuve fuera hasta tarde y me lo encontré en la calle. Caminaba despacio, como si se hubiese perdido. Y... y estaba todo él manchado de sangre... sangre oscura, como si... yo qué sé.

—¿Por qué no... —comenzó Monk, pero se tragó el resto de la pregunta—. ¿Qué hiciste?

—Lo acompañé a su casa. Tuve que calmar a Dobokai y a unos amigos suyos. Estuvieron a punto de llevárselo por la fuerza.

Monk sintió que el miedo y el enojo anidaban en su fuero interno. Hizo un esfuerzo para que no se notara.

—Bien —dijo, con tanta serenidad como pudo. No debía permitir que se formaran imágenes en su mente: el rostro petulante de Dobokai con sus abrasadores ojos azules. Era capaz de dirigir a una multitud mucho mejor que cualquier otro hombre que Monk hubiese conocido. Hizo un esfuerzo para hablar con calma—. ¿Qué había ocurrido? ¿De dónde procedía la sangre?

—Fitz había asistido en un parto difícil. Le cayó la placenta encima y apenas se dio cuenta. —De pronto sonrió y todo rastro de dolor desapareció de su rostro—. Una niñita. Era diminuta, preciosa. El padre me explicó cuánto los había ayudado Fitz. En aquel momento era el hombre más feliz del mundo. Miraba a la chiquilla y el rostro le resplandecía...

Por un momento, Will se sumió en sus recuerdos.

Monk nunca había visto a un bebé de menos de un día de edad. Jamás había pensado en ello. Ahora, de súbito, lo dominaba la envidia. Haber ayudado en semejante acontecimiento era de una singular belleza.

La voz de Will lo devolvió al presente.

—Esa vez sabía dónde había estado —prosiguió—. Pero no está bien, de verdad que no. Si le hubieses visto la cara después de una de esas pesadillas... La piel gris, la ropa empapada en sudor y el cuerpo entero temblando y con convulsiones. No puede evitarlo. Apenas... apenas sabe dónde está... o dónde ha estado.

Will abría mucho los ojos, asustado.

—¿Temes que pueda haber matado a Fodor y a Gazda y que no sepa que lo ha hecho?

Will quiso negarlo al instante, pero supuso que la verdad asomaba a sus ojos. Asintió casi sin mover la cabeza, pero fue suficiente.

Fitz compartía un pasado con Hester, un entramado de tribulaciones terribles, resistencia heroica, valentía y dolor, victorias y derrotas que ponían a prueba todos los nervios de la mente e incluso del alma, un pasado en común que ambos comprendían. Monk sabía poco más que cuanto explicaban los libros de historia al respecto, amén de las muy ocasionales alusiones de Hester, sus ataques de ira ante la injusticia y su impaciencia con la autoridad arbitraria.

Él mismo había presenciado unas cuantas cosas horribles, pero todo lo que recordaba había ocurrido allí, en Londres, y le constaba que ella también había visto bastantes en la clínica de Portpool Lane. La guerra, día tras días, año tras año, visiones que Monk no podía imaginar siquiera, Hester la había compartido con Fitz. ¿Cómo era posible que conservara su integridad, que siguiera siendo tan bondadosa? Le gustaría pensar que la había ayudado, al menos un poco, pero no podía preguntarlo, nunca jamás.

Ahora resultaba que Fitz tenía miedo de haber cometido aquellos crímenes tan espantosos que estaban volviendo a los vecinos del barrio unos contra otros. Eso Monk lo entendía mucho mejor de lo que Fitz llegaría a creer. Cuando despertó en el hospital sin recordar nada, ni siquiera el aspecto de su propio rostro en el espejo, todas las pruebas lo señalaban como uno de los que habían matado a Joscelyn Grey de una paliza. Monk no sabía si era verdad o no, pero cuanto más lo investigaba, más elementos surgían para creer que sí. Las pruebas lo sugerían, los retazos de recuerdo lo confirmaban, y Dios sabía bien que Joscelyn Grey había tenido un final más que merecido.

Solo Hester, a quien entonces apenas conocía y aún menos apreciaba, había creído que podía ser inocente.

¿Creía que Fitz era también inocente?

—¿Lo sabe Hester? —preguntó.

Scuff miró hacia otro lado.

—Sí.

Ahora caminaban despacio, como si la cuesta fuese muy empinada.

—Va a tratar de salvarlo —agregó Scuff.

Monk no se sorprendió. De hecho, si Scuff le hubiese dicho que no iba a hacerlo, no le habría creído. Hester había arriesgado su seguridad para intentar salvar a Monk cuando apenas lo conocía. Había creído en su inocencia cuando ni él mismo creía en ella. Seguro que haría al menos lo mismo por Fitz, con quien había compartido y logrado tantas cosas.

Se avergonzó al darse cuenta del mayúsculo resentimiento que le había inspirado Fitz, por el extraordinario pasado que compartía con Hester, mientras el propio Monk tenía tan poco pasado de la clase que fuere. Sería mezquino y feo negarle su compasión.

—Cómo no —le dijo a Scuff—. Nunca le daría la espalda.

Scuff marcaba el paso al mismo ritmo que Monk. Ya era lo bastante alto para poder hacerlo.

—Pero vas a ayudarla, ¿verdad? O sea... ¡Puede que haya sido Fitz! ¡Sin saber lo que estaba haciendo! Pensando que luchaba contra unos rusos o qué sé yo...

—Por supuesto que lo haré —respondió Monk. No tenía la más remota idea de cómo lo haría; empezaría por donde pudiera. Una cosa estaba clara: era inútil discutir con Hester.

Cenaron tranquilamente y luego Scuff se disculpó para subir a acostarse temprano y estudiar. Crow le había dado muchos libros que aprender, o al menos eso dijo.

En cuanto se cerró la puerta y oyeron sus pasos amortiguados subiendo la escalera, Monk se volvió hacia Hester. Se la veía muy compuesta, sentada en su sillón favorito. Él ocupaba el de enfrente, al otro lado de la chimenea, de espaldas a la cristalera que daba al pequeño jardín. Monk había escogido aquel sitio porque sabía que a Hester le gustaba mirar el cielo y el viento en las hojas de los chopos.

Cualquiera que no la conociera tan bien como él supondría que estaba muy a gusto, pero Monk reparó en la tensión de sus hombros, lo tirantes que estaban los músculos del cuello. Tenía las manos totalmente quietas, como si estuviera evitando moverlas adrede.

—Scuff me ha dicho que, a partir de ahora, cuando esté trabajando le gustaría que lo llamaran Will —comenzó Monk.

Hester sonrió.

—Espero que no te moleste. Me preguntaron...

—Lo sé todo. En la iglesia. Es un gran cumplido. —No lo dijo solo para complacerla; lo sentía así—. Creo que está aprendiendo mucho.

Hester frunció levemente el ceño pues, aun sin saber en qué más estaba pensando Monk, era consciente de que algo le preocupaba.

—Hester, Scuff sabe que Fitz está mal de la cabeza. Ha presenciado su miedo, las pesadillas, las alucinaciones...

—No tiene alucinaciones... —Se calló incluso antes de que él la interrumpiera.

—Sí que las tiene —repuso Monk—. Scuff lo encontró vagando por la calle, solo, de noche y manchado de sangre. —Monk vio en su expresión que Hester sabía algo al respecto, pero ni mucho menos la historia completa que él le estaba refiriendo—. Perdona —prosiguió, más amable—. Antes de que Will pudiera averiguar algo se toparon con Dobokai y un par de sus seguidores. Scuff se las arregló para salir del apuro, pero no fue tarea fácil. Finalmente Fitz le explicó que toda aquella sangre era de un parto difícil, cosa que resultó ser cierta cuando Scuff lo investigó el día siguiente.

—¿Estaban bien? —preguntó Hester—. ¿La madre, el bebé?

Monk de entrada creyó que se refería a Scuff y a Fitz.

—Ah... pues sí. La sangre era de posparto. Seguramente

parecía más abundante de lo que era en realidad. No hace falta mucha sangre para tener un aspecto horrible. La cuestión es que al principio Fitz no sabía dónde estaba ni qué había ocurrido. Scuff me ha contado que tiene escalofríos, alucinaciones, pesadillas de las que no logra salir.

Tomó las manos de Hester y se las estrechó con delicadeza.

—¿Qué sabes acerca de él, en realidad? No del Fitz del pasado sino del actual.

Hester bajó la vista a las manos entrelazadas de ambos.

—Apenas nada —contestó Hester—. Y sé muy bien que está enfermo. Resultó tan malherido que lo creyeron muerto y lo abandonaron en el campo de batalla con el resto de las bajas que no tenían tiempo de enterrar. Vino por su cuenta desde Crimea hasta Inglaterra, a pie. Se detuvo en muchos lugares, pero sobre todo en Hungría. Al principio porque estaba demasiado enfermo para viajar, después porque los húngaros lo trataban bien y, además, no tenía medios para regresar.

Monk intentó imaginárselo: sin hogar, con dolores, desarraigado, buscando solo sobrevivir, un techo, comida. Hasta entonces había pensado que la pérdida total de su pasado, su identidad, había sido muy dura. Cuando se recuperó del choque de carruajes que lo había dejado sin sentido y le había roto un par de costillas, no padeció enfermedad alguna ni tuvo heridas duraderas. Todos los demás eran extraños para él, ni siquiera se conocía a sí mismo, y eso fue lo peor de todo, por los demonios que acechaban en los fugaces recuerdos de violencia y en los ojos de quienes lo conocían y recordaban muy bien qué clase de hombre había sido y cuánto lo habían temido. Sabía qué se sentía al despertar en plena noche, empapado en el sudor del miedo a lo que quizá residía en su fuero interno, al horror que suscitaban los recuerdos violentos. Si Fitz sentía lo mismo y no tenía forma de descubrir la verdad, Monk lo entendía mucho mejor de cuanto Fitz jamás llegaría a saber.

Monk había averiguado la verdad sobre el asesinato de Joscelyn Grey, sin embargo el miedo nunca lo había abandonado. Gracias a él, era más sensato y mucho más comedido a la hora de juzgar al prójimo. Pero Fitz nunca sabría qué había a sus espaldas, o dentro de sí mismo. Quienes podrían habérselo contado estaban muertos en su mayoría, y los que aún vivían estaban desperdigados por el mundo y seguramente con muchas ganas de olvidar.

Eso no significaba que Fitz fuese inocente de los asesinatos cometidos en Shadwell.

—¿Por qué no me lo has contado antes? —preguntó Monk, con más aspereza de la que hubiese querido. Le dolía que Hester no le confiara algo tan delicado e importante. ¿Acaso había pensado que sus celos por la amistad que la unía a Fitz habrían empañado su lucidez? Ese pensamiento era más doloroso de lo que él quería que ella supiera.

Hester levantó la vista y sus miradas se encontraron.

—Porque tu trabajo es descubrir quién mató a Fodor y a Gazda, e impedir que muera alguien más. No me corresponde a mí decirte... comprometerte en tu trabajo. Tengo que averiguar si Fitz es inocente y demostrarlo. Tú no puedes hacerlo... ¡no debes! Y tampoco puede hacerlo él mismo.

Inmediatamente la mente de Monk se llenó de todas las maneras en que Hester podía resultar lastimada. Lo primero que vio fue cuán profundamente le dolería que Fitz fuese culpable.

A continuación venía el peligro que podía suponer el

propio Fitz, si era culpable y ella se veía obligada a admitirlo. Si estuvieran juntos cuando alguna circunstancia impidiera que Fitz siguiera eludiendo la verdad, ¿finalmente se volvería contra ella? ¿Permitiría que le hicieran ver y aceptar lo que había hecho? ¿O lo consideraría la traición supina de una mujer con la que había compartido los horrores de la guerra, y lucharía contra ella?

Si eso ocurría, ¿se desentendería para ponerse a salvo? ¿O seguiría intentando salvarlo de la gente que estaba empezando a perder el equilibrio emocional y caía presa del pánico, abrazando la violencia que este tan a menudo trae aparejado? Si se pusiera de su lado, ¿sus enemigos también irían a por ella? ¿Verían siquiera alguna diferencia entre ambos? El pánico era una especie de locura. Monk lo había presenciado antes. Una vergüenza insondable vendría cuando el miedo hubiese pasado, ¡pero sería demasiado tarde para salvar a Hester!

¿Y qué pasaría con su sentimiento de culpa por haberlo juzgado mal, si él era culpable? Y, tal vez incluso peor, ¡por no salvarlo si era inocente!

—Hester —comenzó Monk.

—Lo sé —lo interrumpió ella. Ahora estaba de cara a él y lo miraba de hito en hito, y Monk percibió su miedo—. Es posible que sea culpable, pero tengo que intentarlo. William, de ninguna manera voy a sacrificarlo en aras de mi paz de espíritu solo porque exista esa posibilidad. Creo que no es culpable, aunque en realidad no lo sé. Pero si me equivoco, significa que le ha ocurrido algo que no ha sido culpa suya. ¿Preferirías que lo prejuzgara y me desentendiera para conservar mi propia comodidad?

—Llévate a Scuff contigo, cuando salgas... ¡O sea, a Will! Por favor.

Hester asintió con la cabeza, demasiado embargada por

la emoción para poder hablar. Luego se inclinó hacia delante y le dio un beso.

A la mañana siguiente Monk se despertó al oír que llamaban a la puerta principal. A su lado, Hester todavía dormía. Hacía calor, y el sol proyectaba reflejos luminosos en el suelo.

Volvieron a llamar.

Monk salió de la cama y se puso la bata. Bajó la escalera tan deprisa como pudo sin resbalar. Abrió la puerta de la calle y vio a Hooper en el umbral, blanco como la nieve, con la camisa mal abrochada y el pelo revuelto.

No aguardó a que Monk le preguntara.

—Ha habido otro. Un hombre llamado Viktor Rosza. Cincuenta y pocos. Viudo. Trabajaba en banca. Igual que los anteriores, apuñalado en el pecho, más velas mojadas en sangre. Ha sido incluso más violento que los otros dos.

Monk se quedó un momento paralizado. ¿Por qué había pensado que aquello había acabado? Los hombros de Hooper y la aflicción de su semblante le decían cuál era la realidad.

—¿Quién lo ha encontrado? —preguntó Monk—. ¿El forense ya ha llegado al lugar de los hechos? ¿Hay algún elemento distinto?

—El forense seguramente ya estará allí —respondió Hooper—. Aún no había llegado cuando me he ido. Dudo que nos resulte muy útil. En los dos casos anteriores no lo ha sido. Nos dará una estimación de la hora de la muerte, pero como es casi seguro que fue antes del amanecer...

—¿A qué hora ha recibido el aviso?

—A las cuatro y media. Comenzaba a clarear —contestó Hooper amargamente.

Monk echó un vistazo al reloj del recibidor. Marcaba casi las seis menos cuarto.

—Subo a vestirme. Prepárese una taza de té... y otra para mí.

Señaló hacia la cocina. Hooper estaba familiarizado con la casa. En una ocasión en que resultó malherido había acudido allí y Hester le había curado las heridas, obligándolo a no marcharse hasta que estuviera en condiciones de cuidar de sí mismo.

Un cuarto de hora después Monk se había lavado y afeitado, y ambos habían engullido sendas tostadas que había hecho Hooper y bebido una taza de té que aún estaba demasiado caliente.

Una vez en la calle, que descendía colina abajo hasta el muelle y el transbordador, Monk pidió a Hooper que le diera cuantos detalles pudiese.

—No me ha dicho quién lo ha encontrado —apuntó—. No me diga que ha vuelto a ser Dobokai.

—Esta vez no. Ha sido el agente que estaba patrullando —dijo Hooper con gravedad—. La puerta de la casa de Rosza en Sheridan Street estaba entreabierta, y supuso que algo iba mal. Llamó, y al no recibir respuesta, la abrió y encendió la linterna. Pobre diablo. Vio el cuerpo apuñalado en el suelo, sangre por todas partes y velas dispuestas por toda la habitación, diecisiete otra vez, todas manchadas de sangre. Incluso una imagen de la Virgen María que aún colgaba de la pared, pero también sucia de sangre. Quienquiera que sea este loco, se está poniendo peor. No sé por qué convierten en un dios a la Virgen María, ¿pero qué más da que lo hagan? Es asunto suyo. Tampoco es que no fuese una de las mejores personas que haya pisado este mundo. Se puede ser mucho peor. —Negó con la cabeza—. Si Dios confió en ella para que criara a Jesús, ¡no se puede pedir más!

Monk nunca se había detenido a pensar en aquel asunto pero, expuesto de esa manera, se vio obligado a aceptarlo.

—No es asunto mío, en cualquier caso —contestó—. Mientras no intenten conseguir que sea más importante obedecer al Papa que al gobierno de nuestro país, me trae sin cuidado lo que crean.

Hooper lo miró sorprendido.

—Historia —dijo Monk sucintamente—. No puede haber un católico en el trono porque su primera lealtad será para Roma, no Inglaterra. Así lo aprendí en el colegio...

—¿De verdad recuerda eso? —preguntó Hooper con repentino interés. Estaba al corriente de la amnesia de Monk.

—Pues sí —respondió Monk, quitándole importancia—. Tanto terror y tanto odio parecen estúpidos hasta que lees sobre las hogueras y el derramamiento de sangre que trajo consigo, la amenaza de invasión por parte de la Armada Invencible, los juicios, las traiciones y el miedo.

La respuesta de Hooper se perdió en el ruido de las olas que batían la escalera del embarcadero, y en el grito de Monk cuando llamó a un transbordador que estaba a unos veinte metros de ellos.

No volvieron a hablar hasta que estuvieron en lo alto del muelle de Wapping. Era más rápido ir a pie hasta Shadwell que dirigirse a High Street a buscar un coche de punto. Por el camino Monk explicó a Hooper lo que Scuff le había contado acerca de Fitz. Lo sintió como una traición, pero no podía guardárselo por si existía la más leve sospecha de que Fitz estuviera implicado en los asesinatos. Y quizá, esperaba, si Hooper estaba al tanto, podría ayudar a demostrar su inocencia.

Incluso antes de llegar a la calle Sheridan, vieron a una muchedumbre enojada y asustada. Había carretas detenidas que impedían el paso, hombres vestidos de trabajo que protestaban a gritos, agitando los brazos, algunos con los puños en alto. Mujeres que cargaban cestas de ropa, otras con escobas y cubos, que acababan de fregar las puertas de su casa, se les unieron. El miedo se estaba convirtiendo en ira contra aquellos que deberían haberlos protegido de aquel horror.

Monk divisó a Antal Dobokai casi de inmediato. No era que fuese más alto que quienes lo rodeaban, era más bien algo en su actitud, y tal vez la sensación de que quienes tenía cerca estaban vueltos hacia él, observándolo.

A unos cincuenta metros había otro grupo en torno a otro hombre, erguido con los brazos en alto y los puños cerrados. Dejó de arengar a sus seguidores cuando se percató de que Dobokai se había interrumpido y estaba enfrentando a Monk y Hooper. La escena era peliaguda. La ira estaba en la superficie, pues era menos amarga que el miedo, menos debilitante, y no traía aparejada vergüenza alguna.

—Gaspar Halmi —dijo Hooper, indicando al hombre que estaba bajando los puños lentamente—. Aspira a ser el líder de la comunidad, de ahí la confrontación con Dobokai, quien al parecer tiene en mente el mismo objetivo.

Monk estuvo a punto de desdeñar el asunto como mera política de barrio, pero entonces se dio cuenta de que, aunque no fuese la principal causa del descontento, estaría entretejido en las posteriores acciones y reacciones de la gente. Las pasiones tan profundas como aquellas nunca eran estáticas.

Dobokai ignoró a Monk como si solo fuese uno más entre el gentío. Él y Hooper estaban lo bastante cerca para oír qué estaba diciendo.

—¡Mantened la calma, amigos! —Su voz se hacía oír alta

y clara—. ¿No veis que lo que precisamente quieren nuestros enemigos es dividirnos y dispersarnos?

—¡Lo que quieren nuestros enemigos es pasividad! —replicó Halmi a voz en cuello, en un tono menos claro, mucho menos incisivo—. ¡Estarán encantados si nos vamos a casa silenciosamente y nos acurrucamos en los rincones! ¡Así podrán matarnos uno a uno!

Hubo gritos de acuerdo de varios de los congregados. Un anciano blandió su bastón en alto. En algún lugar lloraba una mujer.

Dobokai reaccionó en el acto.

—Tenemos que descubrir quién está cometiendo estos horribles crímenes. Somos personas inteligentes y civilizadas. No somos bárbaros ni colegiales asustados. Debemos usar nuestro juicio, nuestro conocimiento. Debemos ayudar a la policía. Ahora estamos en Inglaterra: nos ampara un marco de ley y orden en el que se castigan los crímenes.

Echó un vistazo a Monk y se volvió de nuevo hacia la muchedumbre.

—¡Pero la ley no puede castigar al criminal si no lo atrapa! ¡Pensad! Usad vuestro conocimiento e inteligencia. ¿Quién nos está haciendo esto tan espantoso y por qué? ¿De qué tiene miedo? —Alargó el brazo, en un gesto amplio—. ¿Tenemos más dinero que ellos? ¿Somos más altos, más fuertes, estamos mejor armados? ¡Por supuesto que no! ¿Somos más listos? Tal vez...

Se interrumpió para dejar espacio a unas cuantas sonrisas y algún que otro grito de aprobación.

—¿Somos hacendados?

Un estallido de carcajadas.

Dobokai se encogió de hombros.

—Bueno, quizá alguno de nosotros lo sea. Yo, desde luego, no. ¿Somos más divertidos, más encantadores? ¡Por supuesto! ¿Estamos introduciendo platos nuevos que saben mejor?

La pregunta fue recibida con gritos y aplausos. Incluso algún comentario soez.

—¡Pues enseñémosles a cocinar! Vendedles vuestros pasteles y bollos, vuestras sopas y estofados. Haced amigos. Obtened beneficios. No escuchéis a hombres como el señor Haldane, que dice que estamos intentando cambiar sus costumbres. Está celoso. No sé por qué. Nosotros bien que comemos sus platos... de vez en cuando.

De nuevo fue recibido con risas, pero Monk pudo percibir el filo del miedo detrás del buen humor. Solo se reían porque querían aliviar la tensión que se palpaba en el aire.

Tal vez Dobokai lo supiera también.

—Debemos ayudar a la policía —repitió Dobokai—. Pensad en todo lo que sabéis que pueda ayudarlos a descubrir quién está haciendo esto. No nos conocen como nosotros nos conocemos. Demostradles que no es un miembro de nuestra comunidad ayudándolos a descubrir al criminal.

Halmi intentó interrumpirlo, pero ya nadie le prestaba atención.

—Vámonos —dijo Monk a Hooper—. ¿Dónde está la casa?

Hooper abrió camino sin decir palabra. Dejaron atrás a la multitud, cuyas voces se seguían oyendo a cien metros. Doblaron la esquina de Sheridan Street y enseguida vieron el carruaje fúnebre. La puerta de la casa estaba abierta.

Monk avivó el paso. No quería que el forense se marchara antes de tener ocasión de hablar con él. Detestaba tener que ir a la morgue. Además quería ver el cuerpo allí donde lo habían encontrado. Que se lo explicaran, aunque fuese con detalle y vívidamente, no era lo mismo que verlo con sus propios ojos, así como ver también cosas marginales, cosas que podrían parecerle irrelevantes a otro, o incluso a él mismo, hasta más adelante, cuando algo le refrescara la memoria.

Subió a grandes zancadas el camino de acceso, con Hooper pegado a sus talones, y entró. Aquella casa era mejor que las de las dos víctimas anteriores; el mobiliario era caro, el papel pintado estaba inmaculado, como si lo acabaran de poner.

Enseguida salió a su encuentro un agente que se disponía a decirles que no podían entrar cuando de pronto se dio cuenta de quién era.

—Por aquí, señor. El pobre señor Rosza está en la cocina, en la parte de atrás.

—¿Lo conocía? —preguntó Monk de inmediato.

El agente estaba pálido y triste, aunque el crimen en sí bastaba para explicarlo. Fue la familiaridad con la que pronunció el nombre lo que llamó la atención a Monk.

—Sí, señor. Era un buen hombre. —Le vaciló un poco la voz por la tensión emocional—. Solía...

Se interrumpió, sonrojándose incómodo.

—¿Cómo se llama usted? —preguntó Monk con más amabilidad.

—Holloway, señor.

—¿Qué hacía el señor Rosza, Holloway?

—Nos daba un tazón de sopa caliente las mañanas de invierno, señor. Siempre la tenía a punto, si había helado durante la noche.

—Hábleme de él. ¿Hacía lo mismo con todo el mundo?

Holloway titubeó.

—Me trae sin cuidado que usted tomara un desayuno caliente aquí cada mañana —dijo con impaciencia—. Ahora mismo lo único que me importa es descubrir quién le hizo esto. ¿Me entiende?

—Sí, señor. —Holloway se irguió un poco—. No, señor, solo lo hacía con unos cuantos de nosotros, los más jóvenes. Decía que le recordábamos a su hijo. Nos contó que lo mataron en Viena durante una revolución que hubo allí en el cuarenta y ocho, si no recuerdo mal. Su esposa nunca lo superó del todo. En parte por eso vinieron aquí. Pero ella murió hace unos años. Le gustaba mostrarnos cosas de ella. Teteras, vajillas y otras cosas así.

Monk sintió una punzada de compasión. Si Hester muriera, ¿guardaría todas sus pequeñas pertenencias, objetos que manejaba a diario, y las sacaría para mostrárselas a otras personas, como si estas pudieran ver alguna esencia de ella en los objetos? Tal vez.

Se obligó a volver al presente, a las cosas que debía averiguar.

—¿No volvió a casarse?

—Pues, no, señor. Mantenía la casa como si todavía fuese la de ella. Puso papel pintado nuevo tal como lo habría hecho ella. He estado pensando quién le haría algo como esto pero no se me ocurre nadie. Tiene que ser porque es húngaro. Una vez me contó que unos chicos habían tirado piedras contra la casa, que habían roto una ventana y escrito cosas horribles en las paredes. Si los hubiese atrapado, les habría hecho limpiar las pintadas... y pagar el cristal nuevo.

Monk se figuró que, en efecto, lo habría hecho. Quizá el propio Holloway había limpiado las pintadas, pero eso no se lo diría a Monk. Se limitaba a sostenerle la mirada con firmeza.

—¿Y llegó a descubrir a quienes lo hicieron? —preguntó Monk, casi con desinterés.

El agente se puso muy tenso.

—Sí, señor, pero los vecinos se negaron a prestar declaración, a pesar de que los conocían. —Vaciló solo un instante y, esbozando una sonrisa, agregó—: Eso sí, nos ayudaron a limpiar e hicieron una colecta para cambiar el cristal, señor.

Antes de que Monk diera con una respuesta, Hyde apareció en el umbral. Se le veía cansado y agobiado. Llevaba el pelo ralo de punta, como si se hubiese pasado las manos por la cabeza una y otra vez. Estaba casi tan pálido como un cadáver.

—¡Ha tardado lo suyo! —le espetó a Monk—. ¿Dónde estaba?

—Vigilando a la muchedumbre en la calle, confiando en que no se formara un tumulto —contestó Monk—. Y después escuchando al joven Holloway, aquí presente, quien al parecer conocía bastante bien a la víctima. Parece usted recién salido de una ratonera.

—¡Pues no encontré a la maldita rata! —dijo Hyde con mordacidad—. Y usted tampoco, aparentemente. ¿Qué demonios está haciendo, Monk? Esto es el peor desastre que he visto en años. Un loco anda suelto. ¡Por Dios, atrápelo de una vez! Seguro que está desvariando y babeando por ahí. Si no me cree, venga a la cocina y vea lo que ha hecho. No se quede aquí, aguardando a que lo lleve yo.

Giró sobre sus talones y enfiló a grandes zancadas el pasillo hasta la cocina, dejando la puerta batiendo a sus espaldas.

Monk fue tras él. No se molestó en desquitarse. Por alguna extraña razón, resultaba bastante reconfortante que Hyde por fin perdiera la compostura. Lo volvía más humano y, por primera vez, Monk se preguntó cómo sería fuera de su entorno profesional. ¿Tenía familia? Nunca había mencionado a nadie. Tal vez prefería mantenerla alejada de su trabajo. ¿Disfrutaba con algún pasatiempo? ¿La música, su jardín, largos paseos a solas, el mar y sus estados de ánimo? ¿Se tomaba tiempo para sí mismo?

—¡No se quede ahí plantado! —le espetó Hyde otra vez.

Monk se concentró en el escenario del crimen. En el acto entendió que Hyde estuviera al borde de perder el control que le exigía su profesionalidad. Rosza yacía bocarriba en el suelo de la cocina. Estaba claro que había luchado por su vida. No solo tenía el pecho atravesado por la hoja de una espada vieja muy oxidada, sino que también presentaba cortes en las manos y el brazo derecho, que había sangrado profusamente. Sin duda le habían seccionado una arteria. Había sangre por doquier. Incluso el rostro le habían rajado, arrancándole la nariz y abriéndole una brecha en la mejilla.

Igual que en las ocasiones anteriores, la habitación estaba llena de velas mojadas en sangre, pero esta vez estaban dispuestas con más descuido, unas cuantas juntas y muchas caídas. Con todo, eran diecisiete. Monk las contó. Dos eran púrpura.

—Iba con prisa —dijo. Su voz sonó severa, y absurdamente irrelevante en el silencio imperante.

Hyde se volvió y lo miró fijamente, poco a poco su enojo se desvaneció, sustituido por un tremendo hastío.

—Tiene razón —convino—. Quizá se estaba haciendo de día y tuvo miedo de que lo vieran. Aunque no creo que eso nos sirva de mucho.

—Interrogaremos a todos los vecinos, a ver si alguien se ha levantado temprano y ha visto algo, aunque no haya entendido lo que ocurría —comenzó Monk.

—¿Como qué? Se refiere a alguien a quien no esperaran ver o que no les causó impresión por ser un habitual?

—Es posible... —convino Monk.

—¿Piensa que ha sido un húngaro? —preguntó Hyde, incrédulo.

—No lo sé. Pero si descubrimos a alguien que anduviera por aquí, podremos preguntarle qué ha visto. Quizá nos sirva para que responda por alguno de ellos.

—Me alegra que sea su trabajo y no el mío —respondió Hyde—. Esta gente ya ha tenido más que suficiente. Están aterrorizados y al borde de perder el control.

—Lo sé. —Monk pensó un momento antes de seguir hablando—. ¿Está seguro de que a todos los mató la misma persona?

Hyde lo miró como si no diera crédito a sus oídos.

—¡Dios santo, Monk! ¿Piensa que hay dos personas que andan sueltas por Shadwell haciendo esta clase de cosas?

—¿Ha reparado en alguna diferencia, por pequeña que sea? —insistió Monk.

—No. Hasta el más nimio detalle, cosas de las que no se ha informado a la prensa ni conoce el público en general, o siquiera toda la policía. Son idénticos.

—Maldita sea.

—¿Por qué?

—Porque entonces Dobokai no puede ser culpable.

—¿Dobokai? ¿Por qué él?

—Porque ahí donde vaya me tropiezo con él.

—Pues tropiece con otro —dijo Hyde bruscamente—. Intente pensar en algo nuevo. Olvídese de sus prejuicios. ¡Está atascado, hombre! ¡Supérelo y haga su trabajo!

Monk no respondió. Hyde llevaba razón, pero no era preciso que se lo dijera.

10

Monk y Hooper examinaron el cuerpo con más detenimiento, después el resto de la habitación, finalmente la casa. No encontraron nada impredecible. Rosza era, al menos en apariencia, un hombre tranquilo y sin pretensiones que se había construido una nueva vida en Inglaterra, cosechando éxitos en su carrera en la banca y haciendo amigos, no solo en el seno de la comunidad húngara, sino también con cierto número de hacendados nativos.

Monk sentía tristeza por su pérdida. Pequeñas cosas de su casa mostraban un gusto personal: un cuadro de flores bajo la sombra de un árbol, flores del bosque tales como violetas y, en una mancha de sol, un macizo de prímulas. Monk no sabía si aquellas flores crecían en Hungría. Desde luego podría tratarse de Inglaterra. También había un dibujo muy bueno de un perro, una mascota, a juzgar por el anhelo que reflejaba el rostro del animal, y el hecho de que a todas luces era una mezcla de razas.

La cocina también resultaba interesante. Había estantes repletos de especias de las que Monk ni siquiera había oído hablar. Tal vez habían sazonado la sopa que Rosza solía dar a los agentes jóvenes en las mañanas frías de invierno.

Monk sintió una punzada de dolor al moverse y se dio

cuenta de que estaba rígido de ira ante aquel nuevo crimen tan atroz.

—¿Qué tienen en común, Hooper? —preguntó—. ¿Por qué estos hombres? ¿Por qué no otros? Todos vivían en Shadwell pero, por lo demás, muy separados. Los tres eran acomodados y exitosos, pero no ricos. Todos procedían de Hungría, pero de ciudades distintas. Llegaron aquí en épocas distintas. Se conocían, pero solo un poco. No estaban muy unidos. La mayoría de los húngaros de aquí se conocen entre sí, así que, ¿por qué estos tres?

Hooper negó con la cabeza.

—No lo sé, señor. Le he estado dando vueltas. No hacían negocios juntos, lo he comprobado. No son parientes, también lo he comprobado. Ninguna inversión conjunta que haya sabido encontrar. A nadie le consta que pertenecieran a un club o sociedad. Nunca cortejaron a la misma mujer. Los tres eran católicos, aunque toda la comunidad lo es.

—¿Pues qué los vincula? —Monk percibió la nota de desesperación en su voz—. Tiene que haber algo. ¿Y qué ha precipitado los asesinatos precisamente ahora? Los tres llevaban aquí más de diez años. ¿Por qué ahora? ¿Qué ocurrió?

—No lo sé.

Hooper estaba tan exasperado como Monk. Aquella última muerte parecía haberle afectado más que las anteriores. O tal vez solo fuese la sensación de impotencia. No habían avanzado en la investigación desde el asesinato de Fodor. Había una cantidad ingente de información, pero si tenía algún significado, no lo habían encontrado.

—Regresemos al almacén de Fodor —dijo Monk—. Aquí no hay nada más. Podemos ir a pie hasta la estación.

Abrió la puerta de la cocina y pasó delante. Dio breves instrucciones a los agentes que aguardaban en el recibidor, y él y Hooper salieron a la calle. Hicieron caso omiso del gentío que seguía congregado allí, asustado y enojado.

Inconscientemente marcaban el paso, avanzando deprisa por la acera en dirección al río.

—Hemos analizado todo lo que sabemos sobre la semana anterior a que asesinaran a Fodor, señor —dijo Hooper cuando llegaban a High Street—. Nadie tuvo una disputa con él. Nadie le debía dinero y él no tenía deudas. No tenía una aventura amorosa con la esposa o la hija de nadie, ¡ni con cualquier otra mujer! Nadie que tuviera un altercado o una deuda, ninguna clase de amenaza.

—Pues se nos escapa algo —insistió Monk—. Voy a comprobar la coartada de Haldane para este último. Le preguntaré indirectamente.

Hooper frunció el ceño.

—¿Por qué Haldane? Su esposa es húngara. Es de las pocas personas que no tiene nada contra ellos.

—También es un inglés con un pie en cada campo, por así decir —señaló Monk—. Y lealtades encontradas. Me gustaría presionarlo un poco más acerca del número diecisiete. Las velas significan algo. Quizá lo sepa sin darse cuenta de su importancia.

—Señor...

Monk se detuvo para mirar a Hooper.

—¿Qué ocurre?

Hooper parecía sumamente desdichado.

—¿No se está olvidando de Fitzherbert?

No añadió el resto de lo que daba a entender la pregunta, pero quedó flotando en el aire, tácito, casi asfixiante.

—No, no me olvido de él. Está en Londres como mínimo desde antes de que se cometieran los asesinatos y es, siendo amable, un hombre inestable. No es necesario que me lo recuerde, Hooper. Lo sé de sobra.

Hooper adoptó una expresión sombría.

—Sí, señor. Yo tampoco quiero que sea él, pero quizá tendremos que enfrentarnos a esa posibilidad.

Monk no respondió.

Temprano aquella misma noche, Monk fue a ver a Roger Haldane a su casa. Confiaba interrumpir la cena de los Haldane, cosa que consiguió.

Haldane se molestó claramente al verlo, pillado desprevenido, pero no intentó que Monk se marchara. De hecho, se comportó como si fuese una visita bienvenida, solo que a una hora imprevista.

Adel Haldane lo recibió con evidente placer.

—Estamos cenando, señor Monk. ¿Le apetece acompañarnos? Hay comida de sobra. Por favor. Pase y siéntese.

Como si estuviera seguro de que Monk aceptaría la invitación, Adel dio media vuelta y pasó delante.

El comedor era acogedor, rebosante de colores alegres. Monk se fijó en varios cojines bordados a mano con dibujos inusuales, y en un plato pintado colgado en la pared.

Se dio cuenta de que Adel lo estaba mirando. Le sonrió.

—Gracias.

—Señor... —Haldane le invitó a sentarse, apartando una silla antes de que Adel le pidiera que lo hiciera—. Mi esposa le traerá un plato.

Dada la instrucción, se volvió a sentar y siguió comiendo.

Monk se sentó a su vez, dándole las gracias.

Haldane tomó otro bocado y se lo comió con deleite antes de hablar.

—Espero que haya progresado en sus investigaciones —dijo—. Esto... esto nos está causando mucha angustia. No hay paz en la comunidad. Todo el mundo está asustado, se discute de una manera hasta ahora inusitada. Todos somos sospechosos y lo sabemos, y, sin embargo, somos las víctimas.

Miró a Monk, y su rostro reflejaba enojo, pero también confusión.

—Soy consciente de ello, señor Haldane —dijo Monk seriamente—. Estamos buscando dos cosas, y creo que, con su prestigio en la comunidad, quizá esté en condiciones de ayudarnos.

—¿Yo? —Haldane se mostró sorprendido—. Ni siquiera hablo bien el idioma. Aunque mi esposa sí, por supuesto.

Tomó otra cucharada de estofado y su fragancia llegó hasta Monk. Estuvo encantado cuando Adel regresó con un gran plato que dejó delante de él. El vapor que emanaba le hizo darse cuenta de que realmente tenía mucho apetito.

Pero no debía permitirse distracciones.

—Como bien sabe, se ha cometido un tercer asesinato —comenzó Monk—. De nuevo había diecisiete velas. —Vio que Haldane se ponía tenso y que por un momento dejó de comer—. ¿Seguro que no ha oído mencionar el número diecisiete en alguna parte, señor Haldane? Está claro que reviste un significado de suma importancia para alguien.

—Diecisiete —repitió Haldane—. No... no lo sé. ¿Dice que los tres muertos tenían diecisiete velas a su alrededor?

—Sí. En cada caso dos eran oscuras, de un tono purpúreo.

Haldane pareció no solo desconcertado sino temeroso. Miró a Monk fijamente, tratando de descifrar su mirada.

—No tengo ni idea. No es... normal. Si se trata de algún ritual, lo desconozco por completo. —Se volvió lentamente hacia Adel—. ¿Tú sabes algo?

Fue casi una acusación.

—¡No, claro que no! —protestó ella enseguida—. Si lo supiera, lo diría. Si es una sociedad secreta, no admitirá a mujeres. Que yo sepa, ninguna lo hace. —Miró a Monk—. Ya me lo preguntó el otro día, y he procurado pensar en algo, pero no lo consigo.

Monk cambió de tema. Echó un vistazo en derredor y un cuadro del mismo muchacho que había visto días antes fotografiado le llamó la atención. Era guapo, de pómulos altos como Adel, y con su misma tez clara.

—¿Cómo le van los estudios? —preguntó cortésmente.

—Bien —contestó Adel—. Es muy inteligente. —De pronto, se ruborizó—. Perdón. No quisiera parecer demasiado orgullosa.

Monk le sonrió.

—Es natural que esté orgullosa de él.

Miró a Haldane, para incluirlo en la conversación, pero su expresión era indescifrable.

Monk comenzó a dar cuenta de su plato. Le constaba que Adel lo estaba mirando y levantó la vista y asintió, con la boca llena.

—Excelente —dijo, en cuanto hubo tragado.

Satisfecha, Adel también se puso a comer.

Fue Haldane quien rompió el silencio.

—El miedo va a más. Empezamos a sospechar unos de otros y estamos demasiado cerca de que haya brotes de violencia. Ya ha habido peleas callejeras. La gente se vigila mutuamente y cada vez circulan más rumores. Todos sospechan de todos, incluso de personas que conocen desde hace años. Dicen que el asesino es un inglés, y yo soy inglés, de modo que me acusan. ¡A mí! Mi esposa es húngara. Ahora no formo parte ni de una comunidad ni de la otra...

El miedo se traslucía en su voz y en su rostro.

Adel tomó aire como para decir algo, tal vez discutir,

pero no dijo palabra. También debía de sentirse en conflicto con ambas comunidades.

Era la apertura perfecta.

—Bien, tal vez pueda decirme dónde estaba exactamente la noche en que mataron al pobre Rosza, y así pondría final a cualquier sospecha sobre usted —sugirió Monk. Haldane se sobresaltó.

—¿Sobre mí?

—Sería cierto para todo el mundo —le dijo Monk, aunque le interesó que Haldane pensara enseguida en él mismo.

—¿Usted lo hará saber? —preguntó Haldane de inmediato.

—Sí, si así lo desea.

Haldane pestañeó, y su rostro alargado y serio evidenció un gran alivio.

—Tengo suerte, mucha suerte. Esta mañana tenía previsto ir a reunirme con un hombre con el que hago negocios. Vive en la otra margen del río, y habría tenido que remontarlo un buen trecho hacia el norte y luego cruzarlo. Seguramente, nadie me habría recordado.

—¿Quizá el hombre con el que iba a reunirse? —sugirió Monk.

—No nos conocemos. No habría sabido si se trataba de mí o de otro. Solo hemos mantenido correspondencia, y las cartas iban dirigidas a su personal. Pero ayer canceló la reunión. Habría dado la impresión de que mentía. Según dicen, al pobre Rosza lo mataron muy temprano, ¿verdad?

—Sí.

—Podría haberlo hecho yo, y después tomar el transbordador.

—Así pues, ¿dónde estaba usted?

—No me levanté hasta casi las siete, tal como Adel y mis sirvientes certificarán. Y me fui al café de la esquina de Cable Street con Love Lane. Hay que dar un paseo bastante largo, pero es un local estupendo para sentarse a charlar. Buen café y salchichón especiado con pan.

—¿A quién vio allí?

—A Matyas Andrassy. Puede comprobarlo. Y también había otras personas. Como Greta, la esposa de Matyas, por ejemplo. Estaba lejos de donde mataron al pobre Rosza.

Esta vez miró a los ojos de Monk, esbozando una sonrisa.

—Gracias, señor Haldane.

Monk se las arregló para que su voz sonara cortés, incluso como si estuviera complacido. Comprobaría la coartada de Haldane con todo detalle, pero le había creído.

Miró a Adel, con la intención de tranquilizarla, y lo intrigó la expresión de su rostro. Era una mezcla de sorpresa y alivio. ¿Acaso no había sabido hasta entonces que su marido era inocente o, como mínimo, no se lo había creído del todo?

Monk terminó su cena, poco atento a su sabor para apreciarla como merecía. Le interesaba que Haldane pudiera demostrar que estaba en casa a la hora de la muerte de Rosza. En su mente había tenido la creciente sospecha de que Adel Haldane había sentido por Fodor una mayor estima de la que sería aceptable para su marido. Lo había entrevisto el día en que se conocieron. Fue solo una sensación de afecto, la manera de esquivar el tema, una sombra en el semblante de Haldane, pero ahora se dio cuenta de que había sido real, al menos para el propio Monk.

Sin embargo, si Adel hubiese tenido una aventura, esta podría haber terminado en violencia, una pelea, incluso una muerte accidental. Pero la muerte de Fodor no había tenido nada de accidental. Había sido violenta y premeditada. Y las otras dos eran exactamente iguales.

Haldane no podía haber cometido aquel asesinato ni el de Lorand Gazda. Antal Dobokai no pudo haber cometido el primero. Todos se conocían, pero solo por casualidad. Monk y Hooper habían intentado descubrir sin éxito un vínculo más profundo, relaciones.

¿Había realmente un hombre despiadado asesinando inmigrantes húngaros en la zona solo porque eran diferentes y, a su juicio, peligrosos? ¿Qué amenazaban? ¿Negocios ingleses, su religión, su libertad o prosperidad, la seguridad en las calles? En realidad, nada, según el punto de vista de Monk.

Terminó de comerse el plato, dio las gracias a Adel por la cena y a Haldane por su hospitalidad.

—No hay nada que agradecer —le aseguró Haldane, estrechándole la mano enérgicamente—. Siempre será bienvenido. Vuelva otro día.

Monk y Hooper siguieron investigando grupos y organizaciones de signo anticatólico, personas que habían puesto de manifiesto opiniones nacionalistas o antirreligiosas, todo tipo de sociedades secretas. Monk tuvo que emplear a los cuatro agentes de su brigada, quedándose corto de personal para afrontar los demás delitos que asolaban el río. No había efectivos disponibles para investigar un caso de hurto de madera en el muelle de Regent's Canal. Hubo una reyerta con arma blanca junto al embarcadero de Prince's Stairs, en la orilla sur —un asunto feo, pero sin heridos— y solo pudo enviar a un hombre a investigar un caso de contrabando en la dársena de East India Docks.

Transcurrieron tres días sin que Monk pudiera constatar un progreso apreciable en la investigación de los asesinatos. La tensión iba en aumento. Imperaba el mal genio, la más ligera irregularidad en cualquier cosa suscitaba miedo, sospecha, culpa. Las historias se exageraban al contarlas. Los chismes eran como una maleza con raíces que se esparcían bajo los cimientos de todo, con semillas que el viento diseminaba. Había duda y sospecha por doquier. Llegaron pistas falsas que apuntaban a rituales oscuros, creencias obscenas, todo lo cual tuvo que ser investigado, para luego resultar no ser nada.

Después, en la mañana del quinto día tras el asesinato de Rosza, Monk fue despertado de nuevo por una fuerte y sostenida llamada en la puerta principal. Ya era de día, pero en verano solo significaba que eran más de las cinco.

Se levantó de la cama de un salto, despertando sin querer a Hester, que no tuvo necesidad de preguntarle qué ocurría. No cabía malinterpretar la fuerza y la urgencia de los golpes.

Monk agarró la bata del gancho de la puerta y bajó las escaleras descalzo. Abrió la puerta de par en par. Tal como esperaba, encontró a Hooper en el umbral, de nuevo mal vestido, con el cuello del abrigo mal doblado. Su rostro hizo que la pregunta fuese innecesaria.

—Ha habido otro —dijo, antes de que Monk tuviera ocasión de hablar—. El peor hasta ahora. Tengo un transbordador aguardando. Será mejor que se vista, tardaremos un buen rato en regresar. Un hombre llamado Kalman Pataki. Húngaro, lleva aquí más o menos un año.

Monk se apartó para dejar que Hooper entrara. No había necesidad alguna de conversar. Monk hizo un vago ademán hacia la cocina y volvió a subir las escaleras de dos en dos.

Hester se había levantado y llevaba puesta la bata, con el pelo recogido en una trenza. Miró a Monk a la cara y no le preguntó nada. Se dirigió hacia la escalera.

—No hay tiempo para desayunar —dijo Monk, quitándose la bata y alcanzando su camisa—. Hooper seguramente está en la cocina, pero no puedo entretenerme rastrillando la hornilla para volverla a encender.

—Un vaso de agua y algo para el camino —dijo Hester desde el descansillo—. Y para Hooper, también.

Se marchó escaleras abajo antes de que pudiera contestar.

Se vistió y afeitó demasiado deprisa, haciéndose un corte en el mentón. No fue más que una pequeña incisión, pero, por descontado, sangró. Maldiciendo entre dientes, le aplicó astringente, haciendo una mueca. Tenía la barba demasiado cerrada para ir sin afeitar; le hacía tener aspecto desaseado, todavía medio dormido.

Hooper estaba en la cocina comiéndose un bocadillo de pan fresco y carne fría que Hester le había preparado. Encima de la mesa tenía un vaso de agua, y lo mismo para Monk.

—Gracias.

Monk cogió el vaso de agua, se lo bebió de un solo trago, dio un beso a Hester, recogió el bocadillo y se dirigió a la puerta, con Hooper pegado a sus talones.

El cadáver estaba en Lower Shadwell Street, a solo una manzana del río. Kalman Pataki estaba en una habitación pequeña en uno de los almacenes con fachada al agua. El despacho mediría unos cuatro metros por cuatro y medio, amueblado como el tipo de oficina más simple, con un viejo escritorio, muy mellado y manchado de tinta, y con cercos de agua que habían dejado vasos y tazas. Encima había un tintero y al menos una veintena de hojas de papel: cartas, listas y recibos. El mobiliario lo completaban dos sillas de respaldo duro y una serie de archivadores y cajones.

Ahora bien, todo esto estaba en el campo visual periférico de Monk. Lo que atraía su atención y le revolvía el estómago era la figura de un hombre de mediana edad, despatarrado bocarriba en el suelo, con los brazos abiertos. Un sable oxidado le sobresalía de la parte baja del pecho, más o menos a la altura del estómago, y tenía ensangrentada toda la parte central del cuerpo, que descansaba en un charco de sangre.

Monk se obligó a apartar la vista del cadáver para buscar las consabidas velas mojadas en sangre. Ahí estaban, tal como había supuesto. Diecisiete en total, igual que en los casos anteriores. Aquellas eran más variadas, de longitudes y grosores diferentes, unas de cera, otras más baratas de sebo, pero todas mojadas en sangre.

Pero lo que más le consternó fue una figurita de escayola de la Virgen María. Tenía la cara destrozada y toda ella estaba empapada de sangre, como si alguien la hubiese agarrado por los pies y la hubiese hincado de cabeza en la herida abierta.

Dejó escapar un suspiro. No encontraba palabras que le parecieran adecuadas. Las palabras podían describir lo conocido y crear lo nuevo, pero no enmarcar un horror de aquel orden.

¿En qué mente cabían tales atrocidades?

No le sorprendía que los periódicos, la policía regular, todo el mundo estuviera reclamando una respuesta, una solución, un final a aquello. Tenían derecho a exigirlo. ¿Por qué no conseguía ver lo que sin duda tenía delante de los ojos? ¿Cómo era posible que un hombre capaz de hacer aquello no fuese obvio para nadie, ni siquiera para un hombre que había pasado toda su vida profesional en la policía, o como detective privado, dando caza a toda clase de asesinos? ¿Qué le pasaba para que trastabillara de aquella manera, impotente, dejando que siguiera ocurriendo?

Había sospechado tanto de Haldane como de Dobokai, y había quedado claro su error puesto que ambos podían dar cuenta de su paradero en el momento de al menos uno de los asesinatos. Pero los asesinatos estaban teniendo lugar a primera hora de la mañana, antes del amanecer. La mayoría de la gente estaba en la cama. ¡Monk estaba en la suya! Si no compartiese cama con Hester, no podría demostrar su inocencia.

Haldane la compartía con su esposa, ¿pero cuán profundamente solía dormir ella? O ¿cuán dispuesta estaba a mentir por él?

Dobokai no estaba casado.

Monk se volvió hacia Hooper y vio lo pálido que estaba. ¿Le cruzaban la mente aquellos mismos pensamientos?

—¿Dónde está Hyde? —preguntó Monk.

—Todavía no ha llegado —contestó Hooper—. Tiene otro crimen a un par de kilómetros de aquí. No se dará prisa en venir.

No había nada de lo que discutir, ni siquiera de lo que hablar. Monk se sintió como si estuviera en medio de una pesadilla que ya le resultaba familiar. El resto del día siguió desarrollándose como si lo hubiera vivido antes, y por más que lo intentó, no pudo romper el hechizo.

La misma gente estaba en la calle, sus rostros distorsionados por el miedo y el dolor. Sus voces tenían los mismos tonos ásperos. Incluso las palabras en húngaro tenían sentido de tantas veces como las había oído. No las habría sabido pronunciar, pero estaba aprendiendo las palabras «incompetencia», «pereza», «estupidez», «peligro», que se decían tan a menudo que las reconocía. No habría contestado aunque las hubieran dicho en inglés.

Como siempre, Dobokai estaba entre la muchedumbre reunida, abriéndose camino hacia delante.

—Piensan que a usted le trae sin cuidado porque somos extranjeros —explicó Dobokai—. Están diciendo que, si estuvieran sacrificando como a animales a su gente, habría descubierto al asesino la primera vez. —Tenía una expresión de cansancio y la piel pálida, tirante sobre los huesos, la nariz más afilada—. No paro de decirles que no es verdad. Que usted está haciendo todo lo que puede, pero están empezando a pensar que los engaño.

Miró fijamente a Monk, escrutándole los ojos, tratando de descifrarlos. ¿Buscaba esperanza? Tenía derecho a esperar algo.

—¿No cree que resolvería semejante crimen si pudiera? —preguntó Monk—. No me extraña que estén enojados y asustados.

—Están ayudando cuanto pueden —dijo Dobokai más nervioso—. Todos hemos dado cuenta de dónde estábamos en el momento de los asesinatos. Hemos dado nombres de personas que nos han amenazado. ¿Qué más quiere? Deme algo que decirles, señor Monk. ¿Qué aspecto tiene la persona que hace esto? ¿Por qué lo hace? ¿Por qué nosotros? ¿Qué hemos hecho para desatar la ira de este... monstruo?

Monk buscó algo que decir que ofreciera consuelo sin ser una mentira flagrante. Aquellas personas solo estaban enojadas porque tenían miedo, y tenían derecho a estarlo. Miró más allá de Dobokai, al gentío que este tenía a sus espaldas, hombres y mujeres que presentaban el aspecto de cualquier otro ciudadano de Londres, solo que su idioma los segregaba, igual que los pómulos inusualmente altos y anchos de algunos de ellos.

Un hombre gritó algo en húngaro. Monk creyó reconocer algunas palabras. Tenían que ver con impaciencia y falta de interés.

—¡No le importa! —gritó alguien.

—¡Aguarde a que maten a los suyos! —agregó otro.

—¡Sí! ¡Ya va siendo hora! —exclamó un tercero.

La multitud corrió hacia delante, forzando a Monk a dar

varios pasos hacia atrás. Intentó desesperadamente encontrar palabras que no sonaran trilladas. No solo merecían honestidad, sino que necesitaban algo de esperanza para evitar la violencia. Aquel era su trabajo, mantener el orden.

Y no merecían mentiras, excepto que las mentiras podrían ser lo único que tuviera sentido. No tenía idea de cuál era la verdad.

Había más gente llegando de dos en dos y de tres en tres, y ahora la muchedumbre ya bloqueaba la calle.

Miró el rostro desafiante de Dobokai y sus ojos claros, azules como el cielo.

Si la multitud se descontrolaba, atacaría a quienes culpaba: Monk y Hooper, que estaban a su lado. Entonces serían culpables de asesinar a un oficial de policía. Alguien sería ahorcado, y sería peor para todos ellos. La ley nunca permitiría que nadie se saliera con la suya tras matar a unos agentes de policía. No podrían hacerlo y seguir viviendo como si tal cosa. Sería el comienzo de la anarquía.

—Dígales que alguien está intentando incitarlos a la violencia —le dijo a Dobokai—. No sé si es el mismo hombre que está cometiendo estos asesinatos u otro que se está aprovechando de la situación, pero será inculpado. La gente dirá que los húngaros trajeron esta violencia tan espantosa e inhumana consigo, así podrán negar que el autor sea inglés o que tenga algo que ver con ellos. Alegarán que ustedes atacaron a la policía porque no conseguía resolver el crimen. ¿Sabe qué significará eso? Al menos uno de ustedes morirá en la horca, será el cabeza de turco. Y no habrá paz para ninguno de ustedes. Será la excusa perfecta que andan buscando.

Dobokai le sostenía la mirada.

—¡Es monstruoso! ¡Nosotros somos las víctimas!

—Ya lo sé —respondió Monk, notando la aspereza de

su propia voz—. Pero es normal que la gente culpe a otros. El resto de la policía le culpará a usted si no mantiene el orden. Si permite que estos hombres nos ataquen a mí y a mis agentes, será ahorcado, y la culpa recaerá sobre toda la comunidad. No es justo, pero es la verdad. Nunca hemos tenido crímenes de esta índole antes de que llegaran ustedes.

Dobokai respiró profunda y lentamente varias veces y la comprensión asomó a su semblante.

—Es una vileza, pero tiene razón. Permítame decirle una cosa, señor Monk, más vale que descubra pronto quién nos está haciendo esto, o las palabras dejarán de dar resultado. ¿Me ha oído bien?

—Sí, señor Dobokai, y le creo. Y si usted me cree a mí, hará lo posible por mantener el orden... por su propio bien.

—Entendido.

Dobokai se volvió y miró a la multitud, cada vez más numerosa. Levantó las manos, e incluso antes de que empezaran a prestar atención, empezó a hablar.

Monk no tenía ni idea de lo que decía, pero el tono de voz de Dobokai era casi hipnótico. Se repitió varias veces, suplicándoles, gritándoles y luego hablándoles en un tono conciliador, como a amigos, incluso como si fueran de su propia familia, implorando, prometiendo.

Poco a poco comenzaron a calmarse. Aquí y allá había personas que asentían con la cabeza. Una mujer gritó algo que pareció una bendición, y alguien le hizo eco.

Hombres y mujeres se acercaron unos a otros. Unos cuantos rezagados se marcharon, emocionalmente agotados. Después se fueron más, y finalmente solo quedó un puñado de personas.

Dobokai se volvió hacia Monk y Hooper, pero fue a Monk a quien miró.

—No tiene mucho tiempo, señor Monk —dijo en voz

baja—. Dos o tres días, quizá, después no podré retenerlos más.

Monk le creyó.

—Gracias —respondió—. Lo conseguiremos.

Dobokai asintió y se marchó.

—¿Podemos? —preguntó Hooper—. ¿Sabe algo nuevo?

—No, qué va —admitió Monk—. Pero tenemos que descubrir... ¡no sé qué! Dobokai tiene razón, esto no los retendrá más de dos o tres días.

A última hora de la tarde siguiente Monk estaba en la calle en Shadwell, a menos de un kilómetro de donde vivía Fitz, cuando oyó un grito desgarrador tal vez a unos cien metros de distancia.

Se volvió para ver qué ocurría. Un hombre gesticulaba, agitando los brazos en el aire, haciendo señas para que alguien se acercara, señalando hacia su izquierda.

Se oyó otro grito de alguien que estaba a su derecha.

Dos hombres aparecieron por una esquina, vieron lo que estaba señalando y avivaron el paso hasta echar a correr.

Monk no se dirigió hacia ellos, sino a su izquierda, y avanzó raudo hacia el cruce con Castle Street.

Entonces vio a Fitz, paralizado en medio de la acera. Iba embadurnado de sangre escarlata que le pegaba la camisa al cuerpo.

Otros hombres ya corrían hacia él, gritando en húngaro.

Fitz daba la impresión de no saber qué estaba sucediendo.

Monk le agarró el brazo.

—¡Huya! —le gritó.

Fitz se volvió para mirarlo.

—¿Qué?

Los hombres estaban a unos cien metros en dos direcciones distintas, y acercándose. Sus voces sonaban agudas. Uno de ellos era sastre y llevaba unas tijeras de cortar tela en la mano.

—¡Corra! —chilló Monk a Fitz, tirándole del brazo—. Vamos.

Como si captara su miedo a través del contacto físico, Fitz se giró y echó a correr a una velocidad sorprendente.

Oyeron un chillido de furia a sus espaldas. Monk no se atrevió a volverse para ver si estaban acortando distancias. Corrieron un trecho más por la acera, saltaron a la calzada y zigzaguearon entre el tráfico. Faltó poco para que Monk fuese arrollado por una carreta. Trepó por la ligera pendiente del otro lado y vio aparecer a Fitz por detrás de un carromato cargado de leña.

Señaló hacia Cable Street, que era más llana, y entonces vio que también había unos hombres delante de ellos, agitando los brazos y escuchando los gritos que les llegaban desde atrás.

A la derecha estaba la bocacalle de King David Lane. Monk conocía la zona. Al menos no era un callejón sin salida. Si los acorralaban no tendrían escapatoria.

Había una comisaría de policía en la esquina. ¡Maldita sea! Eso era un error. Monk lo había olvidado. Pero ya era demasiado tarde para girar. Se oían más gritos de sus perseguidores.

Fitz hizo ademán de torcer a la derecha, pero Monk sabía que era una calle estrecha y que tras el cruce con Carriage Way había un callejón sin salida a la derecha. Si había hombres a la izquierda, estarían acorralados. Supo cómo debía de sentirse un animal cuando le daban caza.

¿Debía volverse y encararse con ellos, tratar de retenerlos y dar a Fitz la oportunidad de escapar? ¿Adónde?

¿Sabrían siquiera quién era Monk? No iba de uniforme.

¿Dónde estaban? Ahí estaba Juniper Row; terminaba en Glamis Road, cerca de High Street.

¿Cuán lejos sería capaz de correr Fitz? ¿De quién era la sangre? Si lo atrapaban, lo matarían, aunque no fuera esa su intención.

Monk oía los latidos de su corazón y el golpeteo de sus botines sobre la acera. Fitz seguía manteniéndose un par de pasos por delante de él. ¿Pelearía si los acorralaban?

No les haría ningún bien. Había más hombres sumándose a los perseguidores, que ya eran al menos una docena. Alguien tiró una piedra que chocó contra la pared a un metro de Monk y se hizo pedazos. Una de las esquirlas le dio en la mejilla, haciéndole un daño sorprendente. A la turba ya le traían sin cuidado la ley y la policía. Estaban dando caza a un lunático que masacraba a los suyos y había roto la estatuilla de la Virgen María y la había untado de sangre.

Final de Glamis Road: Fitz titubeó. Monk le agarró el brazo, casi haciéndole perder pie. Hizo un gesto con la mano, indicando Market Hill, que quedaba justo enfrente. Ahora sabía dónde estaba. Al final daba a un estrecho callejón cuyo nombre le había quedado grabado en la mente: Labour in Vain, «trabajo en vano». Estaban casi en el muelle. Allí había almacenes, un par de ellos vacíos. Les darían la oportunidad de esconderse y recuperar el aliento.

Si conseguía llevar a Fitz hasta el río, tendrían una oportunidad. Monk no podía aventajar a sus perseguidores corriendo, eran demasiados. Ahora bien, en el agua podría dejarlos atrás a fuerza de remar, si conseguía una barca. Estaba mucho más acostumbrado a los remos de lo que suponía que estaría ninguno de ellos. Unos cuantos años en el río le habían ensanchado las espaldas y dado una fuerza en los hombros que nunca antes había tenido.

Pero no estaba acostumbrado a correr a toda mecha más de un kilómetro. Le costaba respirar.

Miró a Fitz, apoyado contra una pared e inclinado hacia delante. También respiraba trabajosamente y tenía el rostro congestionado.

—¿Por qué está haciendo esto? —preguntó Fitz—. También lo matarán a usted.

—No matarán a ninguno de los dos —respondió Monk entre jadeos.

—¡No sea tan condenadamente estúpido! Claro que lo harán. Piensan que he asesinado a cuatro de los suyos. Y, Dios me asista, no sé con seguridad que no lo hiciera. Lárguese antes de que nos alcancen. Nos encontrarán en cuestión de minutos. Son casi una veintena.

—Sí, claro —dijo Monk con sarcasmo—. Me iré a casa y le diré a Hester que lo he abandonado en la calle para que la turba lo haga pedazos. Seguro que lo comprenderá.

Fitz lo miró fijamente.

—Ella no querría que también lo hagan pedazos a usted y, créame, ¡lo harán!

—Ya lo sé. —Monk se irguió cuan alto era—. Cállese y sígame. Mi trabajo consiste en salvarle el pellejo...

—¿Para que luego puedan ahorcarme?

—Exacto. Pero después de un juicio, no antes. ¡Ahorre el aliento para correr!

Comenzó a avanzar lentamente, bajando por Labour in Vain Street, manteniéndose pegado a las fachadas, y luego echó a correr.

Durante largos minutos no se oyeron gritos cerca.

Doblaron la esquina de Lower Shadwell Street y llegaron a la hilera de almacenes que por detrás daban al río. Monk sabía cuáles estaban vacíos, solo faltaba que encontraran una puerta por la que entrar antes de que los húngaros los vieran. Allí estarían acorralados. Sería horriblemente fácil tirarlos al agua y asegurarse de que se ahogaran... los dos. Tendrían la sangre demasiado encendida para pensar en las consecuencias de asesinar a un policía.

Pero no podía entregarles a Fitz para que le dieran una paliza de muerte en la calle por crímenes que quizá había cometido... ¡o quizá no!

Le faltaba el aire y le dolían mucho los pies. Él y Fitz se detuvieron ante la puerta cerrada de un almacén vacío. Monk debía mantener las manos firmes y forzar la cerradura. ¡Deprisa! Ya se oían gritos. Se estaban acercando. ¡A lo sumo les quedaban minutos!

La cerradura se le resistía. Manejaba la ganzúa con torpeza. Si los atrapaban allí, sería el final. ¿Estaba Fitz dispuesto a pelear o se rendiría, esperando que dejaran a Monk en paz?

Monk lo miró de refilón y no supo ver nada en su semblante, ni siquiera el pánico que sentía en su fuero interno.

—Más vale que se dé prisa —dijo Fitz con una extraña rotundidad—. Están al final de la calle. No los veo porque hace curva, pero los oigo.

Monk notó que la cerradura cedía.

—Ya los veo —agregó Fitz—. Por desgracia, significa que también ellos nos ven.

Fitz tomó el brazo de Monk.

—Deje que me alcancen —dijo Fitz en voz baja—. Quizá lo haya hecho yo. No conservo ningún recuerdo ni se me ocurre por qué lo haría. Los húngaros se portaron...

Monk se abalanzó contra la puerta. Permaneció atascada un instante y luego cedió. Poco faltó para que Monk cayera al suelo, arrastrando a Fitz consigo.

—¡Silencio! —dijo bruscamente—. Ayúdeme a cerrar esta puerta y a buscar algo para atrancarla.

—¡Pero si son veinte, hombre! La derribarán en cuestión de minutos —arguyó Fitz.

Monk no le hizo caso y buscó un contenedor, una caja, cualquier cosa que pudiera arrastrar para atrancar la puerta. Solo tenían segundos. El interior del almacén lo iluminaban un par de ventanas altas, pero no había nada movible, ni un contenedor ni una caja de ningún tipo.

Monk maldijo entre dientes.

—Vamos. Corra. Aquí dentro no verán mejor que nosotros.

Agarró el brazo de Fitz y lo llevó medio a rastras entre la penumbra hacia el rincón donde debería haber una escalera. Parecía que aquel lugar llevara meses sin usar, o incluso años.

Avanzaron tan deprisa y en silencio como pudieron. La mente de Monk era un torbellino de ideas. Ellos estarían de espaldas al río, pero había tres tramos de escalones que bajaban hasta el agua a lo largo de aquel trecho, y la marea estaba baja desde hacía una hora. A esos lugares llegaban los transbordadores. Monk conocía a la mayoría de los barqueros. Todo lo que necesitaba era que uno estuviera lo bastante cerca para que los alcanzara antes que sus perseguidores.

Si escogían un sitio estrecho, de espaldas al río, no podrían rodearlos. Si uno caía al agua podía darse por muerto, a no ser que alguien lo rescatara.

La marea estaba subiendo; la corriente era rápida, fría y sucia.

¡Y Fitz podía ser culpable! ¿Realmente estaba dispuesto a morir por eso?

Estaban encaramándose por la escalera que conducía a la planta superior, Fitz delante, Monk pisándole los talones.

No confiaba en que Fitz no volviera a bajar. Tal vez no lucharía por su vida. No sabía si era inocente.

Monk acababa de llegar arriba cuando oyó el estrépito de la puerta de la calle al caer al suelo y la luz entró a raudales, visible incluso desde donde él estaba.

Tiró a Fitz al suelo y se tumbó medio encima de él.

Oía gritos abajo, pero eran en húngaro. Lo único que entendía era la ira. Cualquiera la habría entendido.

—Estese quieto —le susurró a Fitz.

—¿Por qué? —respondió Fitz, musitando—. Esto es el fin...

—¡Cállese!

Transcurrieron varios segundos sin que nadie se moviera o hablara.

Fitz tomó aire y se movió.

Monk le tapó la boca con una mano y lo agarró tan fuerte como pudo con la otra.

Entonces oyó que los hombres de abajo empezaban a revolver basura, hablándose a gritos.

Monk aprovechó el ruido que hacían para enmascarar el que hizo él para arrodillarse y llevarse consigo a Fitz, medio a rastras, hacia la plataforma de carga y descarga que daba a la fachada del río. Percibió el olor a sal que flotaba en el aire y los lametones de la marea. Probó una puerta, que se abrió a una habitación con una mesa, sillas y un escritorio, con el suelo sembrado de desechos.

Probó la siguiente, con el mismo resultado.

Los hombres ya estaban subiendo por la escalera, las tablas crujían bajo sus pesadas pisadas.

Forzó la puerta que daba a la tercera habitación y acto seguido notó el aliento frío del río.

Las pisadas sonaban fuertes, las voces, altas, por fin triunfales.

—¡Vamos! —dijo Monk con apremio—. ¡Dese prisa!

—¿Por qué? —Fitz lo miró desesperado—. No queda

nada por lo que luchar. Tal vez tienen razón y me merezco esto. Deje de esforzarse tanto, Monk. Si me voy con ellos, lo dejarán en paz.

—Usted no va a irse con nadie —le espetó Monk—. Venga aquí.

Fitz obedeció, con las manos colgándole en los costados.

Por un instante Monk se preguntó si iba a atacarlo con aquellas delicadas manos de cirujano. ¿Serían lo bastante fuertes para romperle el cuello? ¿Aplastarle la tráquea?

Estaban en el borde de la plataforma abierta, con el río debajo. Monk echó la vista atrás. Había un transbordador a unos veinte metros de distancia. Se volvió de cara al agua y agitó las manos, gritando.

La puerta se abrió de golpe y media docena de hombres se paró en seco, su presa acorralada al fin, de espaldas al agua y sin tener adónde ir.

Fitz se quedó inmóvil, con la espalda encorvada.

—Gracias —dijo a Monk en voz baja—. Ha hecho cuanto ha podido... por Hester, supongo. Usted no me debe nada.

—Le debo un juicio justo y el beneficio de la duda —replicó Monk con aspereza. Después miró más allá de Fitz, a los hombres que abarrotaban el umbral. Varios de ellos llevaban bastones y picos. Uno blandía unas tijeras de sastre. La luz resplandecía en las hojas, que eran lo bastante afiladas para cortar tela sin tirar de un hilo.

El primer hombre dio un par de pasos al frente.

—Esta vez no te escapas —dijo claramente en inglés. Después dirigió la vista a Monk—. No nos cause problemas y no le haremos daño.

Monk sabía exactamente qué iba a hacer. Había visto que el transbordador se dirigía hacia la plataforma de carga en respuesta a su señal.

—De todas formas, no me harán daño —dijo al hombre que había hablado—. Si me agrede, tendrá que matarme. Y asesinar a un policía, cuando usted sabe que es policía y está de servicio, hará que lo ahorquen, y con usted a todos los que hayan participado. ¿Eso es lo que quiere para su comunidad? ¿Sus familias? Media docena de ustedes juzgados y ahorcados por el asesinato del comandante de la Policía Fluvial? ¿Cree que ahora pasan apuros para alimentar a sus familias? Aguarde a que sus viudas e hijos descubran lo que es la verdadera penuria.

—¡Está protegiendo al hombre que asesinó a cuatro de nuestros hombres, matándolos como un animal salvaje, solo que peor!

Los demás gruñeron su asentimiento, avanzando unos pasos.

—¡Solo los protejo a todos ustedes de un crimen que no tendrá vuelta atrás, idiota! —dijo Monk furiosamente—. Lo estoy arrestando para llevarlo a juicio. Si quieren que lo condenen, bajarán las armas y empezarán a comportarse como los buenos ciudadanos que pretenden ser.

Se hizo un silencio tan tenso que Monk oyó el agua lamiendo las pilonas del embarcadero y el golpe sordo del transbordador contra la escalera.

—Haga lo que le diga —dijo en voz baja a Fitz— si quiere que alguno de nosotros dos salga de esta con vida. Si los húngaros se portaron bien con usted, suba al transbordador y salve a las esposas de estos hombres de la pobreza y el oprobio.

Fitz obedeció, con los hombros caídos como si estuviera demasiado abatido para mantenerse erguido.

Monk dio la espalda a los hombres y saltó con Fitz de la plataforma al embarcadero, y desde allí bajó la escalera hasta el agua, sin volver al vista atrás.

—Comisaría de la Policía Fluvial del Támesis —le dijo al barquero—. Justo después de la escalera de Wapping New Stairs.

—Sé dónde está, señor Monk —dijo el barquero—. ¿Se encuentra bien, señor?

—Sí, gracias, muy bien —contestó Monk—. Póngase cómodo, Fitz. Nos queda un buen trecho que recorrer.

11

Hester vio la palidez de Monk y el estado de su ropa. Saltaba a la vista que estaba agotado y que había participado en algún tipo de disputa. Que su ropa pudiera salvarse era lo de menos, pero las manchas de sangre, el polvo que lo cubría y la mirada de sus ojos la asustaron.

Monk había entrado en su casa e ido directamente a la cocina. Hester había salido al recibidor. Ahora lo seguía de cerca, deslizó el hervidor hacia el fogón y se volvió de cara a él.

—Lo siento. He tenido que arrestar a Fitz —dijo Monk en voz baja—. Ha sido lo único que he podido hacer para salvarlo.

Hester deseaba estrecharlo con fuerza entre sus brazos, decirle que, mientras él estuviera bien, cualquier cosa que hubiese ocurrido podría soportarla; que ambos podrían.

Tragó saliva, reprimiendo el instinto de ofrecerle un consuelo momentáneo que él encontraría condescendiente.

—¿Qué ha ocurrido?

Monk seguía en pie. Quizá había pensado que sabía lo que iba a decir, pero ahora aquellas palabras le parecían torpes, incompletas.

—Fitz —contestó en voz baja—. Está vivo...

—Siéntate —le dijo Hester—. ¿Lo hizo él, después de todo?

Monk abrió un poco los ojos, pero obedeció y se sentó.

—No lo sé. Creo que no, pero lo he visto en la calle, cubierto de sangre otra vez. Parecía que estuviera en las nubes.

Apoyó los codos sobre la mesa, se inclinó hacia delante y se pasó las manos por el pelo.

Hester aguardó, con el corazón palpitante. Sintió crecer dentro de sí una aflicción para la que debería haber estado preparada, pero la pilló por sorpresa que doliera tanto. Fitz había formado parte de la época más disparatada, valiente y peligrosa de su vida. El horror solo había sido soportable gracias al apoyo que le proporcionaba la camaradería, el saber que no estaba sola en medio de todo aquello.

Se dio la vuelta. No quería que Monk la viera derramar lágrimas. Se culparía a sí mismo por no haber sido capaz de salvar a Fitz, tal como había prometido.

Como excusa para disimular su emoción, fue a buscar la tetera, la calentó, metió hojas frescas y acto seguido el agua hirviente.

La llevó hasta la mesa, junto con la leche y dos tazas limpias.

Monk levantó la vista hacia ella.

—No he llegado a descubrir de dónde procedía la sangre, solo sé que no era suya. Un grupo de hombres, más de diez, me han exigido que les entregara a Fitz. No podía hacerlo. Lo habrían hecho pedazos.

Hester le creyó con espantosa facilidad.

—Nos han perseguido casi dos kilómetros. He ido hacia el río. He pensado que si lográbamos entrar en un almacén podríamos darles esquinazo y buscar una barca. Eso los retrasaría y reduciría su número. En una barca no caben más que seis o siete hombres. Y dudo que estuvieran tan acostumbrados a remar como yo.

Hester negó con la cabeza, con un gesto apenas perceptible.

—¿Pero...?

—Nos han alcanzado en el almacén. He tenido que arrestar a Fitz por los asesinatos. Era la única forma de apaciguarlos. Algunos iban armados. Yo habría presentado pelea, tanto si Fitz lo hacía como si no. Creo que estaba dispuesto a irse con ellos, a fin de salvarme. Hester... ¿te imaginas lo que le habrían hecho? ¿Y también a mí? ¿Y lo que les habría ocurrido por haber asesinado a un policía? ¡Los habrían ahorcado a todos!

Se estremeció. Tal vez estuviera pensando en ellos, rehusando imaginar siquiera el horror del que había escapado él.

Hester lo miraba fijamente. Estaba agotado hasta los huesos y había pasado mucho miedo, aunque se negara a admitirlo. Se había visto obligado a arrestar a Fitz por un crimen que no estaba claro que hubiese cometido. Estaba físicamente agotado pero, todavía peor, emocionalmente vencido.

—Si esperas que lo lamente por ellos, esperas en vano —dijo Hester con calma—. Las personas decentes no se comportan así.

Monk levantó la vista, sonriendo por primera vez.

—Las personas decentes van a la guerra, Hester. Lo sabes bien. Las mujeres desesperadas venden su cuerpo en las calles, y todos hacemos algo cuando estamos aterrorizados, aunque no sea más que emborracharnos. Eso nunca te ha impedido ayudar cuando has tenido ocasión. No es propio de ti ser sentenciosa.

—No te amenazaban a ti —dijo Hester sin más—. No

de esa manera —agregó, recordando cuántas otras veces se había visto amenazado con que saliera a relucir su pasado, culpándolo de cosas que no podía recordar, o simplemente porque estaba demasiado cerca de atrapar a alguien y demostrar su culpabilidad. Aun así, no era exactamente lo mismo que aquello.

Hester le sonrió de nuevo, medio arrepentida, asustada y a punto de perder la compostura otra vez.

—¡No he dicho que estuviera bien!

Monk se levantó despacio porque le dolían las articulaciones y la abrazó tan estrechamente que la lastimó sin querer.

—No me preguntes si Fitz es culpable —dijo Monk dulcemente, su rostro rozando el cabello de Hester—. No lo sé, y él tampoco. Y no lo culpes por haber dejado que lo rescatara; no le he dado otra opción. Se habría ido con ellos si se lo hubiera permitido. Pero, por el momento, está a salvo en la comisaría de Limehouse.

Hester no respondió. Al menos aquel rasgo de Fitz no había cambiado.

A la mañana siguiente, uno de los primeros pensamientos de Hester fue preguntarse cómo reaccionaría Scuff ante el arresto de Fitz. Entendería que Monk lo había hecho por la necesidad de salvar a Fitz de lo que casi se había convertido en justicia perentoria en las calles por asesinato. ¿Culparía a Monk por no haber resuelto el crimen antes de que se llegara a aquellos extremos?

Sería injusto, aunque le constaba que Monk se culpaba a sí mismo. Había crímenes que nunca se resolvían, por más que alguien se empeñara en ello. Pero Scuff se había acostumbrado al éxito de Monk.

Eso también era una pesada carga que llevar sobre los hombros. Por supuesto, había habido fracasos, siempre los había. Ahora bien, ¿Scuff lo asimilaría? Las únicas personas que acumulaban un éxito tras otro eran las que se ceñían a sus capacidades y nunca intentaban hacer algo difícil, nada que los excediera, que fuese nuevo o que pudiera pasar factura a su fuero interno, a costa de su bienestar y sus creencias. ¿Acaso no sería este el mayor fracaso de todos?

Pero eso no impediría que a Scuff le doliera el arresto de Fitz. Scuff quería ser médico. Tenía que acostumbrarse a aceptar que no podría curar a todos sus pacientes, y desde luego no salvar todas las vidas, a no ser que nunca tratara a un paciente con algo peor que una migraña o un resfriado común.

Hester se aseguraría de que supiera lo que en verdad había ocurrido.

Antes iría a ver a Fitz a la prisión. Necesitaba saber todo lo que él recordaba. Y a él había que asegurarle una vez más que había personas que seguían creyendo en él y preocupándose, al margen de lo que resultara ser la verdad, o incluso si nunca llegaba a descubrirse. Había sido un buen hombre, un buen amigo. Era preciso que supiera que eso seguía siendo cierto, aunque se encontrara en medio de una noche negra.

No dijo a nadie adónde iba. Ya daría explicaciones después, o no. Se puso un vestido de día azul celeste con los puños blancos almidonados y un pañuelo blanco en el cuello. Se había enterado de dónde estaba Fitz por Monk, y tardó más de tres cuartos de hora en llegar, la mayor parte de ese tiempo consumido por el viaje en transbordador.

Dijo a los responsables de Limehouse que era la esposa del comandante de la Policía Fluvial y que llevaba consigo ropa y sábanas limpias para Fitz.

Le concedieron media hora con el prisionero. Los calabozos eran siniestros, como bien sabía de visitas anteriores a otras personas, incluso a Monk en una época difícil y amarga. Le cronometrarían el tiempo al minuto. Le quitaron la ropa para Fitz para registrarla a conciencia antes de entregársela a él. Hester ya contaba con ello.

Cuando Fitz entró, seguía vistiendo las prendas que llevaba cuando lo habían detenido. Tenía mucho peor aspecto que Monk. Estaba sucio, rebozado en polvo y sangre seca. Si un jurado lo viera así, lo condenaría sin necesidad de deliberar.

Al ver a Hester, Fitz se sonrojó de vergüenza y luego, a pesar de todo, le iluminó el semblante un atisbo de alivio.

Hester se abstuvo de ir a su encuentro, de hacer ademán de tocarlo. El celador estaba de pie junto a la puerta. Cualquier infracción del reglamento supondría el final inmediato de aquel privilegio.

Confió en que la mirada de sus ojos transmitiera la emoción que sentía. No había tiempo para palabras de consuelo. Fitz tendría que entenderlo.

—Siéntate —sugirió Hester—. Te he traído ropa limpia. Es de William porque no tenía tiempo de ir a buscar la tuya. Te irá bastante bien.

—Gracias... —comenzó Fitz, sentándose tal como le había pedido.

Hester se sentó enfrente.

—Tenemos que hacer planes.

—¿Para qué? —Una chispa de su viejo humor mordaz brilló un instante en sus ojos—. Un poco de dignidad es lo único que puedo esperar...

—Tonterías —le espetó Hester, aunque estaba al borde del llanto—. El paciente todavía no ha muerto, Fitz. No nos rendimos...

—¡Oh, Hester, por favor! Ni siquiera yo creo en mi inocencia. Sinceramente, no sé si cometí esos asesinatos y, desde luego, aún menos por qué. Cuando estuve en Hungría todo el mundo fue muy amable conmigo. Por eso, en parte, me quedé tanto tiempo. Son buena gente.

—Siendo así, ¿por qué ibas a matarlos? ¿Y encima de una manera tan horrible?

—¡No lo sé! ¡Por Dios, no sé nada! Tal vez esté loco. Quien es capaz de hacer eso a otro ser humano tiene que estarlo, ¿no te parece?

—Si te sintieses lo suficientemente perdido y con un profundo dolor, podría creer, a regañadientes, que te matases a ti mismo, pero no a otra persona, y luego a otra y a otra. No, no creo que hayas sido tú.

Fitz alargó el brazo por encima de la mesa. Tenía las manos frías, y fuertes, su rostro revelaba un sufrimiento tan profundo que parecía insondable.

—No sé si lo hice o no. Tengo pesadillas tan terribles como cualquiera de las cosas que vimos. Peores, porque en ellas no estoy ayudando a nadie. Todo se hace pedazos en cuanto lo toco. A veces todo el mundo muere y me sumo en la oscuridad, como si yo también estuviera muerto. —Negó con la cabeza, sin apenas moverla—. Déjalo correr, Hester. No me puedes ayudar.

—Tienes pesadillas, eso ya lo sé. Pero cuando estás despierto actúas prácticamente como siempre. Seguro que sabes cuándo viniste a Shadwell, aunque sea aproximadamente.

—¿Qué importancia tiene?

—Necesito toda la información que puedas darme. —Hester tenía un lápiz y una libreta para escribir sus respuestas—. Por favor, dímelo. No podemos perder el tiempo discutiendo, Fitz. Solo contéstame. ¿Cuándo llegaste a Shadwell?

—Hará unos seis meses. En torno a febrero de 1870.

—¿Por qué fuiste ahí? ¿Por qué no a otro lugar de Londres?

—Me gustan los húngaros —dijo con ironía—. Me gustan sus relatos, la manera en que ven la tierra. Me gusta su alegría de vivir, el cuidado que ponen en los oficios más sencillos.

—¿Cuánto tiempo viviste en Hungría?

—Entre un sitio y otro, unos once años.

—¿En un mismo lugar o en varios?

—En varios. Al menos un año en Budapest. Es una ciudad maravillosa. Te encantaría.

—Soy feliz en Londres; tengo demasiados amigos aquí para marcharme. ¿Dónde más estuviste?

—En otras ciudades. Con frecuencia en pueblos pequeños. —Le refirió una lista de una docena o más, deletreando los nombres para que pudiera anotarlos—. ¿De qué sirve esto?

—No lo sé. ¿Ejercías la medicina?

—Por supuesto. A veces con animales. Me gusta curar, y tenía que ganarme el sustento.

—¿Por qué no regresaste a Inglaterra? Seguro que te lo preguntan.

—Lo hice. Estoy aquí.

—¡Fitz! Intento ayudarte.

—Perdona. Aunque en realidad no servirá de nada, Hester. No tengo recuerdos completos. Recuerdo la tierra, lo hermosa que era en algunos lugares. Recuerdo lo pobres que eran algunas personas. Y lo magníficas que eran las casas de los ricos. Pero eso probablemente es igual en todos los países. No recuerdo que nadie me tratara mal, pero las pesadillas iban y venían, siempre estaban en el fondo de mi mente, aguardando para sorprenderme de nuevo.

—¿Conociste a alguno de los húngaros que viven aquí cuando estabas en Hungría?

—No, que yo recuerde. —Fitz sonrió—. ¿Piensas que todos saben algo terrible sobre mí que yo no recuerdo, y que los maté para asegurarme su silencio? Estás perdiendo el tiempo, Hester. Nunca has sabido cuándo darte por vencida. Vas a perder a algunos pacientes. Así es la medicina. Así es la vida. Soy uno de los que no puedes salvar. Y si maté a esas personas, ¡no deberías siquiera intentarlo!

—¿Y si no lo hiciste? —preguntó enfurecida—. ¿Tendría que dejar que te ahorcaran y que quien lo hizo siga matando? ¿O acaso dejará de hacerlo y se saldrá con la suya?

Estaba tan enojada que le temblaba la voz, y le daba un miedo horrible que Fitz pudiera estar en lo cierto.

—Hester. —Alargó el brazo y volvió a cogerle la mano. Hester se sorprendió de lo fuerte que era Fitz—. No puedo declararme inocente; lo único que puedo decir es que no lo sé. No se me ocurre ninguna razón para haber hecho algo tan espantoso, pero quizá estoy loco. Es posible. No rompas tu corazón por los que no puedes salvar. Así se desperdicia un buen corazón; en tu caso, uno espléndido. Mantenlo entero para todas las personas a las que puedes ayudar. Y alienta a ese muchacho, Scuff, convertido en Will. Algún día será un médico de primera. Ese es el paciente que realmente vale la pena salvar.

—Dime cómo te heriste y cuánto tardaste en curarte —inquirió Hester.

—Eso no importa. No demuestra que haya matado a esas personas ni que no lo hiciera. No recibí un golpe en la cabeza, no me dieron palizas ni me torturaron. Solo recibí ayuda. Lo peor que he padecido ha sido el frío, el dolor y la soledad. Cosas que le ocurren a la mitad de la gente del mundo, y que no son culpa de alguien concreto.

Hester abrió la boca para discutir, pero el celador se acercó. Se había olvidado de él y se sobresaltó.

—Se acabó el tiempo, señora —dijo con firmeza—. Es hora de irse.

Hester tocó ligeramente la mano de Fitz. Luego se levantó, dio las gracias al celador y se fue.

Fue directamente al bufete de Rathbone en Lincoln's Inn. Su amistad con Rathbone había sido larga y profunda, y muy variada. En una ocasión le había pedido que se casara con él.

Hester había declinado porque tanto si él la amaba como si no, sabía que Monk era el único hombre a quien daría todo su corazón y un compromiso de por vida.

Ella y Rathbone habían conservado su amistad. La incomodidad del principio pasó deprisa. Habían colaborado en muchos casos, tanto en la acusación como en la defensa. Su mutua atención y lealtad eran de lo más profundas. Y, aparte de eso, no había un abogado mejor en toda Inglaterra.

Otro aspecto de Rathbone, tal vez más importante esta vez, era que había cometido graves equivocaciones y luchado para enmendarlas. Ahora era más amable, mucho más prudente a la hora de juzgar a los demás. El sufrimiento amarga a unas personas, a otras las mejora. Rathbone sin duda era de las segundas.

Ahora bien, para que le ofreciera sus servicios tendría que ser capaz de contarle cuanto fuese posible acerca de Fitz y, como mínimo, decirle si el interesado sabía o no si era culpable.

Le dijo a su pasante, a quien conocía bien tras años de

trabajar juntos, que su necesidad de hablar con Rathbone era de carácter urgente.

Ni un ápice de sorpresa asomó al rostro del pasante.

—Sí, señora —dijo de inmediato—. Estoy convencido de que sir Oliver la recibirá en cuanto termine la visita que ahora está atendiendo. ¿Le sirvo un té mientras aguarda? Puede que sea un cuarto de hora más o menos.

Hester se dio cuenta de que le apetecía muchísimo, y así se lo hizo saber.

—¿Y tal vez un par de galletas?

Estaba acostumbrado a las crisis en el bufete. Pocas personas iban a ver a un abogado tan brillante como Rathbone en los tribunales salvo que tuvieran un problema que revistiera una gran importancia.

—Sí, gracias —aceptó Hester.

La valoración que hizo de ella debió de ser que se trataba de un problema de cinco galletas porque, al cabo de unos minutos, regresó con una tetera humeante y un plato con cinco galletas crujientes de McVitie, en opinión del pasante el mejor fabricante en Gran Bretaña y, por lo tanto, en el mundo entero.

Hester le dio las gracias y trató de ordenar sus ideas a fin de convencer a Rathbone de que realmente había un caso por el que luchar y que, si Fitz fuese culpable, tenía que existir alguna manera de ayudarlo.

Sin embargo, de ser culpable, ¿querría seguir viviendo? ¿No sería más clemente dejar que la ley siguiera su curso? ¿No sería incluso lo que él desearía? ¿Un juicio, tres semanas más de prisión y después el olvido que traía aparejado el patíbulo?

Al pensarlo con tan contundentes palabras se dio cuenta de que sus sentimientos le habían impedido aceptar que Fitz fuese culpable. Su inteligencia lo sabía. Incluso podía expresarlo con palabras. Pero en todo momento las demás partes de su ser se negaban a aceptarlo.

La puerta se abrió y entró Rathbone. Hacía dos o tres meses que no lo veía, y presentaba casi el mismo aspecto que recordaba de cuando se conocieron unos catorce años antes, cuando ella acababa de regresar de la guerra de Crimea y Monk defendía a la desesperada al hombre que en realidad había asesinado a Joscelyn Grey.

Por descontado, Rathbone era mayor, pero los años de su brillante carrera, que también habían sido muy arduos para él, le sentaban bien. Recientemente se había casado de nuevo tras la tragedia de su primer matrimonio. Era verdaderamente feliz. En su relación actual no había nada superficial. El sufrimiento le había descubierto una profundidad que el éxito profesional no le había dado.

Seguía siendo esbelto, elegante, iba impecablemente vestido. Siempre sería así, pero ahora se diría que era más por hábito que como una defensa contra el mundo.

—Sin duda ha habido un desastre en alguna parte, pero aun así me alegra verte —dijo, sonriente.

—Me temo que sí —admitió Hester—. Tienes buen aspecto. ¿Cómo está Beata?

—Muy bien, gracias. Pero pareces exhausta, seguro que estás esforzándote al borde de la desesperación con el coraje que te caracteriza, aunque me parece... —le escrutó el semblante—, que se te está agotando. Me figuro que el espantoso caso de Shadwell ha recaído en Monk.

—Sí. Ayer tuvo que arrestar a Fitz, pues fue la única manera de salvarlo de morir a manos de la turba que le daba caza por las calles.

—¿Fitz? ¿Te refieres a Herbert Fitzherbert? ¿Un médico militar que supongo que conociste en la guerra de Crimea?

—Siempre al tanto de todo, Oliver. Sí. Trabajamos mucho juntos. En realidad, éramos muy pocos. Todos nos conocíamos...

—¿Y crees que es inocente?

—No lo sé. Oliver, está... está muy afectado. Tiene pesadillas, incluso estando despierto. A veces olvida dónde está. Los ruidos repentinos lo aterrorizan. Pierde los estribos por nada, llora desconsoladamente... no puede... no puede olvidar el horror que presenció, los montones de cadáveres y extremidades arrancadas, el suelo tan empapado de sangre que resbalabas... chapoteabas. A veces el olor a excrementos humanos le provoca un estado de shock, como... como si estuviera de nuevo en el hospital con hombres muriendo a su alrededor, sin poder aliviar su sufrimiento, por no hablar de curarlos de verdad. Murieron más hombres de cólera y disentería que a causa del fuego enemigo. Oliver... no puedes ser testigo de todo eso y seguir siendo el mismo de antes. Nadie debería ver cosas como esas y soportar la carga de tener que ayudar... y fracasar una y otra vez.

—Tú lo hiciste, Hester.

—No, no lo hice... No como Fitz. Él estuvo en el campo de batalla mucho más a menudo que yo. Había montones de cuerpos, algunos muertos, otros agonizantes, y nadie podía hacer gran cosa. Pero él nunca dejaba de intentarlo. Lo abandonaron en el campo de batalla porque lo dieron por muerto. Volvió en sí cuando todos los demás se habían ido, muy malherido, pero con conocimientos y fuerza suficientes para salvarse solo.

El rostro de Rathbone palideció al imaginarlo, o tratar de imaginarlo.

—Lo abandonamos porque pensábamos que había muerto... Lo hice yo. Lo vi en un montón de cuerpos. Estaba frío al tacto. Y lo dejé allí...

¿Entendería Rathbone por qué había actuado así? ¿Cuán terrible era esa equivocación, y cuán fácil cometerla? Scuff no lo había hecho hasta que el propio Fitz se lo había explicado.

—Tuvo que intentar sobrevivir por su cuenta —prosiguió Hester—. Tardó años en curarse, pero en cuanto pudo emprendió el lento camino hacia al oeste, hasta que terminó en Hungría. Se quedó allí porque aquello le gustó y la gente era bondadosa con él. Todavía estaba débil y le quedaban heridas que curar. No regresó a Inglaterra hasta hace medio año.

Escrutó el rostro de Rathbone y no vio asomo de condena. ¿Qué pensaba? Poco importaba. Solo su ayuda era importante.

—¿Te lo ha contado él mismo? —preguntó Rathbone.

—Sí...

—Tendré que corroborarlo, pero no debería ser demasiado difícil. —Tomaba notas mientras hablaba—. ¿Conocía a los hombres que han asesinado? Aunque tal vez debería preguntar si ellos lo conocían a él.

—No los conocía; eso lo podemos rastrear. Pero aun así puede que sea culpable. Yo no lo sé y él tampoco. Y no se le ocurre ningún motivo para hacer daño a nadie. Sigue siendo un gran médico. Ha trabajado con Crow y Scuff, conmigo de ayudante. No ha cambiado mucho, al menos en lo que a la medicina atañe. Le he visto tener esas pesadillas. Está... está de nuevo en Crimea, viendo cómo mueren los hombres a su alrededor. No sé si ve a los húngaros de Shadwell como soldados rusos en el campo de batalla. No sé nada. Pero conocí a Fitz cuando era uno de los mejores y más valientes médicos de todo el Ejército británico, cuando se quedaba dos días seguidos sin dormir operando a hombres destrozados, tratando desesperadamente de salvar vidas, curar cuerpos, salvar extremidades.

Respiró profundamente.

—No eran solo los soldados quienes a veces estaban al borde de la inanición, nosotros también. Me dio el último pedazo de pan, teniendo que fingir que no lo era. Nos habíamos reído por nada, de chistes malísimos, y llorado en los brazos del otro cuando perdíamos a un hombre tras otro, amigos que estaban enteros el día anterior y que luego solo... solo...

Veía los cuerpos despedazados, casi despojados de su dignidad, incluso de su humanidad, quedando solo un mar de sufrimiento.

—¡No! —dijo Rathbone bruscamente—. ¡Basta, Hester! No tienes que convencerme. Haré cuanto pueda.

Hester dejó escapar un soplo de aire largo y lento.

—Gracias...

Rathbone titubeó, a punto de decirle algo, pero cambió de parecer.

—No sé cuánto podré pagarte, mucho menos cuánto podrá pagar él...

—Basta. No necesito dinero... Puedo permitirme defender a un hombre porque lo necesita. Y según lo que dices, ya le ha dado a este país, mi país, más de lo que la mayoría de los hombres le dan en una vida entera. Merece todo lo que podamos hacer para salvarlo de una injusticia, si tal es el caso; y de un castigo mucho más cruel del que merece, si en efecto mató a esos desafortunados. Lo que sí necesito es todo lo que puedas decirme acerca de él: sus éxitos en el ejército, su carácter actual como médico. Eso puedes hacerlo. Quizá seas la única persona involucrada en el caso, en ambos lados, que estuvo allí y vio, más íntimamente, lo que Fitz padeció. Si no podemos demostrar su inocencia, quizá necesitemos esa información como último recurso. Sea como fuere, necesitaré que recrees la situación ante el tribunal.

—Cuenta con ello.

—Me consta que será doloroso, pero tenemos que imaginar todo aquello. El fiscal, sea quien sea, sacará todo el partido que pueda al horror de los asesinatos. La experiencia de Fitzherbert en Crimea tiene que ser igual de desgarradora.

—Por supuesto.

Lo dijo automáticamente, pero ya sabía que sería amargamente doloroso sacar a colación las cosas que había enterrado hacía mucho tiempo, llevada por la necesidad de olvidar. Hasta que volvió a ver a Fitz no se había dado cuenta de que esa capacidad era una bendición que no todo el mundo poseía. Y Rathbone no le ahorraría nada, por más que detestara hacerlo. Lo sabía por su larga experiencia con él. La lealtad de Rathbone sería para Fitz, tal como debía ser. Una de las cosas que más apreciaba de su carácter era su compromiso absoluto.

—Y también necesitaré todo lo que Monk pueda decirme —agregó Rathbone.

—Lo hará con gusto. Intentó... intentó salvar a Fitz, casi a costa de su propia vida.

Hubo algo que sonó como repulsión en su voz, pero en realidad era un gélido terror al pensar lo cerca que había estado de morir. La admiración y el miedo no siempre suenan como tales.

Rathbone sonrió desoladamente. También conocía a Monk. Desde que se conocieron, habían compartido la mayoría de sus mejores y peores casos.

—Te agradezco que me hayas confiado este asunto —dijo Rathbone en voz baja—. No sé si llego a imaginar lo importante que es para ti. Te ruego que avises a Monk para que me prepare todo lo que pueda. Para empezar, iré a ver a Fitzherbert.

Hester asintió y, llevada por un impulso repentino, le dio un beso en la mejilla.

Antes incluso de haberse repuesto de su agotamiento, y mientras su cuerpo aún estaba entumecido después de la persecución, Monk redobló sus esfuerzos para resolver los crímenes. Partiendo del supuesto de que Fitz no era culpable, había enviado a Hooper a rastrear cuanto pudiera acerca del médico: su llegada a Shadwell, las personas a las que había tratado y todos los movimientos que cupiera verificar y cotejar. Era posible que apareciera un patrón, incluso un relato que demostrara su inocencia en los asesinatos.

Puso a otro de sus hombres tras la pista del sable que se había usado en el cuarto asesinato. Era un arma militar. ¿Alguien tenía una colección de tales objetos? ¿Echaba de menos un sable y le daba miedo denunciarlo? Una pregunta más difícil. ¿Quién tenía acceso a semejante arma? ¿Dónde había sido vista por última vez? ¿Faltaba alguna otra cosa en algún otro sitio?

Monk tenía a un tercer hombre investigando cualquier relación posible entre las víctimas. ¿Se conocían más que de pasada? ¿Existían vínculos familiares que habían pasado por alto? ¿Negocios en común? ¿Eran socios de los mismos clubes, feligreses de la misma iglesia? ¿Habían cortejado a una misma mujer o deseado un mismo empleo?

¿Y qué había de las infrecuentes velas púrpura? Todas eran buenas, de cera de abejas. ¿Las habían comprado o robado? A un comerciante de efectos navales le habían robado una caja de velas, ¿había alguna forma de saber si las usadas en los asesinatos provenían de esa caja? A base de preguntar se podría sacar algo en claro.

Analizó los hechos. Por nauseabundos que fueran, eran

los mismos en los cuatro casos. Efectivamente, en esencia eran idénticos. Los periódicos no habían publicado todos los detalles en un alarde de sentido común.

Sin duda los asesinatos eran demasiado parecidos, incluso en los aspectos más triviales, para ser obra de más de una persona. El simbolismo no era lo bastante común para que lo hubiesen usado distintas personas. Había reflexionado acerca de lo que los signos significaban para el autor de aquellas atrocidades. No eran una parte esencial del asesinato en sí.

¿Velas mojadas en sangre? ¿Una cuestión religiosa? ¿Sacrificio como alguna clase de pago? ¿Algo más personal? ¿Y por qué siempre diecisiete?

La rotura y profanación de una imagen como la estatuilla de la Virgen María, ¿eran concretamente contra el catolicismo? O ¿eran fortuitas y no guardaban relación alguna con la religión?

¿Traspasar el pecho, dejando el arma clavada en la herida?

¿Dedos rotos, una mano lisiada?

¿Había algún denominador común que estaba pasando por alto? Lo había hablado a fondo con Hooper, sin sacar ninguna conclusión.

Había odio en aquellos actos, un odio violento y desenfrenado. Costaba imaginar que un hombre pudiera albergar tanto odio dentro de sí y, en apariencia, tener el mismo aspecto que cualquier otro. Con toda certeza tenía que ser diferente en algo que una persona inteligente percibiría, aunque solo fuese porque la incomodaba.

La idea de que no hubiera nada que permitiera distinguir a semejante hombre de tus amigos, de los colegas con los que trabajabas cada día, incluso de tus familiares, resultaba sumamente aterradora.

El asesino no podía ser Antal Dobokai. Monk había repasado su relato de dónde había estado en el momento de la muerte de Fodor. Había caminado por la ruta que Dobokai había tomado, comprobando todos los datos que había dado. No había encontrado error alguno en ninguna parte, y lo había buscado con ganas. No se admiraba por ello, pero había algo en Dobokai que lo inquietaba.

Debía volver sobre los crímenes para revisar cada uno de ellos por separado. Había estado concentrado en lo que tenían en común, pero esto no lo había llevado muy lejos. ¿Quizá debería plantearse lo que no tenían en común?

Conocía los escenarios demasiado bien. Eran, por lo que él o cualquier otra persona podía ver, totalmente iguales. ¿Qué significaba cada característica para que el asesino tuviera que repetirla tan absolutamente idéntica, una y otra vez, con víctimas en apariencia tan diferentes?

¡No tenía que ver con las víctimas, sino con él!

¿Las velas? Drury le había dicho que el púrpura representaba el poder, pero que pensaba, por lo que le había dicho Monk, que cada uno de los rituales con velas, si es que en efecto eran rituales, mostraban indicios de ser apresurados e incompletos. Tal vez no guardaran relación alguna con la religión.

¿Acaso era un mero número? Diecisiete. Nadie había sido capaz de encontrar un grupo en Gran Bretaña ni en Hungría, religioso, cultural o de otro tipo, para el que el número diecisiete tuviera un significado particular.

¿Solo tenía significado para el asesino? ¿Diecisiete personas? ¿Diecisiete objetos valiosos? ¿Algo hecho diecisiete veces?

Tiempo, ¿diecisiete años atrás?

¿Dónde estaba Fodor diecisiete años atrás? Allí mismo, en Shadwell. ¿Quién más había allí entonces?

Monk tardó media hora en comprobar que ninguna de las otras víctimas estaba allí diecisiete años antes. Pero Roger y Adel Haldane sí que estaban, y llevaban dos años casados. Dobokai estaba en Inglaterra, pero no en Shadwell. Según lo que Monk recordaba, había estado en Leeds, en Yorkshire, a kilómetros de Londres, tal como había declarado.

Era última hora de la tarde pero aun así avisó a Hooper y, juntos, se dirigieron a casa de Fodor. Hacía calor, las calles estaban polvorientas y llenas del tráfico de quienes regresaban a sus casas.

—¿Qué estamos buscando? —preguntó Hopper, marchando al paso de Monk. Hasta ese momento había guardado silencio.

—No estoy seguro —respondió Monk—. Historia. Busco algo que sucediera hace diecisiete años.

—¿Y que no ha salido a la luz hasta ahora? —Hooper disimuló su escepticismo con evidente dificultad—. Un viejo odio tan violento y que, sin embargo, ha aguardado todo este tiempo?

—El perjuicio tuvo lugar hace diecisiete años —corrigió Monk, meditándolo mientras hablaba.

—¿Y vamos a buscar un indicio de ello que todavía esté en casa de Fodor?

—¿Se le ocurre un sitio mejor para buscarlo? —le espetó Monk—. Si fuese algo que la gente supiera, ¿no cree que a estas alturas alguien lo habría mencionado?

Hooper no respondió. Llegaron a casa de Fodor y Monk sacó las llaves. Aunque Fodor había muerto en su despacho de los muelles, en la casa aún se sentía la presencia de la tragedia. Nadie había entrado ni salido desde que la policía la había registrado, sin hallar nada de utilidad.

Monk cerró la puerta tras ellos. El aire estaba viciado. Había una fina capa de polvo sobre la mesa del recibidor.

Una mosca había quedado atrapada en el interior y yacía muerta en el suelo.

—¿Por dónde empezamos? —preguntó Hooper a media voz, en un tono de remordimiento, como si sintiera que estaba inmiscuyéndose en la vida del difunto.

Monk lo comprendió. Tenía la misma sensación de intromisión. No estaban allí por el crimen en sí, estaban allí para hurgar en el pasado, destapar lo que Fodor había querido mantener en secreto.

—Por el dormitorio —contestó Monk—. Es poco probable que ahí encontremos algo. Haremos primero las habitaciones fáciles. Terminaremos donde guardaba sus libros, recuerdos, objetos personales. No sé qué buscamos. Uno de nosotros quizá lo reconozca... o no.

Registraron la casa casi en silencio durante más de una hora, sin encontrar nada inesperado. Terminaron en la sala de estar, donde estaban el escritorio y los libros. Sacaron los libros uno por uno y los abrieron para que cayera cualquier cosa guardada entre las hojas.

Hooper no decía palabra, se limitaba a trabajar metódicamente. Su exagerada paciencia irritaba a Monk porque cada vez veía más claro que estaban haciendo una tarea estúpida. O habían visto lo que buscaban sin apreciar su significado, o no había nada que encontrar.

—¿Señor? —interrumpió Hooper los pensamientos de Monk.

—¿Sí?

Hooper sostenía un libro con una mano y una vieja fotografía con la otra. Se volvió hacia Monk.

—¿Quién es? —preguntó Monk, alargando la mano.

Hooper se la pasó, atento a su reacción.

Monk la miró. Era un muchacho rubio de unos veinte años, guapo, de rostro entusiasta, mirando a la cámara. Le resultó familiar. Monk trató de recordar dónde lo había visto antes.

Entonces se acordó.

—Es el hijo de Haldane —dijo—. Es raro que la tuviera Fodor, y encima en un libro y no en un álbum.

Miró inquisitivamente a Hooper.

—No es tan raro —dijo Hooper—. Se parece a él, y mucho. Y fíjese en el fondo, señor. El rótulo del cristal que tiene detrás está en húngaro. Y en su ropa. Está tomada en Hungría, señor, hace bastante tiempo.

Monk miró la fotografía otra vez, y luego a Hooper. Una idea comenzaba a tomar forma en su mente.

—Es Fodor, ¿verdad?

—Sí, señor, estoy bastante seguro. Y según lo que usted dijo, señor, el hijo de Haldane nació hace unos diecisiete años.

—¿Y Haldane acaba de descubrirlo ahora? ¿Cómo?

—Bueno, si alguien viera esta fotografía, u otra parecida, no le costaría mucho atar cabos —respondió Hooper—. Ese podría ser el motivo por el que la señora Haldane se empeñó en que fuese a la universidad en otra parte.

Monk pensó en el orgullo de Adel Haldane por su hijo, y de pronto recordó vívidamente que el rostro de Haldane no irradiaba la misma luz. De hecho, había mostrado cierto mal genio que Monk atribuyó al asesinato, pero tal vez tuviera más que ver con el hecho de que ya sabía que el chico del que tan orgulloso había estado una vez no era suyo.

—Algunos hombres matarían por eso —dijo Hooper, irrumpiendo en sus pensamientos—. No se le puede hacer más daño a un hombre, sobre todo si ha criado al niño él, sin saberlo, siendo feliz, estando orgulloso, tal vez alardeando un poco. La señora Haldane tiene suerte de que no haya ido también a por ella.

—El motivo sería demasiado evidente —contestó Monk—. No querría que nadie lo supiera. Su castigo es tener que vivir con ello.

—¿Podemos demostrarlo? —preguntó Hooper—. Esta fotografía bien podría demostrar el hecho, pero no demostrará que Haldane estuviera enterado. Y no guarda ninguna relación con los demás.

—Haldane no mató a los demás —dijo Monk en voz baja—. Al menos creo que no lo hizo. Desde luego, no el segundo y el tercero.

—¿Pues quién fue? Y, en nombre de Dios, ¿por qué?

—No lo sé. Empezaré por Haldane. Tenemos que demostrarlo.

—Dudo que se defienda, señor. En mi opinión, probablemente sea el hecho en sí lo que más le duele. ¿Piensa que su esposa está al corriente? —preguntó Hooper.

—Sí. —Monk recordó el rostro de Adel, su tez cenicienta cuando comprendió lo que significaban las diecisiete velas del crimen—. Sí —repitió—. Lo sabía, aunque se negara a reconocerlo. Esto va a ser... duro.

Era imposible que la confrontación pudiera haber ido bien. Monk detestaba tener que hacerlo, pero no había alternativa, pues ahora que lo sabía, sería responsable de todo lo que le pasara a Adel o a cualquier otra persona, si actuar aquella misma noche pudiera haberlo evitado.

Él y Hooper llegaron al domicilio de los Haldane, sabiendo que a esa hora el propio Haldane estaría en casa, cenando.

Haldane abrió la puerta. Vio a Monk y estuvo a punto de hablar, pero vio a Hooper detrás de él y se quedó helado.

—Señor Haldane, vengo a arrestarlo por el asesinato de Imrus Fodor; solo ese crimen, ninguno más.

Haldane se quedó de piedra.

Monk sabía que en cualquier momento podía atacar, intentar huir.

Adel apareció en la puerta del comedor, quizá preocupada por quién se había presentado sin avisar.

Monk no apartó los ojos de Haldane.

Por un instante, Haldane pensó en oponer resistencia, quizá incluso en huir. Se le notaba en la mirada, pero enseguida cambió de parecer.

—Mi esposa no sabía nada —dijo—. No tiene culpa alguna.

Monk sintió una punzada de compasión. Vio las lágrimas que surcaban el rostro de Adel, pero vagamente, dado que permaneció detrás de su marido, en la penumbra del recibidor.

Haldane le ofreció las manos.

Monk le puso las esposas delante, no detrás. Quizá después se arrepentiría, pero le pareció que esa humillación no era necesaria. Esperó no haberse equivocado.

12

—¿Podemos hacer algo para ayudar a Fitz? —preguntó Will a Hester cuando esta llevó a la clínica de Crow unos cuantos artículos que sabía que iban a necesitar: quinina, alcohol, vino alcanforado, vendas de distintos tamaños. Lo dejó todo encima de la mesa. Serviría para aliviar el sufrimiento de enfermos o heridos. Sintió el profundo dolor de la impotencia para mitigar el padecimiento y el miedo en el abismo en el que estaba sumido Fitz, mientras las demás personas que se preocupaban por él no podían alcanzarlo.

Scuff se puso a ordenar las botellas y paquetes para guardarlos en los cajones correspondientes, pero no hizo ademán de ir a hacerlo.

—¡Tenemos que poder hacer algo! —protestó.

Hester le había hablado acerca de Adel Haldane y de la alta probabilidad de que Fodor fuese el padre de su hijo. Habían arrestado a Haldane, quien, con repentinas dignidad y generosidad, se había entregado sin oponer resistencia. Así se resolvía el primer asesinato, pero no los otros tres y, a pesar de su ferocidad, Monk había sentido una profunda compasión por todos ellos. Por unos terribles instantes, Haldane había sacado lo peor de sí mismo, y pagaría por ello el resto de su vida.

Hester pensó un momento en decirle a Scuff que había una posibilidad de que las autoridades comprendieran las lesiones de Fitz y su comportamiento. Lo miró a la cara y recordó, vívidamente, como si hubiese sido el día anterior, al niño que había sido. Qué flaco era, estrecho de hombros y con el cuello delgado por tantos años de buscar comida a lo largo de la orilla del río. Ahora era más alto que ella, musculoso, casi a punto de ser el hombre en el que se convertiría.

Crow le había enseñado bien. Había presenciado el sufrimiento y la muerte, tratándolos tal como debía hacerlo un médico. No merecía que le dijera mentiras piadosas que se desvanecerían en cuestión de días. ¿Cómo iba a confiar de nuevo en ella si lo hacía? Se rompería algo muy valioso de su relación. Equivaldría a una negativa a dejarlo crecer. Merecía algo mejor.

—¿Crees que fue Fitz? —preguntó Scuff.

Hester lo miró de hito en hito.

—No lo sé. Si lo fue, significa que le ocurrió algo más espantoso de lo que me imagino. Pero es posible... —Estuvo a punto de agregar su nombre, Scuff. Pero se contuvo y dijo—: Will.

Scuff esbozó una sonrisa y pestañeó, cerrando los ojos con fuerza.

—Eso significa que piensas que podría ser verdad —dijo con la voz ronca, al borde del llanto.

—Podría ser —admitió Hester—, pero he decidido no creerlo hasta que no tenga más remedio que hacerlo. No sé qué otra persona podría ser ni tampoco cómo demostrarlo.

—¿La señora Haldane? —sugirió Scuff.

—No tiene fuerza suficiente para haberlo hecho sola. Además, ¿por qué iba a hacerlo?

—¿Porque amaba a Fodor? —dijo Scuff—. ¿Y cuando

su marido lo mató, ella mató a los demás para hacernos pensar que él los había matado a todos?

Hester no contestó.

—No sé —dijo Scuff lastimosamente—. ¿Pero por qué iba Fitz a matar por Haldane? No odiaba a ninguno de esos hombres. De hecho, no odia a nadie. Monk solo lo arrestó para salvarlo de morir a manos de la turba.

—Ya lo sé. ¿Pero qué otra respuesta existe?

En cuanto esas palabras salieron de su boca, se arrepintió. Prácticamente había reconocido ante Will que pensaba que Fitz era culpable.

¿Lo pensaba?

Tal vez.

¿Qué hacía la gente con las pesadillas que son incluso peores cuando estás despierto? Se repiten una y otra vez. La realidad desaparece.

Sin embargo, era Fitz quien la había ayudado a mantener la cordura en los tiempos terribles que pasaron en Scutari, cuando cada día y cada noche morían más hombres. El cólera hacía estragos en los hospitales. El olor a vómito y diarrea los atragantaba, y no podían hacer nada para salvar a aquellos hombres. Hombres jóvenes, saludables y apuestos, que llegaban con heridas de artillería y de sable para morir en cuestión de días.

Fitz había conservado la entereza entonces. Incluso cuando también empezaron a morir enfermeras, nunca perdió la fe. O al menos nunca había permitido que los demás se dieran cuenta.

Sin duda podía hacer lo mismo por él. Le había dado su palabra. Eso, al menos, lo cumpliría.

Se enderezó un poco.

—No sé cómo vamos a ganar —dijo, rotunda—. Ni siquiera sé qué más hacer. Y solo puede visitarlo sir Oliver.

Pero no dejaremos de luchar. Prometí a Fitz que si se enfrentaba a sus demonios, yo me enfrentaría a los míos. Todavía no lo he hecho. ¿Cómo va a creerme, si no lo hago enseguida?

Will la miró con el ceño fruncido.

—¿Tú también tienes pesadillas? Lo siento. No se me había ocurrido...

—No, no muy a menudo. Mis sueños son diferentes.

Aquello estaba resultando muy difícil. ¿Qué pensaría de ella cuando supiera que había defraudado tanto a su familia? Le daba miedo decepcionarlo. Si abandonó a sus propios padres y a su hermano superviviente, ¿por qué no iba Scuff a pensar que lo abandonaría si se convertía en un inconveniente o necesitaba más de lo que ella estaba dispuesta a darle? Cuidaría a desconocidos, pero no a quienes la amaban y confiaban en ella.

Scuff la observaba, expectante. Si mentía o evitaba responder, sabría que se trataba de algo que la avergonzaba, cosa que era cierta, pero también sabría que no confiaba en él, y eso era mucho peor. Ninguna disculpa posterior lo enmendaría.

—Mientras estuve fuera, en Crimea, a mi padre le estafaron una gran cantidad de dinero. Pero lo que fue mucho peor para él fue que muchos de sus amigos confiaron en sus consejos e invirtieron en la misma estafa. Ellos también perdieron, mucho más de lo que podían permitirse.

Estaba yendo deprisa, pero aun así le dolía tanto como siempre.

Fitz llevaba razón. Tenía que afrontarlo y hacer lo posible por enmendarlo.

—Mi hermano mayor era soldado —prosiguió Hester—. Lo mataron en Crimea, en la batalla de Balaclava. En casa solo estaba mi hermano pequeño, Charles. Mi padre consideró que la única salida honorable era quitarse la vida, cosa que hizo.

Vio el horror asomar a los ojos de Will.

—Y mi madre murió poco después. No... no pudo soportarlo. Yo no me enteré hasta que regresé a Inglaterra y ya era demasiado tarde para hacer algo al respecto. Creo que Charles nunca me lo ha perdonado.

—¡Pero tú no lo sabías! —protestó Will.

—No tenía que haberme ido a Crimea —intentó explicar—. Podría haberme casado con el hombre que habían elegido para mí, y entonces habría estado aquí para echar una mano. Estaba muy unida a mi padre. ¡Quizá habría sido capaz de apoyarlo lo suficiente para que se diera cuenta de que no era culpa suya! Le engañó un hombre muy inteligente, un oficial del ejército de Crimea que dijo que había estado con mi hermano la noche anterior a la batalla, y que había pagado sus deudas, o le había prestado dinero, o algo por el estilo. Usó ese engaño con varias personas. Mi padre nunca mintió, y nunca sospechó que otras personas mintieran, menos aún un oficial y caballero como Grey. Su padre era conde, o algo así. Ya no me acuerdo. Trato de olvidarlo todo. —Tragó saliva con dificultad—. Estoy tratando de... y casi siempre da resultado. Todo parece muy lejano. Y nadie puede ayudarme.

—¿Y tu hermano Charles? ¿El que todavía vive?

Estaba muy serio. Le ofreció una mano, vacilante, como si quisiera tender un puente sobre el vacío emocional que se estaba abriendo entre ellos.

Hester dio un paso y le tomó la mano. Se sorprendió al constatar lo fuerte que era Will cuando le estrechó la suya.

—Eso es lo que Fitz quería que hiciera, ir a ver a Charles —contestó.

—¿Cuándo vas a ir? ¿Quieres que te acompañe?

Su ofrecimiento, la prontitud con la que había reaccionado y el afecto que demostraba Will hicieron que se le saltaran las lágrimas. No les hizo caso.

—No... no, gracias. Debo ir sola. A ti te necesitan aquí. Ahora Fitz no puede ayudar a Crow, y tú sí. Iré a ver a Charles. Sé dónde vive. No sé qué me dirá, pero al menos lo habré intentado. Es lo que le prometí a Fitz. No culparía a Charles si no quisiera verme. Vive aquí, en Londres. Volveré esta noche. —Bajó la vista un momento, y luego lo miró de nuevo—. Gracias... Will.

Scuff se sonrojó, sabiendo lo que ella quería decir con el uso de su nuevo nombre. No supo encontrar ninguna palabra apropiada. Solo sonrió y le apretó los dedos un momento antes de soltarle la mano.

Debía tomar dos líneas de ómnibus hasta el barrio donde Hester se había criado y donde Charles había comprado una casa. Después de la estrechez económica que siguió a la pérdida de su padre, la casa de la familia se había vendido para pagar las deudas. Charles había conservado la casa para que su madre viviera en ella, durante el poco tiempo que sobrevivió a su marido. Su esposa también era del barrio y prefirió permanecer cerca de sus amigos.

Hasta entonces Hester no se había preguntado si este había sido el deseo de Charles o si habría preferido con mucho mudarse a otro lugar, lejos de todos los recuerdos de aquel aciago trance. ¿Se había quedado por satisfacer a su esposa? Era un precio muy alto que pagar.

Caminó por la calle y se sorprendió al ver lo familiar que le resultaba. Fue muy agradable. Los árboles de finales del verano estaban cuajados de hojas, y muchos de los pequeños jardines delanteros tenían rosas en flor. Parecía que nada hubiese cambiado durante los muchos años transcurridos desde la última vez que había estado allí. Demasiados años. Un profundo sentimiento de culpa ya había anidado en su fuero interno. Ella había sido la que siempre se mudaba de un sitio a otro, viviendo en pensiones, o incluso en la casa de los pacientes que cuidaba durante largas temporadas, para estar disponible a todas horas. Debería haber ido a ver a Charles, aunque solo fuese de vez en cuando.

Llegó ante el número correcto, y todo le pareció tan inalterado que tuvo la impresión de que solo hacía meses que había estado allí. Pero en realidad hacía más de una década, bastante más.

Ahora no flaquearía. No sabía qué iba a decir. No había excusas aceptables, y en realidad no las buscaba. Solo una disculpa tendría cierta coherencia.

Tiró del cordón de la campanilla y aguardó.

Después de unos momentos de espera, la puerta se abrió y una camarera de buen aspecto le preguntó cortésmente en qué podía servirla. Como era sábado, había bastantes probabilidades de que, a esas horas de la mañana, Charles estuviera en casa.

—Buenos días —saludó Hester, con la mejor sonrisa de que fue capaz—. ¿Está en casa el señor Latterly? Soy su hermana, y lamento decir que hace mucho tiempo que perdimos el contacto.

La camarera se quedó desconcertada.

—¿El señor Latterly, señora?

—Creo que esta es su casa. ¿Es el número veintiséis?

—Si tiene la bondad de pasar, señora, preguntaré a la señora Wynter si puede ayudarla. Me temo que no conozco a ningún señor Latterly, aunque solo llevo tres meses aquí.

Abrió la puerta del todo para que Hester pudiera entrar.

Hester miró de soslayo la puerta, donde vio un gran 26 de latón. ¿Le había jugado una mala pasada la memoria?

—Gracias —aceptó. Tal vez la señora Wynter podría darle las señas correctas, si se había equivocado. ¡Qué estúpida! Había confiado en su memoria.

Siguió a la camarera hasta el salón de día y aguardó mientras iba a informar a su señora.

Hester miró en derredor. Fuera había un arbusto de laurel, cerca de la casa. Era mayor de lo que recordaba, pero su silueta verde oscuro parecía encajar en sus remembranzas. La chimenea era la misma, recordaba las volutas talladas. Era de roble, menos usual que la caoba. Siempre le había gustado debido a esa diferencia.

Las librerías parecían ser las mismas, pero los libros eran totalmente distintos. ¿De repente Charles se había interesado en coleccionar sellos y monedas antiguas?

Se abrió la puerta y entró la señora Wynter. Era una mujer atractiva, de cabello oscuro, con un llamativo y bello mechón de canas blancas que le nacía en la frente.

—Soy Hester Monk —se presentó Hester—. Charles Latterly es mi hermano. Lamento mucho haberla molestado. Está claro que he recordado mal su dirección. Hace... hace mucho tiempo que no nos vemos. Mis disculpas.

El rostro de la señora Wynter solo reflejaba tristeza, no irritación ni la sensación de que la hubiese molestado.

—Lo siento mucho, señora Monk, pero la señora Latterly falleció hace más de dos años. El señor Latterly cerró su negocio y vendió esta casa. Se mudó a las afueras de Londres. Pero tengo su dirección. Como es lógico, al principio hubo que reenviarle mucho correo. —Esbozó una sonrisa, sin dejar de mirar a Hester a los ojos—. Me pareció muy buen hombre. Incluso en su aflicción fue muy agradable tratar con él. Espero que le esté yendo bien.

Hester estaba anonadada, la cabeza le daba vueltas. Charles había perdido a su esposa y cerrado su negocio. ¡Y ella había estado tan distante que ni siquiera lo sabía! Charles no había querido decírselo, o no supo dónde encontrarla. Tuvo la profunda y fría sensación de que se trataba de lo primero. Seguramente la habría encontrado si realmente hubiese querido. Nunca tuvo el encanto natural que tenía James, la simpatía o la gracia. Era el segundo hijo, siempre un poco a la sombra. Pero sin duda era bastante inteligente, aunque él mismo no lo creyera.

Pobre Charles. De su familia solo le quedaba Hester, y no se había sentido suficientemente unido a ella para ponerse en contacto. La culpabilidad la corroyó en lo más hondo.

—Gracias —dijo a la señora Wynter—. Le quedaré muy agradecida si tiene la bondad de apuntarme su dirección.

Le gustaría haberse explicado ante aquella mujer, pero no había nada que explicar. Cualquier intento solo conseguiría que la situación fuese más incómoda. Hester había estado tan involucrada en su propia vida, y en la de Monk, que simplemente no había pensado en Charles. Él nunca había necesitado su amor ni su aprobación. Era la aceptación de James lo que había deseado, así como la de su padre.

No, eso no era excusa. Hester no le había ofrecido nada. Había sido consciente de cuánto adoraba Charles a James. James, en cambio, nunca se percató. ¿Acaso estaba tan ciega como él?

La señora Wynter se levantó y se disculpó. Regresó minutos después con la dirección escrita en una hoja de papel y un sobre para guardarla.

—Espero que lo encuentre —dijo amablemente—. Si es así, ruego le transmita mis mejores deseos.

Hester fue consciente de que se sonrojaba.

—Gracias. —Aceptó el papel, le echó un vistazo y lo guardó en el sobre—. Es usted muy amable.

La señora Wynter le ofreció una taza de té, pero Hester declinó la invitación. Tenía la dirección. Ojalá Charles todavía viviera allí. Quería ir a comprobarlo cuanto antes. De hecho, iría a pie hasta la calle principal más cercana y tomaría un coche de punto. No tomaría el ómnibus, más barato pero mucho más lento.

La dirección era de Primrose Hill, al norte de Regent's Park. Encontró un coche enseguida, y la casa de Charles no quedaba muy lejos, menos de cinco kilómetros en línea recta, aunque siguiendo el trazado de las calles, y a ratos ralentizada por el tráfico, le pareció tardar horas en llegar.

Cuando por fin llegó a la calle que la señora Wynter había anotado, contempló fascinada las casas. No era el lugar que ella habría imaginado que Charles hubiese escogido, o que hubiese podido permitirse. No era un barrio especialmente rico, al menos en apariencia, pero rezumaba elegancia, como si sus residentes hubieran vivido allí durante generaciones. Los setos eran gruesos y estaban bien recortados; las flores trepaban por encima de los arcos y las pérgolas, lo que representaba un crecimiento de varios años. El césped era tupido y verde, aunque las casas que rodeaban no eran de gran tamaño.

Pidió al conductor que aguardara hasta que le dijera que podía irse, por si se había vuelto a equivocar. Se sintió tonta, pero lo sería mucho más si estaba cometiendo un craso error. ¿Se había equivocado la señora Wynter? ¿O Charles le había dado una dirección engañosa adrede? ¿Había vendido su negocio o lo había perdido?

Recorrió aprisa el sendero de entrada hasta la puerta principal. Si había que hacer algo difícil, lo mejor era hacerlo cuanto antes. Llamó al timbre de latón.

Momentos después abrió la puerta una mujer de mediana edad y aspecto competente. Iba vestida con una sencilla falda oscura y una blusa blanca. Sujeta a la cintura llevaba una anilla repleta de llaves, único indicio de que era el ama de llaves.

Hester respiró profundamente.

—¿Es este el domicilio del señor Charles Latterly? Me han enviado aquí desde su antigua dirección y no sé si me he equivocado.

—Por supuesto que lo es, señora. ¿Puedo decir al señor Latterly quién viene a verlo?

—Sí. Sí, soy su hermana.

El ama de llaves mostró una ligera sorpresa, pero no más de la que correspondía a una sirvienta.

—Por supuesto, señora. Lo siento, pero el señor Latterly nunca me ha dicho su nombre.

Claro que no. ¿Por qué iba a hacerlo? Para él, Hester había dejado de existir.

—Antes era Hester Latterly. Ahora soy Hester Monk.

—Pase, por favor, señora Monk. Si tiene la bondad de aguardar en la sala de estar, le diré al señor Latterly que ha venido.

—Gracias.

Hester estaba demasiado nerviosa para sentarse. ¿Cuánto habría cambiado Charles? ¿Querría siquiera hablar con ella? ¿Se había vuelto a casar y por eso vivía en un lugar con tanto encanto? No era una casa para un hombre solo. Al contemplar la habitación se percibían toques de calidez e imaginación, cosas a todas luces femeninas. Había cuadros de bellos paisajes, retratos de una mujer mayor, tal vez de setenta y tantos, con un rostro todavía encantador, los ojos chispeantes de vida.

Se abrió la puerta y entró Charles. Seguía siendo como

ella lo recordaba, excepto que las canas plateaban sus sienes. Le sentaban bien. Su rostro anguloso se había suavizado, la tensión que ella asociaba con él también había desaparecido. Parecía feliz.

—Hola, Hester —dijo, un tanto sorprendido—. ¿Por qué has venido?

Se detuvo a más de dos metros de ella.

—La señora Wynter me ha dado tu dirección...

—Será porque se la has pedido.

—En efecto. No... no sabía que te habías mudado.

—¿Por qué ibas a saberlo? —Enarcó ligeramente las cejas—. ¿Adónde tendría que haberte enviado una carta para informarte?

La miró con súbita perspicacia. Hester pensó que era fruto del enojo, pero luego se dio cuenta de que bien podía ser debido a su dolor. Ella había venido a disculparse, no a empeorar más las cosas.

—Perdóname, Charles. Ni siquiera sabía que tu esposa había fallecido, ni... ni que hubieses cambiado de negocio. Tendría que haberlo sabido. Si hubiese estado en contacto contigo me lo habrías contado, y tal vez podría haber sido útil.

—¿Qué podrías haber hecho? —dijo Charles sensatamente—. Ahora todo eso forma parte del pasado. Estuve fuera del país una temporada...

Lo interrumpió la puerta del jardín al abrirse, y una jovencita entró en la sala. Era esbelta, al menos de la estatura de Hester, y llevaba su larga melena rubia apenas recogida. Su rostro evidenciaba una inteligencia extraordinaria.

—Perdón, tío Charles. No sabía que tenías compañía.

—Sin la más mínima falta de soltura, se acercó y tendió la mano a Hester—. Soy Candace Finbar. ¿Cómo está usted?

—Encantada, señorita Finbar —respondió Hester, totalmente perpleja. Al mirarla más de cerca, pensó que debía de tener unos quince años, dieciséis a lo sumo. Y Charles no tenía sobrinos ni sobrinas. Su esposa había sido hija única.

Fue Charles quien interrumpió. Estaba sonriente, sin rastro de aprensión ni enojo en su expresión.

—Candace, te presento a mi hermana Hester. Creo que te he hablado de ella.

Candace le dedicó una sonrisa irónica, afectuosa, divertida, paciente.

—Una o dos veces —concedió, y acto seguido se volvió hacia Hester—. Habla de usted muy a menudo. Me alegra mucho que haya venido a vernos. Creo que es la persona a quien más se quería parecer tío Charles.

Hester se quedó anonadada. Miró a Charles y vio que se sonrojaba.

Candace miró a Hester, de mujer a mujer.

—Nos rescató a todos de un volcán en erupción en Estrómboli —explicó—. Y resolvió un asesinato, y peleó con el asesino y lo mató, aunque faltó poco para que fallara y este lo matara a él. Está siendo modesto —agregó, como si la explicación fuese necesaria.

—Eres muy exagerada, Candace —dijo Charles, un poco nervioso—. Nos salvamos entre todos.

Charles cambió de tema, pero sin asomo de enojo en su voz.

—¿Por qué has venido, Hester?

Saltaba a la vista que estaba incómodo y, sin embargo, la admiración que le profesaba la chica era de lo más dulce para él, y no sabía disimularlo.

Hester decidió aprovechar el momento. Nunca tendría mejor ocasión. Charles ya le explicaría la presencia de la chica después.

—He venido a decirte cuánto lamento haber perdido el

contacto contigo durante tanto tiempo. —Dejó salir las palabras con prisa—. Y a pedirte disculpas por haber estado en Crimea cuando tanto me necesitabais en casa.

El semblante de Charles perdió el último rastro de reserva.

—No podrías haber hecho nada —dijo amablemente—. Eras más útil donde estabas. Te eché de menos, pero no habrías podido cambiar nada. —Miró a Candace—. Su tío y tutor murió en Estrómboli. Todo fue muy dramático y peligroso. Cuando supo que no iba a vivir mucho más tiempo, Finbar me pidió que fuese su tutor. No me sentía nada preparado para esa tarea, pero no pude negarme.

Hester se tragó su asombro. No conocía en absoluto al hombre que tenía delante. Jamás había imaginado que aquello fuese posible.

—¿Le apetece... no sé... un tentempié? —ofreció Candace—. ¿Tomamos una limonada? ¿Tiene apetito?

Nada podía estar más lejos de los pensamientos de Hester, pero rehusar sería una grosería.

—Gracias. Una limonada sería excelente, si no es molestia.

—Ninguna —le aseguró Candace, y tras mirar un momento a Charles, se excusó para ir a buscarla.

—¡No podía hacer otra cosa! —dijo Charles en cuanto la puerta se cerró.

Hester se sorprendió sonriendo de oreja a oreja y casi se sintió ridícula.

—Por supuesto que no —convino—. Además, ¿por qué ibas a hacerlo? Es una delicia de muchacha.

—Es lo mejor que me ha sucedido en la vida —respondió Charles.

—Lo comprendo. Yo más o menos adopté a un chico de la calle... un niño que...

—¡Sé muy bien qué es un chico de la calle, Hester! —interrumpió Charles, aunque su alegría e interés despojaron a sus palabras de todo resquemor.

—Ahora tiene dieciocho años y está aprendiendo medicina —agregó Hester.

—¿Por qué has venido precisamente ahora? —preguntó Charles, con menos ligereza—. Pareces preocupada.

—Lo estoy.

Muy sucintamente, Hester le habló de los asesinatos cometidos en Shadwell y también de Fitz. Apenas había terminado cuando Candace reapareció llevando una bandeja con una jarra de limonada, tres vasos y varias rebanadas muy generosas de bizcocho de frutas.

Charles se la quitó de las manos antes de que perdiera el equilibrio, y la puso sobre la mesita. Sirvieron el bizcocho y la limonada. Hester los tomó por cortesía y descubrió que el bizcocho estaba delicioso. No recordaba cuándo había comido por última vez uno tan bueno.

—¿Qué puedes hacer por este pobre hombre? —preguntó Charles, no en tono crítico, sino con obvia preocupación.

—No lo sé —admitió Hester—. No sé...

Se resistía a decirlo.

—No sabes si es culpable —dijo Charles.

—Y aunque lo sea, seguirá luchando por él, ¿verdad? —dijo Candace imperiosamente—. Es lo que hacen los amigos, ¿no? ¿Qué equivocación puede ser tan grande para que dejen de ser amigos?

Hester podía ver capas que se extendían muy por debajo de las simples palabras de la pregunta. No tenía ni idea de qué penas o decisiones había en el pasado de la chica, o quién la había abandonado, por fuerza o por elección. Claramente Charles no lo había hecho, y eso le importaba mucho. ¿Juzgaría a Charles por lo que hizo Hester? Sería natural que lo hiciera. Hester era la única persona del pasado de Charles, de su familia, a quien podría conocer.

Hester debía poner cuidado en lo que decía.

—No —dijo simplemente—. Pero no puedo obviar la posibilidad de que matara a esos hombres, aunque siga tratando de demostrar que no lo hizo. Y si lo hizo, fue porque creía tener un motivo.

—Quienquiera que lo hiciera, creía tener un motivo —señaló Charles—. ¿Tienes idea de cuál puede ser? ¿Qué tienen en común las víctimas, aparte de vivir en Shadwell y ser de origen húngaro?

—Nada que hayamos descubierto —contestó Hester—. Ni siquiera proceden de la misma región de Hungría.

—Tampoco nosotros, en Estrómboli, procedíamos de los mismos lugares —dijo Candace enseguida—. Pero todos estábamos allí al mismo tiempo. ¿Quizá sea algo que todos hicieron o vieron? ¿O algo que todos sabían?

—¿Aunque no se conocieran antes de venir a Inglaterra? —preguntó Hester.

Candace reflexionó un momento.

—Quizá haya alguien a quienes todos conocieron, aunque no fuese a la vez.

—¿Por qué sería eso un motivo para matarlos?

Hester estaba desconcertada.

—No lo sé —admitió Candace a regañadientes—. Pero tiene que haber alguno, ¿no?

—Sí. —Hester miró la cara de la chica, tersa por su juventud, la piel radiante por el sol de finales del verano y, sin embargo, también vio ansiedad en sus ojos, la necesidad de escuchar la respuesta de Hester de que nunca abandonaría al amigo que tan desesperadamente la necesitaba—. Seguiré investigando. Pero no disponemos de mucho tiempo.

—Bueno, ¿por qué iba Fitz a matar a esos hombres? ¿No hay que demostrar un motivo? —arguyó Candace.

—Ojalá lo hicieran —convino Hester—. Pero con lo encendidos que están los ánimos de la gente, lo único que quieren es culpar a alguien y ahorcarlo. Les trae sin cuidado el motivo.

Candace se quedó sumamente horrorizada y enojada.

Charles adoptó una expresión de sorpresa que de pronto devino regocijo.

Hester estuvo a punto de pedirle una explicación, pero Candace se le adelantó.

—No tiene gracia, tío Charles —dijo con grave desaprobación—. Por más miedo que uno tenga, sigue estando mal juzgar a las personas sin tomarlo todo en consideración.

—Soy dos años mayor que Hester —le dijo Charles—. La recuerdo cuando tenía tu edad.

Candace se quedó de piedra. Miró a su tío y luego a Hester.

Hester también estaba petrificada. Parecía una época remota, y ambos habían cambiado mucho. ¿O acaso era una ilusión? En aquel entonces habían sido amigos. Hester lo admiraba y, al mismo tiempo, sabía que era fácil herirlo en sus sentimientos. Habría luchado cual tigresa para defenderlo, tanto si él lo hubiese querido como si no.

Charles seguía mirando a Candace.

—Me recuerdas mucho a ella. Acabas de decir exactamente lo que Hester habría dicho, y seguramente por eso no te lo discute. Y tal vez también te falte pulir un poco tus modales, pero una vez que os conozcáis mejor, eso no durará mucho. Entonces sabrás la verdad sin tapujos.

Candace se volvió hacia Hester.

—¿Nos vamos a conocer mejor?

Hubo un destello de esperanza en sus ojos y, consciente de ello, miró hacia abajo.

A Hester se le ocurrieron todo tipo de respuestas y evasivas. Las ignoró y dio una respuesta honesta.

—Eso espero. Pero tendrás que seguir el consejo de Charles al respecto. Hago muchas cosas que a él no le gustan... Es posible que no quiera que tengas mucho que ver con ellas, al menos por un tiempo.

—¿Resolver asesinatos y proteger a personas? Eso no tiene nada de malo.

—También dirijo una clínica para... mujeres que...

No supo cómo explicarlo delicadamente. Por el orgullo de su coraje, su confianza y su gramática y pronunciación precisas, Candace era claramente de muy buena familia.

—Se refiere a prostitutas —dijo la chica, terminando su frase.

Ahora le tocó a Charles quedarse de piedra.

Candace le sonrió.

—Me dijiste que Hester era diferente. Creo que mi tía Lucy le habría dado su aprobación. —Miró a Hester, el rostro rebosante de orgullo—. A mi tía Lucy la llamaban aventurera quienes la envidiaban. Hizo todo tipo de cosas maravillosas, y estaba más viva que nadie. Vamos a ayudar en todo lo que podamos... —Se volvió de nuevo hacia Charles—. ¿No es cierto?

Fue un desafío, no una pregunta.

—Lo intentaremos —convino Charles. Miró a Hester—. Tiene que existir un motivo para que estos hombres en concreto fueran las víctimas. Si no se trata de un asunto del pasado, cosa que creo que podría ser, tiene que formar parte de su presente. ¿Eran particularmente vulnerables? ¿Vivían solos? ¿Necesitaban algún tipo de ayuda?

Hester veía sentido en lo que decía Charles, pero no sabía qué responder.

—No vinieron desde la misma ciudad. No tenían la misma edad. Unos eran hombres de éxito, otros, normales y corrientes. Solo se conocían un poco. Tenían ocupaciones diferentes y no eran rivales en nada.

—Pero todos eran húngaros y vivían en Shadwell.

—Sí. Eso es todo. Nada permite decir que se conocieran antes de venir a Londres.

—Tienen algo en común —insistió Charles.

—Y Fitz —agregó Candace—. Ha dicho que temía que lo hubiese hecho él, y que ni siquiera ahora lo sabe con seguridad... Lo siento... Aborrezco decir esto... Pero si lo hizo, tenía que saber algo acerca de todos ellos. Aunque no lo recuerde ahora que está... bien.

Charles se inclinó un poco hacia delante, con la cara muy seria.

—Eso es cierto, Hester. Fitz puede saber la respuesta, aunque no la entienda. Has dicho que vino aquí desde Crimea, viajando a través de Europa, y que pasó una larga temporada en Hungría. El húngaro es una lengua muy difícil, nada que ver con las otras lenguas románicas europeas, ni con el alemán o el escandinavo. ¿Qué tal lo habla? No bastan unos meses para aprender a hablarlo con soltura.

—Bien —concedió Hester—. Muy bien.

¿Cabía que Fitz fuese la clave de los asesinatos, aunque él no lo supiera o no lo comprendiera?

—¿Alguno de ellos se defendió cuando lo agredieron? —preguntó Charles.

—Por lo visto no —dijo Hester, pensando en ello mientras hablaba—. ¿O sea que no se lo esperaban? ¿Es lo que estás diciendo? ¿Tenían un enemigo terrible que no sabían quién era? No se me había ocurrido.

—No es de extrañar que todo el mundo tenga miedo. —Candace se estremeció—. Y me figuro que es imposible que supieran quién era porque de lo contrario habrían hecho algo al respecto. ¡Como mínimo, decírselo a la policía!

—¿Puedes tener un enemigo así y no saberlo? —Charles pensaba en el futuro—. Si tenían un secreto, al menos lo sabrían ellos mismos, aunque no supieran quién más lo compartía. No le veo ningún sentido.

—Pues tenemos que esforzarnos más —dijo Candace inmediatamente. Miró a Hester—. ¿Qué otra cosa podría ser?

—No se dan cuenta... —Hester estaba pensando en voz alta—. Saben algo espantoso pero no lo relacionan con los asesinatos.

—Eso tendría sentido. —Charles no daba la impresión de albergar alguna esperanza—. Ahora bien, ¿qué podría ser? ¿Qué tipo de cosa? Y si cuando el segundo, el tercer y el cuarto asesinato se cometieron, todos siguieron sin darse cuenta, ¿no los convierte en unos idiotas redomados?

—Sí —contestó Hester, abatida.

La limonada se había terminado y del bizcocho solo quedaban las migas, que no eran muchas.

—No nos rendiremos —declaró Candace, mirando primero a Hester y luego a Charles—. Se quedará a comer, ¿no? Hay tantas cosas de las que me gustaría hablar con usted...

—Por supuesto que me quedaré —aceptó Hester. Luego se volvió hacia Charles. Candace la había invitado sin consultarle. Claramente estaba muy cómoda con Charles. Había entre ellos un grado de confianza que parecía ser completamente natural. Eran obviamente amigos, así como una joven que había perdido a toda su familia y un hombre solitario que tenía una pupila orgullosa e inteligente que pondría a prueba su paciencia, su carácter y su inteligencia...

y que tal vez le daría la felicidad más intensa que nunca antes hubiese conocido.

Eran casi las tres cuando Charles acompañó a Hester en la pequeña calesa que solía usar con Candace, desde su casa hasta la parada de ómnibus más cercana. La habría llevado más lejos, pero ella deseaba disponer de tiempo para sí misma durante el trayecto, a fin de poner en orden las ideas que se agolpaban en su mente.

—¿Cuándo comenzará el juicio? —preguntó Charles mientras circulaban por las calles tranquilas, cruzándose solo con unas pocas personas que iban a pie, bien a visitar a amigos o por el mero placer de pasear.

—No lo sé, pero pronto —contestó Hester.

—Por favor, Hester, dime qué puedo hacer. No sé cómo ayudar.

Hester fue amargamente consciente de lo generoso que era su ofrecimiento, y de cuánto contrastaba con su propia ausencia cuando la había necesitado, aunque hubiese podido hacer muy poca cosa. Lo miró para ver si había dolor o enojo en su semblante, pero lo único que vio fue preocupación.

—Gracias —aceptó—. Le debo mucho a Fitz —agregó de repente.

—¿En serio? ¿Algo más que amistad? —preguntó Charles—. ¿No lo ayudaste tanto como él a ti?

—En la guerra, tal vez. Pero fue él quien me convenció de que viniera a verte, pese a que yo... lo había pospuesto tanto tiempo que me resultaba muy difícil.

No lo miró al decirlo. No sabía si estaba poniendo demasiado peso en una reconciliación tan nueva y frágil.

—Pues entonces también yo estoy en deuda con Fitz —respondió Charles—. Pero ante todo quiero dar a Candace una familia que no se limite a mí. —Hablaba con la mirada al frente, absorto en la calzada—. Me recuerda a ti. De joven eras como ella. No tan elegante, quizá, pero igual de inteligente e igual de testaruda... y valiente. No tiene una lengua tan afilada como la tuya, pero me temo que si no voy con cuidado podría llegar a tenerla. Necesita a otra mujer en quien confiar, y no tengo intención de volver a casarme.

Esa fue la primera nota de amargura que oyó en su voz. Su dolor. Hester nunca había pensado que su matrimonio fuese feliz, pero Charles nunca había admitido la soledad que ella imaginaba ahora.

—Por supuesto —dijo Hester al instante—. ¿No pensarás que voy a permitirme repetir mi error, verdad?

—¿Tan duro ha sido?

—Sí. —Se obligó a sonreír—. Pero si fuese preciso, lo volvería a hacer. Cuando este juicio haya terminado...

—Encontrarás otro —dijo Charles, terminando su frase—. Asistiré al juicio, y estoy bastante seguro de que Candace...

—¡No puedes llevarla! Charles, estos asesinatos han sido atroces, muy violentos. No es lugar para una joven...

—Tiene dieciséis años, Hester. Además ya ha presenciado un asesinato, y también una erupción volcánica de la que huyó para salvar la vida antes de que la alcanzara la lava. ¡Dentro de tres o cuatro años tendrá edad suficiente para ir a curar soldados en una guerra!

—¡Yo tenía veintitantos! —protestó Hester.

—Y si hubieses tenido diecinueve, ¿eso te habría detenido?

—¡Esa no es la cuestión!

—Esa es exactamente la cuestión. No termines esta visita peleando conmigo.

Hester sonrió con inusitada dulzura.

—Tienes razón, por supuesto.

13

Hester pensó en lo que Charles había dicho a propósito de que las cuatro víctimas sabían de algo que había sucedido en Hungría. Eran de edades diferentes, habían crecido en ciudades distintas, no tenían asociaciones en común y, sin embargo, alguien las había asesinado a todas con una violencia ritual extraordinaria.

¿Tenía algo que ver con ellos o con él? ¿Sabían las víctimas por qué las habían seleccionado? En caso de que no, ¿por qué no lo supieron? Pero si lo sabían, ¿por qué no hicieron nada para evitar su propia muerte?

La única respuesta posible era que no lo sabían. O que se trataba de algo tan secreto, tan vergonzoso, que prefirieron el silencio y el riesgo de ser la próxima víctima en lugar de dar pasos visibles para defenderse.

¿Qué podía ser tan espantoso?

¿Y por qué ahora?

En nombre del cielo, ¿de qué podía tratarse?

Entonces la respuesta fue obvia. Fitz era el único que había llegado a Shadwell últimamente. Y si Hester era capaz de ver eso, ciertamente la fiscalía también.

Quizá el fiscal sabía qué había ocurrido. Pero aunque no lo supiera, poco importaba; el jurado captaría la insinuación con suficiente prontitud. Y a veces el horror que no podías nombrar era peor, más aterrador que el que tenía nombre.

Y si Fitz no era culpable, y esa era la única posibilidad que estaba dispuesta a aceptar, entonces algo había sucedido tras su llegada a Shadwell, algo que nadie más había notado o entendido. Tal vez si ella averiguase de qué se trataba, ese algo se explicaría por sí mismo y señalaría la identidad del asesino.

Después de cenar se lo dijo a Monk, mientras estaban sentados con las cristaleras abiertas a la noche veraniega. El tiempo todavía era lo bastante templado para que resultara agradable, y el rumor de las hojas del chopo en la brisa del crepúsculo tenía un tinte musical.

Le había hablado de Charles y Candace durante la cena. Era algo bueno en medio de aquella tragedia y, durante un rato, ambos se regocijaron en ello. Luego llegó la hora de enfrentarse a la realidad. El juicio de Fitz por los asesinatos segundo, tercero y cuarto estaba previsto que comenzara a mediados de la semana siguiente, de modo que solo faltaban cinco días.

—Tengo que ver a Fitz otra vez —le dijo a Monk.

—No se encuentra bien... —comenzó él.

—Ocurrió algo, William, algo...

—¡No lo recuerda! Está... no puede ayudarnos, Hester. Está prácticamente dispuesto a creer que lo hizo. Está demasiado cansado, demasiado asustado y demasiado abatido para seguir luchando. Creo que las pesadillas, despierto y dormido, son demasiado para él. —La miró con angustiada dulzura—. Estoy considerando...

—Tengo una idea —dijo Hester, tentativa—. Quizá no dé resultado...

—Hester... es...

—¡Tengo que intentarlo! —Estaba al borde del llanto. Le constaba que era totalmente posible que Fitz fuese culpable. Algún purgatorio de su imaginación lo había llevado a tomar represalias contra los fantasmas.

—¿El qué? No queda nada que no hayamos hecho ya. Y nadie ha entrado en la mente de Fitz, porque cambia de un día para otro.

—No voy a intentar hacerle recordar. Algo empezó esto. Quienquiera que haya matado a toda esta gente, empezó por algún motivo.

—Eso lo sabemos todos.

—Pero no sabemos qué fue. —Se inclinó hacia delante—. Escúchame, William. Me consta que Fitz no se acordará, o que si se acuerda, al jurado no le parecerá que se trate de algo razonable, pero si hubo algo, quizá se encuentre en los periódicos locales.

—Ya los hemos revisado.

—¿Los húngaros? ¿Los que la comunidad húngara publica para mantener al día a la gente sobre asuntos personales? ¿Y con noticias de la propia Hungría?

—Suponiendo que haya algo personal, no podemos leerlos ni entender lo que podría...

—¡No, claro que no podemos! ¡Pero Fitz podría! —Puso la mano sobe la de Monk y la asió con fuerza—. Solo es cuestión de conseguir los números correspondientes al mes anterior al primer asesinato, y hacer que él los lea y nos cuente qué dicen. Merece la pena intentarlo, ¿no? ¿Tienes una idea mejor? Alguien nos dará los números. La gente guarda ese tipo de cosas. Aman su antiguo país, sus viejas costumbres. Y todos tienen familia y amigos allí.

—¿A quién se los vas a pedir? —inquirió Monk, algo más animado.

—Seguro que en alguna tienda los guardan, sino en varias. Veré qué me dice el hombre del café. Fitz le cae bien. Hará lo que pueda con tal de ayudar.

—Date prisa. Solo nos quedan unos pocos días. Fitz debe de estar...

Se calló.

—Aterrorizado —terminó Hester—. Lo sé. Creo que lo peor es que se preguntará si realmente van a demostrar que lo hizo él. ¿Cómo se puede sobrellevar eso?

—No lo sé —contestó Monk—. Pensé que quizá tendría que hacerlo cuando lo de Joscelyn Grey, y ya entonces no lo sabía. Sigo sin saberlo.

—Si lo hacen, lo ahorcarán, ¿verdad?

Las palabras le salieron roncas, atragantadas en llanto.

Monk la abrazó estrechamente y la dejó llorar.

Por la mañana se comió una tostada, obligándose a tragarla, y bebió una taza de té, aunque estaba demasiado caliente para que resultara agradable. Luego se dirigió a ver a Crow, con la esperanza de que estuviera en su clínica. Si no lo encontraba allí, tendría que pedirle ayuda a Scuff.

La travesía del río le pareció que duraba una eternidad, y pudo oler el primer toque de frío que advertía que el verano estaba terminando. En un mes habría niebla cubriendo el agua como un velo. Los atardeceres pintarían llamas de color en el cielo, que rápidamente se desvanecerían.

Había un corto paseo desde el embarcadero del transbordador hasta la clínica de Crow. Tuvo suerte. Scuff había estado de servicio toda la noche, velando a un paciente enfermo, y ahora dormía. Crow estaba bien despierto y se preparaba el desayuno en la cocina, con el pelo negro demasiado largo, como de costumbre, que le tapaba media cara.

Levantó la vista hacia ella.

—¿Qué pasa? —dijo Crow de inmediato—. ¿Ha ocurrido algo?

Apartó una silla para que Hester se sentara. Tomó la de enfrente y se sentó a horcajadas de cara a ella, apoyando los codos en el respaldo.

Hester le resumió su idea sobre los periódicos locales, algunos de los cuales no eran más que un folleto, y de que tenía que haber sucedido algo que iniciara la serie de asesinatos.

—Si Fitz los leyera, quizá sabría ver cosas que nosotros podríamos investigar. El juicio se prolongará unos días... como mínimo...

—Te conseguiré los periódicos —dijo Crow en el acto—. Conozco a personas que guardan todos los números atrasados durante años. Y ciertamente son pacientes que me deben más que unos pocos favores. Ahora bien, ¿la policía te dejará ver a Fitz?

—No lo sé. Pero si se niegan, le pediré a Oliver que se los entregue él y que le obligue a leerlos.

—¿Fitz sabrá qué debe encontrar? ¿Qué crees que habrán publicado?

—Algo que cambió y suscitó un recuerdo, un peligro, un motivo para que asesinaran a esos cuatro hombres, y encima de una manera tan atroz. ¡Algo ocurrió! Nadie, ni siquiera un loco, se levanta un buen día y coge una espada o una bayoneta y se la clava a alguien porque sí, y todas esas velas, siempre diecisiete, y los dedos rotos y... y las imágenes desfiguradas. Algo lo provocó...

Crow se levantó de la silla.

—Voy ahora mismo. Dudo que Scuff se despierte hasta dentro de un buen rato, pero si el paciente tiene algún problema, avísalo. Regresaré en cuanto tenga los periódicos de más o menos los últimos tres meses. Tienes té si te apetece.

El tiempo le pareció interminable a Hester mientras

aguardaba sentada, luego se levantó y estuvo caminando de un lado a otro de la sala, fue a la habitación a ver al paciente, que dormía tranquilo. Escuchó su respiración, incluso le tomó el pulso sin despertarlo.

Por fin Crow regresó con un fajo de periódicos, todos ellos ediciones de los boletines locales.

—Siento haber tardado tanto —dijo Crow—, pero nadie los tenía todos. He tenido que seleccionarlos. Espero que contengan algo interesante. Toma, te los pongo en una bolsa para que no se desperdiguen.

Sacó una bolsa de tela de un armario. Metió los periódicos dentro y se los pasó.

Hester le dio las gracias profusamente, luego, sin decir más, salió y caminó tan rápido como pudo hasta la calle principal, donde encontraría un coche de punto que la llevara al bufete de Rathbone. Si él no estaba, lo aguardaría el tiempo que fuese necesario.

—Disculpa —dijo Rathbone tras haberla hecho esperar apenas diez minutos antes de recibirla—. Han prohibido todas las visitas, y no me atrevo a poner en peligro las oportunidades que tengo de hablar con él. Aunque tampoco es que estén sirviendo de mucho.

Hester le entregó los periódicos.

—Haz que los lea —suplicó.

Rathbone frunció el ceño.

—Lo intentaré, pero se ha dado por vencido, Hester.

—Lo sé. Pero yo no. A veces necesitamos que alguien crea en nosotros, aunque nosotros mismos no lo hagamos. Ocurrió algo que desencadenó esta serie de asesinatos. Hemos investigado y no lo hemos encontrado. Este es otro sitio en el que buscar.

Rathbone se mordió el labio, una señal de indecisión inusual en él.

—¿Realmente crees que es inocente? Es el único que no puede dar cuenta de su paradero en ninguno de los asesinatos, y estos comenzaron poco después de que llegara aquí. Aparte de la probabilidad de que Fodor fuese el padre del hijo de Adel y que Haldane acabara de enterarse, nadie parece tener un motivo, y no nos consta nada que relacione a las víctimas...

—Hay una cosa —arguyó Hester—. Todos han muerto de la misma manera. ¿O acaso insinúas que hay cuatro lunáticos que andan sueltos en Shadwell, todos con un mismo tipo de locura que los lleva a apuñalar en el pecho, romper los dedos y apagar velas mojándolas en sangre? Dudo que algún jurado acepte esta explicación, Oliver.

Rathbone la miró muy serio un momento, su rostro una máscara de exasperación.

—Llevas razón. Hay algo que los relaciona, por supuesto que lo hay. Pero quizá solo sea reconocible para un loco, o quizá debería decir un hombre enloquecido por el sufrimiento, el aislamiento y la soledad tras las cosas espantosas que ha presenciado, sin poder hacer nada al respecto. Pero sí, se los llevaré y le pediré que los lea, por ti. Le diré que crees en él, y que quienquiera que asesinara a esos hombres, sea Fitz u otro, creía tener un motivo. Algo lo provocó.

—Gracias.

En los pocos días antes de que comenzara el juicio, Hester no recibió respuesta de Rathbone, excepto que había entregado los periódicos a Fitz, quien había dicho que los leería.

El día antes de que comenzara el juicio, Hester, Monk y Rathbone estuvieron juntos hasta altas horas de la noche para establecer las estrategias finales. Estaban en la casa de Paradise Place, no sentados en los sillones, sino en el comedor de la parte delantera de la casa, con el panorama del cielo de la tarde y la última luz sobre el río. A medida que dejaban atrás el solsticio de verano, atardecía más temprano. Ahora todo lo que podían ver eran unos cuantos destellos amarillos de luces de navegación en el agua y la maraña negra de los mástiles de barcos anclados que mecía la marea.

—No puedo presentar otro alegato en su defensa que la locura —dijo Rathbone con una nota de derrota en su voz—. Carecemos de otros sospechosos plausibles.

—Excepto que Haldane ha sido arrestado por asesinar a Fodor y está a la espera de juicio, y alguien mató a los otros tres —arguyó Hester, aunque su tono era desesperado y percibió en su voz que ni ella misma se lo creía. Tampoco lo harían los demás.

—Y la acusación lo subrayará, al margen de lo que Haldane sintiera por Fodor, y lo más probable es que niegue que supiera que su hijo era en realidad de Fodor. Tampoco podemos contar con que Adel Haldane lo admita. Daremos la impresión de estar desesperados, y de ser unos perversos. Entonces tendremos que convencer al jurado de que otra persona, no sabemos quién, mató a los demás de la misma manera, y no de una manera similar, sino idéntica hasta el último detalle. ¡Y no sabemos por qué! ¡Ni cómo sabía el asesino los detalles más nimios, como la distancia entre las velas y que estas han sido siempre diecisiete!

—¿Realmente fueron tan idénticos? —preguntó Hester.

—Sí —le dijo Monk—. Y en ningún momento hemos permitido que apareciera en la prensa. Además, que yo sepa, no lo sabía nadie aparte de Hooper y el doctor Hyde. Y yo mismo. Hester, no es creíble. Tenemos que afrontarlo. Es demasiado tarde para estar indecisos. El juicio comienza...

—echó un vistazo al reloj que había encima de la repisa de la chimenea— dentro de once horas.

—¡Necesitamos más tiempo! —exclamó Hester, su voz cada vez más desesperada.

—No lo hay —dijo Monk con delicadeza—. No tenemos un motivo legal para retrasarlo y, sinceramente, dudo que se avinieran.

Miró a Rathbone. Rathbone negó con la cabeza.

—La ciudadanía está muy encendida, y no es de extrañar. No tenemos motivo...

—Pues decláralo inocente —le instó Hester—. ¡Haz que la fiscalía tenga que demostrarlo todo!

—Alargar el...

—¡Hazlo! —insistió Hester—. ¡Si sostienen que Fitz lo cambió todo en su vida, en su carácter, y que mató a unos hombres que ni siquiera conocía, tienen que demostrarlo, fuera de toda duda!

—Fuera de toda duda razonable —la corrigió Rathbone—. Y no estoy seguro de que tu idea de lo que es razonable vaya a ser la misma que la del juez.

—Haz que lo demuestren, de todos modos —insistió Hester.

Rathbone miró a Monk.

Monk asintió.

—Bien podemos jugar hasta la última carta —contestó Rathbone.

El día siguiente comenzó el juicio. Como siempre, se celebró con toda la parafernalia de la ley. Se inauguró en el Old Bailey, el tribunal penal central de Londres, junto a la prisión de Newgate, donde habían tenido lugar los ahorcamientos públicos hasta dos años antes.

El juez que presidió la sesión fue el señor Justice Aldridge, ataviado con peluca y toga. Los doce jurados eran todos hombres, por supuesto, la mayoría de ellos de mediana edad y de aspecto próspero. Uno o dos eran más jóvenes. Todos estaban muy serios; de hecho, uno jugueteaba con las manos sobre la barandilla que tenía delante.

La habitual apertura formal dio la impresión de que no iba a acabar nunca. Para Hester tenía la rigidez de un servicio religioso, las mismas palabras antiguas repetidas sin variación alguna. ¿Alguien las escuchaba?

Fitz, pálido y más delgado que unas semanas antes, estaba sentado en el banquillo de los acusados, un espacio elevado por encima de la altura de la cabeza, como una pequeña habitación en la pared lateral, a la que se llegaba por otra puerta y un tramo de escalera. Estaba flanqueado por dos guardias y llevaba las muñecas esposadas.

Habida cuenta de su experiencia, Hester debería estar acostumbrada, pero aquello siempre le parecía nuevo, como una pesadilla recurrente, pero que aún podía desviarse de una manera inopinada, terrible, y terminar en tragedia.

¡Qué ridiculez! Ya era una tragedia. Cuatro personas habían tenido una muerte horrible, y Fitz había pasado de ser una de las personas más valientes y generosas que conocía a ser un hombre que había perdido el equilibrio, el juicio y la fe; posiblemente incluso fuese culpable de los cargos que le imputaban.

¿Había llegado a leer los periódicos húngaros? ¿Era una idea importante, o solo una última ilusión a la que se aferraba?

Las formalidades concluyeron. El juez preguntó a Rathbone cómo se declaraba el acusado ante el tribunal.

—No culpable, señoría —respondió Rathbone.

El fiscal, el señor Elijah Burnside, le dirigió una mirada

de asombro, como si apenas pudiera dar crédito a lo que había oído. Era un hombre grande, de hombros anchos, pecho de barril, y con una poblada melena blanca a juego con su tupida barba. Sin embargo, su arma principal era una voz magnífica. Podría haber tenido éxito como cantante, si hubiese querido.

El señor Justice Aldridge, un hombre menudo, pulcro y meticuloso, dotado de un mordaz sentido del humor, no hizo comentario alguno.

Burnside llamó a su primer testigo.

En la sala silenciosa nadie se movía, pues imperaba una tremenda tensión. Antal Dobokai subió al estrado, hizo el juramento y dijo su nombre y lugar de residencia. Lo hizo con calma, con una voz que sonaba perfectamente inglesa, excepto por una ligera vacilación ante ciertas palabras. Parecía completamente tranquilo. Incluso desde donde estaba sentada Hester, la luz se reflejaba en sus extraordinarios ojos, como de cristal azul pálido, claro como el cielo.

Siguiendo la orientación de Burnside, Dobokai contó la historia de su visita al almacén de Fodor y de su hallazgo de la terrible escena en la oficina.

—Nunca había visto algo tan... horripilante —dijo con gravedad. —Tragó saliva—. Es casi imposible describirlo.

—Lamento angustiarlo, señor —dijo Burnside con evidente embarazo—. Pero el jurado desconoce lo que usted vio, salvo que lo hayan leído en los periódicos, que pueden o no ser exactos. Tenga la bondad de contarnos lo que recuerde.

Dobokai se enderezó un poco, aunque no se apoyaba en ninguna parte.

—Sí, señor. Apenas recuerdo la habitación. Pero tan pronto como llegué a la puerta, vi el cuerpo de Imrus Fodor despatarrado en el suelo. Estaba tumbado bocarriba y tenía una vieja bayoneta clavada en el pecho, que aún estaba sujeta a un rifle. Estaba... en un ángulo, más o menos... —Mostró una diagonal con su brazo—. Había sangre por todas partes. Nunca había visto tanta. La había... —titubeó, tragó saliva, cerró los ojos y luego los volvió a abrir— en las velas esparcidas por toda la habitación, y también en el suelo.

—¿Velas? —interrumpió Burnside—. ¿No hay lámparas de gas en el almacén?

—No... no lo sé —dijo Dobokai—. No me fijé. Las velas estaban en muchas superficies diferentes, todas cubiertas de sangre, como las velas normales coronadas con cera derretida.

—Entiendo. ¿Recuerda algo más?

—No, me temo que no.

—¿Y el señor Fodor estaba muerto sin lugar a dudas? Burnside enarcó sus magníficas cejas.

—Sí, me arrodillé y le toqué la mano. Estaba fría.

—¿Qué hizo a continuación?

—Estaba profundamente impresionado, como puede imaginar. Retrocedí y cerré la puerta. Entonces pedí a uno de los empleados que llamara a la policía. Esperé allí, pues sabía que desearían hablar conmigo.

—Gracias, señor Dobokai.

Burnside hizo un gesto con la mano hacia Dobokai y luego se volvió hacia Rathbone.

Rathbone se puso de pie lentamente. Hester, observándolo, se preguntó si algún miembro del jurado sabía lo poco que tenía con que trabajar. Parecía tranquilo, elegante como siempre. La luz reflejó más plata en su cabello rubio de lo que ella había notado antes. Le sentaba bien.

—Su inglés es excelente, señor Dobokai —dijo Rathbone cortésmente.

—Gracias —respondió Dobokai. Estaba claro que le había gustado el comentario—. Procuro hablarlo bien. Es un idioma hermoso y muy flexible.

—Ciertamente. Y obviamente es usted un estudiante entusiasta. Oye y recuerda...

Burnside se puso de pie de un salto.

—Señoría —se quejó—, soy muy consciente, como seguro que su señoría también, de la pobreza de los argumentos de sir Oliver para la defensa, pero estamos perdiendo el tiempo elogiando al señor Dobokai por su dominio del inglés. Es preciso que el tribunal sea tan consciente de ello como nosotros.

—Señoría —respondió Rathbone—. Mi distinguido colega pierde el tiempo con sus objeciones. Tengo motivos para pensar que el señor Dobokai es un hombre inteligente que se ha aclimatado inusualmente bien a un cambio de sus circunstancias, y que por eso se ha convertido en una suerte de líder en la comunidad húngara de Shadwell. Es su posición en ese papel lo que creo que puede sernos de ayuda.

—Proceda, sir Oliver —ordenó Aldridge—. Pero me gustaría que demostrara que es relevante lo antes posible.

—Sí, señoría.

Rathbone se volvió de nuevo hacia Dobokai. El estrado de los testigos era una pequeña torre en el área abierta del tribunal a la que se accedía por una pequeña escalera, desde ella el testigo podía ver abajo la arena del tribunal.

—Señor Dobokai —reanudó Rathbone—. Es evidente que estos terribles acontecimientos han perturbado en gran medida la vida de su comunidad. Debe de haber miedo y consternación entre la gente. Tengo entendido que usted ha hecho mucho para evitar que esto genere pánico en las calles, e incluso violencia civil. ¿Estoy en lo cierto a ese respecto?

Dobokai solo titubeó un instante.

Hester se preguntó qué estaba haciendo Rathbone, aparte de ganar tiempo.

—Espero que mis esfuerzos hayan contribuido —dijo Dobokai.

Rathbone sonrió.

—Estoy convencido de que así ha sido. La modestia es muy encomiable, señor Dobokai, pero estamos aquí buscando la verdad a toda costa. Por favor, deje esos sentimientos a un lado por el momento. Usted es un líder nato. Ha ayudado a la policía a proteger del pánico a la comunidad y a hacer todo lo posible para averiguar quién es el responsable de estos crímenes.

Burnside cambió de postura, como si estuviera incómodo.

—Sí, señor —respondió Dobokai.

—Usted encontró el primer cuerpo, el del señor Fodor —prosiguió Rathbone—. Imagino que la policía hizo un examen muy exhaustivo de su paradero en el momento en que Fodor fue asesinado. Es lo normal y no supondría ninguna sospecha sobre su persona, simplemente un procedimiento rutinario para descartarle.

—Sí, señor.

Dobokai parecía estar totalmente distendido.

Hester sabía que Monk había hecho todo lo posible para desbaratar la declaración de Dobokai, pero sin éxito.

—Como sospechoso de la muerte del señor Fodor —convino Rathbone—, ¿conocía al doctor Fitzherbert?

—No, señor. Tengo una salud excelente, pero si necesitara un médico, acudiría al húngaro de nuestra comunidad.

—¿No se topó con él en Hungría, por ejemplo? ¿Antes de abandonar su país?

Dobokai se balanceó un poco. ¿Incomodidad en su fuero interno? ¿O simplemente había permanecido en la misma postura demasiado rato?

—No, señor.

—Justo lo que había pensado que diría. —Rathbone sonrió—. Pero gracias de todos modos. Quizá tenga preguntas para usted más adelante, pero ha sido usted muy claro.

Volvió a su sitio y se sentó.

Burnside llamó al doctor Hyde al estrado.

Hyde iba bien aseado y afeitado. El pelo rubio le raleaba un poco, pero seguía siendo un hombre vigoroso, y a todas luces no estaba de buen humor. Quizá conocía a Burnside y no le caía bien.

Hester se preguntó si Rathbone se había dado cuenta de ello y lo usaría en su favor. Sobre todo deseaba con pasión saber si Rathbone realmente creía que Fitz podía ser inocente. Bastaría con que creyera en esa posibilidad, aunque dudara de su verdadera probabilidad.

Hyde estaba describiendo el escenario de la muerte de Fodor tal como la había encontrado. No escatimó detalles.

Mirando las caras de los miembros del jurado, Hester podía sentir su angustia, y de vez en cuando uno de ellos miraba a Fitz, sentado en el banquillo. Ella no quería mirar hacia arriba. Había perdido su oportunidad antes, y si lo hiciera ahora, Fitz pensaría que lo estaba viendo con el mismo horror que reflejaban los rostros de los demás presentes en la sala.

¿Estarían más conmovidos por la emoción que por la razón? El horror había que pagarlo. Si la policía había acusado a Fitz, pensarían que era culpable. Ningún hombre en su sano juicio lo dejaría libre.

Sintió que el pánico y la desesperación anidaban dentro de ella.

Hyde seguía describiendo la escena, y la bayoneta que sobresalía del pecho de Fodor.

Burnside pasó a preguntarle sobre la segunda víctima, y las respuestas de Hyde fueron igualmente vívidas y contundentes, y ofrecidas con la misma sequedad.

Se suspendió la sesión para almorzar y se reanudó a primera hora de la tarde. Burnside pidió a Hyde que describiera a la tercera víctima y a la cuarta.

—¿Y todos murieron sufriendo, empapados en su propia sangre? —concluyó Burnside dramáticamente—. Les rompieron los dedos solo para hacerles daño. Los dedos son muy sensibles, ¿verdad, doctor Hyde?

—Muchas partes del cuerpo son sensibles, señor —dijo Hyde con aspereza—. Y no he dicho que murieran sufriendo. Por favor, no adorne mis palabras para sus propósitos.

Burnside extendió sus brazos ampliamente, como para apelar a la galería, al juez y al jurado contra la irrazonable acusación de Hyde.

—¿No sufrieron? —preguntó incrédulo.

—Que te atraviesen el corazón con una lanza es una muerte muy rápida —contestó Hyde—. Mucha sangre, pero dudo que se enteraran. Mueres casi al instante.

—¿Y los dedos? ¿Eso tampoco fue doloroso?

El sarcasmo de Burnside era hiriente, como si no cupiera considerar humano a Hyde por su falta de compasión.

—No había moretones, señor —respondió Hyde—. Casi nada de sangre.

—¡Oh! ¡Dios mío! ¿No había moretones? Solo huesos rotos, ¿eso es todo? Y casi nada de sangre. ¿Merecía la pena mencionarlo?

—Tiene un significado —explicó Hyde con suma paciencia, como si Burnside fuese un niño un poco retrasado—. Se los rompieron una vez muertos. Por lo que sabemos, los muertos no sienten dolor, ni ninguna otra cosa.

Burnside se puso rojo como un tomate, pero podría haber sido tanto de ira como de vergüenza.

—¿Está bien seguro de eso, doctor Hyde?

—¡Por supuesto que no! ¡Nunca he estado muerto! Aunque no hay duda de que me llegará el turno.

—De que se los rompieron una vez muertos, usted...

Burnside se contenía con dificultad.

—La ausencia de sangre, ya sea en forma de moretones, o donde la carne estaba desgarrada, indica que el corazón ya se había detenido —respondió Hyde.

—¿En todos los casos?

—Sí.

—En su opinión como médico, doctor Hyde, ¿a todos estos pobres hombres los asesinó y les rompió los dedos la misma persona?

—No tengo la más remota idea. Soy forense, no detective. Solo puedo decirle que no había diferencia discernible, excepto que las armas eran todas diferentes, obviamente. Pero como quedaron en las heridas, fue una cuestión de necesidad.

—¿Está diciendo que podría haber cuatro criminales locos diferentes sueltos en Shadwell? —preguntó Burnside, levantando las manos otra vez.

—Por favor, no me atribuya los frutos de su imaginación, señor. —Hyde era igual de mordaz—. Me ha pedido pruebas médicas. Se las he dado. Lo que deduzca de ellas es asunto suyo.

Burnside se controló con dificultad, e invitó a Rathbone a hacer lo que deseara con Hyde.

Rathbone se puso de pie. No se hacía ilusiones de que

Hyde fuese a ser más amable con él de lo que había sido con Burnside.

—¿Quienquiera que haya matado a estos hombres necesitaba tener una fuerza especial para hacerlo? ¿Más allá de la que suele poseer un hombre común?

—No, señor.

—¿O conocimientos médicos concretos? Asumiendo que todos sabemos aproximadamente dónde está el corazón —añadió enseguida.

—Asumiendo eso, ninguno en absoluto —convino Hyde.

Rathbone decidió dejarlo tras aquella observación tan positiva.

—Gracias, doctor Hyde. Ha sido usted de gran ayuda.

Hester exhaló lentamente. Quizá habían recuperado un poco de terreno, pero temía que se debiera ante todo a la crispación del temperamento de Burnside y posiblemente al deterioro de su suprema confianza. ¿Acaso no esperaba que Rathbone presentara batalla? Seguramente conocía a Rathbone mucho mejor, aunque solo fuese por su reputación. Rathbone había sufrido un gran revés en su carrera. Hester sintió una punzada de dolor al pensar en ello. En realidad había estado en prisión hasta el juicio. Acababa de regresar a la práctica de la ley después de su desgracia. Pero pensando en los últimos meses, y mirándolo ahora, defendiendo un caso sin cobrar, y un caso que nadie pensaba que podría ganar, todavía tenía una paz interior que sería fácil confundir con un exceso de confianza profesional, cuando en realidad ella pensaba que era consecuencia de su felicidad, y de la creencia en que no tenía que ponerse a prueba cada vez que se enfrentaba a un tribunal.

Y también era más amable, quizá más sensato. ¿Era eso lo que había desconcertado a Burnside?

Hooper iba pulcramente vestido, y presentaba un aspecto muy distinto al que Hester estaba acostumbrada a ver. Era un hombre alto y desgarbado. Era normal que su apariencia fuese informal, ligeramente desaliñada. Podría pasar fácilmente por un trabajador portuario o, incluso más aún, por un navegante oceánico, cosa que había sido.

En aquella ocasión iba atildado, con el pelo peinado hacia atrás, el cuello abrochado e impecable. Aun así se las arreglaba para parecer reservado, incluso sumiso. ¿Burnside lo malinterpretaría como nerviosismo?

Hester se encontró apretando las manos hasta que las uñas se le clavaron en las palmas. Le preocupaban en grado sumo todos los pormenores del juicio.

Burnside pidió a Hooper que se identificara y detallara su cargo en la Policía Fluvial del Támesis. Luego salió a la arena central del tribunal y levantó la vista hacia el estrado. Sabía cómo sacar el mejor partido posible a su parecido con un profeta del Antiguo Testamento, a un tiempo próximo e imponente.

—Señor Hooper —comenzó—, en todo este terrible asunto tan trágico y violento, ha trabajado estrechamente con el comandante Monk. Estaba a su lado cuando visitó el escenario de la primera muerte abominable. Presenció los interrogatorios a los testigos, y supo cuáles fueron sus conclusiones y cómo llegó a ellas. Por favor, ayude a este tribunal a entenderlo todo, y cómo llegó a la inevitable conclusión de que Herbert Fitzherbert era culpable, a pesar de que afirma no tener conocimiento ni memoria de estos actos, y de que no se le ocurre ninguna razón para cometerlos. —Burnside esbozó una sonrisa, mera concesión a la cortesía—. Por supuesto, paso a paso —agregó.

Más que a cortesía, a Hester le sonó a condescendencia. ¿Tenía planeado subestimar a Hooper para que este perdiera los estribos? ¿O simplemente para hacerlo parecer inferior, de modo que cualquier cosa que arguyera pudiera ser descartada? Estaba abordando los diferentes aspectos del crimen a través de Hooper en lugar de Monk, de modo que podía exponer todos los hechos ante el jurado antes de que Monk tuviera oportunidad de defenderse.

¿Rathbone se había percatado? ¿Cómo iba a combatirlo?

—Para empezar... —dijo Burnside claramente. No tuvo necesidad de levantar la voz, no se oía ni una mosca en la sala. Nadie susurraba ni se movía. Todos los miembros del jurado lo miraban.

Hester percibió cierta tirantez en el cuerpo de Hooper, pero solo porque lo conocía. Nadie más, excepto Monk, se daría cuenta. Y Monk no estaba en la sala porque su testimonio vendría después. Scuff y Crow estaban en la clínica.

—¿Estaba con el comandante Monk cuando acudió a la escena del crimen? —preguntó Burnside.

—¿El del señor Fodor? Sí, señor.

Hooper no iba a adelantarse a Burnside ni a decirle más de la cuenta.

—El tribunal ya ha oído al doctor Hyde describir lo espantosa que era la escena. No será preciso que nos lo refiera usted. Ahora bien, partiendo de lo que vieron, ¿averiguaron algo que los condujo a abrir alguna vía de investigación? Sin duda era lo bastante extraordinario como para tomar muchas consideraciones.

—Sí, señor —convino Hooper.

—¿Como qué, por ejemplo? ¡Y no me venga con melodramas! Fue una muerte horrible y tenemos que condenar al hombre que cometió estos cuatro asesinatos, pues si permanece en libertad, sabe Dios cuántos más cometerá.

Puso cuidado en no mencionar a nadie, cosa que habría dado pie a Rathbone para elevar una protesta.

—A primera vista, no habían robado nada —contestó Hooper con ecuanimidad—. Parecía ser un crimen motivado por un odio inusual, con un posible matiz religioso.

—¿Posible? —Burnside levantó un brazo—. ¿Qué necesita para estar seguro?

Rathbone hizo ademán de ir a ponerse de pie.

—¿Qué pasa? —atronó Burnside—. ¿Va a discutir por nimiedades, cuando todos sabemos que en todos y cada uno de los asesinatos se desfiguraron imágenes religiosas, se derramó sangre, se infringió daño y se encontraron vidrios rotos? ¿O solo me está dejando abundar porque planea decir que su cliente está completamente loco? El odio religioso no es una defensa válida.

El señor Justice Aldridge se inclinó hacia delante.

—Señor Burnside, por favor, permita que sir Oliver cometa sus propias equivocaciones, no las cometa por él. Y, en cualquier caso, no culpe al señor Hooper.

Hester tuvo ganas de reír. No porque hubiese algo gracioso, sino porque por un momento se había relajado un tanto la tensión.

—Le ruego me disculpe, sir Oliver —dijo Burnside con sarcasmo. Luego se volvió de nuevo hacia Hooper—. ¿Adónde condujeron sus investigaciones, aparte de a otros tres asesinatos, cada vez más abominables?

—¿Quiere que lo refiera paso a paso, señor Burnside, o conclusión tras conclusión? —preguntó Hooper educadamente, aunque con un dejo de insolencia, no más que un ligero cambio de tono.

—Tal vez una conclusión, y los motivos que llevaron a ella, si no es pedir demasiado —respondió Burnside.

—Sí, señor. Entre las pruebas que aportó el doctor Hyde sobre el estado del cuerpo, que indicaban que llevaba dos horas muerto como mínimo, y los testimonios de los trabajadores, que habían bloqueado el acceso a las oficinas debido a su presencia en el almacén de abajo, resolvimos que los hombres estuvieron juntos en todo momento, de modo que ninguno de ellos pudo haberlo hecho, y el señor Dobokai llegó demasiado tarde para haberlo hecho entonces. Rastreamos todos los movimientos del señor Dobokai durante el tiempo anterior a la llegada de los trabajadores. No pudimos encontrar duda o contradicción alguna.

Burnside se mostró sorprendido.

—¿Sospechaban del señor Dobokai?

—Sospechamos de todo el mundo, señor. Solo es cuestión de ver qué es posible y qué no lo es, antes de seguir avanzando.

—¿Y luego qué? Por favor, cuéntenos solo lo que sea relevante.

—Interrogamos a la comunidad, señor. Nos enteramos de bastantes posibles desavenencias raciales o religiosas. Desde luego, había mucho odio en el crimen. Varios miembros de la comunidad húngara fueron de gran ayuda.

—¿Pero no lo suficiente para que ustedes identificaran a algún sospechoso de esta... abominación?

—No, señor.

—¿Investigaron fuera de la comunidad húngara? Se diría que esto parece más una agresión contra ellos que entre ellos. ¿No ha sido un acto abiertamente anticatólico? ¿Seguramente al señor Monk se le ocurrió pensarlo, aunque a usted no?

—Tenía esa apariencia, señor —convino Hooper—. Y ciertamente había gente en la zona a la que no le gustaban los inmigrantes húngaros. Suficientes para que nadie destacara en particular.

—¿O sea que no descubrieron nada? ¿Qué pasó para

que finalmente se dieran cuenta de que el acusado era... diferente?

El tono de Burnside era exasperado, como si estuviera tratando con alguien no solo corto de miras, sino también intencionadamente obstructivo.

—Conseguimos descartar a muchas personas —respondió Hooper—. Y averiguar bastantes cosas acerca de las relaciones del señor Fodor.

—¿Y las demás víctimas? —preguntó Burnside—. No puede haber olvidado a Lorand Gazda. O a Viktor Rosza, asesinado de manera aún más violenta y terrible. Como tampoco a Kalman Pataki, que sufrió la muerte más violenta de todas. ¿Seguro que en todo ese tiempo no descubrieron algo relevante? ¿Algo de utilidad?

Hester sabía perfectamente que Burnside estaba haciendo todo lo posible para que Hooper perdiera los estribos. Quería un drama, un conflicto en el que pudiera enojarse y acusar a la policía de incompetencia, aumentar el miedo y la ira de la galería y, mucho más importante, de los propios miembros del jurado. El horror y la sensación de impotencia los convencerían mucho más que el lento goteo de detalles probatorios.

Parecía que Hooper también lo sabía. Si Hester no hubiera conocido su cordialidad, su ocasional humor irónico, al verlo ahora lo consideraría imperturbable, desprovisto de empatía o imaginación.

Burnside aguardaba.

Hooper bajó la vista hacia él, con la expresión serena. Daba la impresión de estar pensando una respuesta acertada.

—Bien, señor, en un momento dado, sospechamos del señor Roger Haldane, por eso comprobamos su paradero en todos los momentos pertinentes, es decir, para todas las muertes.

—¿Roger Haldane? —Burnside fingió asombro—. ¡Santo cielo! ¿Por qué? ¿Había mostrado alguna vez signos de desagrado por los húngaros? ¿O de ser anticatólico? Dios mío, su esposa, con quien lleva veinte años casado, es húngara y católica.

—No, señor...

—¿Pues por qué? Carece de todo sentido. ¿Qué pasa con ustedes? Me consta que estaban desesperados, pero esta... esta incompetencia es absurda.

Rathbone no dijo nada.

El señor Justice Aldridge lo miró inquisitivamente, pero Rathbone no respondió.

El desprecio de Burnside por él era mayúsculo. No pudo resistirse a la burla.

—Veo que el señor Rathbone no va a venir a rescatarlo. ¿Tal vez será capaz de encontrar alguna manera de defenderse usted mismo?

Hooper respiró profundamente.

La sala entera guardaba silencio.

—Sí, señor. Sospechamos seriamente que el señor Haldane había cometido el asesinato de Imrus Fodor, y lo acusamos cuando descubrimos que la señora Adel Haldane, que es, como usted bien sabe, húngara, es la madre del hijo del que el señor Haldane tan orgulloso está, a pesar de que el señor Haldane era incapaz de darle un hijo. En realidad, el padre era Imrus Fodor...

El resto de lo que estaba a punto de decir quedó ahogado por el alboroto que se armó en la sala del tribunal. La gente se puso de pie, gritando. Hubo una desbandada cuando los reporteros se apresuraron a salir para dar la noticia. Volcaron una mesa y varias sillas cayeron al suelo.

El señor Justice Aldridge llamó al orden, pero tuvo que esperar un rato para que se restaurara, la mesa volviera a su sitio y todos se sentaran de nuevo.

Hooper permaneció impasible.

Hester se dio cuenta con una mezcla de miedo y excitación de que aquello era exactamente lo que Hooper y Rathbone habían querido desde el momento en que Hooper había subido al estrado. Sin darse cuenta, se enderezó en el asiento, inmediatamente, escuchando con suma atención.

—¿Señor Burnside? —preguntó el juez con frialdad—. Me atrevería a decir que esta no era la respuesta que usted había previsto. Sin embargo, es la que ha recibido. Si no desea seguir esta línea en el interrogatorio, por supuesto, no tiene que hacerlo. No obstante, diría que sir Oliver lo hará de todas formas.

—Gracias, señoría —contestó Burnside—. Pero lo haré yo mismo. —Se volvió hacia Hooper, con la cara roja y la voz gélida—. Señor Hooper, tal vez le gustaría explicar al tribunal por qué, y exactamente cómo, llegó a esa extraña conclusión sobre la reputación y el honor de la señora Haldane, quien según usted dio a su marido, suponiendo que él creyera su versión de los... hechos..., un motivo, y eso a pesar de haber acusado al doctor Fitzherbert de los asesinatos de otros tres hombres, que hasta el momento parecen no tener nada que ver con la paternidad del hijo de la señora Haldane. Admito que no veo ningún sentido en ello. —Se encogió de hombros de forma exagerada—. Estoy en lo cierto al asumir que ustedes acusaron al doctor Fitzherbert, ¿verdad?

Seguro que Hooper esperaba aquello.

Hester lo miraba fijamente, y sabía que todos los demás presentes en la sala también, incluidos todos los miembros del jurado. Cuando menos, tenía su total atención.

—El señor Haldane dio cuenta de su paradero, sin duda alguna, en el momento de las otras muertes —dijo Hooper lenta y claramente—. Como los detalles de cada asesinato parecían ser idénticos, y no eran conocidos por el público en general, y más aún, dada la violencia de los crímenes y las cosas inusuales que no estaban relacionadas con las muertes en sí, creímos que todos fueron cometidos por la misma persona. En el caso de la segunda y la tercera, no pudo ser el señor Haldane.

—¡Pero pudo ser el acusado! —interrumpió Burnside—. ¡Cómo no! Entiendo su punto de vista, señor Hooper. ¡Asesinato por encargo! ¿Por un criminal lunático? ¿Lo sabemos con certeza? ¿O es puramente una conjetura muy práctica porque carece de otra respuesta?

Una triste sonrisa asomó a los labios de Hooper por un momento, y acto seguido desapareció.

—En realidad, señor, creo que el arresto del doctor Fitzherbert fue ante todo para salvarle la vida, así como las de los ciudadanos cuyo terror los había enloquecido lo suficiente como para intentar asesinarlo ellos mismos, por temor a que pudiera ser el hombre que estamos buscando. No tengo ni idea de si es culpable de algo en absoluto, excepto de las terribles pesadillas que tiene debido a sus experiencias en la guerra de Crimea, donde fue herido y dado por muerto en el campo de batalla. ¿Se imagina despertar con unos dolores atroces, medio enterrado bajo los cadáveres ensangrentados de sus amigos?

Los sollozos de una mujer fueron los únicos sonidos que rompieron el silencio.

Ni siquiera Burnside tuvo una reacción inmediata.

Fue Hooper quien habló primero. Pareció plantearse si dirigirse a Burnside, luego cambió de parecer y se volvió hacia el juez.

—Señoría, no sabemos quién mató a estos hombres, pero creemos que Roger Haldane mató a Fodor, enfurecido cuando descubrió que su esposa lo había traicionado y que el hijo que había amado y criado como propio era en realidad de Fodor. No sabemos quién ha matado a los otros tres, ni podemos demostrar por qué.

Burnside por fin recuperó el habla.

—¡Señoría! ¡Esto es una especulación de lo más burda! No han presentado prueba alguna...

Rathbone ya estaba de pie.

—Señoría, el señor Hooper ha respondido a las preguntas que le ha hecho mi distinguido colega, abierta y sinceramente. Mi distinguido colega no tiene motivos para quejarse si no ha sido la respuesta que deseaba.

—En efecto —convino el señor Justice Aldridge—. No obstante, ha creado una especie de dificultad. Si la policía no cree que el acusado sea culpable del primer crimen, ¿por qué se le acusa de ello?

Hester adivinó la respuesta de inmediato: para poder plantear la cuestión de si todos los crímenes habían sido cometidos por la misma persona, y para prolongar el juicio el mayor tiempo posible mientras continuaban su búsqueda del verdadero autor, y también para hacerlo lo más confuso y complicado que pudieran.

El juez miró a Burnside, que ya estaba enfurecido y justificadamente indignado.

—No le quepa duda de que tendrá oportunidad de preguntárselo a quien corresponda —prosiguió—. ¿Posiblemente le gustaría un aplazamiento de un día para ponderar este asunto?

—¡Esto es absurdo! —explotó Burnside—. ¡Lo han acusado de los cuatro asesinatos! ¡Ahora dicen que piensan que no fueron cometidos por la misma persona! Son idénticos en todos los aspectos, excepto en que como dejaron las armas en los cadáveres, tuvieron que buscar una nueva cada vez. ¡Esto es obstrucción deliberada, señoría!

—Posiblemente —convino Aldridge secamente—. Pero no ha sido obra de sir Oliver, señor Burnside. ¿Desea levantar la sesión por un día a fin de ordenar sus ideas?

—No soy yo quien... —Burnside vio la cara del juez y cambió de parecer—. Gracias, pero creo que no tendré que molestar tanto a su señoría ni al tribunal. Enmendaré el cargo a asesinato por encargo. Parece ser que el señor Haldane puede haber tenido un contundente motivo para odiar al señor Fodor. Y como está claro que los crímenes fueron cometidos por la misma mano, el doctor Fitzherbert repitió el crimen una y otra vez sin razón aparente, salvo que las víctimas eran húngaros que se habían establecido en Shadwell. Salta a la vista que está loco.

Miró triunfalmente a Rathbone, luego se inclinó ante el juez y tomó asiento.

Hester miró a Rathbone y de pronto lo vio pálido y demacrado.

—¿Tal vez, sir Oliver, preferiría iniciar su turno de repreguntas al señor Hooper mañana? —sugirió el juez.

Rathbone se puso en pie.

—Gracias, señoría, así lo prefiero.

Burnside sonrió con gran satisfacción. Miró a Rathbone, y asintió.

14

—¿Sabías que iba a hacer eso? —preguntó Hester a Rathbone mientras dejaba la fuente de carne fría en la mesa de la sala de estar. Las cortinas estaban descorridas, pero estaba empezando a anochecer y las cristaleras estaban cerradas.

Se habían reunido allí tan pronto como pudieron una vez que se levantó la sesión, pero Paradise Place quedaba a una considerable distancia del Old Bailey y, además, había que cruzar el río.

Rathbone estaba sentado con las piernas cruzadas, cómodo en un entorno que conocía desde hacía mucho tiempo. Monk había llegado a casa antes que él y Hester ya le había contado, al menos en general, lo que había ocurrido. Como era probable que llamaran a Monk a testificar, si a Rathbone se le ocurría algo que su testimonio pudiera aportar, incluso si Burnside no lo llamaba, era preferible que no asistiera al juicio. De todas formas, aprovecharía mejor el tiempo buscando algo que pudiera ayudar a Fitz. Nada podía empeorar su situación. Aún les quedaban muchas cosas por saber.

Rathbone sonrió con un aire sombrío; más como burla de sí mismo que por un regocijo real.

—El señor Hooper ha demostrado unas cualidades que desconocía. Al menos nos ha dado un poco más de tiempo. ¡Dios quiera que podamos sacarle algún provecho!

—Desde luego, ha hecho bajar a Burnside de su pedestal de superioridad —dijo Hester, complacida—. Se levanta con el pelo y la barba sueltos, y parece que Moisés haya descendido del monte Sinaí, haciendo que todo lo que dice suene infalible.

—Me habría gustado verlo —dijo Monk apesadumbrado—. Ciertamente hará falta una intervención divina para salvar a Fitz. —Miró a Rathbone—. Perdón... Pero es que no puedo decir que creo que sea inocente, en sentido legal. Realmente no lo sé.

—¿Y en sentido moral? —preguntó Rathbone, enarcando las cejas.

—Sí, signifique lo que signifique. Si lo hizo él, no conserva recuerdo alguno, y por tanto tuvo que ser durante una pesadilla.

—¿Qué pesadilla? —preguntó Rathbone, sirviéndose más carne y encurtidos en una rebanada de pan—. ¿Qué pesadilla justifica allanar la casa o la oficina de un hombre, clavarle una hoja del tipo que sea en el pecho, y encima provisto de velas para mojarlas en su sangre? ¿Y por qué siempre diecisiete? Las venden por docenas. Alegaría demencia, si pudiera, pero todavía estoy buscando algún tipo de delirio que encaje con los hechos.

Ambos miraron a Hester.

—Si supiera lago, os lo habría dicho —aseguró, apenada.

—Pero tú has presenciado sus pesadillas —insistió Monk—. Por favor... dinos al menos lo que él cree ver. ¿Dónde está? ¿Contra qué lucha? ¿A quién culpa? ¡Cualquier cosa!

Hester miró a Monk y después a Rathbone. Lo que le

pedían era razonable. ¿Cómo iban a continuar, tanto Rathbone para hacer una defensa creíble como Monk para seguir investigando en el caos de pruebas, si ni siquiera sabían lo que andaban buscando? Ojalá Fitz encontrara algo en los periódicos atrasados. Tenían poquísimo tiempo. Cabría engañar o manipular a Burnside solo hasta cierto punto. La verdad era que no tenían defensa. Ninguna debilidad que pudieran nombrar, o inventar, explicaría los asesinatos rituales deliberados y planificados de cuatro personas que no tenían nada en común excepto sus orígenes húngaros.

Hester contestó a la primera pregunta mientras buscaba en su mente algo que tuviera sentido.

—Es como si soñara con el puesto del campo de batalla al que llevaban a los heridos. A algunos los podía socorrer, muchos estaban tan graves que nada podía hacerse por ellos, excepto no dejarlos morir solos y sin atención. —Hester trataba de encontrar palabras sin ahogarse en sus propios recuerdos—. Allí era difícil mantener la cordura. Estabas rodeado de un dolor espantoso, cuerpos desmembrados, sangre por todas partes y gente a la que no podías ayudar. Era como para que cualquier perdiera la cabeza. Y se hacía evidente por los desmayos de puro agotamiento, o cuando la gente simplemente estaba demasiado enferma para continuar. Y, por supuesto, los hospitales eran, en cierto modo, peores. Llegaban hombres con heridas leves, en comparación, y luego morían de gangrena o tétanos, aunque la mayoría de disentería. Prefiero que me maten de un disparo a morir así.

Rathbone estaba pálido, acusaba el agotamiento y la falta de esperanza.

—No dudo de ti, pero, aunque cuente todo eso, estos asesinatos se planificaron. Quien los cometió buscó primero las armas y las llevó consigo, junto con las velas. No ocurrieron en un breve ataque de locura y se olvidaron después. Burnside puede llamar a testigos para demostrarlo, principalmente al propio Monk. O hacer volver a Hooper, o incluso a Hyde.

Su tono era amable, pero sus palabras, duras.

—Si está loco, Hester, se trata de algo más profundo que de una simple crisis nerviosa debida a lo que vio y padeció.

—¡No es simple! —protestó Hester, levantando la voz, llevada por la desesperación y la confusión. Buscaba un significado, incluso ajeno a la razón, pero no encontraba ninguno. No sabía qué había podido pensar Fitz para actuar como lo había hecho el asesino. ¿Qué imaginaba? ¿Contra qué luchaba? ¿Contra quién?

Bajó la vista a sus manos blancas entrelazadas.

—No sé, no sé qué decir. No sabemos nada sobre lo que les ocurre a las personas que han visto demasiado, que son presionadas por el horror hasta que se vienen abajo. ¡Deberíamos saberlo! Si nos consideramos una sociedad civilizada, y enviamos a nuestros mejores y más valientes conciudadanos al caos y el dolor del infierno, también deberíamos ocuparnos a conciencia de lo que les sucede si sobreviven y regresan a casa. Pero una vez que termina una guerra, no queremos saber más de ella, y nos molesta la gente que nos hace pensar en ella de nuevo. Si supiéramos a qué se enfrentan nuestros soldados, médicos y socorristas, no podríamos vivir con ello. La próxima vez no querríamos enviar a los que amamos. Solo podemos hacerlo en la ignorancia y cuando nos aterroriza lo que nos pasará si no luchamos y ganamos. Pero tan pronto como termina el conflicto, queremos olvidar. Y cuidar de las víctimas nos recuerda el coste que ha tenido. Y para ellas ni siquiera ha terminado. Nos sentimos culpables y no nos gusta. Tanto más cuanto que somos incapaces de verle sentido.

Se calló abruptamente y miró hacia otro lado, evitando los ojos de Rathbone y Monk.

—Tienes razón —dijo Rathbone en voz baja. Se volvió hacia Monk—. Mañana Burnside presentará pruebas sobre las armas, pero quizá sea breve. Intuye que quiero prolongar la vista tanto como pueda, de modo que él hará lo contrario. No podrá demostrar cómo consiguió Fitz las armas, solo que tuvo ocasión de hacerlo. Tendrá que exponer todo esto, pero es posible que solo tarde unas horas. En cuanto lo haya hecho, comenzará a llamar a las personas que presenciaron los episodios de Fitz. Hará pasar un mal rato a Scuff. No tiene inconveniente en destripar públicamente a un testigo vulnerable si considera que así refuerza los argumentos de la acusación. Y puedes estar seguro de que sabe exactamente quién es Scuff para ti. Intentará que retires a Scuff del caso de alguna manera, a fin de salvarlo.

—No puedo hacer nada para protegerlo —comenzó Monk.

—Excepto moderar tu propio testimonio —repuso Rathbone.

Monk permaneció callado.

Hester aguardó.

—Y en cuanto a ti —le dijo Rathbone—, sin duda está al corriente de todas las otras veces en que has testificado, y sabe con toda exactitud cuáles son tus puntos débiles. No te puedo proteger; sabe Dios que si pudiera lo haría. Con todo, es posible que te llame a declarar, y sabrá por qué no lo he hecho yo. Contará con que defiendas a Fitz y te pongas emotiva, siendo por tanto vulnerable. Quizá llamará la atención sobre el hecho de que no te hayas presentado ante la policía. De estar en su lugar, yo lo haría.

—Lo sé.

Hester rememoró los errores que había cometido en el

pasado, las emociones que la habían llevado a decir cosas que no eran las que tenía intención de revelar, e invalidar así el mismo testimonio que había querido dar. No era preciso que Rathbone fuese más concreto para que todo aquello acudiera a su mente.

—Burnside se concentrará en las pruebas que parezcan condenar a Fitz —prosiguió Rathbone—. Si logra asustarlo lo suficiente al jurado, lo condenarán, pues es lo único que les hará tener la impresión de haber hecho algo.

Monk lo interrumpió.

—¿Has pedido a Fitz que revise todos los periódicos locales? Todavía no nos has dicho nada al respecto. Es la única esperanza que nos queda para saber qué inició todo esto. Sabemos por qué asesinaron a Fodor, pero no a los demás.

El rostro de Rathbone estaba tenso, sus ojos, desolados.

—Fitz los está leyendo, pero me temo que con poco entusiasmo. Lo presionaré para que no ceje en su empeño, a ver si sirve de algo. Burnside dirá que Haldane hizo que Fitz matara a Fodor por él, por celos, lo cual es bastante fácil de entender, pero difícil de probar. Su hijo era el orgullo de su vida, y descubrir que no era el padre quizá bastó para desequilibrarlo. Y cuando Fitz se salió con la suya, se volvió loco. Le gustó la sangre y siguió matando. No tenía por qué tener un motivo.

—Incluso los locos actúan por un motivo —arguyó Monk.

—¿Quién tuvo la idea de las velas? —preguntó Hester—. Velas de cumpleaños. ¿Por qué diecisiete? —Estaba pensando en voz alta—. Si el hijo tiene diecisiete años, ¿no es demasiado joven para ir a la universidad?

—No si es muy inteligente —dijo Rathbone despacio—.

Y solo tenemos la palabra de la señora Haldane de que ahí es adonde fue. Si yo estuviera en su lugar, lo habría enviado a cualquier sitio lejos de aquí. ¿Tú no?

—De modo que, al margen de quién mató a Fodor, ¿las diecisiete velas, velas de cumpleaños, fueron idea de Haldane? —preguntó Hester enseguida.

Rathbone sonrió.

—Eso parece. Pero aun así Burnside puede decir que Fitz siguió haciéndolo porque lo copió todo. No tiene por qué tener sentido a partir de la primera vez. —Se puso de pie—. Haré otra visita a Fitz y veré si ha leído los periódicos. No me importa que pase toda la noche despierto, es la única oportunidad que le queda.

—Cree que puede ser culpable —dijo Monk con gravedad—. Dudo que tenga ganas de seguir luchando... o de abrigar esperanzas.

Hester también se levantó.

—Aunque lo hiciera él, querrá saber por qué —insistió—. Voy contigo.

—No te dejarán entrar.

Rathbone la tomó suavemente del brazo, empujándola un poco hacia atrás. Hester le apartó la mano.

—Tiene derecho a un abogado y a cierto grado de atención médica. Voy contigo.

—¿Con qué medicina? —le preguntó Rathbone—. Tendrás que llevar algo.

—Esencia de menta. No le hará ningún daño. Incluso Burnside querrá que parezca que está en forma.

Hester siguió a Rathbone obedientemente y, casi todo el trayecto, sin decir palabra. Era amargamente consciente de que su visita podría ser en vano, pero aquel no era momento para la aflicción ni la compasión. Había una tarea que llevar a cabo o, cuando menos, intentarlo.

Fitz había sido trasladado a la prisión de Newgate, vecina al palacio de justicia del Old Bayley, como solía hacerse con los presos que estaban siendo enjuiciados. Los guardias fueron reacios a permitir que Hester entrara con Rathbone, pero este insistió en que su ayuda era necesaria para asegurarse de que Fitz estaba en condiciones de responder preguntas. Todos sabían que, en cuestión de días, cuando el juicio concluyera, no habría ocasión para nada más. Un condenado disponía de tres domingos antes de enfrentarse al patíbulo.

Encontraron a Fitz sentado en su litera, todavía vestido, y como si estuviera en las nubes. Hester comprendió de inmediato que había tirado la toalla. Los periódicos que Rathbone le había llevado estaban amontonados en el suelo.

Fitz apenas miró a Rathbone mientras un celador cerraba la pesada puerta de hierro y corría el cerrojo con un sonido plúmbeo. No reparó en la presencia de Hester hasta que ella habló.

De entrada se avergonzó.

Hester sintió su sufrimiento, pero, más aún, la apatía de su falta absoluta de desasosiego.

Señaló los periódicos.

—¿Los has leído?

—Algunos —respondió Fitz—. No hay más que cotilleos de varios lugares de Hungría, las distintas ciudades desde las que vino la gente.

Hester se obligó a fingir que aquello tenía su interés.

—¿En todos?

La sombra de una sonrisa acarició un instante los labios de Fitz. Presentaba un aspecto espantoso. Parecía que la piel pudiera rasgarse como si fuese de papel.

—Pues, por favor, echa un vistazo a los que no has leído...

—No tiene sentido, Hester. ¿Qué me van a contar? ¿Que el primo de fulanito aprobó sus exámenes en Budapest y se licenció como médico? ¿Que la actuación en el conservatorio fue excepcional? Nada de eso tiene importancia.

—Algo desencadenó estas tragedias. Quizá aparezca ahí. Por favor, Fitz. No hay nadie más en quien confiemos que pueda leerlos. Yo no puedo. No sé una palabra de húngaro.

—No tiene sentido —repitió Fitz—. Deja que al menos me vaya de este mundo con un poco de dignidad, ¿quieres? La esperanza es una tortura que no... con la que no puedo lidiar. No sigas creyendo en mí. No lo soporto...

—Lee, aunque solo sea un par...

—Pareces una enfermera tratando que un paciente agonizante tome una última cucharada de medicina.

—No lo puedo evitar. Soy enfermera. Una cucharada... ¿por favor?

—Y otra... y otra más.

—Sí, por supuesto. Tantas como puedas.

Rathbone pasó a Hester el fajo de periódicos y ella escogió uno casi del fondo y se lo dio a Fitz.

Este lo leyó en voz alta, traduciendo a medida que pasaba de una línea a la siguiente. Tal como había dicho, eran noticias sobre nacimientos, defunciones y bodas, licenciaturas, la inauguración de un nuevo colegio, el nombramiento del nuevo alcalde de una ciudad. Se lo devolvió a Hester sin hacer comentario alguno.

Hester le pasó el siguiente y Fitz titubeó un momento antes de cogerlo obedientemente. Comenzó a traducir y de pronto se calló.

—¿Qué ocurre? —preguntó Hester.

—Un escándalo —contestó Fitz con un humor mordaz—. Se ha suicidado un maestro de escuela. Tenía casi setenta años pero se cortó las venas.

—¿Cómo se llamaba? —preguntó Rathbone en el acto.

—Donat Kelemen —respondió Fitz—. Era profesor de matemáticas en un internado cercano a Budapest.

—¿Y el escándalo? —insistió Rathbone.

Fitz levantó la vista hacia él.

—Había abusado sexualmente de niños de doce o trece años, a cambio de calificaciones más altas en sus exámenes. Si alguien lo hubiera matado, habría tenido una excusa válida, pero no hay duda de que fue un suicidio. Todo esto a mí de nada me sirve. Los abusos comenzaron hace veinte o treinta años y continuaron hasta hace poco. Y no hay duda alguna de que se suicidó.

—¿Por darles calificaciones más altas?

—Sí. Es bastante obvio, si te detienes a pensarlo. Ostenta mucho poder, un maestro de escuela en el lugar apropiado. Podía suspenderte si lo rechazabas, o si se lo contabas a alguien. Es muy posible que cada uno de esos niños creyera que era el único. Es una vileza —aseveró Fitz apesadumbrado y con una mezcla de enojo y lástima. Incluso había un asomo de color en su rostro—. Si alguien lo hubiera matado, valdría la pena defenderlo.

En la mente de Hester iba tomando forma una idea, como una voluta de niebla, tenue pero persistente.

Rathbone se dio cuenta.

—¿Qué ocurre? —preguntó con apremio.

—Sus víctimas lo habrán odiado siempre. Con todo, aceptaron las calificaciones altas y, probablemente, prosperaron gracias a ellas.

—¡Eso no atenúa el caso para nada! —exclamó Fitz, enfurecido—. ¡Sigue siendo un abuso abominable!

—Ya lo sé, Fitz, ¿pero cómo se sentirían si ahora se destapara el asunto? El hecho de que se abusara de ellos es repugnante, vergonzante hasta un punto casi insoportable, con lo que sin duda contó en su momento, pero...

—¿Pero qué? ¡Ahora no cabe ocultar lo ocurrido, y ni siquiera llevarlo a juicio! El suicidio ha sido su escapatoria.

—Pero... —Hester atrapó la idea al vuelo, obligándose a expresarla con palabras—. Pero entonces no hablaron, cosa que todos entendemos. Luego se ha sabido que era un pederasta, de modo que en cuanto los alumnos...

—¡No fue culpa de ellos! —prorrumpió Fitz iracundo, profundamente indignado.

—Ya lo sé. Pero sus calificaciones siguen siendo falsas.

—¿Acaso... —comenzó Fitz.

—¡Ya lo entiendo! —exclamó Rathbone con renovados entusiasmo y viveza—. ¡Algunos de esos niños podrían estar aquí, en Londres, en Shadwell! No se conocían entre sí porque estuvieron allí en diferentes épocas, pero se menciona el nombre del colegio. Si allí fue donde pasaron sus exámenes, ¡cualquier calificación alta en matemáticas es sospechosa, con razón o sin ella!

Fitz lo miró fijamente, comenzando a comprender lo que estaba diciendo.

Fue Hester quien lo expresó con palabras.

—Un húngaro residente en Shadwell leyó ese artículo del periódico, y era uno de los niños afectados. Esta persona tuvo manera de saber quién más estuvo allí; tal vez logró encontrar su historial académico o incluso los conocía. Se estaba protegiendo de cualquier otro alumno que supiera que sus calificaciones no eran merecidas... que las había obtenido de un modo repulsivo...

—De ahí tanto odio —dijo Rathbone en voz muy baja—. Pero disponemos de muy poco tiempo para demostrarlo.

—No podréis hacerlo a tiempo para salvarme. —Fitz

miró a uno y a otra—. Pero, Dios mío, me alegra saber que no fui yo. Es mejor que la libertad... me libera el alma. No me importa mucho morir, ahora que sé la verdad. Se acabaron las pesadillas y el tener miedo a cualquier otra cosa que pudiera haber hecho.

Hester fue consciente de que se le saltaban las lágrimas. Resultaba indecoroso, y tal vez no fuese lo que Fitz deseaba, pero poco le importó. Se acercó a él, se agachó y lo abrazó con todas sus fuerzas, notando la delgadez de su cuerpo bajo la camisa de algodón.

No dijo nada, no hizo promesa alguna. Todos sabían que ya era tarde y que los aguardaba una ardua tarea.

Monk estaba al corriente de todo lo que habían averiguado Hester y Rathbone, y comenzó la jornada con una actividad febril, poniendo a todos los hombres disponibles a averiguar cuanto pudieran sobre la formación académica de las cuatro víctimas y sus calificaciones, prestando especial atención a los colegios a los que habían ido. Obviamente, era demasiado tarde para conseguir documentos acreditativos. Los recuerdos de otras personas, los comentarios hechos, las pruebas de aptitud para conseguir empleo tendrían que bastar.

No podía servirse de Hooper puesto que podían volver a llamarlo al estrado, tanto Burnside como Rathbone. A Monk ya le habían notificado que Burnside lo llamaría, y solo disponía de un día o dos antes de que eso ocurriera. Confiaba en que Burnside demostraría todo lo que pudiese antes de que él subiera al estrado. Y, por descontado, Rathbone prolongaría los procedimientos en la medida de lo posible.

Camino de la sala del juzgado, Hester se fijó en una joven de no más de dieciséis años, dotada de una gracia inusual. Sintió una repentina alegría tan intensa que se quedó un instante sin aliento al darse cuenta de que era Candace Finbar. A su lado estaba Charles.

Como si sintiera su mirada, Candace se volvió y, acto seguido, Charles reparó en Hester. Ambos fueron a su encuentro.

Charles estaba preocupado, pero antes de que pudiera hablar, lo hizo Hester.

—¡Por fin lo sabemos todo! Ayer, entrada la noche, Fitz tradujo la colección de periódicos locales. No sé si podremos demostrarlo, pero al menos sabemos que Fitz no mató a nadie. —Se le hizo un nudo en la garganta y se enfureció por semejante despliegue de emoción—. ¡Y él lo sabe! Gracias, Charles...

Una tierna sonrisa iluminó el semblante de Charles, aunque no supo qué decir.

Candace envolvió a Hester entre sus brazos y la estrechó con fuerza, y al apartarse de nuevo se ruborizó.

—¡Estoy muy contenta! —No se molestó en mirar a Charles—. Estaremos aquí. Si podemos hacer algo...

El gentío los empujaba para alcanzar la puerta de la sala y conseguir asientos antes de que los ocuparan todos. No había tiempo para seguir hablando.

Burnside abrió la sesión llamando otra vez a Hooper. Se le veía confiado, incluso ligeramente divertido, como si lo acaecido el día anterior formase parte de su plan y no lo hubiesen pillado por sorpresa, tal como había parecido.

—Buenos días, señor Hooper —comenzó con mucha labia, situándose en el entarimado, delante del estrado.

—Buenos días, señor —respondió Hooper.

Hester no había tenido ocasión de hablar con Hooper para contarle su visita a Fitz ni lo que había revelado el periódico. Esperó que Hooper se sintiera mejor que la mayoría de las personas en aquella situación.

—Señor Hooper, ayer declaró bajo juramento que le costaba creer que el acusado fuese culpable, a pesar de que usted mismo y su superior, el señor Monk, lo arrestaron y acusaron de estos crímenes. ¿Correcto?

—Sí.

—Porque temían por su vida. ¿Lo recuerdo bien?

—Sí.

—Tal vez podría explicar este extremo al tribunal.

Burnside hizo que pareciera una invitación, pero todo el mundo sabía que Hooper no tenía elección.

—Por supuesto —respondió Hooper—. La gente está horrorizada por la brutalidad de estos crímenes y le da miedo que continúen...

—¿Debido a que ustedes fueron incapaces de impedirlos y mantener a la población a salvo? —interrumpió Burnside.

Hester se dio cuenta de que intentaba perturbarlo. Sin duda Hooper también lo sabía.

—Sí, señor —admitió Hooper. No tenía otra opción. La respuesta fue clara para todos.

—¿De modo que lo arrestaron pese a no creer que fuese culpable? —dijo Burnside con fingida incredulidad.

—Que una turba lo acorralara y asesinara en la calle no habría hecho ningún bien a nadie —dijo Hooper pacientemente—. Si me pregunta si creo que el doctor Fitzherbert es culpable, mi respuesta es que no, no lo creo.

—¡No se lo he preguntado! —espetó Burnside—. Solo iba a preguntarle si los vecinos de Shadwell creían que el doctor Fitzherbert era un lunático. Seguramente su investigación descubrió al menos eso. Así pues, quizá pueda explicarnos por qué le creían culpable, por una docena de motivos diferentes, y aun así ustedes no.

Una sonrisa de incredulidad elevó su voz casi a un chillido.

—Tendrá que preguntárselo a ellos, señor —contestó Hooper con estudiada cortesía, rayana en la ofensa.

—Oh, descuide, se lo preguntaré a varias personas —le espetó Burnside. Dirigió una discretísima reverencia a Rathbone y regresó a su asiento.

Rathbone se levantó. Caminó con suma elegancia hasta el centro del entarimado; la arena, por así decir.

—Señor Hooper, ha dejado muy claro que no cree que el doctor Fitzherbert sea culpable de estos crímenes. Sin duda tendrá una razón para pensarlo. ¿Tendría la bondad de compartirla con nosotros... —miró de soslayo a Burnside, que ya se estaba levantando— brevemente? Quizá nos ayude a comprender lo que mi distinguido colega ha hecho que pareciera tan... raro.

—Sí, señor —contestó Hooper—. Antes de que los dominara el miedo, los húngaros de Shadwell tenían en alta estima al doctor Fitzherbert. Trataba a muchos de sus enfermos, especialmente a quienes no tenían mucho dominio del inglés. Se dirigía a ellos en su propio idioma, y muy bien, por cierto, y ellos le contaban cosas de Hungría, que él escuchaba con gusto. Pasó allí una larga temporada, y decía que habían sido muy buenos con él cuando estuvo enfermo y en apuros. Retribuir, eso decía. Eso es lo que hace un buen hombre. Encontrará a muchas personas que lo corroborarán. Puedo buscarlas yo mismo, si así lo desea.

—Gracias, señor Hooper. Llegado el caso, se lo pediré. Por ahora no tengo más preguntas que hacerle.

Burnside llamó a Scuff. Hester había temido que lo hiciera. Sin duda podría haber llamado a Crow para que diera el mismo testimonio, al menos en gran parte, pero Scuff era mucho más vulnerable y fácil de atacar. Se sentía impotente, obligada a observar sin participar. Scuff se sentiría tremendamente solo. Defendería a Fitz, por lealtad a Hester y también a Fitz, puesto que lo creía inocente. Burnside lo atacaría sin piedad mientras Scuff estaría más que abrumado por la formalidad del tribunal, quedando así más inerme para que lo hicieran parecer tonto.

Scuff cruzó el entarimado y subió los peldaños del estrado. Juró decir la verdad y nada más que la verdad, y después se volvió hacia Burnside.

De repente, Hester lo vio muy joven. Era casi tan alto como Monk, pero más delgado, con la piel clara, más de niño que de adulto.

Burnside lo miró pensativo.

—Will Monk, ha dicho. Pero este no es el nombre con el que nació, ¿verdad? ¿Podríamos decir que... lo ha tomado prestado?

Hester notó una opresión en el pecho, como si no pudiera respirar.

Rathbone hizo ademán de levantarse, pero cambió de parecer y se volvió a sentar.

—¿Es una pregunta, señor? —preguntó Scuff, tras carraspear un poco.

Burnside enarcó sus magníficas cejas.

—¿Tiene usted una respuesta?

—Sí, señor. No sé cómo me llamaba cuando el comandante Monk me acogió. La gente me llamaba Scuff, pero eso solo es un apodo. Cuando necesité un nombre formal me pusieron este, y estoy orgulloso de él, señor. No es prestado, me fue dado.

Se oyeron murmullos de aprobación en la galería.

Hester soltó aire aliviada, aunque no imaginó que Burnside se tomara bien el ambiente que había suscitado en la sala. De hecho, podría resentirse y tratar de manipularlo de nuevo para convertirlo en el desprecio que quería inspirar al jurado. Scuff no había hecho un amigo. Pero Hester estaba orgullosa de él, pese a que su instinto era salir ella misma a destrozar a Burnside.

Burnside retomó el interrogatorio.

—¿Lo acogió? Bonita expresión. Usted era un sin techo, según tengo entendido. Vivía en la orilla del río, recogiendo pequeñas cosas del barro cuando bajaba la marea y vendiéndolas donde podía. Tal como creo que hacen muchos niños no deseados. Una mezcla de recuperación y robo. No es un comienzo afortunado en la vida para alguien que desea testificar en el más alto tribunal del país sobre el buen carácter de un hombre acusado de asesinato.

Scuff estaba pálido, salvo por dos manchas de color en los pómulos.

—Usted me ha llamado, señor. Quizá porque he visto a Fitz tratando a enfermos, ayudándolos, y conozco algunos de los motivos por los que algunos piensan que podría haber matado a alguien, solo porque sacaron conclusiones precipitadas. La gente hace eso cuando está asustada. Culpan a todos, porque quieren dejar de tener miedo.

—¿Ha visto muchos casos así en sus... dieciocho años de vida? —preguntó Burnside con un ligero sarcasmo—. Oh, le ruego me disculpe. Usted no sabe qué edad tiene, ¿no?

—No, señor, no lo sé. Pero dieciocho años es bastante aproximado, y sí, he visto a muchas personas acusar a todo el mundo menos a sí mismas, si piensan que así tienen una oportunidad de salirse con la suya. No muchas personas asumen la culpa de algo si creen que no tienen por qué hacerlo. Me sorprende que usted no lo sepa, siendo abogado y todo eso.

Un murmullo de risas recorrió las filas de la galería.

Rathbone sonrió.

Burnside refrenó su mal genio.

—Tengo entendido que quiere ser médico. ¿Por eso ha estado aprendiendo con el doctor Fitzherbert? ¿Admira su talento?

—Sí, señor, así es.

—¿Y sabría distinguir entre un buen y un mal médico, Scuff? ¿Quiero decir, señor Monk?

—Sí, señor. Un hombre simple quizá diría que un médico capaz de salvar a un hombre agonizante y volver a ponerlo de pie es bueno. Pero si quiere que le describa una operación, puedo hacerlo. He visto hacer unas cuantas. Y puedo darle los nombres de las personas que salvó. Lo he visto tratar la infección de un hombre que estaba medio muerto, y unos días después ese hombre se marchaba a su casa por su propio pie. Otro hombre tenía tétanos. Tenía la espalda tan arqueada que no tocaba la mesa, y la mandíbula como un bloque de acero. Vi al doctor Fitz cauterizar la herida que tenía con hierros al rojo vivo, uno tras otro. Yo mismo se los pasaba. Y ese hombre está vivo y recuperándose. Eso es un buen médico, señor.

Un par de personas aplaudieron en la galería y fueron silenciadas en el acto.

—Eso es un médico inteligente. —Burnside hizo que la diferencia pareciera sutilmente importante—. Ser bueno es otra cuestión. Admira al doctor Fitzherbert, ¿verdad, Scuff? Sus amigos le llaman Scuff, ¿me equivoco?

—Los que considero amigos me llaman Will, señor. Y sí, admiro el talento del doctor Fitzherbert. Es extraordinario. También admiro que siempre esté dispuesto a tratar a personas sin dinero, si no lo tienen, y a enseñar a personas como yo, que quieren ser médicos.

—Dígame... Will...

Rathbone se puso de pie.

—Señoría, mi distinguido colega está tratando con inusual condescendencia a este testigo. Está dando a entender al jurado que es un niño. Es un joven que aprende y ejerce la medicina y el tribunal debería dirigirse a él como tal.

El señor Justice Aldridge asintió y después miró a Burnside.

—Señor Burnside, trate a su testigo con la misma cortesía que dispensaría a otros. No quisiera tener que recordárselo otra vez.

Burnside aceptó la reprimenda diciendo algo entre dientes y miró de nuevo a Scuff.

—¿Tuvo al menos una ocasión de recorrer las calles en busca del doctor Fitzherbert y encontrarlo vagando, aturdido, medio inconsciente y cubierto de sangre?

—Sí. Llevaba casi veinticuatro horas despierto y estaba exhausto. La sangre procedía de un parto difícil.

—¿Usted estaba allí? —preguntó Burnside con impostada sorpresa.

—Sí, señor.

—¿En serio? Está bajo juramento, señor... Monk. Entiende la idea de que está obligado a decir la verdad, ¿no?

—Por supuesto que sí.

—Se lo pregunto otra vez, ¿estuvo allí?

—Sí, señor. También yo dudé de la palabra del doctor Fitzherbert e investigué dónde había nacido el bebé. Visité a la familia para comprobar que tanto el bebé como la madre estuvieran bien. Y lo estaban.

—¡Está siendo evasivo, señor! ¡Usted no estuvo presente en el momento del parto!

—Usted no ha dicho en el momento del parto —dijo Scuff inocentemente—. Comprobé que la historia de Fitz era cierta...

—¡Porque lo dudaba! —dijo Burnside, triunfante.

—No, señor, pero sabía que usted, o alguien como usted, lo haría.

—¡Vaya! ¡De modo que previó la probabilidad de que acusaran al doctor Fitzherbert de asesinato y lo llevaran a juicio! ¿A qué se debió... señor... Monk? ¡Lo digo porque es lo que usted mismo sospechó exactamente!

Scuff permaneció totalmente quieto, con el semblante pálido.

Hester ansiaba poder ayudarlo, pero no había nada que pudiera hacer. Estaba completamente solo.

—Pude ver esa probabilidad, señor —convino Scuff—. Yo no quería que fuese él, pero me daba cuenta de que podía serlo. Si lo era, lo mejor sería detenerlo cuanto antes. Pero no había sido él. Los cirujanos a veces se manchan de sangre. La cirugía a veces se complica.

—No lo dudo —dijo Burnside con aversión—. Pero a usted no le altera ver sangre. Me atrevería a decir que ha visto mucha.

—De poco sirve un médico si se distrae en pensar cómo se siente él en lugar de concentrarse en el paciente —dijo Scuff con toda calma.

—¡Ah! Me alegra que haya mencionado esta cuestión. ¿Tuvo ocasión de ver al doctor Fitzherbert mientras tenía pesadillas, alucinaciones, delirios o como prefiera llamarlo? ¡Está bajo juramento! No estoy muy seguro de que lo haya comprendido. Por favor, no distraiga al tribunal con juegos de palabras. Estamos ante un asunto de vida o muerte. ¿Vio al acusado en un estado de enajenación? ¿Imaginando que estaba en otra parte y, generalmente, comportándose sin restricción alguna en sus... delirios?

—Lo vi angustiado en extremo por una pesadilla, señor —respondió Scuff.

—¡Ah! ¿Y cómo lo supo usted? ¿Se lo dijo él? ¿Le dio

alguna explicación de lo que veía o creía ver? Descríbaselo al jurado, por favor.

Scuff se volvió un poco en el estrado y miró a los jurados, que le sostuvieron la mirada con solemnidad.

—Estaba cubierto de sudor, llevaba la ropa empapada y temblaba como si estuviera helado. Tenía los ojos bien abiertos, pero no parecía ver a los hombres que le rodeaban, ni tampoco a mí. No tengo forma de saber lo que veía, excepto que después me dijo que pensaba que estaba de vuelta en el hospital de Scutari.

—¿Y usted se lo creyó? ¿Aceptó que aquello era real? ¿Por qué? ¿Porque admiraba su talento para la cirugía? ¿Porque le caía bien y era amable con usted? ¿Porque se ofreció a enseñarle medicina? ¿Por qué le creyó, Will?

Pronunció la última palabra con un cuidado exagerado, rayano en el sarcasmo.

Scuff bajó un poco la voz, pero se volvió de cara a Burnside.

—Porque una vez estuve encerrado en la sentina de un barco durante días. Era de un hombre que traficaba para una red de... prostitución. Pensé que nunca me encontrarían. Soñé con ello durante años. No fue tan malo como lo que le pasó a Fitz, pero me ayudó un poco a entenderlo.

No era la respuesta que Burnside había esperado, y se quedó sumamente desconcertado. Scuff acababa de ganarse la simpatía inmediata de la sala, y Burnside lo sabía. Se vio obligado a retroceder y cambiar la dirección de su ataque.

—De modo que entendió sus... sus pesadillas —dijo con más amabilidad—. Sentía compasión por él. ¿Es posible que lo engañara, jugando con su lealtad de colega?

—No. Él no sabía nada acerca de aquello. No es... no es algo de lo que me guste hablar. Se lo conté después.

—Ya veo. —Burnside estaba teniendo que replantearse

por completo su ataque. Se alejó, se dio la vuelta y volvió a mirar a Scuff—. Es usted un joven muy leal —dijo con seriedad—. Estoy seguro de que el tribunal lo respeta por ello. Pero díganos, cuando el doctor Fitzherbert estaba teniendo pesadillas, soñando despierto, ¿sabía dónde estaba? ¿Le reconoció, por ejemplo?

—No lo sé. Creo que no.

—¿Alguna vez le habló de su largo camino de vuelta a Inglaterra a pie, atravesando media Europa?

—No mucho.

—¿Podría haber matado a alguien allí, llevado por su delirio, por la tensión al verse libre de los cadáveres que lo asfixiaban en el campo de batalla, cuando sus supuestos camaradas lo dieron por muerto? —preguntó Burnside con una voz cargada de repulsa.

—Ni idea. No me contó gran cosa sobre aquello, solo que los húngaros habían sido buenos con él. Quienes han muerto ahora son húngaros, señor, no soldados británicos. Y los británicos no lo abandonaron a propósito. Pensaban que había muerto, como tantos otros cientos de soldados.

—Se diría que estamos ante un tipo de pesadilla que podría volver loco a un hombre —dijo Burnside en voz baja—. Gracias... señor Monk. —Se volvió hacia Rathbone—. Su testigo, sir Oliver.

Rathbone se puso de pie.

—Gracias, pero creo que el señor Monk ya nos ha contado todo lo que podía.

Burnside se llevó un buen chasco.

—En tal caso, con la venia de su señoría, me gustaría levantar la sesión por hoy, y mañana llamar al comandante Monk de la Policía Fluvial del Támesis.

Aquella noche Hester, Monk y Rathbone se reunieron de nuevo, preparándose para lo que bien podría ser el último día de la acusación de Burnside. Todavía tenían muy poco con lo que demostrar que existían dudas razonables sobre la culpabilidad de Fitz, excepto por el primer crimen, y no había nada que refutara la afirmación de Burnside de que Fitz había cometido realmente ese crimen, aunque fuera a petición de Haldane, a cambio de un posible pago, aunque eso tampoco era demostrable, ya que tal pago no había tenido lugar.

—Te preguntará con todo detalle acerca de tus investigaciones —advirtió Rathbone—. Te hará determinar las armas, hasta dónde fueron rastreadas y el hecho de que cualquiera podría haberlas conseguido. Demostrará que Fitz estaba familiarizado con el uso de la bayoneta de una manera que nadie más lo está, por ejemplo, Haldane. Que Fitz tenía suficientes conocimientos de anatomía para atravesar de un solo golpe el corazón. Que carecía de testigos que dieran cuenta de su paradero en cualquiera de los asesinatos, y que estaba tan acostumbrado a la muerte que se había vuelto cruel y perfectamente capaz de tal brutalidad, que el vivir rodeado de muerte día tras día, mes tras mes, lo había vuelto capaz de tales atrocidades sin mostrar más secuelas de conmoción que las pesadillas que todos sabemos que tenía. Sugerirá que fueron causadas por la culpa, y será fácil que cualquiera se lo crea.

Rathbone se inclinó sobre la mesa del comedor.

—Y, quizá mucho más importante, los jurados querrán creerlo, porque es mucho mejor pensar que la guerra volvió loco a un hombre a que un ciudadano corriente indistinguible de cualquier otro cometiera estas barbaridades. Todos queremos creer que fue algo ajeno, evitable, un acontecimiento único, porque significa que de ahora en adelante estaremos a salvo. Es muy difícil disuadir a alguien de creer lo que necesita creer para sentirse seguro.

—Entonces debemos contenerlo —dijo Hester de inmediato—. Si no podemos ganar con la lógica, debemos ganar con la emoción.

Monk le sonrió, un poco sombrío, pero con una extraordinaria dulzura en los ojos.

—¿Qué emoción? —preguntó.

Hester se mordió el labio.

—Todavía no lo sé... ¿Tenemos alguna idea de quién lo hizo realmente? Haldane probablemente mató a Fodor, ¿pero quién mató a los otros? ¿Fue por los abusos del profesor Kelemen y las calificaciones en los exámenes?

—¿Pero cómo consiguió que los asesinatos fuesen exactamente iguales al de Fodor? —preguntó Rathbone—. ¿Incluso las velas, la sangre y las reliquias católicas destrozadas y demás? ¿Quién más lo sabía?

—No lo sé —admitió Monk—, pero creo que fue Antal Dobokai...

—Siempre has querido inculparlo —dijo Hester, apenada—. ¿Por qué? Me consta que es ambicioso e interesado, pero eso dista mucho del asesinato.

—¿Y por qué tanta brutalidad? —agregó Rathbone—. Si los otros tres hombres fueron víctimas de los abusos de Kelemen y guardaron silencio para conseguir calificaciones más altas, ¿no sería mucho más sensato que se pusieran de acuerdo para actuar conjuntamente y guardar el secreto? ¿O acaso uno intentó chantajear a los demás? Si fuese así, en cuanto asesinaron al segundo, ¿no habrían hecho piña para defenderse? No tiene sentido, Monk.

—Estuvieron allí en épocas distintas —respondió Monk—. Y no sabían que ese era el motivo de los asesinatos. Un hombre obtuvo calificaciones lo bastante altas para convertirse en sospechoso de haber sufrido abusos reiteradamente. Mataría por guardar el secreto. Destruiría sus propios archivos, y solo tendría importancia para otros estudiantes.

—¿Pero y la brutalidad? —insistió Rathbone—. ¿Por qué? No era culpa suya. Si se lo hubiera hecho a Kelemen, lo entendería. Incluso le defendería.

—Porque ocultaba el motivo —respondió Monk—. Lo vinculaba irrevocablemente al asesinato de Fodor, que no tenía nada que ver con ello.

—¿Cómo? Los cuatro asesinatos fueron idénticos —arguyó Rathbone—. Y nunca has hecho públicos los detalles del primero, ni el número de velas o que le rompieran los dedos. ¡Todo fue fruto del odio de Haldane hacia el hombre que se había acostado con su esposa y engendrado el hijo del que estaba tan orgulloso! ¡Los otros tres no tienen nada que ver con eso!

—Dobokai encontró el cuerpo de Fodor —contestó Monk—. Fue pura casualidad, pero le sacó provecho. Tiene una memoria fotográfica. Podía ver cada detalle de la escena del crimen. Los crímenes no eran similares, eran idénticos, incluso el número de velas y dónde estaban colocadas, los dedos rotos, todo. No era un hombre repitiendo algo que ya había hecho, era un hombre copiando lo que había visto.

—¿Cómo podemos demostrarlo?

—No lo sé. Todo es circunstancial, las cosas que sabemos están vinculadas, pero Burnside puede seguir diciendo que fue Fitz quien cometió los crímenes, y no podemos demostrar que no fue así.

Hablaron hasta altas horas de la noche, planeando estrategias para luego detectar los errores, los argumentos que Burnside podría destrozar, y volviendo a empezar. Siempre llegaban a la misma conclusión: Monk era vulnerable y Burnside lo sabría, se lo diría más que su raciocinio su instinto, igual que un perro huele el miedo. Rathbone no podía protegerlo.

—¿Por qué Burnside no quiere llamar a Hester, que conoce mucho mejor a Fitz? —preguntó Monk.

Rathbone sonrió, torciendo las comisuras de los labios hacia abajo, apenado. Dirigió su respuesta a Hester.

—Porque tendrás permiso para hablar sobre él en Crimea. Sería normal en tu testimonio. Si no te lo preguntara él, lo haría yo. Aunque solo hablaras de tus propias vivencias, podrías mostrar los horrores de la guerra como solo alguien que los haya vivido puede hacerlo. No cabría objetar ni lo que dijeras ni el por qué. Y él probablemente ha revisado tus testimonios en casos anteriores y ha visto que ahora tienes demasiada experiencia, que eres demasiado cuidadosa con tus sentimientos para que te pueda engañar. Te está esquivando con mucho cuidado para obtener de otros toda la información que podrías dar tú. De esa manera no tengo motivo para llamarte. Resultaría obvio que lo hacía por simpatía, no por relevancia. Tiene mal genio, y es bastante petulante, con ese pelo y esa barba. Pero dista mucho de ser un incauto.

Nadie se lo discutió. Rathbone se levantó y, de repente, alargó la mano y estrechó la de Monk con firmeza. Fue un gesto de confianza tan inusual como inconfundible.

A la mañana siguiente, comenzó la sesión con Burnside llamando a Monk al estrado. Su primera pregunta puso de manifiesto el tono que seguiría el interrogatorio.

—¿Por qué le avisaron a usted para resolver este crimen, comandante Monk? ¿Guardaba alguna relación con el río, que es... su terreno, si no me equivoco?

—El almacén en cuyas oficinas ocurrió da al agua —contestó Monk.

—Entiendo. ¿La víctima, Imrus Fodor, tenía negocios en el río?

—Sí.

—¿Supuso por tanto que el crimen podía estar vinculado al comercio y el transporte por el Támesis?

—No supuse nada.

—En efecto. De hecho, no parece que haya llegado a muchas conclusiones, aparte de la obvia, a saber, que los crímenes tenían varias características extraordinarias, que no se hicieron públicas, y que la única deducción razonable era que los había cometido la misma persona. ¿No es así?

—Sí. Fueron idénticos —respondió Monk, sin lograr disimular del todo su reticencia.

Burnside asintió.

—Y, por supuesto, usted y sus hombres investigaron cada uno de los crímenes, todas las circunstancias, las armas utilizadas, de dónde fueron obtenidas, la fuerza y la habilidad necesarias para usarlas. No aburriremos al tribunal haciéndole repetir todo esto. Baste decir que a partir de esos datos no dedujo nada de utilidad. ¿Es eso cierto, comandante Monk?

Que discutiera solo serviría para magnificar su propio fracaso.

—Es cierto —convino Monk—. Pero habríamos sido negligentes si no lo hubiésemos hecho.

—Por supuesto. No sugiero ni por un instante que fuese usted negligente, comandante. Simplemente, no tuvo ningún éxito. ¿No es así? Incluso después de cuatro horribles muertes de idéntica naturaleza, no tenía una idea más clara que al principio sobre quién era el culpable...

Rathbone se puso de pie, aunque a regañadientes. Su vacilación lo evidenció.

—Señoría, mi distinguido colega está insistiendo en lo obvio. El comandante Monk es su testigo. ¿Lo habrá llamado con alguna otra intención que la de ofenderlo?

Burnside se erizó.

—Señoría, no hago más que presentar el trasfondo en el que finalmente se produjo la detención. Es pertinente con su validez. El comandante Monk tiene vínculos personales con el acusado. Necesito mostrar al jurado por qué fue tan lento, incluso reacio, a la hora de arrestarlo. De lo contrario, puede dudar de que la policía realmente lo considere culpable. De hecho, el extraordinario señor Hooper ya lo ha admitido.

—Entiendo su punto de vista, señor Burnside —convino el señor Justice Aldridge—. Sir Oliver, objeción denegada.

Burnside sonrió.

En su asiento de la galería, a Hester se le hizo un nudo en el estómago. Seguro que Rathbone no lo había hecho a propósito, pero acababa de mostrar su propia debilidad.

Burnside levantó la vista hacia Monk.

—Sin duda habrá descartado a muchas personas como sospechosas, señor Monk, habida cuenta de lo mucho que ha trabajado. Entre los que usted excluyó se encuentran el señor Dobokai y el señor Haldane. ¿Estoy en lo cierto?

—Sí.

—Y, sin embargo, ha arrestado a Roger Haldane, de modo que hay que suponer que cree que fue culpable del primer crimen, y solo del primero. ¿Alguien más lo copió, hasta el más mínimo detalle? ¿Es eso también correcto?

Monk no podía discutir.

—Sí...

—En su larga experiencia criminal, ¿se ha encontrado alguna vez con una serie de crímenes idénticos como esta, en la que dos personas llevaran a cabo exactamente la misma ejecución de un asesinato, hasta el detalle más grotesco, y sin tener ninguna relación entre sí, excepto el lugar, el método, la hora del día, la elección del arma y actos tan horrendos como llevar consigo idéntico número de velas para mojarlas en la sangre de las víctimas? ¿Y romperles los dedos ritualmente, una vez muertas? ¿Y destrozar objetos religiosos católicos, como estatuillas de la Virgen María y demás?

Su voz sonó cargada de sarcasmo. Imposible que alguien lo hubiese pasado por alto.

Monk no contestó de inmediato.

En la sala reinaba un silencio absoluto.

—¿Señor Monk? ¿O debería dirigirme a usted más formalmente, comandante Monk?

—No —dijo Monk simplemente—. La copia es exacta. No hay diferencia alguna, como si alguien lo hubiese hecho partiendo de una fotografía.

Burnside enarcó las cejas.

—¿Está insinuando que alguien tomó una fotografía de la escena del crimen y que luego cometió los otros imitando el primero? ¿Cómo es posible que permitiera que tal cosa ocurriera?

Rathbone se levantó de nuevo.

—Señoría, el comandante Monk ha dicho que ese era el grado de similitud, no que hubiese ocurrido literalmente así. Ruego indique al señor Burnside que no saque conclusiones injustificadas para luego exponerlas como si fuesen hechos.

—Creo que la intención del señor Burnside era poner en duda tal posibilidad, sir Oliver, pero le pediré que sea más claro. Señor Burnside, ¿debe entender el tribunal que usted está utilizando esta... retórica dramática para decir que le parece imposible que haya habido más de un perpetrador de estos crímenes?

—Sí, señoría. Pensé que a sir Oliver le habría quedado suficientemente claro, pero si necesita que lo diga con palabras más simples: ¡sí! Solo pudo haber un asesino de tal... locura tan precisa y espantosa. A pesar de las peculiares creencias del comandante Monk en el sentido contrario.

—Prosiga, por favor.

—Gracias, señoría. Señor Monk, ¿en qué momento de su investigación se topó con el acusado en la calle, cubierto de sangre fresca, y lo rescató, huyendo con él de una turba de hombres enfurecidos y asustados?

La sonrisa de Monk fue sombría, casi lobuna.

—Cuando buscaba un motivo —contestó—. Algo que me permitiera descubrir qué tenían en común las víctimas, y que las apartara de todos los demás. Por fin lo hemos descubierto.

Fue como si la sala entera contuviera el aliento.

Burnside se quedó confundido. Su expresión pasó del desdén a la sorpresa, a la incertidumbre y, finalmente, a una impostada incredulidad.

—¿Y, sin embargo, por extraño que parezca, ha decidido no informarnos al respecto? ¿A qué se debe?

—Corresponde a la defensa exponerlo, señor Burnside —dijo Monk con satisfacción—. Le he dicho todo lo que puedo.

Burnside levantó ambos brazos en alto, como un profeta del Antiguo Testamento invocando rayos y truenos.

—¡Por favor! ¡Sir Oliver! Aguardamos con el aliento cortado, y nuestra paciencia se ha diluido como una fina capa de pintura. ¡Por favor!

—Si ha terminado, señor Burnside, estaré encantado de iniciar la defensa —respondió Rathbone—. Preferiría, con la venia de su señoría, empezar llamando de nuevo al señor Antal Dobokai, el hombre que no solo encontró el cuerpo de la primera víctima, sino que además se ha convertido en una suerte de líder de la comunidad húngara de Shadwell. Creo que él nos podrá dar una visión de estos acontecimientos que dará sentido a todo lo que estamos buscando. Ruego al tribunal que me autorice a comenzar mañana por la mañana. Si su señoría lo desea, puedo llamar a otro testigo que declare sobre las capacidades profesionales del doctor Fitzherbert...

Burnside todavía no se había sentado. Se volvió de cara al juez.

—La Corona está de acuerdo en que el doctor Fitzherbert es un médico excelente, en ocasiones incluso brillante, que sirvió con valentía y honor en Crimea. No vemos razón alguna por la que el jurado, y de hecho el tribunal, deban ser sometidos a una mayor angustia al escuchar aún más detalles de sus padecimientos. Muchos de ellos tendrán amigos, o incluso familiares, que murieron en ese conflicto. Ya estamos empapados en el horror de estos crímenes. No necesitamos ni merecemos más.

—Estoy de acuerdo —dijo Rathbone con notable confianza—. Estoy dispuesto a comenzar mañana.

Burnside no estaba dispuesto a conceder nada.

—Es una pérdida de tiempo para el tribunal —señaló—. Y para su señoría. Deberíamos proceder tras la pausa para el almuerzo.

Hester estaba demasiado nerviosa para almorzar. Encontró un lugar donde servirse una taza de té bien caliente y un par de tostadas. Ya estaba ocupando el mismo asiento que antes cuando Rathbone llamó a Antal Dobokai.

Burnside exhibía su petulancia, como si supiese que ya había ganado. Parecía dispuesto a saborear su victoria, la primera sobre Rathbone en veinte años.

Dobokai subió al estrado, la abundante cabellera oscura peinada hacia atrás, sus ojos azules, luminosos.

Rathbone fue cauto, incluso respetuoso.

—Señor Dobokai, usted tuvo la triste desgracia de descubrir el espantoso escenario donde Imrus Fodor había sido asesinado. Ya se lo describió al señor Burnside. Solo para recordárselo a quien lo haya olvidado debido al horror y los detalles de lo que hemos ido sabiendo desde entonces, ¿tendría la bondad de contarnos su jornada otra vez?

—Sí, señor —dijo Dobokai con serenidad—. Me levanté temprano, como hago siempre. Soy farmacéutico y fui a entregar unos medicamentos a dos personas que sabía que también eran madrugadoras. Después tomé una taza de café excelente en mi cafetería favorita y conversé con el propietario. Llevaba conmigo una poción para el señor Fodor. No fui a su almacén hasta las ocho porque sabía que los trabajadores llegaban a esa hora y que, por tanto, si él no estaba, podría dejársela en su despacho.

Rathbone asintió con la cabeza.

Burnside no interrumpió. Dobokai había establecido la imposibilidad de que él hubiese podido cometer el crimen, y Rathbone se la había hecho repetir, sin ponerlo en entredicho. Burnside sonrió.

—¿Y el escenario en su despacho? —instó Rathbone.

—Era... horrible —dijo Dobokai gravemente, a media voz, como si lo estuviera recordando con asombro, envuelto de nuevo en la misma emoción que entonces.

No hubo objeciones. La sala entera guardaba silencio.

Dobokai describió el cadáver, la bayoneta clavada en el

pecho, las velas esparcidas por la habitación, mojadas en sangre.

La sonrisa de Burnside irradiaba satisfacción.

El señor Justice Aldridge estaba disconforme pero no interrumpió.

—¿Vio los escenarios de los otros asesinatos? —preguntó Rathbone cortésmente.

—No, señor.

—¿Le sorprendería saber que eran exactamente iguales?

—No... —Dobokai carraspeó, el semblante inexpresivo—. Diríase que al asesino lo impulsó una compulsión... a tener que repetirlo todo. No lo entiendo.

—Pregunté al comandante Monk, que los vio todos —dijo Rathbone casi amablemente—. No recuerda ninguno de ellos con tanta precisión como usted.

Burnside parecía incómodo. Quizá porque no veía el propósito de la pregunta.

Dobokai no contestó.

—Tiene usted una memoria excepcional —comentó Rathbone—. He preguntado a otros que le conocen y han trabajado con usted. Dicen que posee un don extraordinario para recordar las cosas con toda exactitud. ¿Exageran?

Dobokai vaciló solo un instante.

—No, señor. Tengo ese... ese don.

—Es asombroso.

Rathbone dio unos pasos por el entarimado, como si meditara qué decir a continuación.

—Usted conoce bien esta comunidad —observó—. De hecho, es más o menos el líder. Ha impedido que cundiera el pánico en estos días tan duros y aterradores...

—Gracias, señor. Lo he intentado.

—¿Sabe de algún motivo que alguien pudiera tener para matar a las víctimas, nombres y demás?

Burnside se puso de pie.

—Señoría, es obvio que sir Oliver está totalmente perdido en su esfuerzo por plantear una duda razonable, y lo único que está haciendo es posponer un veredicto inevitable. Herbert Fitzherbert es culpable de estos crímenes. En lugar de desperdiciar el tiempo del tribunal, tal vez podría aceptar la derrota y permitirnos emitir el veredicto ahora.

El juez miró a Rathbone.

—Sir Oliver, ¿hay un propósito en esto?

—Oh, sí, señoría. Sin duda lo hay —dijo Rathbone con vehemencia—. Creo que el señor Dobokai sabe muy bien cuál fue el motivo de estos crímenes.

Burnside hizo un gesto de exasperación y, acto seguido, de futilidad. Al jurado no le pasó desapercibido. Sacó su reloj de oro del bolsillo del chaleco y le echó un vistazo.

—Pienso que debería quedarse —dijo Rathbone, inclinando ligeramente la cabeza—. No quiero que luego el tribunal diga que tuve una ventaja injusta.

Burnside lo fulminó con la mirada.

—¡No tiene ninguna ventaja, señor! ¡Ni justa ni injusta! —le espetó.

Rathbone hizo caso omiso.

—Señor Dobokai, ¿lee las noticias breves que publica la comunidad húngara de Shadwell cada semana?

Dobokai se quedó desconcertado, y tal vez un poco preocupado.

—Por supuesto.

—Discúlpeme. —Rathbone inclinó la cabeza—. Ha sido una pregunta retórica. Me consta que de vez en cuando echa una mano en la edición de periódicos y que ha colaborado con artículos muy interesantes...

Burnside puso los ojos en blanco, se medio levantó de su asiento pero se sentó otra vez.

—Al grano, sir Oliver —le instó el juez.

—Sí, señoría. —Miró de nuevo a Dobokai—. Más o menos una semana después de la muerte de Fodor se publicó la trágica noticia de un suceso acaecido en Budapest. Un anciano profesor de matemáticas, de nombre Donat Kelemen, se había suicidado. La carta que dejó explicaba que había puesto calificaciones más altas de lo debido en los exámenes de algunos chicos a cambio de favores sexuales de un tipo muy explícito e íntimo...

Le impidió continuar la conmoción que se adueñó de la sala. La gente jadeaba, gritaba, se movía de acá para allá.

—¡Orden! —gritó el señor Justice Aldridge—. Orden en la sala. Sir Oliver, ¿esta... lamentable noticia realmente guarda relación con los asesinatos cometidos en Shadwell?

—Sí, señoría. Cada una de las víctimas tuvo de profesor a ese canalla. Es lo único que tienen en común. Eran de edades distintas, se criaron en distintas ciudades y pueblos de Hungría, pero en un momento u otro todos fueron al mismo colegio y estudiaron matemáticas con ese... hombre.

—¿Y eso qué tiene que ver con sus muertes? —gritó Burnside—. ¡El escándalo ya salió a la luz! Si iban a testificar, por el amor de Dios, a estas alturas ya lo habrían hecho. ¡Kelemen, o como se llame, está muerto! Deberían regocijarse. Señoría, este es el intento más bajo y repugnante de desviar nuestra atención de estos terribles asesinatos, recurriendo a una tragedia que, aunque repugnante, ocurrió hace años. Es irrelevante. Y ciertamente no tiene nada que ver con Herbert Fitzherbert. ¿O va a decir que fue contratado por el miserable Kelemen para matar a sus víctimas antes de que pudieran dar cuenta de su... abominación?

—No, señor, en absoluto —replicó Rathbone con la misma aspereza, haciéndose oír pese al ruido imperante en la sala—. El doctor Fitzherbert es un oficial del Ejército británico que resulta que pasó por Hungría y habla el idioma. No es más que un conveniente chivo expiatorio debido a las experiencias que vivió en la guerra de Crimea.

—¡Silencio! —dijo Aldridge enojado, dirigiéndose al tribunal—. Más vale que demuestre la relevancia de todo esto, sir Oliver. Aborrezco la grandilocuencia, excepto en el teatro. ¿Me he explicado bien?

—Sí, señoría. Señor Dobokai, he interrogado a quienes conocían bien a las víctimas, y todas y cada una de ellas fueron a ese colegio en un momento u otro, mientras el profesor Kelemen enseñaba matemáticas... Fueron alumnos suyos.

Dobokai tenía el rostro ceniciento.

—Igual que usted —prosiguió Rathbone—. Usted obtuvo las calificaciones más altas en matemáticas, cosa que le permitió ganar una plaza en la Universidad de Viena. La tragedia es que sus calificaciones probablemente fueron merecidas, incluso si usted tuvo que... realizar ciertos actos para que se le concedieran. Es un gran crimen que Kelemen cometió contra usted, y si lo hubiera matado en ese momento, podría haber sido justificado, incluso ante la ley. Pero no lo hizo. Posiblemente la vergüenza y la duda de que fueran a creerle se lo impidieron, como a todos los demás chicos. Aceptó las calificaciones y se fue, permaneciendo en silencio, como todos los demás. Cuando el escándalo salió a la luz, por casualidad vio el asesinato de Imrus Fodor, y lo recordó con toda exactitud. Lo copió para deshacerse de todos los otros hombres que pudieron haber descubierto o deducido su secreto.

»Cuando estos otros leyeran más noticias sobre la muerte de Kelemen, incluido el lugar donde había enseñado, su secreto habría podido salir a relucir fácilmente. Entonces, ¿qué respeto habría merecido? Conocían la humillación y el dolor que había sufrido, la indignidad, la asquerosa intrusión en su cuerpo. ¿Quizá ellos ganaron sus calificaciones mediante favores? Lo peor para usted era que asumieran que las suyas también, y eso le resultaría insoportable. De modo que hizo que pareciera que un hombre inocente...

Dobokai tenía el rostro blanco como el papel, y se agarraba a la barandilla como si fuera a caerse si la soltaba. Entonces, muy lentamente, se llevó las manos a la corbata, soltó un extremo y se inclinó hacia delante.

Fue Monk quien se dio cuenta de lo que iba a hacer, se abalanzó sobre las escaleras del estrado. Llegó a lo alto justo cuando Dobokai se lanzaba por encima de la barandilla. El nudo resistió en la barandilla, el estrado entero se inclinó bajo su peso. La caída no habría sido suficiente, pero aun así la corbata le sacudió la cabeza hacia un lado, rompiéndole el cuello.

El juez se quedó paralizado un instante.

Una mujer chilló.

Burnside parecía extrañamente encogido. No había previsto nada de aquello.

El propio Rathbone se quedó sin habla. Su ira de unos segundos antes se había esfumado. Solo quedaba lástima en su expresión.

Se restableció un relativo orden. Todo el mundo aguardó mientras los ujieres se llevaban a Dobokai con sumo cuidado, como si estuviera enfermo en lugar de muerto.

—Señoría —dijo Rathbone en cuanto hubieron salido de la sala—. Solicito que se retiren los cargos contra Herbert Fitzherbert y que sea puesto en libertad.

—¿A cargo de quién, sir Oliver? —preguntó el juez.

—Pues...

Rathbone no sabía qué decir.

Fue en ese momento cuando Charles Latterly se puso de pie.

—Con la venia, señoría. Me llamo Charles Latterly. La enfermera que sirvió en la guerra de Crimea junto al doctor Fitzherbert, y que el señor Burnside no ha querido llamar por si su testimonio sobre las experiencias del doctor le granjeaba demasiada simpatía por parte del tribunal, es mi hermana. Mi casa es grande y dispongo de servicio. Estaré encantado de cuidar al capitán Fitzherbert hasta que se recupere, durante el tiempo que sea necesario. Creo que los Latterly tenemos una deuda con él en particular, al igual que todos nosotros en general. Sería un honor para mí.

—Gracias, señor Latterly —dijo el señor Justice Aldridge en voz baja. Levantó la vista hacia el banquillo de los acusados—. Doctor Fitzherbert, los cargos contra usted quedan retirados. Puede marcharse con toda libertad. Le sugiero que acepte el ofrecimiento del señor Latterly. Estamos en deuda con usted, señor, por todos aquellos a quienes tan generosamente ayudó. Permítanos hacer lo que podamos por usted.

—Gracias, Charles —dijo Hester, que de pronto se echó a llorar—. Gracias, Oliver. Y gracias también a ti, William.